NOCTIS

NOCTIS

2 - *La Favorite*

Anna-Victoria Val

NOCTIS - LA FAVORITE

Couverture : Marialeina.art
Éditrice : Eugénie Dielenschneider
Ouvrage dirigé par : Charlotte Deloy
Correction : Romane Prieur

ISBN : 978-2-487392-50-2 (broché)
ISBN : 978-2-487392-51-9 (e-book)

Dépôt légal : Novembre 2025
Achevé d'imprimer en France par CPI en octobre 2025 (185500)

Composé et édité par Edition Celeste
16 Av des Chateaupieds
92500, RUEIL MALMAISON

TRIGGER WARNING

Cet ouvrage comporte plusieurs triggers warnings, je vous invite à en prendre connaissance :

- Descriptions avec du sang
- Descriptions de tortures physiques (parfois sur mineurs)
- Descriptions d'exécutions (parfois sur mineurs)
- Sadisme, Sévices
- Enfants malades, accouchements difficiles, mort infantile
- Deuil de la parentalité, séparation avec la famille
- Mort et deuil
- Mentions du suicide
- Mentions de l'esclavage
- Tatouage d'appartenance (en lien avec la Rome Antique)
- Harem (réduction des femmes à l'état de possession et enfermement contre leur gré)
- Infidélité, mariage forcé
- Mentions de relations sexuelles forcées et non consenties
- Obligation pour un personnage homosexuel d'avoir des relations sexuelles hétérosexuelles
- Descriptions en lien avec le manque de nourriture et famine
- Descriptions de surconsommation de nourriture et du malaise physique que peut engendrer cette surconsommation
- Mentions de la maltraitance animale, blessures sur des équidés et mort.

À la mémoire de Camille.

PROLOGUE

Le poing de Caeso s'abat sur la vitre sécurisée. Le choc fissure ses os. La rage le fait trembler jusqu'à la douleur. Sa mâchoire est crispée, à la limite de se briser.

Accepter l'imminence de sa mort.

La règle des Noctis se répercute dans son crâne, rendant plus proche encore le risque de la perdre. Caeso savait déjà qu'elle risquait sa vie chaque nuit. Mais c'était comme une menace lointaine. Quelque chose qui ne pouvait pas vraiment arriver. Ce soir, il a vu dans son regard cette fatalité, cette évidence. Delta allait mourir. Et ça, ce n'était pas acceptable.

La souffrance de ses os fendus n'est rien à côté de celle qu'il endurerait dans un monde sans elle.

Son regard se porte sur le jardin, la pâle lueur des lampadaires s'infiltre dans la salle du Conseil. Il aurait préféré rester dans le noir, dans cette obscurité où il a tissé un lien avec elle.

— Caeso, que s'est-il passé ? demande la voix autoritaire de Septimus.

L'héritier sursaute. Il n'a pas entendu son père entrer dans la pièce. Derrière lui, il referme la lourde porte en bois ouvragé. Les épaules délicates de Caeso s'abaissent dans un profond soupir.

— Un mouvement d'humeur, répond-il.

— Toi ? Tu as eu un mouvement d'humeur ?

Son poing frappe de nouveau la vitre, brisant davantage ses os. Ce soir, il ne se reconnaît plus. Il se fait volontairement mal et ça ne lui ressemble pas. Dans le reflet, ses yeux sont devenus sombres, comme le ciel de ces orages impressionnants de l'île foudroyée. Il ne peut pas perdre Delta.

Devant lui se rejoue la scène du garde qui effleure son cou avec sa lame. Une scène qui fait écho à ce moment où il a laissé échapper le secret de Delta. Alors, les mots d'Alpha reviennent en force dans son esprit :

S'en prendre à Delta, c'est regarder sa propre mort en face.

Son protecteur a raison. S'en prendre à elle mérite la mort.

— Je veux que le garde qui a arrêté la plébéienne soit exécuté.

Sa voix ne tremble pas. Il est résolu.

— Ne trouves-tu pas ça un peu extrême ?

Son père reste à bonne distance. C'est la première fois qu'il voit son fils ainsi. Une part de lui s'inquiète, l'autre jubile. Septimus ne conçoit le pouvoir que par la démonstration de violence.

— S'en prendre à elle, c'est regarder sa propre mort en face.

Caeso n'est plus un jeune adulte timide. Non, Septimus a enfin devant lui un futur Consul sans une once de pitié. Et cette perspective le satisfait pleinement. Un sourire sadique étire ses lèvres. Cette noirceur que Caeso dissimulait sous la gentillesse transmise par sa mère se révèle. Cette soif de sang qui caractérise les Consuls vient enfin l'enivrer.

— Bien. Il sera mis à mort. Maintenant, je veux la vérité.

Septimus n'est pas dupe. Et si savoir son fils prêt à tuer lui procure une douce sensation, le soupçon qu'il puisse lui mentir réveille sa colère.

— La vérité ? s'étonne Caeso en se retournant enfin.

Son poing pulse douloureusement. Qu'importe, il prendra du sérum pour reconstruire les os.

— Cette fille, c'est celle de l'hôpital.

Le cœur de Caeso percute violemment ses côtes. Il plonge son regard dans celui de son père. *Il doit la protéger.* Les mains du

Consul se crispent sur le dossier d'un fauteuil, les muscles de ses bras se tendent et ses iris deviennent obscurs. Il ne tolérera pas que son fils ait une autre faiblesse que cette maladie qui le rend prompt à se briser comme du cristal. Et encore moins une femme.

— Vous la confondez, Père.

— Non. Ton regard t'a trahi. Et je suis certain que c'est elle qui vidait ton armoire.

Caeso pose sa main valide sur la table en bois précieux de la salle du Conseil. Une perle de sueur roule sur sa tempe. Son père sait. Et quand il sait, il ne lâche pas le morceau.

— Je t'ai laissé droguer ma garde pour voir jusqu'où tu irais. Quel était ton but ?

Un ricanement nerveux échappe à Caeso. Comme toujours, son père a un coup d'avance. Il a cru agir dans son dos, mais personne ne dupe Septimus – et surtout pas son fils.

— Elle est une plébéienne, insiste malgré tout l'héritier.

— Il suffit, gronde-t-il. Elle est une Noctis. Elle t'a séduit et manipulé comme un idiot. Elle a volé tes sérums pour te priver de soins.

Sa voix fait trembler les lieux comme le tonnerre. Caeso est au pied du mur. Contrarier son père ne fera que mettre en danger Delta, bien plus encore que s'il reconnaît son appartenance aux Noctis. Il doit la jouer fine, déplacer avec intelligence les pions sur le damier qui semble s'être érigé entre lui et son père.

— Vous m'avez enseigné qu'il fallait étudier ses ennemis. Comment pourrais-je mieux l'étudier qu'en l'apprivoisant contre quelques sérums ?

Son père hausse un sourcil, l'air intéressé.

Manipuler. Une science que Caeso a de naissance.

— Alors ce n'était pas un fantasme ? Le goût de l'interdit ?

Septimus a lui-même connu cette soif de transgresser les règles. Il peut aisément comprendre à quel point capturer quelque chose d'insaisissable est excitant. Ne l'a-t-il pas fait lui-même à vingt ans ? Capturer une merveille interdite et désirer ne l'avoir que pour lui ?

— Je ne suis pas un adolescent soumis à ses pulsions. Je voulais l'approcher pour comprendre et qu'elle me donne des informations.

Ces mots sont comme du miel pour Septimus. Son fils est bien plus intelligent qu'il ne l'aurait pensé. Apprivoiser l'ennemi pour l'entraîner dans la confidence : il n'y aurait même pas songé, préférant la torture, et donc voir les visages des Noctis se déformer sous la douleur.

— Et tu as eu des informations ? demande son père avec avidité.

— Oui. J'ai plus avancé en quelques semaines que vos troupes d'Aigles en plusieurs décennies. Celle que je vous ai confiée, concernant les oiseaux de nuit, vient d'elle.

— J'imagine que tu as un plan pour détruire nos ennemis ?

Un sourire vient étirer les lèvres de Caeso. Parfaitement, il a un plan.

CHAPITRE 1

Je suis condamnée à mort. Septimus va me faire exécuter sous les yeux de Caeso et de tous ceux que j'ai aimés malgré tout. Alpha. May. Mer. Bleu. Et… Zaley. On va me traîner au milieu du cirque, sur le sable brûlant… L'idée d'être déchiquetée donne un goût métallique à ma salive, comme si du sang envahissait ma bouche.

L'acidité prend naissance dans mon estomac et remonte pour se déverser sur ma langue. J'ai envie de vomir, mon ventre se contracte douloureusement. La brume de mon esprit se dissipe doucement. Je plisse les paupières.

— Allez, tu peux te réveiller. Vas-y, souffle une voix féminine.

Mes sourcils se froncent. Son timbre est doux. Est-ce une geôlière comme lorsque j'étais dans ma cellule ? Y suis-je retournée ? Les questions s'amoncellent et deviennent un bruit assourdissant dans mes oreilles, comme les hurlements de la foule au cirque. La foule… Je n'entends pas les autres prisonniers.

Je me concentre : ma tête ne repose pas sur quelque chose de dur. Non, le bout de mes doigts caresse la surface moelleuse, mes narines se dilatent quand les fragrances fleuries se dévoilent. Je sors du brouillard, analyse chaque indice.

C'est un lit. Comme celui de Caeso.

Mes lèvres se pressent, mon cœur se serre. Vais-je ouvrir les yeux et le voir ? Je voudrais qu'il soit là, seulement pour comprendre. Pour ne plus avoir la peur qui me tenaille. Une douleur pulse au creux de mes côtes, là où notre dirigeant a appuyé comme une bête décidée à me broyer. A-t-il réellement réussi à me blesser ? Est-ce la terreur qui me broie les os ? À moins que mon cœur en souffrance ne cherche à briser sa cage.

— Ouvre les yeux.

Encore cette voix. À la fois sèche et un rien inquiète. Et une main délicieusement chaude se glisse dans ma paume glacée. Par instinct, je referme mes doigts dessus, projetant mon esprit au bord du vide, là où le mur du Nid est effondré. Le vent frais du soir balaye mes boucles, je fixe la main d'Epsilon et je l'entends me dire : « À demain ».

Elle se jetait toujours dans le vide sans hésiter. Elle affrontait ses peurs. J'ignore qui me tient la main comme elle, mais je dois m'envoler. Il faut que j'ouvre les yeux, je ne peux plus fuir dans mon esprit. Si je dois être condamnée, il faut que je trouve le moyen de m'échapper. Je dois combattre mon corps qui semble se transformer en plomb et m'enfonce dans le lit jusqu'à ce que je sois engloutie, incapable de respirer.

J'ai besoin d'air. Vite !

D'un mouvement brusque, mon buste se soulève et mes yeux s'ouvrent. J'inspire, comme si j'étais sur le point de me noyer. Je prends de grandes goulées d'air, les yeux paniqués dont les prunelles ne savent où se poser. Mon regard valse d'un éclat de mosaïque vert, à l'angle d'une commode blanche et dorée, avant que la main qui me tient ne presse encore ma paume. Ce simple geste invite mes yeux à se concentrer sur elle. Je regarde le poignet ivoire, chargé de bracelets, incertaine d'avoir la force de lever la tête pour découvrir qui a eu le même réflexe que mon amie face à ma perdition.

— C'est bien, tu as réussi, me félicite-t-elle malgré un ton hautain.

Les vertiges s'apaisent, je soupire. Je dois comprendre ma

situation. Je relève la tête, le pouls encore trop rapide. Des émeraudes pétillantes me sondent, non sans me rappeler les iris d'Epsilon. Le souvenir de mon amie vient carboniser mon cœur. Tentant d'ignorer la brûlure qui se répand en moi, je découvre la beauté surnaturelle d'une femme aux ondulations flamboyantes caressant ses hanches rondes et sa poitrine opulente, offerte par le décolleté d'une robe plus outrancière que celle choisie par Caeso. Instinctivement, ma main se porte au nœud que j'ai sous le sein, réalisé par l'héritier lui-même. Je peux encore sentir ses doigts frôler ma poitrine, cette chaleur crépitante entre nous. Un soupir de soulagement m'échappe : on ne m'a pas changée pendant que j'étais inconsciente.

— Joli nœud. Ce n'est pas celui de Septimus, constate-t-elle en retroussant son petit nez.

Quelques taches de rousseur le constellent. Je tente de ravaler une salive absente pour me donner de la contenance.

— Non… Où est-ce que nous sommes ?

Tremblante, je froisse le cordon soyeux entre la pulpe de mes doigts. Elle contourne le lit, se pose avec grâce sur le matelas, l'enfonçant légèrement.

Je suis l'objet d'une analyse dérangeante glissant sur mes courbes pratiquement inexistantes. Ses sourcils se froncent. Il y a tant de choses que je voudrais lui demander. Mais tout reste emprisonné dans ma poitrine, cerclé par la certitude que je ne dois pas trop en dire ni poser des questions stupides.

— C'est la première fois que je vois une femme être amenée ici en étant inconsciente…

— Ça ne me dit pas *où* je suis !

Je me mordille la lèvre inférieure, triture la couverture aux broderies d'or entre mes doigts abîmés. Même si cette personne ne semble pas hostile ou prompte à me traîner jusqu'au cirque pour me faire dévorer, quelque chose ne tourne pas rond. Cette pièce sans fenêtre m'oppresse. Je ne vois aucun moyen de fuir, j'ai le sentiment d'être bel et bien dans une cellule – à l'exception que celle-ci est richement meublée.

L'angoisse m'étreint plus fort. Elle me presse de ses bras immenses et de son voile noir. J'avale encore l'air à grandes inhalations, la bouche ouverte, comme si la refermer signifiait s'étouffer.

— As-tu déjà entendu parler du harem de Septimus ? minaude-t-elle en saisissant mes cheveux.

Mon sang pulse plus fort, fait palpiter ma tempe. Je ne dois ni défaillir, ni montrer de signe de faiblesse. Mon ignorance est déjà bien suffisante.

— Des rumeurs.

Parfaitement. Des rumeurs entendues un nombre incalculable de fois par Alpha, qui avait peur qu'on m'y traîne de force. Je lui riais au nez : pour moi, ce n'était qu'un fantasme transmis entre les hommes. Mais, aujourd'hui, je n'ai plus envie de rire. La personne en face de moi affiche une drôle d'expression. J'ai le sentiment de la choquer autant que je l'apitoie. Et je n'aime pas ça. Je ne veux pas de la pitié. Je veux seulement des réponses.

— Tu es, manifestement, la onzième jeune femme que notre Consul adoré a choisi comme maîtresse…

— Non. Septimus ne m'a pas choisie, c'est impossible, affirmé-je rudement.

— Je t'accorde que tu n'es pas dans ses critères ordinaires. Tu as sans doute un talent caché ? se moque-t-elle. Tu es squelettique… et tes cheveux sont plus secs que de la paille.

Soudain, une bouffée brûlante remonte de mes entrailles jusque dans ma gorge. Ma main tremble, ma mâchoire se serre jusqu'à me faire mal. Sa voix haut perchée, sûrement héritée d'une vie de patricienne, m'agace. Et sa façon de critiquer quelque chose d'aussi futile que mes cheveux me laisse penser qu'elle n'a jamais connu un réel manque dans sa vie. Elle n'a jamais dû souffrir de la faim ou d'une absence de soins. Je me dégage de sa main qui tient ma mèche.

— Non. Je n'ai aucun talent. Je ne suis qu'une plébéienne, mens-je sans sourciller.

— Une plébéienne…

Elle s'éloigne, peut-être a-t-elle peur que je lui refile de la vermine. Les yeux vides, perdus dans cette nouvelle réalité, ce nouveau monde que je dois braver, j'agrippe une sorte de bandage à mon poignet. Il est imbibé d'un liquide à l'odeur reconnaissable : un cicatrisant puissant et rapide pour les plaies de surface. Je le vois sans vraiment le voir. Lentement, je le triture. Ça m'occupe, me permet de penser à autre chose que tous ces gens à qui j'ai été arrachée sur cette place de tournage.

Un an, jour pour jour, après que je suis devenue une Noctis. Est-ce que chaque année, ça se reproduira ? Est-ce qu'il y aura toujours quelqu'un pour surgir et me voler à ceux que j'aime ?

Un chant d'oiseau s'élève, résonne depuis le couloir.

Il doit y avoir une sortie !

Je suis prête à courir pour voir l'animal libre s'envoler. S'il existe un espoir, il est dans cet accès vers le ciel, vers la liberté. Alors, je lutte pour me lever. Un léger vertige me fait vaciller. Je me retiens aux meubles, cogne dans les murs, titubante. Je me précipite comme je peux à l'extérieur de la pièce. Une coursive percée de colonnes blanches donne sur une végétation luxuriante. J'évite les silhouettes qui quittent un jardin extraordinaire. Mon cœur palpite plus fort, je cours jusqu'à la fontaine centrale et lève les yeux au ciel. Il est bleu. Bleu et artificiel. Ce n'est qu'un plafond peint.

— Qu'est-ce que tu fais ? s'égosille la geôlière dans mon dos.

— Où est l'oiseau ?

Une question simple, devenue vitale. J'ai besoin de savoir qu'on ne m'a pas coupé les ailes, que rien n'est aussi irréversible que l'entrée dans l'Ordre des Noctis.

— C'est une mélodie diffusée par Octavia, la Favorite. Il n'y a pas d'oiseau.

Elle ne prend pas de plaisir à me l'annoncer. Elle a presque l'air navrée pour moi. Pas d'oiseaux. Pas de liberté. Mes jambes tremblent, mes doigts se mettent à pianoter dans le vide, comme lorsque j'étais prisonnière chez mon bourreau, quand j'étais privée de toutes possibilités de m'échapper. Un réflexe de mon corps que je croyais enterré.

— Ce chant indique l'heure du bain. Je vais t'y conduire, appuie-t-elle en saisissant mon bras.

— Non !

Je ne veux pas qu'une maîtresse de Septimus, souillée par le stupre de notre dirigeant, me touche. Je refuse d'appartenir à ce harem, et plus encore d'être la *chose* de notre Consul. Alpha aurait eu le courage de m'ôter la vie avant que ce monstre ne me touche. Et je sais que c'est ce qu'il attendrait de moi.

Mais alors, que deviendrait May ?

Si je disparais, elle mourra. Et ça, plus encore que ma propre fin, ce n'est pas acceptable. Je serre les poings, mue par ce sourire qu'elle seule sait me faire, le souvenir de son joli dessin à jamais gravé dans mes rétines.

— Je dois voir le Consul.

— Tu le verras, si tu respectes nos règles, promet-elle d'un ton doucereux.

— Si je respecte vos stupides règles, quand le verrais-je ? persiflé-je.

— Dès demain matin.

Demain matin.

Je dois me plier, accepter. Pour May et la garantie que le prix de ma liberté vaudra son insuline. Je la suis, la tête basse. À quoi ressemble un bain ? Est-ce des douches alignées sur un mur, comme au Nid ? L'eau éternellement froide et le carrelage défoncé me manquent soudain. Je me rassure, comme toujours, en serrant mes mains autour de mes biceps, m'étreins et m'imagine qu'Alpha m'accompagne dans cette épreuve.

Enfermée.

À la merci d'un être abject qu'elles doivent aduler.

— Tu aimes Septimus ? me hasardé-je.

Nous arrivons au bout de la coursive. Sa paume se pose sur une porte de bois turquoise aux motifs feuillus dorés. Un rire tonitruant la secoue. Qu'ai-je pu dire de si drôle ?

— Qui n'est pas en adoration devant notre Consul ? Nous l'aimons toutes !

Elle me donne la nausée. Comment aimer un monstre ? Une abomination nuisible pour l'humanité ? Mon dégoût profond ne doit pas marquer mes traits. Chaque faux pas peut être une raison de me priver d'une audience. Après tout, elle a bien dit que je devais respecter les règles pour pouvoir le voir demain matin. J'imagine que si je montre à quel point elles m'écœurent, ça sera perçu comme une petite rébellion.

Les portes s'ouvrent et nous pénétrons dans une grande salle, faite de la même pierre que tout le sol de ce palais. Du marbre, sans doute. Il est immaculé, les colonnades sont habillées de plantes grimpantes. Nous savons faire vivre les végétaux alors que le soleil est absent. Du moins, cette technologie hors de prix est réservée aux plus riches. Dans leur quartier, les plantes habillent rues et jardins, alors que seuls quelques parcs en bénéficient pour la distraction du peuple.

Encore une fois, il n'y a aucune fenêtre. Sous le jugement des plus belles créatures de l'île, je me rince avec un jet tiède. Chez les Noctis, j'ai appris à oublier ma pudeur face aux femmes. D'abord surprise que ce ne soit pas de l'eau froide, je découvre le pouvoir d'une eau chaude sur les muscles contractés et savoure. L'eau ruisselle sur les hématomes qui couvrent mon buste.

Sous mes cils, j'observe le bassin au centre de la pièce. Des pétales de fleurs flottent paresseusement sur une eau laiteuse qui abrite une faune plantureuse.

— Rejoins-nous, ordonne une voix haut perchée.

Mes ongles meurtrissent mes paumes. Recevoir des directives de la part d'un autre qu'Omega réveille mes envies de m'envoler et de ne pas respecter les règles. Mais ce serait irresponsable. En conséquence, j'entre docilement dans cet étrange mélange chaud. Je discerne une odeur de lait : les riches ont décidément des habitudes qui me dépassent. Pourquoi gaspiller ce breuvage précieux dans un bassin aussi grand ?

— Septimus aime les chats des rues ? s'étonne l'une d'elle.

Sa remarque déclenche quelques rires mesquins. Je fixe le pétale d'une rose au parme tendre, évite les prunelles acérées de cette *élite*. Un frisson de dégoût hérisse mon échine, une chair de poule incontrôlable : que va faire notre Consul de moi ?

— Elle n'est pas ici pour Septimus.

C'est la même voix que celle qui m'a invitée à rentrer. Mon regard flotte sur l'eau troublée de lait, jusqu'à rencontrer une peau blanche et des yeux vert pâle troublants. Ses boucles blondes sont retenues au-dessus de sa tête. Ses ridules au coin des yeux en disent long sur son ancienneté ici.

— Octavia, si elle n'est pas là pour Septimus, alors pour qui ? piaille ma geôlière.

Elle m'arrache la question des lèvres. Chaque seconde qui s'égrène avant la réponse fatidique est un supplice. Demeurer stoïque, détachée de cette réalité, est d'une difficulté bien plus grande que celle de se jeter dans le vide. Mon cœur tambourine de la même façon, mais l'adrénaline est décuplée car, contrairement à lorsque je saute volontairement d'un immeuble, j'ai ici la certitude que le terme de ma chute sera douloureux, sinon fatal.

— Retire ton bandage.

La belle Octavia n'hésite pas. Ses mots sont pesés, choisis, et son ordre ne doit pas être innocent. Ils m'offrent la conviction que ce que je vais découvrir sous la gaze va tout bouleverser.

Ma main fourmille, tremble, prise en étau entre l'appréhension et la curiosité. Entre le désir de comprendre et la peur. Elles se rapprochent toutes, m'étouffent pour voir ce que mon poignet va révéler, jusqu'à m'entraîner vers une suffocation.

CHAPITRE 2

Chacune a exhibé le nom de Septimus sur son articulation. Mais, sur la mienne, c'est un patronyme qui me brise le cœur qui est gravé. Encré à jamais dans ma chair brune. Buriné avec autant de violence et de rudesse que si ça avait été de la pierre. La calligraphie évoque celle de cette civilisation disparue dont le pouvoir s'inspire tant :

CAESO

Chaque ligne m'agresse, le mot me heurte. J'ai gratté comme une furieuse ces maudites lettres dans l'espoir vain de les faire disparaître. Je ne suis pas une esclave de leur maudite civilisation antique qui appartient à un maître. Je suis Delta, et je suis libre. Du moins… je l'étais. Ma grande volière est devenue une cage minuscule dont les barreaux cisaillent mon âme.

J'ai quitté ce maudit bassin, je me suis réfugiée dans cette chambre où je peux au moins m'isoler. Je resserre la serviette autour de mon corps frigorifié. La colère sourde qui palpite dans mes veines inonde mon âme, m'entraîne dans un déni pour me préserver de la folie et des larmes.

Alpha avait raison de douter. De se méfier…

Alpha. L'espace d'un instant, je revois sa résignation quand le garde est venu me chercher sur cette table, après cette danse funeste. Il était impuissant. Et, au fond, je suis rassurée de savoir que désormais il va veiller sur Mer et sa famille. Je presse mes genoux contre ma poitrine creuse, dans laquelle volent les éclats de mon cœur.

— Il va être l'heure de dîner, tu dois revêtir la tenue du soir, indique avec douceur ma geôlière.

Elle s'est glissée dans la pièce avec discrétion, sans que j'y prête attention.

— Je n'ai pas faim.

Elle s'installe à mes côtés, pose une main qui se veut rassurante entre mes omoplates. Maintenant que je ne suis plus une concurrente, je dois lui paraître plus misérable encore qu'avant le bain. Je lis la pitié dans ses prunelles, jusque sur les traits gracieux de son visage.

— Je m'appelle Mella, j'ai été choisie peu après mes dix-huit ans. Je viens de fêter mes vingt ans.

Offerte à un homme qui pourrait être son père. Je me demande comment elle peut accepter cette condition. La simple idée d'être l'objet du Consul me donne envie de vomir. Et ce qui fait se contracter mes entrailles, me rend malade, c'est le fait que Caeso l'imite en m'enfermant ici. Je croyais qu'il était un allié. Mais maintenant que je suis ici, je réalise qu'il a brisé ce fragment qu'il possède de moi.

— Comment es-tu arrivée ici ? demande Mella.

— Je te rappelle que je dormais à mon arrivée, raillé-je.

— Oui, mais avant, il s'est bien passé un truc, insiste-t-elle.

Je ferme les yeux. Oui, avant il s'est passé quelque chose. Il s'est passé que j'ai eu peur de mourir, que mon refuge a été la chambre d'un homme à qui j'ai eu tort de faire confiance et qu'aujourd'hui il me démontre qu'il ne vaut pas mieux que son père en me tenant en cage. Je m'en veux de l'avoir suivi, d'avoir pensé que les choses pourraient changer si je restais à ses côtés. Mais qu'est-ce que j'ai cru ? Je suis une Noctis, une petite voleuse insignifiante, pourquoi le fils d'un personnage aussi puissant m'écouterait ? Pourquoi me traiterait-il différemment ?

— Ne pleure pas, tu es en sécurité ici et ta famille va sortir de la misère, me rassure-t-elle avec compassion.

— Je ne pleure pas !

J'ignore cette haine liquide sur mon visage, m'enfonce dans mon besoin de solitude. Les larmes ruissellent sur mes bras, ma gorge se ferme sous la pression des sanglots. Soudain, le matelas s'enfonce. Mella s'allonge à mes côtés, brisant la frontière entre nos mondes. Son menton rencontre mon épaule, son étreinte délicate est presque celle d'une sœur et me ramène à Zaley et May. Perdre une famille, s'en fabriquer une nouvelle et se la faire arracher. C'est un cercle noir. Vicieux. Cruel.

Je me souviens d'Epsilon qui m'étreignait. De ce réconfort qui m'envahissait quand elle était là pour moi. Puis, je me revois avec son corps défiguré dans mes bras. Incapable de la lâcher. Incapable d'accepter l'inacceptable. Il me semble que les larmes redoublent.

Septimus l'a tuée.

J'aurais voulu que Mella n'ait pas les mêmes yeux. J'aurais voulu que plus rien au monde ne me rappelle ce que j'ai perdu. Mon poignet me brûle, comme si le nom de Caeso avait été marqué au fer rouge. Je regarde le tatouage, mon estomac se retourne. J'ai si mal dans ma poitrine.

— Dis-moi ton nom, m'encourage-t-elle.

Je renifle. Je ne sais plus vraiment qui je suis ou qui je dois être.

Ils voulaient me changer les idées, me faire plaisir en allant voir ce tournage.

Alpha voulait me sortir du Nid, m'offrir la liberté d'être une simple plébéienne. Être Bleuet. Juste Bleuet.

— Bleuet.

Une nouvelle vie. Une nouvelle *moi*. Une nouvelle épreuve de laquelle je me relèverai.

Un nouveau chant d'oiseau signale l'heure du dîner. Mella n'a plus parlé. Je crois qu'elle a compris que j'avais besoin de temps. Je me redresse légèrement. Ma compagne de chambre se détache de moi et m'offre un immense sourire.

— Il faut que nous nous mettions en tenue de nuit.

Je hoche la tête. La chemise impudique que j'ai portée lors de ma nuit avec Caeso est ordinaire ici.

— Tiens, ton déshabillé. Ta couleur sera le bleu, m'explique Mella en me donnant le vêtement qui permet de préserver une part de mystère.

L'étoffe soyeuse bleu clair attire mon œil comme un bijou que l'on convoite dans une vitrine.

« *Oui, il est bleu. Un bleu doux, clair.* »

Cette fois où il m'a raconté le ciel m'a profondément marquée. Il était un homme différent, humain et désireux de partager la beauté de notre monde au-delà de notre île où l'on ne dit pas que le soleil se lève. Non. Le ciel s'embrase, c'est devenu une expression commune, une réalité de la pollution qui ne nous inquiète plus. C'est devenu banal, *tristement* banal.

Nous nous retrouvons dans le sublime jardin aux murs couverts de mosaïques, un lieu tout aussi beau que les appartements de Vibia mais désespérément clos. Deux gardes obèses encadrent une porte à l'armature de fer.

— Ils ont troqué leur glaive pour ces étranges pistolets ce matin, me confie Mella.

— La nouvelle, tu seras placée à ma droite, décrète Octavia, déjà installée en bout de table pour la présider.

En tant que Bleuet, je ne pose aucune question. Pour l'heure, Delta sommeille quelque part dans mon cœur. C'est avec elle que je quitterai cet endroit. C'est avec elle que je pourrai m'envoler. Je ne peux pas supporter l'idée d'être l'être captif d'un homme sans rien avoir à y gagner.

Mais, à contrecœur, je dois m'avouer que celle que j'étais avant les Noctis aurait été flattée et honorée d'être remarquée par le fils du Consul. Elle n'aurait vu là qu'une manière de sauver sa famille. Après tout, n'étais-je pas prête à épouser un homme qui m'insupportait seulement dans ce dessein ?

Des serviteurs surgissent de la fameuse porte avec des assiettes. Chacune a une gélule rose à côté de son verre d'eau, à l'exception de moi. Sont-elles malades ? Dans un synchronisme effrayant, elles avalent le médicament quand leur assiette touche la nappe. La mienne est différente, elle déborde d'un canard juteux à souhait et d'un accompagnement de légumes que je n'ai jamais vus de ma vie.

— Caeso te chouchoute, envie une femme magnifique à la peau aussi sombre que la nuit.

À son œil pétillant, je devine qu'elle troquerait bien son assiette avec la mienne. Mais pour moi, ce plat n'a rien d'appétissant. Il est seulement un écho pénible à la nuit dernière. Je me voyais déjà faire goûter ça à May, Alpha et Mer. Voler jusqu'à ma famille de cœur, y retrouver l'homme que j'aime.

— Septimus veille à notre bonne santé avec une alimentation adaptée, sermonne Octavia.

— Bleuet a besoin de grossir, elle a la peau sur les os, renchérit Mella.

— Bleuet… Si on doutait que tu venais de la plèbe, ce serait confirmé, ricane ma voisine.

— C'est vrai que vos prénoms romains sont tellement moins ridicules que nos patronymes qui viennent du cœur, ironisé-je.

Les remarques vont bon train sur la politesse des plébéiens, je repousse mon assiette comme j'aimerais repousser mes souvenirs.

— Mange, ça va refroidir, incite la doyenne de ce petit univers.

— Je n'ai pas faim.

Mon appétit ne viendra pas, la rancœur suffit à me nourrir pour l'instant. Je m'attends à ce qu'on me laisse en paix, l'un des serviteurs profitera peut-être de mon assiette.

— Mange. Tu dois finir ton assiette, c'est la règle.

Mes iris noirs se rivent aux aventurines de la belle Octavia. Je me souviens du collier que portait la petite fille que j'étais censée servir. Elle avait un pendentif magnifique fait de cette pierre. Une ombre passe dans mes souvenirs, le spectre de ce que j'ai vécu dans cette maison.

— Je n'ai pas faim, alors je ne mangerai pas, m'obstiné-je.

Mes résolutions s'envolent. Je suis ballottée depuis ce maudit tournage sans possibilité de décider ou de choisir. En conséquence, j'aurai le contrôle de mon estomac. Je suis encore libre de ce que je veux ingérer ou pas. Les couverts se posent, chacune observe notre affrontement. Aucune de nous ne veut plier.

— Tu as eu la chance d'être choisie pour faire partie du harem. Ici, il y a des règles.

— Je me fiche de vos règles, je n'ai pas faim.

— Tu dois respecter les règles, c'est ainsi. Cesse de te comporter comme une enfant et mange ta ration ! s'enflamme-t-elle.

Je me lève pour la dominer de toute ma hauteur. Je ne me comporte pas comme une enfant. Peut-être que ces femmes sont ici de leur plein gré, sans doute en ont-elles rêvé, mais moi ce n'est pas à ça que je voulais vouer mon existence. Je voulais sauver ma famille. Puis… Puis quand on me l'a arrachée, j'ai voulu sauver May et ces personnes qui se battent pour embellir la vie des plébéiens. Il y a une armoire dans l'infirmerie des Noctis qui attend ma livraison. Des gens ont besoin des médicaments que je peux trouver.

— Assieds-toi ! Tu as peut-être été élevée chez les animaux, mais ici c'est un palais et…

Elle s'interrompt en recevant le contenu de mon assiette au visage. Ma poitrine se soulève et s'abaisse dans le désordre d'une colère écumante.

— Je ne suis pas un animal, articulé-je durement. Tu ne vaux pas mieux parce que tu te prélasses dans de la soie. Tu ne m'es pas supérieure car tu es au bout de cette table, ou la plus âgée ici. Je n'ai pas d'ordre à recevoir d'un jouet du Consul !

Toute ma docilité feinte s'est évaporée pour révéler ma nature révoltée. Delta ne s'est finalement jamais endormie. Chacune retient son souffle, la beauté dégoulinante de nourriture se relève lentement sans me quitter des yeux.

— Gardes, emmenez-la dans sa chambre dans l'attente de sa punition, ordonne-t-elle d'une voix étranglée par la fureur.

Les hommes se précipitent, je tente de lutter mais leur force me dépasse largement. Malgré tout, je parviens à mordre la main de l'un d'eux, faisant perler son sang entre mes dents.

— Saleté ! peste-t-il. C'est une sauvage !

— J'en rendrai compte au Consul, n'aie crainte, promet Octavia. Tu mériterais qu'on t'arrache les dents !

Des menaces. Je songe à Omega et ses punitions. J'ai vécu un an sous la menace d'une balle dans la tête au moindre écart. Ce n'est pas une maîtresse de Septimus qui va m'effrayer.

Et s'ils punissent Mer et ses filles ?

La culpabilité vient me prendre dans ses longues griffes. Je n'aurais jamais dû les présenter comme ma famille, c'était une erreur, une erreur que je vais sûrement finir par payer cher.

CHAPITRE 3

Mes doigts effleurent les broderies dorées de la couverture épaisse qui recouvre mon lit. Le motif floral éclot sur un bleu profond, rappelant les mosaïques végétales sur les murs de la chambre. Recroquevillée, je songe à la punition. Je n'ai pas peur de me faire battre. Mais s'il venait à s'en prendre à ma famille de cœur, je ne le supporterais pas.

La peur me retourne l'estomac. L'image de Mer malmenée à ma place me donne envie de vomir. Je croise les bras sur mon ventre, les yeux désormais rivés à la porte. Celle-ci s'ouvre avec fracas : Mella entre, les pommettes rouges.

— Mais qu'est-ce qu'il t'a pris ?! crie-t-elle.

Ses épaules se soulèvent rapidement, son souffle est court et ses yeux pétillent d'une inquiétude qui m'étrangle un peu plus.

— C'est si grave ? peiné-je à articuler.

— C'est la Favorite ! Quand elle te menace de te faire arracher les dents, elle le peut vraiment !

Ou faire arracher les dents de May. Non... non, ils ne s'en prendraient pas à une enfant, quand même ?

J'ai un peu d'espoir. L'espoir qu'une enfant de cinq ans ne subisse pas un tel châtiment. Mes muscles sont agités de spasmes. J'observe Mella qui rejette en arrière sa crinière rousse encore humide. Elle dévoile trois pierres précieuses à chacune de ses oreilles.

Mella s'assied sur mon lit avec grâce et pose la main sur mon épaule en soupirant.

— Bleuet, il faut vraiment que tu te plies aux règles d'ici.

— Cette Octavia est bien le reflet de notre monde, craché-je.

— Tu es si en colère… Je ne comprends pas d'où te vient toute cette haine.

Je me redresse, croise son regard émeraude. Elle semble si peinée pour moi. Je me sens comme un petit animal perdu qu'elle aurait recueilli. Je suis lasse.

— As-tu eu un jour faim dans ta vie ? Faim au point que ton estomac semble se digérer lui-même ? Faim au point de ne plus pouvoir te lever ?

— Non… non, je… Mais… Le gouvernement vous distribue à manger. Et vous gagnez de l'argent en travaillant.

Un rire aigre s'échappe de mes lèvres abîmées et trop sèches.

— Les gages sont maigres et les distributions très rationnées. La nourriture est hors de prix pour nous.

— Et c'est parce que tu as eu si souvent l'estomac creux que tu es si en colère d'être ici ? Ça n'a pas de sens…

Je me renfrogne. Je suis en colère car les repas servis ici suffiraient à nourrir plusieurs familles dans la plèbe. Je suis en colère car on m'enferme dans une cage minuscule, loin des gens que j'aime. Je suis en colère car on m'a tatoué le nom de Caeso sans mon consentement. Et, surtout, je suis en colère car si on ne me libère pas, May n'aura plus son insuline.

J'en veux à Caeso de m'avoir arraché à ma vie. Oui, je flirtais avec la mort, mais je sauvais des gens. Je donnais de l'espoir aux malades. Je ferme les yeux, une larme roule sur ma joue. La perspective de la mort de May quand les insulines que j'ai obtenues seront épuisées me rend malade. Je refuse d'imaginer un monde sans elle. C'est trop dur, trop injuste.

Soudain, la porte s'ouvre. Je rouvre mes paupières, deux gardes consulaires me font face. L'heure de la punition est venue. J'ai peur. Je peine à me relever, la main de Mella toujours posée sur mon épaule. Mes jambes tremblent légèrement quand je quitte le lit. Je resserre le déshabillé bleu autour de mon corps trop maigre. Ma compagne de chambre rapproche ses lèvres de mon oreille et souffle :

— Sois soumise, ne regarde pas Septimus dans les yeux et tâche d'avoir l'air profondément désolée.

Je tourne légèrement la tête et la dévisage. Elle me fait un regard entendu en resserrant ses doigts sur mon épaule. Je la revois me dire avec un sourire extatique que toutes les femmes de ce harem sont en admiration devant le Consul.

— Tu ne crois pas en sa bonté ? murmuré-je.

— Mesure toujours tes paroles entre ces murs, chuchote-t-elle.

Je hoche la tête, perdue. Je ne comprends pas ce revirement.

— N'oublie pas que notre glorieux Consul est la justice même, poursuit-elle d'une voix forte.

Elle tapote mon dos et je suis les deux gardes dans le couloir puis dans la grande salle du harem, débordante de végétation, de petites fontaines et de divans chargés de coussins. Des servantes en tunique brune s'affairent entre les fleurs magnifiques que sont les maîtresses. Celle qui m'a traitée de chat des rues me fait un large sourire que je n'arrive pas à interpréter. Quant à Octavia, elle me lance un regard meurtrier. Je serre les poings pour me donner une contenance et ignorer le vertige qui me saisit à mesure que nous nous rapprochons des appartements de Septimus.

Nous n'allons pas dans son bureau, mais empruntons un couloir discret attenant. Ma bouche s'assèche, l'air devient acide et trop lourd pour mes poumons. Nous nous enfonçons dans cette coursive aux murs pourpres sur lesquels les portraits des précédents Consuls me jugent avec sévérité. En particulier Marcus, le grand-père de Caeso. Je m'arrête un instant. Il était connu pour ses coups de folie et son sadisme. Des récits de ses actes barbares font encore trembler la plèbe et les Noctis aujourd'hui.

Je constate que Caeso n'a vraiment pris aucun trait de ses ancêtres, tout lui vient de sa mère, Vibia. Quelque part, ça me rassure, et ça me blesse aussi. Il a été gentil avec moi. Il m'a mise en confiance, tout ça pour me piétiner en m'enfermant dans le harem.

Pourquoi m'as-tu trahie ?

Je baisse la tête et reprends la marche qui me conduit à mon bourreau, les doigts pianotant encore dans le vide. Je ferais n'importe quoi pour que ma souffrance lui suffise et qu'il ne s'en prenne pas à mes proches.

Je suis poussée dans un lieu exigu, au sol chargé en marbre, à peine recouvert par un tapis précieux, et aux murs couverts de centaines de livres. Comme un condamné à mort qui cherche d'où frappera le coup ultime, mes yeux balaient la pièce pour trouver Septimus assis dans un fauteuil. Il porte une tunique et un sous-vêtement long, semblables à ceux de Caeso lorsqu'il est en tenue de nuit. Mais on ne saurait le trouver moins impressionnant sans ses atours de Consul.

— Laissez-nous.

— Consul, elle a mordu un garde !

— Alors c'est une chance que nous ayons procédé à un nettoyage approfondi, hier, de sa cavité buccale, soupire-t-il. Laissez-nous.

Je me tourne un instant vers la fenêtre. Je regarde le jardin éclairé à la lumière des lampadaires de la rue adjacente. Un vent souffle et agite les branches. Celles du saule pleureur caressent le sol, le bruit devrait être apaisant, mais le vitrage sécurisé m'empêche de l'entendre. M'empêche de m'échapper.

Brutalement, les deux mains puissantes du Consul se referment sur ma gorge. Je revois mon bourreau s'amuser à tester les limites de la suffocation sur moi. Je saisis avec désespoir les bras de Septimus pour tenter de le faire lâcher, mais ses doigts pressent plus fort ma trachée. J'ai des relents de nausées, les yeux qui deviennent brûlant. Mes poumons veulent si désespérément de l'air qu'ils s'embrasent et se contractent abominablement. Mes mains perdent peu à peu leur force pour lutter contre les muscles bandés de ses bras.

— Alors, sale Noctis, tu t'en prends à mon trésor ?

Ma vue s'assombrit. J'essaye de me débattre, quand soudain il me relâche pour me jeter au sol. Je cherche mon air, inspire sans vraiment parvenir à remplir mes poumons. L'air va et vient rapidement, comme si j'étais incapable de le garder.

— Je… je suis… je suis une plébéienne, expiré-je.

Il me donne un coup de pied dans le ventre, un cri de douleur m'échappe. Il se penche sur moi et me saisit par les cheveux. Il tire ma tignasse, menaçant de me l'arracher. Ma tête penche en arrière, je suis contrainte de lui faire face.

— Quelle vilaine manie que celle du mensonge, crache-t-il avec une haleine marquée par l'alcool. Il faudra que nous te fassions passer ce travers.

Mon cœur pulse si fort qu'il me fait mal. L'air ne reste toujours pas dans mes poumons, il s'échappe de ma gorge en me laissant la sensation abominable que je vais suffoquer. Mes yeux s'écarquillent, un sourire sadique étire ses lèvres. Il tire encore plus fort sur mes cheveux, des larmes perlent à mes yeux. Avec l'énergie du désespoir, je tente encore de me défendre d'une voix devenue rauque :

— Puisque… puisque je vous dis… je vous dis que…

— Il suffit ! Caeso a avoué ta vraie nature.

C'est comme un coup de poignard dans mon cœur. Je sens mon organe vital exploser dans mon sein, devenir une poussière à peine palpitante.

— Caeso… Caeso a quoi ? larmoyé-je.

Il relâche enfin mes cheveux et se redresse. Je dois me relever. Mais je n'y arrive pas. Tout mon corps est secoué de spasmes, mes jambes tremblent avec violence et mes bras me lâchent. Mon dos et l'arrière de mon crâne percutent le sol. Les yeux hagards, je regarde le plafond peint qui représente un ciel bleu. Mon rêve. Ce que je rêve de voir de mes propres yeux depuis l'enfance. Puis, le souvenir de Caeso me racontant le ciel bleu me revient en mémoire, accentue mes pleurs pitoyables.

— Il a reconnu que tu es une Noctis. La trahison est douloureuse, n'est-ce pas ?

Je ferme les yeux, j'ai mal. J'ai mal comme lorsqu'Epsilon est morte dans mes bras. Mal comme quand on m'arrache ce que j'ai de plus précieux. Caeso a détruit ma confiance. Il l'a prise et la fait voler en éclats alors que j'ai eu tant de mal à lui confier ce que j'estime être un trésor.

— Si vous… si vous savez ce que je suis… Pourquoi ne pas m'avoir exécutée ?

La fin. Celle à laquelle tous les Noctis sont voués. Une fin que j'aurais dû accepter au lieu de lutter contre. Une poigne puissante saisit ma main et me relève sans ménagement. Je vacille, recule jusqu'à percuter une bibliothèque, comme si tout mon corps était ivre.

— Car si je te tue, je détruis mon fils. Ce n'est pas dans l'intérêt du gouvernement.

Ni dans le votre, en tant que père.

Au milieu de l'obscurité, un espoir. Une lumière. Septimus ne peut pas m'exécuter. Donc je vais continuer de vivre pour May. Pour Zaley. Pour tenir ma promesse de faire de leurs vies un champ de fleurs.

— Tu vas être remise dans le droit chemin, menace-t-il. Livia.

J'ouvre les yeux. Je ne comprends pas pourquoi il m'appelle ainsi.

— Livia ? répété-je, toujours à bout de souffle.

Il se rapproche, plante son regard vert profond dans le mien. Le sang bat dans mes tempes. Je déglutis, la douleur dans mon crâne, comme dans mon ventre, irradie. J'ai du mal à rester debout. Les étagères s'enfoncent dans mon dos.

— Nous savons que les Noctis ont des pseudonymes. Il est hors de question d'utiliser le tien, quant à ton prénom de plébéienne, Caeso le déteste. J'ai choisi Livia, ce qui correspond mieux à ton nouveau statut.

— Mon nouveau statut de captive ? frondé-je.

— Non. Celui de Favorite.

Favorite.

Le mot résonne dans mon esprit jusqu'à m'étourdir. Jusqu'à devenir un hurlement, un cri qui m'assourdit.

— Sa… sa Favorite ? Comme Octavia ?

Il me gifle avec une violence inouïe qui envoie ma tête sur le côté. Si fort que je vacille de nouveau.

— Ne te compare jamais plus à Octavia. Elle est un diamant précieux, toi tu n'es qu'une vermine.

Je relève les yeux vers lui, la colère monte en moi. Elle plante ses griffes dans ma chair, elle rend bouillant l'air dans ma cage thoracique, elle me fait vibrer jusqu'au fond de mon âme.

— Si je ne suis qu'une vermine, pourquoi avoir accepté le choix de votre fils ? ragé-je.

— J'ai mes raisons, susurre-t-il sombrement. Tu vivras aux pieds de mon fils. Tu le serviras lui et le gouvernement.

— Le gouvernement ? répété-je, perdue.

— Parfaitement. Tu découvriras bientôt de quoi il en retourne.

Il se rapproche, saisit mon menton entre son pouce et son index avec toujours ce sourire sadique.

— Soyons clair : si tu ne collabores pas et mets des idées frondeuses dans la tête de mon fils, je ferai dévorer sous tes yeux la petite diabétique et cet homme que tu as eu l'audace d'embrasser devant Caeso !

Je fixe le Consul. La haine crépite sur moi comme les gouttes acides de la pluie. Je n'ai pas l'intention de me laisser malmener et menacer sans obtenir en retour quelque chose qui compte pour moi.

— Il semblerait que j'ai tout à perdre et rien à gagner.

— Tu as une vie de luxe dans ce palais ! Que veux-tu de plus ? s'offusque-t-il.

Le coin de ma bouche s'étire légèrement. Je sais parfaitement ce que je veux. Je sais à quoi est vouée mon existence. Jamais je n'oublierai ceux que je dois sauver.

— Les frais médicaux pris en charge pour la plèbe. Les plébéiens se contentent de la pauvreté, des estomacs creux, mais la santé, elle…

— La santé entre dans le cadre d'une sélection naturelle. Les Anciens se sont crus plus forts que la maladie et la nature, tout cela nous a conduits à un cataclysme.

— Si vous prônez la sélection naturelle, pourquoi persister à droguer Caeso aux sérums de reconstruction osseuse ?

Il me gifle encore avec une violence inouïe. Mais cette fois je ne m'écroule pas, je résiste.

— La vie de Caeso est essentielle à ce monde, éructe-t-il. Celle d'une vermine comme la petite diabétique n'apporte rien…

Je ne le laisse pas finir. Il s'en prend encore à May. Toute ma révolte, toute mon envie de rejeter ce système me donne une nouvelle force. Je m'arrache de la bibliothèque et saisis la carafe de vin sur le guéridon avant qu'il n'ait le temps de réagir.

— Si elle n'apporte rien…

Je brise la carafe contre la bibliothèque et appuie le goulot tranchant contre ma gorge douloureuse. Il a bien dit qu'il ne pouvait pas m'éliminer. Il m'a offert une opportunité de lutter, de le dominer.

— Arrête ! hurle-t-il.

Je pourrais presque sourire, je reprends le contrôle. Plus je me rapproche de la mort, plus je suis puissante. Il s'approche, j'appuie plus fort le verre sur ma gorge, ce qui le fait s'arrêter net.

— Pour elle, je suis prête à détruire Caeso.

— Espèce de…

Il se jette sur moi, je l'esquive et me recule. Je peux sentir mon sang pulser dans mon cou, prêt à jaillir si j'appuie plus fort.

— Que veux-tu, sale vermine ?

— La santé pour la plèbe, m'obstiné-je.

Il enrage. Il éructe, comme un animal fou. Ses poings se crispent jusqu'à blanchir les jointures de ses doigts.

— C'est impossible ! C'est une décision que seul le Haut-Consul peut prendre.

Il ne ment pas, je peux le percevoir dans son regard. Alors, je tente le tout pour le tout.

— Dans ce cas, je veux de l'insuline en suffisance et un panachage de sérums.

Il tente de m'arrêter, je fais couler un filet de sang sur ma gorge. Pour May. Pour sa survie. Il grimace.

— Très bien. J'accède à ta requête, capitule-t-il.

— Et maintenant ? Que va-t-il se passer pour moi ?

Il relève la tête, je lis dans ses yeux toute la haine qu'il me porte. Je me sens si forte. Avoir obtenu l'insuline pour May est ma plus belle victoire. Elle va vivre. Peu importe le sacrifice que ça me demande.

— Tu deviens Livia, Favorite de Caeso et servante du gouvernement.

Je jette le goulot de la carafe. Ainsi, je scelle notre accord qui ne quittera pas cette pièce, du moins pas de ma bouche.

CHAPITRE 4

Un serviteur a été appelé par Septimus pour essuyer le sang sur ma gorge et poser un pansement. Quand j'entre dans le harem, toutes les têtes se tournent vers moi. L'un des gardes m'annonce comme Livia, Favorite de Caeso. Mella m'invite à la rejoindre sur un divan garni de coussins.

— Livia est beaucoup plus jolie que Bleuet, me complimente-t-elle en saisissant mes mains.

Son regard s'attarde sur ma gorge où je devine que les doigts du Consul sont encore imprimés sur ma peau brune. Mais je ne dis rien.

— Une idée de Septimus, réponds-je, désinvolte.

— Il a si bon goût !

La voilà qui admire encore ce Consul sadique. Mais je vais devoir m'y habituer. La maîtresse qui m'appelait « le chat des rues » et celle qui lorgnait sur mon assiette de canard, s'approchent.

— Je m'appelle Publia, se présente la première.

— Et moi, Ostia.

J'imagine que mon nouveau statut attire les convoitises. Je leur souris, je n'ai pas envie d'être hostile. Elles me complimentent sur mon nouveau nom, et papotent comme si je n'avais pas l'air de sortir d'une salle de torture. Le font-elles exprès ? Ou sont-elles à ce point aveuglées par leur amour du Consul ? Je ne sais pas.

— Nous devrions aller nous coucher, baille Mella.

— Déjà ! s'offusque Ostia. Il n'est même pas minuit !

— Je suis fatiguée, appuyé-je, pas mécontente de pouvoir m'allonger.

Mon ventre et ma tête me font encore souffrir. Nous quittons l'incroyable pièce commune pour nous rendre dans notre chambre. Je me glisse sous les couvertures, surprise de découvrir mon lit chaud. Pendant un instant, je me revoie dans le Nid, blottie contre Alpha. Mon cœur se serre – il me manque tellement. Immédiatement, j'en veux à Caeso de m'avoir enfermée ici. Oiseau de nuit, j'étais en danger mais libre d'aimer Alpha. Je me recroqueville, les mains posées sur mon ventre douloureux. J'aimerais sentir ses bras puissants autour de moi.

Pardon Alpha. J'aurais dû t'écouter... Pourquoi me suis-je obstinée à croire que le harem était une invention ?

Je n'ai jamais vu d'évocation de maîtresse ou Favorite dans les magazines que j'ai pu voler. Je n'avais que la parole d'Alpha. Alpha qui, en tant que fils d'éminents chirurgiens, l'élite de l'île, avait sans doute eu accès à ce secret. Je repense à la structure en bois au cirque, celle qu'il m'a indiqué comme étant à destination du harem pour assister au spectacle. Je repense à cet indice évident, que dis-je un indice... une preuve ! J'étais si écœurée par le principe même du harem que mon cerveau s'est braqué.

— Tu as l'air si triste, souffle Mella en démêlant ses ondulations rousses.

— Oh... je... je pense juste à ma famille, mens-je.

— Nous voyons nos familles quatre fois par an, ne t'en fais pas. Grâce à toi, ils vont toucher une pension du gouvernement, ils pourront peut-être même accéder à un Ordre supérieur.

— Tu... tu crois ? demandé-je, soudain pleine d'espoir.

Si Mer, son mari et ses filles accédaient à une autre caste, le père pourrait régler sa dette et rester à terre. Ce serait si merveilleux.

— Ma mère était une civis. Quand je suis entrée au harem, Septimus l'a promue patricienne.

— Civis ça me suffirait, murmuré-je.

Elle repose la brosse en nacre sur la coiffeuse et vient s'asseoir près de moi. Ses doigts passent dans mes cheveux emmêlés.

— Tu vas sauver ta famille, Livia.

— J'espère…

Elle me sourit, comme me souriait May. Un sourire plein de bienveillance.

— Il faudra que nous mettions de l'huile précieuse dans tes cheveux.

Je cligne plusieurs fois des yeux. Elle se préoccupe vraiment de l'état de mes cheveux ?

— Tu crois que c'est important ? maugréé-je.

— Tu es une Favorite.

Une Favorite…

Je me rapproche de Caeso et de l'espoir de pouvoir faire changer les choses. Je sauve May. Je sauve peut-être toute sa famille. Mais je trahis Alpha, et cette perspective me noue la gorge.

— Je… j'ai sommeil, chuchoté-je.

— Bien, je vais éteindre.

Elle quitte mon lit pour rejoindre le sien et appuie sur un bouton pour éteindre les centaines d'éclats de cristaux au plafond. Je ferme les yeux, pour plonger dans l'horreur de mes traumatismes.

Un chant d'oiseau nous réveille, je suis épuisée. Mella ronchonne et allume la lumière. Elle aussi a une mauvaise tête.

— Bon sang, j'ai à peine fermé l'œil. Tu n'as fait que crier cette nuit ! se plaint-elle.

Je sens mes joues brûler. Je sais que j'ai un sommeil chaotique. Je m'en veux de l'avoir dérangée dans son repos.

— Je suis désolée.

— Ce n'est pas possible, je refuse de passer une seconde nuit comme ça !

— Tu veux… tu veux qu'on me change de chambre ? m'étranglé-je.

Elle me sourit et quitte son lit pour venir prendre ma main.

— Non, ne t'inquiète pas. Il y a d'autres solutions.

Je suis rassurée. Mella devient un point de repère dans ce lieu que je déteste. Je ne sais pas si je pourrais supporter un autre bouleversement.

— Il est l'heure de prendre la douche.

— Vous vous lavez deux fois par jour ? m'étonné-je.

— Oui, ce n'est pas le cas dans la plèbe ?

Un ricanement acide m'échappe. Je sais bien que sa question n'est pas méchante. Elle montre juste la méconnaissance totale de cet Ordre par les hautes sphères.

— Disons que nous nous lavons plutôt deux fois par semaine.

Une moue dégoûtée déforme son joli visage. Je quitte le lit tandis qu'elle ouvre un tiroir de la commode pour en sortir deux serviettes immenses. Elles sont d'une douceur incomparable, rien à voir avec l'éponge rêche que j'ai toujours connue.

Nous nous rendons dans la pièce immense avec le bassin et les douches alignées le long du mur. Je me déshabille rapidement, pressée d'être sous l'eau chaude, qui a été la seule découverte agréable de cet endroit. J'apprécie la chaleur sur mes hématomes et diverses traces de mes *discussions* avec Septimus. Le regard de Mella s'arrête brièvement sur mon ventre où fleurit une belle ecchymose. Ses yeux d'émeraude se voilent un instant avant qu'elle ne retrouve son sourire.

— J'ai bien envie de sentir la violette aujourd'hui, lance-t-elle, enjouée. Et toi Livia ?

— Il y a tellement de parfums… Je crois que… L'abricot c'est bien.

— Tu es vraiment maigre, souffle Ostia en nous rejoignant.

Mes yeux ne quittent pas sa silhouette magnifique, je ne peux m'empêcher d'envier ses rondeurs qui respirent la santé. À côté, j'ai vraiment l'air d'un chat des rues. Publia remonte ses longs cheveux châtains au sommet de son crâne. Sa peau est laiteuse, comme celle de Mella et d'Octavia. Un sourire mutin embellit un peu plus son visage.

— Il paraît que l'horrible Auréa arrive dans deux jours, pépie-t-elle.

— Comment tu peux le savoir ? demande Mella.

— J'ai mes sources.

— Ta source, c'est cette servante à la langue trop pendue à qui il faudrait couper les cordes vocales, lâche Octavia en entrant dans la pièce.

Sa remarque me glace le sang, parce que maintenant je sais qu'elle a réellement ce pouvoir et sûrement assez de sadisme pour l'appliquer.

— Auréa et sa voix insupportable qu'on entend jusque dans le harem, soupire une brune plantureuse dont je ne connais pas le nom.

— Comment Caeso peut-il la supporter ? questionne Ostia.

— Il paraît qu'ils font chambre à part, lance Publia.

Décidément, elle en sait des choses ! Je ne fais pas de commentaire. Je sais que toutes attendent que je réagisse, je sens bien leurs regards sur moi. Mais je n'ai pas l'intention de rentrer dans ce genre de discussion. La perspective de revoir Caeso m'angoisse au plus haut point. J'ai peur qu'après cette nuit où il a tout détruit, il devienne comme son père et que mes espoirs soient perdus.

Octavia rappelle à l'ordre les maîtresses sur le respect à observer envers la petite amie de l'héritier. Elles marmonnent des excuses, mais je suis certaine que Publia m'a fait un clin d'œil.

Je m'enroule dans la serviette en même temps que Mella et nous regagnons la chambre. Elle m'invite à m'asseoir devant la coiffeuse et prend un flacon en verre dans lequel un liquide ambré renvoie la lumière.

— Tu vas voir, c'est miraculeux pour les cheveux. Et après tu mettras du baume sur tes lèvres. Qui voudrait embrasser une bouche aussi gercée ?

Alpha.

Je ne réponds pas. Je n'ai pas envie de me faire belle pour Caeso. Je n'ai pas envie de changer. Mais laisser faire Mella, c'est me montrer docile comme Septimus l'attend. Je la laisse passer le produit à la délicieuse odeur dans mes boucles, comme le ferait une grande sœur. Je me revois en train de coiffer Zaley. J'adorais lui tresser les cheveux de manière artistique. Mon cœur se serre, j'aimerais tant la revoir et la mettre à l'abri elle aussi.

Mella me donne un petit pot dans lequel une pâte translucide sent le miel. Je m'en applique sur la bouche, et immédiatement, les petits tiraillements des gerçures s'apaisent. Quand j'observe mon reflet, je me demande quand je reverrai l'héritier. L'idée de croiser de nouveau son regard bleu comme le ciel fait vriller mon estomac.

— Bien, habillons-nous ! lance joyeusement ma compagne de chambre.

Elle ouvre un nouveau tiroir de la commode. Je peine à la suivre dans son enthousiasme. Tout ça ressemble à une triste comédie. Je ne suis pas *Livia*. Je ne suis plus non plus *Delta*. Je me sens étrangère à moi-même.

— Mes dessous sont à droite, les tiens sont à gauche. Septimus aime la lingerie fine, je me demande ce qui plaît à Caeso.

Sans aucune envie, je tire sur un morceau de dentelle et découvre une culotte qui ne couvre pas grand-chose. Mes yeux s'écarquillent, déclenchant l'hilarité de Mella.

— Le coquin, rit-elle.

Ça ne me fait pas du tout rire. Au contraire, ça me renvoie plus encore à l'objet que je semble être devenu. Pire encore, j'ai la sensation d'être à nouveau une poupée, avec toutes les souffrances qui entourent ce rôle qui donne envie de disparaître.

— Il est hors de question que je mette ça ! me révolté-je.

— Tu n'as pas vraiment le choix. Tu préfères les culottes de grand-mère ?

— Je préfère quelque chose qui me couvre bien, oui.

— Tu vas t'y faire. Il faut bien stimuler l'imaginaire de nos hommes.

— Je ne veux rien stimuler du tout ! protesté-je.

Mella pose ses mains sur mes épaules et approche sa bouche de mon oreille.

— Tu es sa Favorite, son fantasme absolu. C'est ainsi.

Je me raidis toute entière, crispant mes doigts sur la culotte en dentelle. J'étais le fantasme d'Alpha et, comme une idiote, je deviens celui de Caeso. Est-ce l'interdit qui lui a donné envie de me capturer ? Parfaitement, il m'a arraché à ma liberté. Comment se passeront nos retrouvailles ? Comment vais-je pouvoir le pardonner ?

— Allez. Il faut nous habiller.

Je capitule, faute de mieux, et enfile la lingerie. Mella ouvre la porte d'une pièce attenante. J'y découvre une kyrielle de robes. Les siennes dans des tons chauds et aux décolletés outrageants. Les miennes, pastels, bien plus sages au niveau de la poitrine. Poitrine, de toute façon, presque inexistante chez moi.

Ce n'est pas du sur-mesure, les mains d'or n'auraient pas eu le temps. Comme ma robe blanche après la nuit avec lui. Mais je ne savais pas que de si petites tailles existaient en série.

Malgré ma peine, je suis émerveillée par les étoffes soyeuses. Un maigre réconfort. La carapace de ce nouveau rôle que j'incarne bien malgré moi. Mon choix se porte sur une robe jaune. Avec l'aide de Mella, je la revêts. Elle serre le laçage entre mes omoplates et j'en fait de même pour la sienne qui dévoile plus largement son dos.

— Bien, maintenant on choisit la corde et les bijoux.

J'opte pour une corde rouge quand le souvenir de Caeso nouant la corde sous mon sein me revient. Et soudain, je réalise.

— Il va venir, glapis-je.

— Qui ?

— Caeso.

— Bien sûr. Il vient te saluer et faire ton nœud. C'est normal.

Je m'étrangle. Je baisse les yeux sur mon poignet tatoué, je le presse avec ma main, jusqu'à souffrir, jusqu'à rendre plus physique encore sa trahison. Il a dévoilé ma vraie nature. Il m'a enfermée contre mon gré. Je ne suis pas encore prête à l'affronter ni à faire face à tout ce que je peux ressentir à son encontre. Mes oreilles bourdonnent comme si tout un essaim y avait pris place. Mon cœur se jette contre mes côtes, prêt à les pulvériser.

— Tu devrais mettre des boucles d'oreilles, me conseille Mella.

Le souffle court, je lève un regard troublé sur Mella. Je l'ai à peine entendue. La bouche pâteuse, je lui réponds :

— Comment ? Je n'ai pas de trou. Et je n'ai pas envie de mettre des bijoux.

— Je te les ferai ! Il faut juste une aiguille et de l'eau bouillante…

Je n'écoute plus, car j'entends des bruits de pas lourds. Je retiens mon souffle, tout tourne rapidement dans mon esprit. Je suis paralysée, la corde pressée entre mes doigts crispés. Un étourdissement me saisit. Soudain, chaque nuit passée avec Caeso se joue devant mes prunelles écarquillées. Chaque instant où la confiance s'est tissée entre nous dans un canevas complexe et digne du plus doué des mains d'or. Elle était un bijou précieux, d'une valeur presque égale à celle de la vie de May.

La porte s'ouvre, Mella plonge dans une profonde révérence alors que je suis incapable de bouger, statufiée dans la douleur hurlante de sa trahison.

— Consul, votre Altesse, minaude-t-elle.

Mes yeux rencontrent ceux de Caeso. Le bleu paisible est devenu un orage. Comme s'il n'avait pas décoléré depuis l'autre soir. Je crains d'avoir perdu celui qui me racontait le ciel. J'inspire, expire, ma tête tourne.

— Livia, tu ne fais pas la révérence ? s'étonne Septimus.

J'y perçois l'ombre d'une menace, mais si je me penche, je vais tomber. Je me sens comme au bord d'un vide. Prête à basculer, à chuter d'une hauteur mortelle. J'ai ce même haut-le-cœur qu'avant de sauter d'un immeuble.

— Elle est terrifiée, constate Caeso.

Je n'arrive pas à détourner le regard, mon sang quitte mon visage, le malaise se rapproche insidieusement avec des vertiges de plus en plus violents.

— Glorieux Consul, lance Mella. Je sollicite la venue du médecin.

— Es-tu souffrante ?

— Non. Mais nous n'avons presque pas dormi, car Livia n'a pas cessé de hurler. Je crois que… qu'elle a besoin d'un médicament.

Alors, Caeso fait un mouvement dans ma direction, mais je le repousse avec toute la force dont je suis capable. Immédiatement, une gifle brutale me projette au sol. J'ai à peine le temps de relever la tête qu'un coup m'est donné dans le ventre, juste dans mon ecchymose. Je tremble, secouée de spasmes comme un animal qu'on tente de battre à mort.

— Père ! Je vous interdis de la brutaliser ! hurle Caeso.

Ses mots… Il vole à mon secours. J'entrevois le Caeso que je connais, celui qui était devenu mon ange guerrier pourtant… pourtant sa lumière divine ne perce pas à travers les remparts noirs de ce qu'il m'a fait.

— Elle n'a pas à te repousser, cette chienne !

— Elle est ma Favorite. Je refuse qu'on lève la main sur elle. Elle est suffisamment traumatisée comme ça.

Oui. Oui j'ai vu trop d'horreur. Oui, à jamais, je serai marquée par le sang. Et, enfermée ici, je suis marquée par la rancœur.

— Je suis ton père et ton Consul…

— Je suis l'héritier et je n'hésiterai pas à m'interposer pour prendre les coups à sa place. Est-ce là ce que vous désirez, Père ?

J'ose à peine relever la tête. Caeso est à présent devant moi, les bras écartés. Je ne peux m'empêcher de l'imaginer comme sur ce tableau, les ailes écartées et prêt à frapper pour moi. Rien que pour moi. Un voile de douceur vient se poser sur moi, comme une plume venue de ses ailes.

— Personne n'a le droit de la toucher, poursuit-il sombrement. Ni de l'insulter.

Le regard de son père va et vient entre son fils et moi. Étrangement, il paraît satisfait de la réaction de Caeso. J'ai du mal à suivre, à comprendre. Le flou revient m'envahir, j'ai si mal au ventre que j'ai l'impression qu'un de mes organes a explosé à l'intérieur. Avec douceur, Mella m'aide à me relever. Je m'appuie sur elle de tout mon poids et, quand elle me relâche, je crains de m'effondrer. Pourtant, une force invisible me garde debout. J'ignore d'où elle vient, peut-être du courage que je n'ai jamais perdu malgré les épreuves.

Septimus s'approche de Mella. Il me semble qu'elle se tend légèrement. Il l'embrasse à pleine bouche, j'ai un mouvement de recul, dégoûtée. Puis, sans un mot, il lui fait son nœud. Paniquée, je me tourne vers Caeso.

— J'espère que tu n'as pas l'intention d'imiter ton père, soufflé-je.

— Jamais je ne t'embrasserai sans ton accord.

Tandis qu'il se rapproche, je ne peux m'empêcher de loucher sur ses lèvres joliment dessinées. Son doux parfum de chèvrefeuille emplit mes narines. Je tente d'avaler ma salive légèrement acide, le goût amer de ma captivité sur la langue. Mon cœur palpite rapidement, comme après une course sur les toits. Comme lorsque… comme lorsque je retrouvais Alpha.

Non. Non ! Je le hais !

Je secoue la tête, sa main frôle mon sein. Je laisse échapper un petit hoquet de surprise, plongeant mes yeux dans les siens. Mon âme vibre, me voilà désespérée qu'un homme prêt à affronter son sadique de père pour me protéger soit aussi capable de me voler à ma vie.

Il se contente de faire le nœud, ce qui nous rapproche un peu trop à mon goût.

— Mon médecin personnel va venir, déclare-t-il. Tu es magnifique, Livia.

Je ne réponds pas. Ses yeux s'attardent sur les traces des doigts qui persistent sur ma gorge. Il sait. J'en suis sûre. Il sait que son père a eu une discussion musclée avec moi. Pourtant, il ne fait aucun commentaire et suit le Consul quand il quitte la pièce. Je ne le comprends pas. Je le croyais prêt à prendre les armes pour moi et, finalement, il se tait devant l'évidence. Comme ma mère se taisait face aux indices des sévices que je subissais en tant que poupée. Même si je tentais de cacher mes cicatrices. Elle trouvait des choses étranges et n'a pas bougé.

Je me laisse tomber sur le tabouret de la coiffeuse et fonds en larmes.

CHAPITRE 5

Mon cœur meurtri souffre à chaque battement. Je voudrais seulement comprendre. Je voudrais passer un moment seule avec lui pour qu'il s'explique. Mella me frotte le dos alors que je sèche mes larmes.

— On va aller prendre le petit-déjeuner, tu as besoin de forces, sourit-elle avec douceur.

— On mange combien de fois par jour ici ? reniflé-je.

— Nous mangeons le matin, le midi, à quatre heures il y a une collation, le soir et après le dîner nous avons des boissons. Les couche-tard ont une collation à minuit aussi.

Mes yeux s'arrondissent.

— Mais… Mais je ne pourrai jamais manger autant !

— Pourtant tu en as besoin. Tu faisais combien de repas dans la plèbe ?

— Un. Et parfois… parfois rien, ou on faisait des infusions de menthe sauvage ou de racines pour tromper la faim.

— C'est terrible, souffle-t-elle, horrifiée.

Je ne réponds pas. L'idée que nous mangions autant ici me donne terriblement chaud avec une empreinte de nausée âcre quand je pense à ceux que j'aime et qui crèvent de faim. Tout mon corps se tend, l'air que j'inspire me picote, comme devenu toxique. Pourtant, je ne peux rien dire à Mella ou aux autres. Je ne veux pas que Mer et ses filles subissent la colère de Septimus.

Les blessures qu'il m'a infligées sont encore assez douloureuses pour me rappeler de quelle cruauté il est capable. Puis… qui sait ? Peut-être que j'obtiendrai ce que je veux en jouant leur jeu.

Je revois Caeso faire face à son père. Je revois la noirceur dans son regard. Il me semble y reconnaître la lueur du sadisme propre à son père et à son grand-père et ça, ça me terrorise. Je veux retrouver l'homme doux qui me racontait le ciel. Celui qui m'a fait croire qu'un monde meilleur peut exister.

Mella me prend par la main et me tire de mes pensées. Ensemble, nous nous rendons dans la grande salle où la table a été dressée au milieu des plantes. Elle déborde de fruits, de petits pains, de confitures et de tout un tas de choses que je ne connais pas. Malgré mes tourments, mon ventre gargouille et l'appétit fait naître une impatience dans mon organisme. Le clapotement des fontaines est apaisant. Comme la veille, je me place à droite d'Octavia. Un grand bol rempli d'une crème marron m'attend.

— Du chocolat, m'envie Ostia.

Ostia m'a tendue la main en venant se présenter hier, peut-être que je pourrais être gentille en retour et mieux m'intégrer ?

— On pourrait partager, je n'arriverai pas à tout manger, lui souris-je.

— Non, tu dois manger, contre Octavia.

Je soupire, plonge ma cuillère dans la crème et commence par la renifler. Le parfum est plutôt agréable. Du bout de la langue, je goûte.

— C'est si bon ! m'extasié-je.

Je découvre une saveur à la fois sucrée et légèrement amère, je déguste mon bol sagement pendant que les maîtresses bavardent avec entrain. Je suis un peu perdue au milieu des conversations. Je saisis juste qu'elles n'ont pas assez avancé sur le cadeau d'anniversaire de Caeso. Intriguée, j'essaie de me mêler à la conversation, toujours dans l'idée de mieux m'intégrer :

— Vous lui offrez une toge ? Je dois faire un cadeau aussi ?

— Vous ne faites pas de cadeaux pour les anniversaires dans la plèbe ? demande Mella.

— Eh bien… ça dépend. On essaie, mais parfois c'est compliqué.

— Tu dois lui faire un cadeau, m'informe Octavia.

Je baisse la tête. Me voilà bien. Peut-être que si je lui fais un cadeau qui le renvoie à celui qu'il était quand il ne m'a pas exécutée, il redeviendra comme avant. Il redeviendra mon ange guerrier qui changera le monde, pas celui qui frappe de son épée des innocents.

— Qu'est-ce qu'on offre à quelqu'un qui a tout, murmuré-je.

— Tu pourrais lui offrir des sandales pour aller avec la toge, suggère Publia.

— Des sandales… Et comment je me les procure ? Je suis coincée ici.

— Il te suffit de demander à une servante et la course sera faite pour toi, réplique Octavia en sirotant sa boisson.

Une moue vient pincer mes lèvres. Je ne suis pas convaincue par les sandales, ni par la perspective d'envoyer quelqu'un acheter le cadeau. J'aurais aimé flâner sous les arcades, hésiter devant les vitrines, avoir un peu de *liberté*. Juste sentir le vent sur mon visage, le soleil qui chauffe la peau au travers des nuages.

— Livia, prends une tartine de confiture de fraises, c'est divin, m'encourage Mella.

— Oh non, je ne peux rien avaler de plus… Quand je pense que je vais devoir recommencer à midi, j'en ai la nausée.

— Tu t'habitueras, assure Publia.

Soudain, la grande porte s'ouvre. Je vois entrer un homme assez âgé en blouse blanche.

— Bonjours mesdames. Je suis le doctores envoyé pour Livia.

Je baisse la tête instinctivement. J'aurais voulu que sa visite soit plus discrète. Des chuchotements animent la table. Octavia dans toute sa majesté se tourne vers moi, un regard interrogateur.

— Es-tu souffrante ?

— Oui, répond Mella à ma place. Puis, dans la plèbe, elle a pas dû souvent consulter des doctores, ça ne lui fera pas de mal.

— À vrai dire je… j'ai vu un doctores avant ma nuit avec Caeso.

Je serre les dents quand je me remémore ce moment particulièrement humiliant où un homme m'a posé des questions, injecté un sérum à effet immédiat pour les maladies, avant d'inspecter le creux de mes cuisses afin de s'assurer que l'héritier ne risquait rien. Je croise les bras sur ma poitrine, je n'en ai pas parlé à Caeso. J'avais trop honte.

— Bon, allons dans notre chambre, décide Mella.

Je la dévisage. Pourquoi se lève-t-elle aussi ?

— Je pense qu'il ne veut voir que moi…

— Et moi je veux m'assurer que tu dises bien tout ce qui ne va pas. Donc je viens.

Je roule des yeux, mais, au fond, son attitude me touche. Elle me touche parce qu'elle me rappelle Epsilon et à quel point nous étions proches. Elle me prend le bras et, ensemble, nous allons dans la chambre. Je me pose sur mon lit, Mella à mes côtés, et le médecin prend le tabouret de la coiffeuse. Il m'impressionne avec sa grosse sacoche en cuir, sa blouse et son stéthoscope. Il a un regard acéré, autant que celui d'un Aigle. Je frissonne au souvenir des tuniques rouges.

— Livia, j'ai récupéré les notes du doctores qui vous a examinée avant votre *rencontre* avec l'héritier. Je vous avoue que quelque chose m'a interpellé… Vous n'avez jamais eu vos menstrues ?

— Mes menstrues ? répété-je un peu perdue.

— Tes lunes, me souffle Mella.

Je m'étrangle. C'est quelque chose dont je ne parle presque pas. Juste une fois ou deux avec ma mère.

— Non…

— Beaucoup de plébéiennes ont une puberté tardive. D'après le rapport, vous avez tout de même le développement gynécologique attendu à votre âge.

— Je n'ai presque pas de poitrine, contré-je.

— Tu en as quand même un tout petit peu, signe que tu as eu

un bourgeon mammaire. Puis tu as d'autres signes de puberté, me rassure Mella.

Je la dévisage. Sa manière de me répondre me rappelle Alpha. Se destinait-elle à être doctores elle aussi ? Mon cœur se comprime, comme face à chaque chose qui peut m'évoquer mon premier amour.

— Oui, confirme le médecin. Je ne doute pas qu'en prenant du poids, sa poitrine prendra du volume. Ce qui m'inquiète, c'est plutôt l'absence de menstruations. Il faudrait s'assurer que vous soyez féconde.

Immédiatement, mes muscles se tendent et j'ai un mouvement de recul. Mes inspirations deviennent rapprochées, courtes, presque insuffisantes pour remplir mes poumons. Cette intrusion dans mon intimité me donne envie de fuir. Elle laisse un parfum d'acier dans mes narines et une envie de fuir qui me prend aux tripes.

— Pourquoi ? craché-je.

Même Alpha n'a jamais su pour mon absence de cycle. Malgré tout, j'avais peur de tomber enceinte, car j'ai déjà entendu des légendes de femmes qui ont procréé sans avoir leurs lunes. Ma mère a eu les siennes tard, à ses dix-huit ans.

— Vous êtes la Favorite. La procréation fait partie de votre rôle.

Je m'étrangle et bondis du lit. Qu'est-ce qu'il raconte ? C'est ridicule. Je ne suis pas là pour donner des enfants à qui que ce soit. L'idée d'avoir des rapports avec Caeso fait se contracter mon cœur. Une sensation désagréable dans ma poitrine, comme si l'héritier venait serrer mon cœur dans son poing. Je ne sais même pas si, avec sa mystérieuse maladie, il peut avoir des relations charnelles. Un frisson me saisit, ma vision se trouble.

— Livia, asseyez-vous s'il vous plaît.

Je relève brusquement la tête. Non. Je ne veux pas m'asseoir. L'envie de rendre mon petit-déjeuner noue ma gorge. Je ferme les yeux.

— Je… je ne suis pas… Je ne veux pas…

— Je comprends que pour vous cette notion soit compliquée. En tant que Favorite, vous pouvez donner naissance à des bâtards.

Mes ongles se plantent dans mes paumes. Je sens ma poitrine se gonfler d'un air bien trop chaud, comme si je m'apprêtais à cracher du feu.

— Pourquoi ? Je ne comprends pas ! éructé-je.

Mon ventre se retourne, je crois que je vais vomir mon petit-déjeuner. Mes poumons sont douloureux, l'air m'échappe encore. Je me noie. Je me noie et personne ne viendra me sauver. Dans quoi Caeso m'a-t-il entraînée ? Je tremble, plonge mon visage dans mes mains. Il était mon ange guerrier. Un être pur. Et je l'ai transformé en monstre.

— Si l'héritier ne parvient pas à avoir une descendance avec son épouse, ou s'il arrive malheur aux enfants officiels, les bâtards prennent la place.

Je suffoque et me laisse tomber sur le lit. Mella me prend dans ses bras, serre aussi fort qu'elle le peut. Je ne veux pas de ça. Je n'ai jamais voulu de tout ça.

— Caeso est un homme doux, il ne te forcera à rien, me promet Mella d'une voix rassurante. Calme-toi, on ne demande pas que tu tombes enceinte maintenant. Caeso attendra que tu sois prête.

— Livia, vous devriez être fière de la perspective d'offrir des enfants pour la patrie.

Je relève lentement la tête pour croiser son regard. Quelle fierté ? Caeso m'échappe. Il n'est plus mon espoir. Je le vois aller vers la noirceur des Consuls, je voudrais courir après lui, hurler, le rattraper, mais en ai-je seulement la force avec mes jambes tremblantes ? J'étouffe.

— Je vais vous prescrire une ponction sanguine au vu de votre état. J'ai besoin de savoir où vous en êtes physiquement.

— Et pour la fertilité ? questionne Mella.

— Nous allons voir les résultats de la ponction, et traiter sa dénutrition. Si ça ne suffit pas à déclencher les menstrues, nous réaliserons un examen.

— Et si je suis stérile ? demandé-je, tremblante.

— Caeso est jeune, il pourra choisir une autre Favorite.

— Mais... alors...

Alors May n'aura plus son insuline. C'est aussi simple que ça. Et moi... moi je devrais trouver un autre moyen d'approcher Caeso pour le convaincre que les choses doivent changer, pour construire ce monde meilleur promis à ma protégée et à ma sœur. Pour qu'il ne devienne pas comme ses ancêtres.

Le médecin me fixe, attendant que j'achève ma phrase, mais aucun mot ne parvient plus à franchir mes lèvres sèches. Mes yeux s'égarent dans le vide.

— Docteur, je voulais vous faire part d'autre chose, lance Mella.

— Je vous écoute.

— Livia a des terreurs terribles la nuit, nous n'avons presque pas dormi.

Il hoche la tête et griffonne quelque chose sur son ordonnancier.

— Je vais vous donner un traitement, Livia. Avez-vous autre chose à me signaler ?

Je secoue négativement la tête. Non. Je crois que c'est déjà bien assez.

— Quand j'aurai les résultats de la ponction et que vous aurez pris du poids, nous réaliserons un examen. Je pense vous avoir assez bousculée aujourd'hui. Livia, Mella, mes respects.

Le médecin se retire de la pièce, je fixe le sol. Donner des enfants à Caeso ? Des bâtards ? Est-ce que Septimus a des bâtards ? Si c'est le cas, où sont-ils ? J'ai l'impression de me noyer une nouvelle fois. Il y a trop de choses qui m'échappent, tout devient une tornade où je n'ai plus aucun contrôle. La terreur appuie sur ma poitrine, j'ai besoin d'air.

Je me lève brutalement et me précipite vers la grande porte en bois du harem.

De l'air ! J'ai besoin d'air !

— Ouvrez ! paniqué-je.

— Livia, vous n'êtes pas autorisée à sortir, réplique un garde.
— Je… je veux… je veux seulement respirer…
— Nous ne vous laisserons pas sortir !
Je me laisse glisser le long du bois ouvragé et me recroqueville comme lorsque je cherchais à fuir les coups de mon bourreau. J'ai peur que Caeso ne devienne l'objet de mes tourments.

CHAPITRE 6

Soudain, une ombre se projette sur moi. Je me recroqueville comme une proie, consciente que sa fin peut venir du ciel. Mes mains tremblent violemment, je les porte à ma poitrine creuse qui se vide de son air. Je relève la tête. Les cheveux blonds d'Octavia semblent illuminés par les éclairages. Je déglutis péniblement.

— Lève-toi. Tu es une Favorite. Tu nous fais honte, vocifère-t-elle en me dominant de toute sa hauteur, bras croisés.

Je cligne plusieurs fois des yeux, je n'arrive pas encore à intégrer mon nouveau rôle. Cette nouvelle moi. Mon cœur bat si fort qu'il me donne l'impression d'être un marteau prêt à éclater ma cage thoracique. Je tremble, je ne voulais pas de cette place. Je ne voulais pas de cette cage.

Le regard d'Octavia est si dur qu'il ressemble à un châtiment.

— Tu te comportes comme une enfant capricieuse…

— J'ai besoin d'air frais, contré-je, à bout de souffle.

— Tu as suffisamment de quoi respirer ici. Cesse cette comédie et lève-toi !

Il n'y a aucune forme de pitié ou de compréhension dans ses prunelles. Ses lèvres peintes de rouge sont verrouillées. Je pourrais hurler. Je pourrais encore supplier. Je pourrais invoquer sa pitié. Mais Octavia me rappelle douloureusement notre Consul. Je n'ai pas d'autre choix que de me relever. Je serre les dents et me redresse. Elle me gifle. Ma tête part sur le côté. Je rêverais de répliquer, de lui arracher les bijoux dans ses cheveux et à ses oreilles. Mais je ne peux pas. Je ne dois pas. Car je sais ce qu'il en coûte de s'en prendre au joyau de Septimus.

— Tâche de ne plus nous faire honte. Le jour où Caeso prendra le pouvoir, c'est toi qui devras faire régner l'autorité ici.

Mes iris sombres plongent dans ses aventurines. L'air que je respire est bouillant, consume mes poumons comme la fumée des usines.

— C'est comme ça que t'a traitée la Favorite du précédent Consul quand tu es arrivée ? questionné-je en mesurant mon animosité.

Un rictus étire ses lèvres pleines

— Elle était morte.

Je n'ai pas cette chance...

Je tais mes pensées, même si j'aurais éprouvé une certaine satisfaction à les lui jeter au visage. Nous nous observons. Le ressentiment entre nous crépite sur ma peau. Elle me toise, drapée dans sa majesté. Elle est le trésor. Je suis la vermine.

Tout à notre affrontement muet, je n'entends pas Mella qui approche et me saisit le bras.

— Livia ! Viens, Publia va nous lire un roman, intervient-elle.

De sa voix de miel, elle met un terme à nos hostilités. Je me détourne d'Octavia et la rejoins sur une méridienne, le cœur pulsant toujours douloureusement sous l'effet de la colère.

— Allonge-toi, invite-t-elle avec douceur.

Je m'exécute et ma robe beaucoup trop longue s'étale sur le tissu brodé. Il y a mille fois trop d'étoffes pour moi. Je me revois enfant, dans les robes à froufrous, ma mère prête à me céder pour une promesse de mariage. Juste pour sortir de la misère.

— Je n'ai jamais lu de roman, confessé-je.

Quand je suis devenue une poupée, j'espérais qu'une partie de mon rôle serait de lire des histoires à la petite fille, n'ayant alors lu jusque-là que des extraits donnés à l'école. Un rêve de plus...

Mella m'invite à m'installer confortablement. Je pose ma tête sur ses genoux et elle s'amuse à démêler mes boucles avec ses doigts, un geste qui ressemble à celui d'une grande sœur, un geste qui me rappelle May et Zaley. Ostia s'étend sur une montagne de coussins au sol, alors que Publia se pelotonne dans un fauteuil.

Notre narratrice a une voix qui reflète le caractère de chaque personnage. J'admire son talent de comédienne et plonge dans l'histoire de Mulot, un soldat de la plèbe qui part au front et fait preuve d'un courage sans bornes. Il assiste Lucius, un héritier qui va conquérir une île de l'Est.

Nous buvons les paroles de Publia, fascinées par le récit. Mais, quand l'intrigue tourne à la propagande pure, la magie s'estompe et l'histoire finit par me donner mal au ventre.

Les hommes partent tous à la guerre avec l'espoir de changer d'Ordre et de sauver leur famille, mais en réalité une bonne partie meurt au front et les survivants sont rarement récompensés. Je me retiens difficilement de faire un commentaire, ignorant ma salive devenue à nouveau acide.

Soudain, Octavia fait résonner le chant d'un oiseau pour que nous abandonnions nos activités. La table est dressée. Mon ventre est encore gonflé à cause du petit-déjeuner, je ne sais pas comment je vais faire pour finir mon assiette. Je découvre de la volaille avec des petits légumes baignant dans un jus brillant. Mella me sert un verre d'eau fruitée. Je me force à manger, silencieuse. J'essaie d'ignorer mon esprit qui est écœuré par toute cette nourriture.

Octavia me jette des regards en biais. La discussion autour de la table est animée, mais je n'y participe pas. Je déglutis et avale péniblement chaque petit légume sucré, avec l'impression que de nouveaux apparaissent dans mon assiette.

Quand j'arrive enfin au bout, je m'affale contre le dossier de ma chaise. Je ferme un instant les yeux. Mon esprit s'envole aux côtés d'Alpha. Je nous imagine manger la bouillie des Noctis, puis lui me prendre dans ses bras. La tristesse m'envahit. Vais-je le revoir un jour ?

Soudain, les portes du harem s'ouvrent, laissant apparaître un garde en bleu.

La couleur de la garde de Caeso.

Je cligne plusieurs fois des yeux, posant la main sur ma poitrine. Mon cœur pulse contre ma paume et ma gorge se noue. Va-t-il venir ?

—Livia, vous êtes attendue par Vibia.

La mère de Caeso.

L'étonnement me fait froncer les sourcils. Cependant, je me lève, légèrement chancelante, et m'approche du garde qui incline respectueusement la tête. Nous avons la même carnation brune, les mêmes cheveux noirs, à la différence que les siens ont quelques fils d'argent qui les parsèment.

— Livia, je me nomme Murs. L'héritier m'a affecté à votre protection.

— Murs ? répété-je. Vous êtes plébéien ?

Il relève la tête et sourit, ce qui accentue ses ridules aux coins des yeux.

— Oui. C'est un honneur d'appartenir à la garde de notre héritier, je suis le seul plébéien à avoir cette chance.

Je lui souris, quelque chose de profondément doux se dégage de lui.

— Je vous souhaite d'atteindre le statut de tribun.

— C'est ce qu'on m'a promis si je remplis ma mission, en effet.

— Votre mission ? questionné-je en fronçant les sourcils.

— Veiller sur le petit oiseau que notre héritier a adopté, plaisante-t-il.

Je me surprends à rire, et ça me fait du bien. Murs m'évoque mon père. Ils se ressemblent. C'est peut-être idiot, mais je me sens rassurée d'avoir un plébéien à mes côtés. Ensemble, nous prenons le chemin des appartements de Vibia. Quand il voit que je trottine, il adapte son allure. Plus nous nous rapprochons des appartements de l'épouse, plus l'angoisse me saisit. J'ai froid, comme j'avais froid dans le Nid quand Alpha n'était pas contre moi.

Alpha...

— À quoi songez-vous ? demande Murs avec délicatesse.

Je me renfrogne. Je ne peux pas lui dire.

— À rien. Ne vous inquiétez pas.

— Vous savez… ce qui se dit entre nous…

— Je ne doute pas de votre sincérité, mais… je ne peux pas accorder ma confiance si facilement.

— Bien, je comprends.

Nous arrivons devant la sublime double porte en bois ciselé des appartements de Vibia. Je baisse les yeux, les draperies de ma robe cachent mon ventre enflé par la nourriture. Je préférerais être couchée plutôt qu'en visite ici. Mais on ne refuse rien à l'épouse de Septimus. J'entends sa voix cristalline à travers la porte.

— Fleur, tu prépareras la chambre d'Auréa. Attention, ne met rien de jaune, elle déteste ça.

— Bien, Madame.

— Oh, et demande aux cuisines une corbeille de fruits et des boissons. Je dois recevoir Livia.

Elle parle de moi.

Je ravale ma salive, qui a un parfum teinté d'appréhension, alors que Murs cogne trois fois contre le bois. Vibia nous invite à entrer. Je baisse la tête, la luminosité de cette pièce ferait presque mal aux yeux.

— Livia ! Comment te portes-tu ? J'ai appris qu'un doctores a dû te voir.

Je me sens minuscule. Et mal. Car cette femme ne connaît que mon mensonge. Celui où je suis une mère de la patrie mariée avec des enfants. La culpabilité me ronge et rend ma gorge sèche jusqu'à la brûlure.

— Je… je vais bien.

— Tu as l'air apeurée. Que crains-tu qui t'arrive ? s'inquiète-t-elle en posant ses mains sur mes bras.

J'ai presque envie de rire, un rire acide et triste. Dans ce palais, tout est à craindre, et surtout le pire. Vibia a toujours été décrite comme quelqu'un d'infiniment gentil, je ne devrais rien craindre d'elle. Je me fais violence pour relever enfin la tête et tâcher de sourire à l'épouse du Consul.

— Rien, Madame, soufflé-je.

— Vibia, appelle-moi Vibia.

— Bien… Vibia.

Elle est d'une beauté incroyable, à l'image de son fils. Ils ont les mêmes traits délicats, un visage qui évoque les anges si parfaits des tableaux. Puis leurs yeux… Mais ceux de Caeso sont plus gris. Ceux de Vibia ont une nuance de bleu exceptionnelle. D'un geste gracieux, elle m'invite à m'asseoir sur un divan, face à une table basse où une servante en tunique marron apporte des corbeilles débordantes de fruits avant de se retirer. Cette opulence me révulse quand je pense au bonheur que ferait une distribution de ces mêmes fruits à la sortie de l'école de la plèbe.

Je constate que la pièce s'est vidée des domestiques, nous sommes seules.

Mais je ne dis rien. Vibia s'installe à mes côtés et pose encore sa main délicate sur mon bras. Je sursaute légèrement à ce contact.

— Pour ta nuit avec Caeso, tu n'as rien demandé pour toi.

Je croise ses prunelles cobalt, je ne sais pas pourquoi elle remet ça sur le tapis. Une perle de sueur roule le long de ma colonne, mon estomac pèse plus lourd encore.

— L'insuline pour ma sœur compte plus que ma propre vie, murmuré-je.

— Elle n'est pas ta sœur.

La voix de Vibia fouette l'air. Je cligne plusieurs fois des yeux, elle ne semble pas en colère. Non, c'est de la tristesse que je lis au fond de son regard.

— C'est tout comme, contré-je. Elle est la petite sœur que je me suis choisie…

— Comment quelqu'un d'aussi altruiste que toi a pu choisir d'intégrer les Noctis ? Comment as-tu pu trahir à ce point ton gouvernement ? Pourtant tu parais être quelqu'un de bien.

Voilà où elle voulait en venir.

Mon cœur pulse douloureusement. Je me serre un verre d'eau fruitée pour essayer de me calmer. Mes gestes sont lents. Je bois par petites gorgées malgré mon ventre gonflé et la nausée qui menace. Je me donne seulement un prétexte pour ne pas répondre tout de suite.

Et si je racontais une version édulcorée de mon entrée chez les Noctis ? Je donnerais l'illusion de servir le gouvernement.

— Je... je n'ai pas choisi d'être une Noctis, confessé-je à voix basse.

Vibia me dévisage.

— Que dis-tu ?

— Je n'ai pas choisi. On m'a forcée.

— Comment as-tu été forcée ? souffle-t-elle avec horreur.

Je repose mon verre, plonge dans mes souvenirs. Je dois manquer de précision, rester vague, donner le sentiment que je dévoile des choses importantes pour gagner leur confiance.

— Des hommes m'ont enlevée. Ils m'ont amenée au sommet d'un immeuble et ils m'ont jetée dans le vide, pour voir si j'avais ce qu'il fallait pour devenir une Noctis. J'ai survécu. J'étais devenue une Noctis. C'était il y a un an... j'avais seize ans.

Les lèvres roses de l'épouse du Consul s'ouvrent en grand, ses yeux deviennent brillants de larmes.

— Tu as dix-sept ans ? sanglote-t-elle.

Je cherche ses prunelles qui ont fui vers le lointain. Ses doigts se referment douloureusement sur mon bras. Je grimace, mais n'ose rien dire.

— Oui.

Son regard revient vers moi. Elle tremble, son visage s'est vidé de toutes ses couleurs.

— Ils t'ont... ils t'ont enlevée à seize ans et nous... nous t'avons jetée dans le lit de notre fils alors que tu es mineure ! Nous sommes des monstres ! Eux. Nous. Je...

— Le premier médecin qui m'a auscultée ne vous a pas précisé mon âge ? m'étonné-je face à sa réaction excessive.

Je ne comprends pas ce qui la trouble à ce point. Mais je perçois une haine venue de loin. Quelque chose qui jaillit de ses ténèbres.

— Non ! Si j'avais su… Mon enfant, si j'avais su… Mais je te croyais mariée et mère…

— Dans la plèbe nos rôles nous sont attribués à douze ans. Les mères de la Patrie se marient très jeunes et ont des enfants dès que leur corps leur permet, ragé-je. Vous ne faites rien pour protéger les enfants de la plèbe.

Elle semble ignorer les propos et saisit mes mains, prise par les spasmes. Ses yeux vont et viennent rapidement.

Soudain, elle se lève et m'entraîne avec elle. Une bouffée de chaleur et d'angoisse vient déposer une couronne de sueur sur mon front. Elle ouvre la porte, alors je tente d'appeler Murs. Le soldat nous observe, d'abord interdit, puis il se rapproche de Vibia.

— Très honorable épouse du Consul, que se passe-t-il ?

En guise de réponse, elle se tourne vers moi et m'enlace comme si j'étais sa fille perdue. Mes jambes tremblent, je n'arrive pas à comprendre ce qui lui arrive.

— Je suis désolée. Je suis tellement désolée, larmoie-t-elle dans mes cheveux.

Sans le vouloir, j'ai réveillé quelque chose : je reconnais ce regard, le même que je croisais dans le miroir quand j'étais chez mon bourreau. Quel est le passé de Vibia ?

Elle m'entraîne de nouveau avec elle et ouvre une grande porte avec fureur. Des hommes nous dévisagent. J'ai le réflexe de baisser les yeux, prête à fuir.

— Qu'y a-t-il ? vocifère Septimus

— Fais sortir tes conseillers immédiatement, ordonne Vibia d'une voix sombre.

Je relève alors la tête, cherche l'héritier du regard, et le vois, assis à côté de son père, pétri d'incompréhension. Mon cœur s'emballe. Je sens l'air devenir brûlant dans ma poitrine. Je cherche ses océans de bonté capturés dans ses prunelles.

Les hommes quittent la salle en présentant leurs hommages à Vibia. Septimus s'est levé de son siège capitonné de pourpre. Une table immense nous sépare. Il s'appuie sur le bois précieux, la fureur dans ses traits.

— Nous avons donné une mineure à notre fils !

Il hausse un sourcil tandis que Vibia ne parvient pas à me lâcher. Un malaise s'empare de moi : la sensation d'une intrusion dans mon intimité, qu'on expose tout ce que j'aurais voulu garder secret. Notre histoire avec Caeso devait rester un mystère, une sorte d'illusion nocturne, un rêve de changer le monde au goût d'interdit que je m'autorisais.

— Octavia est devenue ma Favorite à seize ans.

— Je me moque que tu te sois vautré dans le stupre avec ta cousine quand elle avait seize ans ! hurle Vibia en contournant la table.

Elle me contraint à la suivre. Je réalise alors que Septimus n'hésite pas à avoir des relations à la limite de l'inceste. La nausée vient entourer mon estomac et le compresse.

Quel monstre !

— Elle a dix-sept ans, mais elle va d'hommes en hommes ! Rien que sous les yeux de Caeso, il y a eu la montagne de muscles de l'hôpital et ce vagabond sur le tournage. Livia n'est qu'une traînée, une chienne…

— TAISEZ-VOUS ! m'époumoné-je.

J'éructe, la salive écumante au bord de mes lèvres, la bile de la haine déversée sur ma langue dans un feu acide. Mes épaules se soulèvent chaotiquement, mes poings sont serrés, prêts à frapper. Je me dégage de l'emprise de Vibia pour faire face au dictateur, le cœur battant comme jamais.

— Vous avez dix maîtresses ! Dix ! Et vous osez me traiter de chienne ?

Il lève la main, je me prépare au choc, mais Caeso vient se placer devant moi. Je cligne plusieurs fois des yeux, mon ange guerrier fait face à son père et me laisse dans la protection de son ombre.

— Je vous ai interdit de brutaliser Livia. Vous voulez frapper ? Frappez-moi !

— Caeso, chuchoté-je.

— Septimus, je ne laisserai pas une fille de dix-sept ans avoir des relations charnelles avec notre fils, s'obstine Vibia. Elle ne sera pas traitée comme ma sœur !

Sa sœur. Voilà qu'une part du mystère se dévoile.

— C'est trop tard, ils ont déjà fait la chose, rétorque Septimus. Tu ne la sauveras pas.

Les larmes coulent sur le visage de Vibia. Caeso se tourne vers elle, mais sans quitter sa place de protecteur. J'aimerais réconforter l'épouse du Consul. Peut-être devrais-je quitter cette pièce avec elle, lui confier la vérité en secret, sans que Septimus…

— Je ne l'ai pas touchée, Mère.

Le regard vert de Septimus s'embrase de colère en un instant. Vibia se rapproche et m'attrape par les bras. Avec sa révélation, il semblerait que Caeso ait rebattu les cartes mais je ne suis pas certaine d'aimer cette nouvelle partie.

— Il ne t'a pas touchée ? demande Vibia d'une voix sourde.

Je secoue négativement la tête, incapable de parler.

— Jamais je ne forcerai une femme à faire l'amour. Et jamais je ne toucherai une autre femme que Livia.

Sa voix est calme, posée. Il ne cherche pas la guerre. Je le regarde avec une admiration profonde. Le Caeso si doux qui me racontait le ciel est devant moi. Non, jamais il ne me touchera sans mon accord. Je me sens portée par la douceur que je lui ai toujours connue. Comme un baume venu panser mes blessures.

— Ton rôle est d'engrosser Auréa et Livia pour avoir des héritiers !

Caeso se retourne face à son père. La violence des propos du Consul me révulse.

— Je ne veux pas d'Auréa. Elle est la méchanceté incarnée, ce n'est pas elle que je veux pour gouverner à mes côtés !

Je pose la main sur l'épaule de l'héritier. J'ai envie de l'étreindre.

— Livia, laisse-nous, aboie le Consul.

Je connais trop bien ce ton menaçant. C'est à mon tour de protéger Caeso. Si son père le frappe… non. Non, je ne veux pas imaginer ce carnage. Et puis Caeso pourrait… Non. Perdre Caeso, c'est abattre nos espoirs. C'est éteindre à tout jamais ce feu qui brûle en moi. Je décide d'imiter mon ange guerrier en me plaçant devant lui, les bras écartés. Mon rythme cardiaque s'emballe, je suis vraiment minuscule face au Consul. Septimus arque un sourcil.

— À quoi joues-tu ? se crispe-t-il.

— Je ne vous laisserai pas lui faire du mal ! crié-je d'une voix rendue aiguë par l'angoisse.

Septimus éclate d'un rire dégoulinant de mépris qui verse une haine poisseuse dans mon cœur. Deux mains se posent sur ma taille avec précaution. Je retiens mon souffle. Caeso me retourne lentement. Ses doigts graciles glissent sous mon menton et m'obligent à le regarder dans les yeux.

— Va dans ma chambre et n'aie crainte.

Nos prunelles se fondent l'une dans l'autre. Un instant, quelques secondes durant lesquelles je m'envole dans le ciel de ses yeux, loin de cet enfer forgé de la main des Consuls. Mais la cruauté de Septimus irradie si fort que je peux la ressentir malgré l'océan de paix que m'offre le regard de Caeso. Elle dépose sur moi un voile de terreur qui me donne la chair de poule. Je ne veux pas que Caeso subisse les foudres de son père.

— Il va te battre ! me révolté-je.

— Non. Nous allons seulement parler. Je viendrai te rejoindre… Murs !

Je sens les larmes brûler ma rétine. Je voudrais rester, mais Murs me tire en arrière. Je lutte, le bras désespérément tendu vers l'héritier. Septimus me jette un regard meurtrier qui fait se refermer sur moi les griffes de son sadisme. Je devrais être là-bas, devant Caeso, pour prendre les coups. Mon impuissance m'étrangle et, quand la porte se referme, une larme de colère roule sur ma joue.

J'ai abandonné mon ange guerrier…

CHAPITRE 7

Dans la chambre de Caeso, je suis attirée par la fenêtre. Par là où tout a commencé. Je l'ouvre et m'appuie contre le rebord. Les larmes coulent toujours, mais le vent froid chargé d'iode est là pour les sécher.

Caeso... toi qui vivais dans ce petit univers en sécurité... je suis désolée d'avoir tout bouleversé.

Je ferme un instant les yeux, ma soif de liberté vient gonfler mon cœur. Se promener en habit de plébéienne. Flâner sur le port. Se poser sur les toits et regarder le monde. Retrouver les bras de mon protecteur. Aimer en dépit des règles, en dépit du danger. Aimer… parce que c'est ce qui me donnait la force de continuer.

« Bonjour, je suis Alpha ton protecteur. »

Sa voix grave, profonde. Elle se joue dans mon esprit alors que devant mes iris enflammés de sanglots je revois notre première rencontre.

« *Delta... Tu dois y aller. Des gens comptent sur toi. Tu es importante.* »

J'étais morte de peur. J'étais face au vide. Epsilon venait de me dire « à demain » et j'étais incapable de bouger. Alpha est resté à mes côtés. Il m'a encouragée jusqu'à ce que je saute du toit pour commencer ma mission.

« Delta... comment pourrais-je vivre dans un monde sans toi ? »

Notre premier baiser. Un interdit. Une ligne franchie. Une règle transgressée.

« Delta, tu es et tu resteras ma plus belle histoire. Je serai toujours là pour te protéger. »

Je suffoque. Ces mots, je m'en souviens. Ils m'ont marquée à jamais. Je regarde mon poignet. Une larme tombe sur mon tatouage. Caeso est devenu mon ange guerrier. Caeso est devenu celui qui me raconte le ciel. Caeso est devenu mon espoir de changer les choses. Mais je ne peux pas renoncer comme ça à Alpha. Je ne peux pas admettre que plus jamais nous ne nous reverrons. Je ne peux pas accepter que cet ultime regard sur le tournage était un adieu.

— Delta ! Tu vas mourir de froid ! s'écrie Caeso.

Je sursaute et me retourne, il se précipite vers moi pour me couvrir avec son étole carmine. Immédiatement, son parfum de chèvrefeuille m'enveloppe et dissipe le visage d'Alpha. Mais sa voix et ses mots restent pour se murmurer encore à mes oreilles.

Avec délicatesse, Caeso cueille mes larmes de son pouce. Les sanglots sont devenus ma seule liberté, mon moyen de hurler. À travers la brume salée qui se presse à mes paupières, je regarde son visage angélique. Il ne porte pas de marques. Un soupir de soulagement file entre mes lèvres abîmées.

— Il… il ne t'a pas fait de mal ? questionné-je malgré tout.

— Non, il ne s'en prendra jamais à moi physiquement. Sois tranquille.

Je hoche la tête, l'esprit toujours embrumé de sanglots, de souvenirs, de regrets et de doutes. Encore tremblante, je lui tends mon poignet tatoué.

— C'était… c'était vraiment nécessaire ? questionné-je d'une voix brisée.

Il le saisit, appuyant à peine avec ses doigts, comme s'il redoutait de me blesser. Il regarde longuement les lettres avec une expression indéchiffrable, comme si un masque se posait sur ses traits sublimes.

Doucement, il rapproche mon poignet de son visage, jusqu'à ce que ses lèvres se posent sur ma peau comme un oiseau sur une brindille. J'entrouvre la bouche, laisse échapper une expiration brûlante. Mes larmes redoublent. Il embrasse son crime. Mon cœur se serre comme s'il n'allait plus jamais battre. Lentement, il abandonne mon poignet pour poser sa paume chaude sur ma joue.

— C'est la tradition au harem, je n'ai pas eu le choix. Je suis désolé.

— Pourquoi m'y avoir enfermée ? répliqué-je.

Son visage se ferme. Ses yeux deviennent sombres. Instinctivement, je resserre l'étole autour de moi, comme si ça pouvait me protéger.

— Accepter l'imminence de sa mort. Tu te souviens de ça ? rage-t-il. Tu allais crever dans la gueule d'un dépeceur ou sur ordre de mon père !

— J'étais libre ! m'enflammé-je. Avec Alpha, nous…

— Tu n'étais pas libre, répond-il douloureusement. Alpha et toi, vous étiez des instruments. Alpha et toi, vous ne vous apparteniez plus… tout comme moi…

Je me mords la lèvre et détourne les yeux. Cette vérité semble me marquer au fer rouge, carboniser mes chairs jusqu'à mes os. Personne n'est libre dans ce monde. Voler de toit en toit, livrer son insuline à May… ce n'était que des illusions de liberté. Et Caeso est prisonnier, comme nous.

— Nous rêvions d'un monde meilleur, soufflé-je.

— Et moi, je ne veux plus d'un monde où une gamine de seize ans est balancée d'un toit afin de voir si elle survivra assez longtemps pour voler quelques sérums au péril de sa vie… Oui, mère nous l'a raconté.

Ma gorge se serre. Les larmes deviennent une pluie acide.

— Je voulais sauver May, et tous ces gens…

Caeso m'interrompt en prenant mon visage en coupe. Sa manière si délicate de me toucher me bouleverse. Il n'a rien de la rudesse habituelle des hommes. Il agit toujours comme si je pouvais me briser entre ses doigts. Comme si je n'étais pas une poupée déjà fracassée par un sadique. Comme si les morceaux qu'Alpha a tenté de rassembler sans savoir mon passé avaient encore besoin qu'on en prenne soin.

— Tu t'es servie de ta captivité dans le harem pour continuer de le faire sans penser un seul instant à toi…

— Ton père te l'a dit ? soupiré-je.

Je m'écarte de lui pour m'asseoir sur le rebord de la fenêtre. Je ramène mes jambes contre ma poitrine, songe à cette nuit où on m'a offerte à lui. Une nuit pour laquelle je… je n'ai pas pensé à moi.

— Oui… Delta, que veux-tu au fond de toi ?

Je ferme les yeux. La seule image qui s'impose dans mon esprit, c'est Zaley et May qui jouent dans un champ de fleurs. Je ne veux rien d'autre. Juste leurs bonheurs. Juste un monde meilleur où grandir.

— Je voudrais que ce monde soit un champ de fleurs.

Il s'assoit à côté de moi et prend ma main pour m'attirer contre lui. Mes yeux s'écarquillent alors que l'héritier m'enserre dans ses bras. Mon cœur palpite, mon souffle se fait plus court. Je n'ose pas bouger. La chaleur de son corps contre le mien a quelque chose d'apaisant, comme un bon feu les soirs de froid.

— Alors je paverai ton chemin de milliers de bleuets, murmure-t-il à mon oreille.

J'enfouis mon nez dans ses ondulations noires et ferme les paupières. Puis, j'inspire. J'inspire comme on inspire après la plus profonde des plongées dans l'océan.

— Tu es notre espoir.

— Et toi, tu es ma lumière. Je ne veux plus jamais que tu te mettes en danger pour qui que ce soit, y compris moi. Est-ce clair ?

De mes mains, je le repousse gentiment, juste pour saisir à nouveau son regard. L'orage. Le tumulte. La peur aussi.

— Si tu parles de tout à l'heure, ton père…

— Il n'allait rien faire. Je veux te protéger de lui.

C'est notre île qu'il faudrait préserver de ce monstre.

Les maîtresses de Septimus sont parties écouter un concert dans la salle privée de Vibia. Je n'ai pas été invitée et c'est tant mieux. Allongée sur mon lit, dans le noir, je ne cesse de rejouer ma conversation avec Caeso. Lui qui s'interpose pour me protéger de son père. Qui embrasse mon tatouage comme pour l'effacer. Puis qui me promet de paver mon chemin de milliers de bleuets.

Soudain, la porte s'ouvre, faisant entrer la lumière du jardin d'intérieur.

— Mella ? C'est déjà terminé ?

— Oh non, ça vient à peine de commencer, lance Septimus.

Je me redresse dans un mouvement de panique. Immédiatement, ma peau se couvre d'un frisson immonde. La lumière du couloir auréole Septimus d'une couronne dorée, la même que celle d'Octavia. Son ombre se projette sur moi. Immense. Terrifiante.

— Vous… vous ne pouvez pas me faire de mal, tremblé-je.

Quand je lui fais face, les mêmes images horribles s'imposent à moi : la mort d'Espilon. Cette terreur pure à l'ancien hôpital. Quand j'ai cru perdre Alpha. Quand j'ai cru ma vie terminée et, par extension, celle de May.

— Ah bon ? Caeso est-il là pour te protéger ? Je ne le vois pas…

— Je lui dirai ! menacé-je en me recroquevillant.

— Et que fera-t-il selon toi ? Il se battra à s'en briser les os ? Je sais que tu ne tiens pas à ce qu'il soit blessé.

Il a raison. Jamais je ne voudrais que Caeso souffre, surtout par ma faute. Septimus pose un coffret en bois sur le lit. Je ramène mes genoux contre ma poitrine. Je tremble comme une feuille. Son obscurité irradie, son sadisme se lit dans ses iris.

— Enfant, j'étais impossible. Presque aussi impossible que toi, ce qui crois-moi, n'est pas peu dire.

Les battements de mon cœur font écho dans mon crâne, comme s'ils m'assommaient avec un marteau. Mes yeux se braquent sur le coffret.

— Qu'est-ce que c'est ? couiné-je.

— Un sérum inventé par mon père. *Le maître d'école.*

Un sérum punitif.

Je rassemble tout mon courage, je suis la Favorite de Caeso, pas la sienne.

— Je vous interdit de…

— Tu n'as rien à m'interdire, vermine ! vilipende-t-il.

Il prépare la seringue. Je suis paralysée par la terreur. Mes dents claquent, mon esprit revient à cette soirée où j'étais au bord du vide pour la première fois. J'essaie de respirer calmement, mais l'air va et vient trop rapidement, il s'écoule avec peine dans ma gorge. Je tente de résister, de me libérer de mon immobilité et de fuir. Péniblement, j'essaie de me jeter sur la porte ouverte, mais il me rattrape avant même que je quitte la chambre. Sa main se referme sur mon poignet jusqu'à le broyer.

L'aiguille se plante brusquement dans mon bras. Le feu envahit mes veines.

Mes organes fondent dans de la lave en fusion. Tout mon corps se raidit, je tombe au sol et convulse. Mon esprit reste résolument conscient.

Pitié, je veux perdre connaissance !

Des sphères lumineuses m'éblouissent. Ma salive devient bouillonnante, comme l'eau chauffée sur les poêles à bois. Je brûle. Et ma langue qui enfle, enfle encore, jusqu'à m'étouffer.

— Je vais te briser, jubile-t-il. Je vais te briser et te reconstruire. Tu seras notre servante la plus fidèle. Tu vivras aux pieds de mon fils. Jamais plus tu ne me manqueras de respect, suis-je bien clair ?

Jamais je ne vivrai aux pieds d'un homme ! Jamais je ne servirai le gouvernement !

Je lutte, un grognement m'échappe. Sa main me caresse comme un animal. Je rêve de le mordre, lui arracher un morceau de chair. Le silence est pire que les cris. Je ne lui fais pas le plaisir de supplier, de pleurer ou de hurler. Je subis, la mâchoire fermement verrouillée. Du plus profond de mon âme, je le hais.

— Cette punition restera entre nous.

Je ne réponds toujours pas. Mes dents semblent se fissurer, prêtes à exploser, une douleur profonde pénètre ma mâchoire. Je ferme les yeux, juste pour espérer voir le sourire de May, celle pour qui je me bats.

May, je suis là pour toi. Je vais rester en vie pour toi.

Je suis dans l'obscurité, dans un tourment si profond que la surface semble inatteignable. Je suffoque. Je sens toujours sa présence à mes côtés, j'entends son rire cruel. Je lutte de toutes mes forces contre ce mal qui me dévore. Contre ces crocs invisibles qui me déchiquettent. Est-ce à ça que ressemble la mort dans la gueule d'un dépeceur ?

Je suis plus forte que lui. Je vais résister.

Mon corps tout entier s'arque dans des postures douloureuses. Ma peau brûle, se consume parcelle par parcelle. Je songe à Epsilon, est-ce à ça que ressemblait son calvaire ? Même l'oxygène paraît être devenu toxique, transformant ma trachée et mes poumons en bouillie. J'ai l'impression que ça dure depuis des heures. Un temps qui s'étire à l'infini. Jusqu'aux limites de ma conscience.

Peu à peu, la douleur se dissipe et me laisse dans un brouillard dense. Un brouillard dans lequel la silhouette massive de Septimus se dessine. Peu à peu, je distingue ses traits. Je pleure. Je ne maîtrise pas mes larmes.

— Bien. Je crois que la leçon a porté ses fruits.

— Je vous hais ! crié-je avec mes ultimes forces.

— Pas autant que je peux te détester. À chaque écart de ta part, je serai là pour te remettre dans le droit chemin.

La menace m'écrase de tout son poids. Au milieu de vagues floutant le monde qui m'entoure, je le regarde quitter la pièce. Son pas lourd résonne jusque dans mes os encore douloureux. Je serre les dents, lutte contre le fantôme des douleurs qui persiste dans tout mon corps. Je veux au moins retourner dans mon lit. Arracher mon dos au sol me demande une énergie folle. Je retourne mon corps péniblement. Mes bras tremblent, supportant à peine mon poids. La mâchoire contractée, je me traîne jusqu'au lit. Pour me hisser sur le matelas, je dois pousser sur mes jambes qui répondent à peine, parcourues de fourmis désagréables. Mes doigts agrippent les couvertures soigneusement bordées. Je rassemble une dernière fois mes forces et parviens à m'allonger. Je n'ai pas le temps de fermer les yeux que la lumière s'allume.

— Nous avons croisé… Livia !

Ma compagne de chambre se précipite à mon chevet, inquiète. Ses sourcils soigneusement dessinés se froncent, sa main se pose avec douceur sur mon épaule.

— Tu as pleuré ? demande-t-elle en s'accroupissant pour être à ma hauteur.

Le châtiment a enfin cessé. Je regarde ma compagne de chambre, je ne peux rien dire. J'ai la sensation de m'être noyée dans mes propres larmes.

— J'ai pensé à ma famille, mens-je,

— Moi aussi, quand j'y pense, j'ai envie de pleurer. Surtout à mon pauvre Papa…

— Tu m'as dit qu'on pouvait les voir quatre fois par an. C'est bientôt ?

— Hélas non. Pourquoi Septimus est venu ?

Je me tourne lentement pour me mettre en chien de fusil. Ses doigts viennent démêler mes boucles. Pendant quelques secondes, je crois voir Epsilon. J'ai envie de la prendre dans mes bras quand je vois l'inquiétude troubler la profondeur de ses iris.

— Nous avons convenu que tu devais m'apprendre à faire la révérence. Il dit que personne ne la fait aussi gracieusement que toi.

— Oh ? C'est vrai ? demande-t-elle suspicieuse.

— Oui. Il te remarque, tu sais…

Elle détourne le regard un instant. Je sens ses doigts se crisper dans ma tignasse avant qu'elle ne peigne sur son visage un sourire.

— Je me suis tellement entraînée… Mais tu es certaine qu'il n'y avait que ça ?

— Certaine, soufflé-je. Allez, apprends-moi.

Fébrile, je me redresse péniblement. Mella me soutient, elle ne fait aucun commentaire. Elle se contente d'essayer de coiffer mes cheveux avec ses doigts, un geste qui devient une habitude mais dont je ne vais pas me plaindre. Je rassemble toutes mes forces pour lui sourire.

— Tu sais que… tu es très belle Mella, balbutié-je.

— Je te remercie, tu es mignonne, répond-elle avec tendresse. Tu es sûre de pouvoir te lever ?

— Oui, oui… Je… je vais y arriver…

— Je peux te faire porter quelque chose de sucré, parfois, quand on manque de sucre…

Je repense à ce que je viens d'endurer. Je repense à mon corps qui se brise de l'intérieur. Je sens les larmes monter malgré moi. Mais je souris. Encore.

— C'est ça, je dois manquer de sucre.

— Ne bouge pas !

Elle m'abandonne. Mes mains s'enfoncent dans le matelas. Je ferme les yeux. Je sais parfaitement ce que ça fait de manquer de nourriture. Mais manger un petit quelque chose ne pourra pas faire de mal. Puis… Mella avait tellement l'air d'y croire à son histoire de sucre.

Elle revient quelques minutes plus tard avec une assiette sur laquelle se trouve un gâteau marron, sûrement du chocolat. Elle me la donne et veille à ce que je mange toute la part avant que nous nous lancions dans la leçon de révérence.

Je m'emploie à écouter ses conseils. Mes talents de danseuse me sont profitables, alors quand je plonge dans une révérence parfaite, elle déclare avec émotion :

— On dirait un oiseau qui étend ses ailes.

Le chant des oiseaux nous réveille. Je m'étire, mon corps est encore courbaturé. Je n'ai même pas rêvé cette nuit. Peut-être est-ce à cause du médicament.

— J'ai crié ? demandé-je en quittant mon lit.

— Non ! J'ai pu dormir d'une traite !

— Bien.

Je me satisfais de la douche chaude que je savoure le plus longtemps possible. Mella s'amuse à me souffler de la mousse dessus. Sa bonne humeur m'évite de trop penser à ce que j'ai enduré hier, à ce que je dois cacher à Caeso.

Avec Mella, nous hésitons devant les robes. Elle opte pour un jaune d'or, de loin la couleur qui lui va le mieux. Je choisis une robe vert d'eau qui, d'après elle, fait ressortir merveilleusement bien mon teint.

Installée à la coiffeuse, je passe le baume sur mes lèvres, Mella s'occupe de mes cheveux quand nous entendons des bruits de pas qui approchent. Mon cœur bat plus fort. Je triture mes doigts, la porte s'ouvre, je me lève et rejoins Mella pour plonger dans une profonde révérence.

— Livia, voilà qui est plaisant à voir, complimente Septimus.

Sa voix me fait trembler et réveille les stigmates de sa punition. Mais sentir le parfum de chèvrefeuille de Caeso suffit à me mettre dans une bulle avec lui. Je me redresse le plus lentement possible, décidant de garder mes yeux rivés sur sa broche qui retient sa toge.

Mais, avec ses doigts graciles, il m'oblige à relever la tête. Je croise ses yeux magnifiques, mon monde s'arrête de tourner. Il n'y a plus que lui. Ses joues se teintent d'un rose subtil et ses prunelles scintillent.

Avec délicatesse, il effectue son nœud sous ma poitrine, je suis presque sûre qu'il peut sentir mon cœur qui cogne furieusement. Ses lèvres viennent se poser sur mon front. Je réalise combien j'aime ce contact. Cette marque d'affection toute en retenue.

— Livia, le médecin va venir te faire une injection, déclare Caeso. Les résultats de ta ponction ont montré de nombreuses carences.

— Une injection suffit ? m'étonné-je.

— Oui.

— Alors pourquoi ne pas en donner à la plèbe ?

— Cesse cela, souffle mon ange guerrier.

Je n'insiste pas. Ce n'est pas le bon moment. Je plonge une nouvelle fois dans une révérence, attendant que Septimus et son fils se retirent. Mella me donne une tape sur l'épaule une fois qu'ils sont partis.

— C'est plus fort que toi ! reproche-t-elle.

— Imagine si on faisait ces injections dans la plèbe !

— S'ils ne le font pas, il doit y avoir une bonne raison.

— La même bonne raison qui fait que les soins ne sont pas remboursés au-delà d'un an ? Ou celle qui fait que dans la plèbe, l'école s'arrête à douze ans ? m'emporté-je.

— Livia, je t'en conjure, cesse de te rebeller ! Tu es ici, ta famille va sortir de la misère, profite et souris !

Mer, son mari et ses filles vont quitter la plèbe. Ça devrait me suffire. Mais je n'oublie pas ma véritable famille. Je n'oublie pas cet Ordre qui expire. Je n'oublie rien des horreurs que j'ai pu voir. Alors, si pour l'instant j'accepte de ne pas aller plus loin, je n'oublie pas mon objectif. Septimus m'a menacée de s'en prendre à ma famille si je mets des idées frondeuses dans la tête de son fils, mais je ne m'avoue pas vaincue. Je ferai changer Caeso. Et je le ferai sans que mes proches en pâtissent.

CHAPITRE 8

Après avoir terminé le petit-déjeuner, nous retournons avec Mella dans la chambre.

— Je peux supporter cette injection toute seule, protesté-je.

— Et moi, je veux m'assurer que tout va bien !

Je roule des yeux et m'assoie sur mon lit quand le doctores en blouse blanche entre, suivi par Murs. Je souris en voyant le garde de Caeso. Un apaisement vient tranquilliser mon rythme cardiaque, comme lorsque j'étais près de mon père. Entre ses mains, un paquet joliment emballé. Il s'approche et me le tend avec un grand sourire.

— Un cadeau de son Altesse à sa Favorite.

— Un… un cadeau ? m'étonné-je en saisissant le paquet.

J'écarquille les yeux devant le papier scintillant. Je le caresse du bout des doigts, sens des reliefs au travers. Pendant quelques secondes, je me revois dans la chambre de Caeso. Dans le secret de la nuit, avec ce présent qu'il était si fier de m'offrir. Des chaussures et des gants. Puis moi, qui ai refusé et l'ai blessé. Je ne voulais pas lui faire de mal. Et je ne veux toujours pas. Il est mon ange guerrier, mon espoir.

Avec délicatesse, je défais le ruban soyeux qui l'entoure et m'attaque à l'emballage. Je découvre un ouvrage épais à la couverture en cuir bleu sombre et au lettrage doré : « Les îles de l'Ouest ». Je retiens mon souffle en caressant les reliefs du titre, je n'ai jamais eu un véritable livre entre les mains et encore moins ce qui s'apparente à un objet de luxe.

— Un livre ? s'étonne Mella. Il aurait pu t'offrir des bijoux…

— C'est plus précieux que n'importe quel bijou, admiré-je en l'ouvrant.

Les pages sont épaisses et glacées. D'immenses photos montrent toute la beauté des îles de notre côté du monde. Mon cœur palpite avec frénésie, une sensation qui fait écho à ces moments où, en pleine famine, nous trouvions de quoi manger.

— Livia, je dois faire votre injection, s'impatiente le doctores.

— Bien.

J'ai un pincement au cœur quand je dois reposer le livre, accompagné par un chatouillement d'impatience au ventre. Je m'attends à ce que le médecin me pique dans le bras. Mais quand il évoque la nécessité de piquer dans une zone charnue, je sens la chaleur monter dans mes joues.

— Eh bien, Murs, vous allez devoir quitter la pièce. Je doute que son Altesse apprécie que son garde voie sa Favorite avec les fesses à l'air, glousse Mella.

Murs ouvre la bouche, puis affiche un air profondément gêné. Je me mords la lèvre, je n'aime pas le mettre mal à l'aise. Il sort de la chambre sans demander son reste et je laisse le médecin pratiquer l'injection. Je grimace, le produit me brûle. Une fois que le doctores prend congé, je récupère mon cadeau avec l'intention de le dévorer dans mon lit.

— Viens, on va le lire avec Ostia et Publia ! pépie Mella en me prenant le bras.

— Mais…

— Ce sera drôle ! Je suis sûre qu'on aura des choses à te raconter.

Je me laisse convaincre. De toute façon, lutter contre Mella est inutile. Nous déboulons dans la grande pièce principale. Octavia est posée dans un fauteuil imposant avec un livre à la main, un livre de la même qualité que celui que je tiens.

— Il y a une bibliothèque ou c'est un cadeau de Septimus ? glissé-je à Mella.

— Il y a une bibliothèque dans la salle de projection.

— La salle de projection ?

— Nous avons une sorte de cinéma privé. Je te montrerai.

Je lève un sourcil. Le harem n'a pas fini de me livrer ses secrets. Mella apostrophe Publia et Ostia qui trinquent en riant. Je me demande ce qu'elles peuvent se raconter. L'atmosphère est plutôt détendue. Les autres maîtresses sont alanguies sur des divans et papotent. Je m'installe sur un coussin épais au milieu d'autres sur le sol. Rapidement, Ostia, Mella et Publia m'entourent. Je pose le livre au milieu de notre cercle.

— C'est un cadeau de Caeso, explique Mella.

— Un livre ? Ce n'est pas courant. D'ordinaire on nous les met dans la bibliothèque, fait remarquer Publia.

— Celui-là est spécial, murmuré-je. Je pense que je vais apprendre beaucoup de choses.

— Allez, commençons à lire ! s'enthousiasme Ostia.

Je l'ouvre. Une photo d'un orage spectaculaire prend toute une page. Je l'effleure, je reconnais le ciel noir de l'île foudroyée. Quand je tourne la page, j'identifie une photo que j'ai vue à l'école.

— Une tornade, lancé-je avant de lire. *L'île foudroyée est la plus grande île de l'Ouest. Les orages y sont réguliers, des capteurs de foudre permettent d'emmagasiner la puissance des éclairs afin de fournir de l'électricité à l'île. Le ciel est souvent noir, obligeant les habitants à toujours allumer. Les éclairages publics ne s'éteignent jamais. Dépourvue de relief, l'île se compose d'une cité et de vastes champs où naissent des tornades, comme illustré ci-contre.*

Je me souviens de notre maîtresse qui nous avait parlé de ce phénomène naturel puissant et imprévisible. Je regarde ce tourbillon noir qui semble tout aspirer, jusqu'à l'âme. Il est d'une telle profondeur, les débris volent autour, un nuage épais floute la base. Pendant un instant, mon regard se lève vers Octavia et il me semble qu'elle me considère d'un œil bienveillant. Pourquoi ? Je fronce légèrement les sourcils et reviens à l'ouvrage.

Je découvre plusieurs îles que je ne connaissais pas. Je m'attarde sur celle aux volcans sous la glace qui me captive par ses déserts blancs sillonnés de rivières de lave. Notre maîtresse nous avait parlé des volcans et de la lave par rapport à une autre île mais voir le feu et la glace cohabiter est fascinant. Quand j'arrive à l'île de l'espoir, je me perds dans l'immense photo représentant un champ de fleurs de toutes les couleurs sous un magnifique ciel bleu.

« Oui, il est bleu. Un bleu doux, clair. Un bleu qui devient plus pâle sur l'île au manteau blanc. Mais qui, lorsqu'on se rend sur l'île de l'espoir, est d'une intensité telle… Il me rappelle les yeux de ma mère. »

Je me souviens parfaitement des mots de Caeso comme s'ils avaient été gravés sous mes paupières pour ne jamais les oublier. Mon cœur s'emballe, des picotements parcourent ma peau et une douce chaleur m'enveloppe.

— C'est l'île de Vibia, lâche Ostia.

— Elle est magnifique, comme elle, chuchoté-je.

— Dommage que son histoire soit si triste, déclare Publia.

— Triste ? demandé-je, intriguée.

— Vibia a une jumelle, Agrippine. Agrippine est tout le contraire de Vibia, elle était décrite comme vive, rebelle sur les bords et toujours après les garçons. Vibia, au contraire, était réputée pour sa sagesse et son calme absolu.

Un calme absolu qui devient une tempête quand on la provoque.

Je ne peux que me souvenir de la réaction épidermique de Vibia quand elle a su mon âge et la manière dont elle a tenu tête à son époux.

— Agrippine a été offerte à un Consul de soixante ans quand elle a eu dix-sept ans, poursuit Publia.

— Publia, tu sais que j'ai horreur des ragots, intervient Octavia.

— Ce ne sont pas des ragots, c'est de l'Histoire avec un grand H ! contre Ostia.

— Exactement ! appuie Publia.

Dix-sept ans...

« Tu ne la sauveras pas. »

Je crois que je comprends les mots de Septimus. Vibia a dû regarder sa jumelle partir dans un harem à seulement dix-sept ans pour servir un vieux pervers. Quelle horreur... Mon cœur devient douloureux, séparer des jumelles de cette manière est cruel. Tout aussi cruel que ma séparation avec Zaley. Je porte la main à ma poitrine, visualisant parfaitement la scène déchirante que cela a dû être. Vibia veut me protéger, comme elle aurait voulu protéger sa sœur. Et ça, ça réveille en moi une douleur sourde, comme une déchirure qui fend mon âme.

— Pour ses dix-huit ans, on l'a fiancée à Septimus. On dit qu'à la base, son père ne voulait pas qu'elle quitte l'île, personne ne sait vraiment pourquoi. On la disait fragile.

Fragile... fragile comme Caeso ?

Et si sa mère avait la même faiblesse ? Elle a pu donner naissance à un fils, soit son accouchement a été une boucherie, soit elle n'est pas affectée par la pathologie de Caeso et a peut-être moins souffert. Mais alors pourquoi la qualifier de fragile ? Parce qu'elle était trop sensible, peut-être ?

— Mais Septimus l'a tellement réclamée, il ne voulait personne d'autre. Donc... Je suppose que son père a fini par céder, conclue Publia.

— Octavia, sais-tu pourquoi Septimus voulait à tout prix Vibia ? se risque à demander Mella.

Je lui lance un regard appuyé, je trouve que sa demande manque de délicatesse. J'imagine que si on me demandait à moi pourquoi Auréa est la promise de Caeso, ça ferait des étincelles. Mais Octavia ne semble pas en prendre ombrage. Elle corne la page de son livre, sous le regard horrifié de Publia, et le pose sur un petit guéridon en bois précieux à côté d'elle.

— Vibia est un parangon de soumission et de patience. C'est

ce que Septimus recherchait. Et ce sont les qualités d'une bonne épouse, explique-t-elle d'une voix détachée.

Je fixe la Favorite. Son regard aventurine est posé sur la porte d'entrée. Elle a presque l'air un peu absente. Je ne reconnais pas le feu qui d'ordinaire brûle en elle. Je m'attendais à ce qu'elle nous tance sévèrement avant de nous menacer d'une quelconque torture physique. J'aimerais connaître son histoire.

— Et toi, comment as-tu été choisie ? demandé-je.

— C'est un secret, souffle-t-elle.

Un secret. Un autre. Je reporte mon attention sur le livre, consciente que je n'obtiendrais rien de plus. Je tourne lentement les pages. Quand nous arrivons à l'île au manteau blanc, Mella a les larmes aux yeux.

— Comme la neige me manque, se lamente-t-elle.

— Tu viens de là-bas ? m'étonné-je.

— Oui, nous avons été transférés avec mes parents quand j'avais six ans.

Les transferts sont plutôt rares. J'imagine que sa famille a dû se distinguer d'une manière ou d'une autre. Mais je ne pousse pas la curiosité plus loin, pour ne pas risquer de la mettre mal à l'aise devant la Favorite et les autres maîtresses.

— J'aimerais toucher de la neige au moins une fois, avoué-je en caressant la photo.

— Il doit faire si froid sur cette île, frissonne Ostia.

— Nous portons des fourrures. Mais la neige rend tout si beau…

Je confirme que les toits blanchis tiennent du merveilleux, même si je me dis que pour les Noctis ça doit être compliqué. D'ailleurs, je constate que le livre, riche d'informations sur la vie quotidienne et le commerce, ne parle jamais de notre Ordre. J'aurais aimé savoir comment se débrouillent les Noctis sur chaque île. Mais, quelque part, s'il n'y a pas ces informations, c'est que notre Ordre est assez fort pour ne rien avouer sous la torture et ça, ça me rend fière.

— Livia ? m'interpelle la voix grave de Murs.

Je me redresse et le regarde à l'entrée du harem avec un air interrogateur.

— Vous êtes attendue à l'atelier de confection pour une prise de mesures.

L'atelier de confection ? Nous nous rendons à l'extérieur ?

Mon cœur se met à palpiter de joie, une douce euphorie me fait sourire. La liberté. Elle est là. Je vais sortir !

— Mella, tu surveilles mon livre ? pépié-je.

— Ne t'inquiète pas, il ne lui arrivera rien, rit-elle.

Je caresse encore la couverture de l'ouvrage et, le cœur frémissant, je le confie à Mella. Elle le ramène contre sa poitrine en signe de protection. Mon sourire s'élargit.

— Tu es mignonne quand tu souris, lance Ostia avec un clin d'œil.

— Oui, tu devrais faire ça plus souvent, se moque gentiment Publia.

Je lui tire la langue et rejoins Murs. Quand la porte du harem se referme, je m'empresse de lui demander où se trouve l'atelier.

— Oh, il est au premier étage du palais.

Aussitôt, je me décompose. Pas de liberté.

— Mais… mais je croyais que…

— Vous croyez que l'héritier laisserait sortir son oiseau précieux en ville ?

— Évidemment, dit comme ça…

Je me renfrogne et découvre une pièce immense, une caverne de tissus tous plus incroyables les uns que les autres. Quatre couturières, sûrement des mains d'or, s'affairent sur des machines. Une cinquième personne aux cheveux grisonnants se présente à nous avec des épingles glissées entre ses lèvres parcheminées.

— Vous allez réellement me faire des robes sur mesure ? demandé-je, en admiration devant les lieux.

— Une. Pour l'anniversaire de Caeso, marmonne-t-elle, lèvres pincées. Vous devez grossir.

Je baisse le regard sur mon ventre et considère mes bras maigres.

— Pour son anniversaire, le délai me paraît court, que ce soit pour faire la robe ou grossir, grimacé-je.

— Ne vous inquiétez pas, sourit l'une des couturières installée à une machine. Nous allons toutes travailler dessus nuit et jour.

Je baisse la tête, gênée à l'idée que ma robe les prive de sommeil. Je n'en mérite pas tant, l'une de mes robes ferait très bien l'affaire.

— Allez sur le podium, ordonne la femme en retirant enfin les épingles de sa bouche.

Je m'exécute et me regarde dans le grand miroir qui me fait face. Dans cette robe, je semble être une imposture. Je n'ai pas la prestance d'Octavia, ni d'aucune maîtresse de Septimus. Mon dos se courbe naturellement, comme si j'étais toujours prête à me cacher.

— On se redresse !

Je suis la consigne, mes grands yeux noirs semblent toujours écarquillés. Je décide de me détourner de mon reflet pour laisser la couturière prendre les mesures. Je ferme les yeux et revisualise les photos du magnifique ouvrage offert par Caeso. L'idée de glisser de nouveau mes doigts sur ces pages d'évasion fait accélérer mon rythme cardiaque dans une douce impatience.

CHAPITRE 9

Caeso a sollicité ma présence dans sa chambre, tandis que Septimus a fait appeler Octavia. Elle a paru ailleurs toute la journée. Je me demande si c'est l'histoire de Vibia et sa jumelle qui lui a rappelé des choses désagréables. Pourquoi sa sélection est-elle un secret ? A-t-elle été l'objet d'un échange sordide ? Pourtant, elle semble toute acquise au Gouvernement. C'est étrange…

— Tu as froid ? questionne Caeso avec douceur.

Les mains tendues vers un brasero, un complément au chauffage qui semble défaillant, je cherche désespérément à réchauffer mon corps glacé.

Dans la plèbe ils doivent mourir de froid…

— Oui…

Il vient plaquer son corps au mien. Je laisse échapper un hoquet de surprise quand je sens son torse épouser mon dos. Je cherche à me détacher de lui, mais ses bras me capturent. Ses paumes glissent sur mes bras et les frictionnent. Chacun de mes muscles se raidit. Il se comporte comme Alpha le faisait, quand mon protecteur cherchait à me donner toute sa chaleur pour me préserver du froid. Mon cœur devient douloureux. Je m'en veux de reconnaître en Caeso des comportements d'Alpha.

— Merci pour… merci pour le cadeau, bredouillé-je.

— Mère l'a fait faire pour mes dix ans, c'est un ouvrage riche en informations.

Je me mordille la lèvre, ce livre est donc unique. Un objet plus précieux encore qui n'aurait jamais dû quitter la bibliothèque de Caeso.

— Oui, je vais prendre le temps de le lire et d'apprendre… Tu sais… à l'école de la plèbe… on… on n'étudie pas toutes les îles, avoué-je honteusement.

Il approche son menton de mes épaules, son souffle chaud dans mon cou donne naissance à un frisson qui se faufile le long de la nuque.

— Je t'apprendrai tout ce que tu n'as pas étudié, susurre-t-il.

Sa voix… Elle vibre en moi, elle s'imprime dans chaque fibre de mon esprit, aux côtés des voix de May, Mer, Epsilon et… d'Alpha. Je ferme les yeux, je peux me rappeler de chaque chose que mon protecteur a pu m'apprendre. Il avait une telle culture… Et une telle soif d'apprendre. Grâce à lui, je brillais un peu plus.

— Tu frissonnes encore.

Le constat de Caeso me tire de mes souvenirs. Je hoche la tête, la gorge nouée. Il me relâche pour s'approcher de son lit. Je fronce les sourcils, jusqu'à ce qu'il saisisse une couverture bleu nuit pliée au bout du matelas.

— Du bleu, sourit-il. Ça devrait te réchauffer, peut-être plus efficacement que moi.

Je joins les mains sur ma poitrine, touchée par sa bienveillance ainsi que par son sourire si tendre et angélique. Il m'emmitoufle dans la couverture bien trop grande pour moi. Je ne peux m'empêcher d'admirer la délicatesse de ses traits, cette beauté bien trop bouleversante pour notre monde.

— Te voilà parée pour une expédition sur l'île au manteau blanc, plaisante-t-il.

Ses doigts saisissent mon menton tandis que ses yeux d'un bleu voilé de gris plongent dans les miens. L'espace d'un instant, j'ai le souffle coupé. Ce simple contact fait naître des papillons dans mon ventre. Des insectes qui volent puis s'embrasent de culpabilité.

— Il y a toute la beauté de l'univers dans ton regard…

— Je ne peux pas faire ça, Caeso… Je… je ne dois pas.

Je détourne les yeux. Les braises des papillons sont là, volant dans ma poitrine. Des fragments qui calcinent doucement mon cœur.

— Alpha ? devine-t-il dans un soupir.

— Il a… il a été mon premier… et j'ai été arrachée à lui…

Je sens mes joues s'empourprer. Mes poings se serrent sous ma couverture. Je ne cesserai jamais de revoir son regard éteint. Et Isaak, ce pêcheur mystérieux, qui m'entraîne dans la gueule du loup pour une stupide danse.

— Si je n'avais pas dansé avec l'autre idiot…

La main de Caeso se pose sur mon épaule. Bien que je la sente à peine à cause de la couverture, ce geste plus amical que tendre m'apaise un peu. J'ai besoin que Caeso m'écoute, j'ai besoin de celui qu'on décrit comme trop gentil, trop doux.

— Delta, parfois les hasards n'en sont pas. Et parfois les choses arrivent parce qu'elles le devaient, tente-t-il de me réconforter.

Oui. Parfois les hasards n'en sont pas. Sa garde droguée en a été un bel exemple.

Mon regard se trouble, déformant les fresques et mosaïques de la chambre. Je déglutis avec peine, la gorge nouée par la culpabilité de m'être fait capturer ce jour-là. Est-ce que ça devait arriver ? Pour le bien de May que je n'arrivais plus à soigner ? Pour l'espoir de changer les choses ?

— J'aimerais juste lui dire que je vais bien, bredouillé-je en tâchant de retenir mes sanglots.

Caeso prend délicatement mon visage entre ses mains. Je tremble, non plus de froid, mais de regret. Ses doigts glissent sur ma joue, la chaleur de sa paume comme un réconfort dans ce froid qui m'habite.

— Peut-être le sait-il. Mon père a toujours eu dans l'idée de faire couper la langue aux serviteurs. Fort heureusement pour eux, ce n'est resté qu'une idée.

Je lève les yeux sur l'héritier. Se pourrait-il qu'Alpha sache ? Peut-être par le biais de Mer qui reçoit les sérums et l'insuline. Peut-être qu'il s'occupe de ramener les sérums aux Noctis.

Peut-être... peut-être qu'il est fier de l'aide que j'apporte.

La chaleur du contact de Caeso se répand en moi, partant de mon visage et inondant ma poitrine. Elle ruisselle sur moi comme ses mots qui apaisent mon âme.

— Merci Caeso, murmuré-je. Mais si Alpha sait pour moi... les gens... le harem...

— Le harem est une rumeur pour une partie de la population car les Consuls s'emploient à ne pas le faire exister officiellement. Mais c'est un secret de polichinelle. Pleinement accepté par les soutiens des castes supérieures qui ne veulent pas déplaire au gouvernement et tolérable pour le reste, car il reste non officiel, voire une histoire à dormir debout.

— Pourquoi ? demandé-je en fronçant les sourcils.

— Nous ne sommes plus dans la Chine Impériale, l'idée qu'un homme puisse avoir une épouse et des maîtresses officielles, gardées captives, a tendance à révulser. Puis l'officialiser, c'est admettre qu'une partie des finances va au plaisir personnel du Consul...Delta ?

Je sursaute légèrement, interpellée par le début de son explication, mon esprit a légèrement divagué. Je ramène mon regard sur lui avec un sourire d'excuse.

— C'est quoi la Chine Impériale ?

Il se mord la joue, je vois ses épaules être secouées, puis il éclate franchement de rire.

— C'est donc tout ce que tu as retenu... Un jour je t'expliquerai l'Histoire et la géographie de l'Ancien Monde. En attendant, je préfère que tu me dises tout ce que tu as appris sur les îles.

Il m'invite à m'asseoir sur son lit à ses côtés. Je me lance dans un long récit, essayant de restituer toutes les informations que j'ai retenues. Quand j'en arrive à l'île de l'espoir, je m'interromps.

— Tu n'as pas terminé de décrire l'île, constate-t-il avec délicatesse.

Je me tourne vers lui. La ressemblance avec sa mère est vraiment incroyable. Je vois en eux les fleurs qui grimpent sur les façades, ces oiseaux aux plumes immenses et le ciel… bleu.

— Caeso… soufflé-je. Ta mère ne retourne jamais sur son île ? Ça a l'air d'être si beau…

— Mon grand-père, Marcus, lui a interdit d'y retourner et… et mon père a poursuivi cette interdiction, explique-t-il avec une pointe de tristesse.

Qu'est-ce qui peut pousser ces hommes à la priver de son île ?

— Pourquoi ? questionné-je un peu brusquement.

C'est au tour de Caeso de détourner les yeux. Ils scintillent, comme si une larme allait y prendre naissance. Je me rapproche un peu plus et sors un bras de la couverture pour que mes doigts viennent effleurer son avant-bras.

— C'est une histoire assez pénible. Peut-être qu'un jour Mère te la racontera… mais ce n'est pas à moi de le faire, ça lui appartient.

Je trouve ça prévenant de sa part vis-à-vis de sa mère. Mes doigts pressent légèrement son poignet, je lui souris pour essayer de lutter contre la peine qui rend son dos rond et abaisse ses épaules.

— Ta mère a l'air si douce…

— Elle l'est. Elle a aussi beaucoup souffert. Avoir un mari qui ne l'aime pas… Je ne pourrais jamais faire ça à une femme. La rendre prisonnière d'une union sans amour.

Je retire ma main de son bras, comme s'il m'avait brûlée. Je regarde mon tatouage, un sanglot vient peser sur ma poitrine. Les intentions de Caeso sont louables, mais même si elles doivent briser des cœurs et des âmes, pour l'heure nous ne pouvons échapper aux traditions. Lui comme moi.

— Caeso… tu sais bien que tu devras faire un mariage de raison ?

Il se lève brusquement pour aller se placer face à la fenêtre. Ses doigts se posent sur la vitre sécurisée qui doit être glacée. Son reflet se devine, je crois y lire de la colère. Je n'aime pas le voir ainsi. Si affecté.

Je me lève et m'approche de lui à pas de loup, comme si je craignais de déclencher ses foudres. Mon cœur peine à battre de manière ordonnée. Je pose la main sur son dos. Je voudrais le prendre contre moi, comme je l'ai déjà fait par le passé. Mais quelque chose me retient.

— Qu'as-tu pensé des îles artificielles ? lance-t-il d'un ton légèrement sec. C'était une idée intéressante. Dommage que le projet ne soit pas allé au bout.

— Caeso…

Il fait volte-face, la mâchoire contractée. Dans ses yeux, le ciel de l'île foudroyée. Quand il est ainsi, il me rappelle douloureusement son père. Son père qui n'hésite pas à me frapper et me torturer. Je recule d'un pas, le bras instinctivement devant mon visage. Quand il bouge, je me recroqueville.

Mon attitude semble être un électrochoc pour lui. Il se fige et la tempête quitte ses iris. Je réalise que je tremble. Pendant un instant. Juste un instant. J'étais la proie et lui le prédateur.

Je me redresse doucement, la main toujours devant mon visage. Mes épaules se soulèvent dans un rythme chaotique. Il se rapproche, je ne bouge pas. Doucement, il saisit mon bras et passe la main dans mes cheveux.

— Je ne te ferai jamais de mal, jamais, murmure-t-il. Je ne suis ni mon père ni la chose responsable de toutes ces cicatrices. D'accord ?

Je hoche la tête et accepte qu'il m'enlace. Mais je n'arrive pas à lui rendre son étreinte, mes bras restent le long de mon corps et mes doigts pianotent. Je me perds dans son parfum de chèvrefeuille. Sentir ses bras me serrer avec force apporte un étrange soulagement.

— Delta je… je suis désolé, je ne suis pas disposé à discuter de mon futur mariage.

— Bien… Pouvons-nous parler de ton anniversaire ? proposé-je pour adoucir la conversation.

Il me serre plus fort contre lui. Je pose ma tête contre son épaule et, enfin, je parviens à poser mes mains sur son dos.

— Que veux-tu savoir ?

— Comment te faire un cadeau, murmuré-je.

Je le sens légèrement se contracter.

— Tu *es* le cadeau.

Et il déteste cette idée. Nous la détestons tous les deux.

— Eh bien moi je veux t'offrir quelque chose…

— Une paire de sandales, ça ira avec la toge, soupire-t-il.

— Tu es au courant pour la toge ? m'étonné-je.

— Elles me font ce cadeau tous les ans.

Quelle originalité !

Je regarde la fenêtre, le jardin aux branches qui m'appelle. Je songe au bonheur que ce serait d'aller flâner aux arcades. Me sentir un peu libre.

— Imaginons que… avec la protection de Murs… j'aille…

— Tu ne sortiras pas, tranche-t-il sèchement.

— Pourquoi ?

— Parce que c'est trop dangereux. Le chef des Noctis va certainement vouloir ta mort et il y a quelque chose ou quelqu'un sur cette île qui est responsable des cicatrices dans ton dos.

Il a raison. Omega doit vouloir ma mort, sûrement persuadé que j'ai parlé contre les sérums. Et pour ce qui est de mon bourreau ...

— D'accord…

Il me relâche et cherche à plonger son regard dans le mien. S'il ne veut pas parler de son mariage, je ne veux pas parler de mon passé. Je dois ignorer la douloureuse sensation que chacune de mes cicatrices se rouvre, présente jusqu'au plus profond de la chair quand on les évoque.

— Je m'attendais à ce que tu luttes plus.

Je me détache de lui. Je ne veux pas me souvenir de ce que j'étais. Pas là. Pas maintenant. Je perds ma couverture et croise les bras sur ma poitrine pour me frictionner. Pour aussi un peu me protéger.

— Non… je… avec ta permission j'aimerais retourner au harem.

— Bien sûr… Jusqu'à ma fête d'anniversaire, je ne te solliciterai plus.

Je me retourne, il regarde à nouveau par la fenêtre. L'inquiétude vient former une boule dans ma gorge.

— Pas même le vrai jour de ton anniversaire ?

— Non.

— Tu es fâché ? me risqué-je.

— Nullement Delta. Seulement Mère veut te donner des cours de maintien et je sais combien respecter l'étiquette peut être épuisant.

Parler aussi, c'est épuisant.

Un goût amer se dépose sur ma langue. La sensation que j'ai réveillé des choses qui n'auraient pas dû l'être.

— D'accord… alors… bonne nuit.

— Bonne nuit, Delta.

CHAPITRE 10

J'écoute d'une oreille distraite la lecture de Publia qui, pourtant, met du cœur à faire les différentes voix des personnages. Nous venons de manger et j'ai la nausée. Mes assiettes sont trop grosses. Je m'apprête à aller m'allonger quand Murs entre dans le harem.

— Livia, Vibia requiert votre présence.

Je hoche la tête et m'arrache au fauteuil pour le suivre. J'essaie de ne pas penser à toute cette nourriture qui pèse sur mon estomac. Je n'aurais jamais cru me plaindre un jour de trop manger. Je ne sais pas comment les maîtresses peuvent supporter ça et en redemander encore.

— Vous semblez mal en point, remarque le garde.

— Je crois que je vais vomir, bredouillé-je, sentant l'afflux anormal de salive dans ma bouche.

— Vous souhaitez que je vous excuse auprès de l'honorable épouse du Consul ?

— Non… non. Je dois y aller.

L'anniversaire de Caeso approche et je n'ai pas un jour à perdre. Je ne veux pas lui faire honte lors de sa fête, je suis prête à écouter soigneusement sa mère. Murs cogne à la porte de Vibia, j'entends sa voix cristalline nous inviter à entrer.

— Livia, mon enfant ! s'exclame-t-elle en m'accueillant à bras ouverts.

Je lui fais un pâle sourire. Maintenant que je connais l'histoire tragique de sa jumelle, je me dis qu'elle voit peut-être en moi une façon de se racheter. Même si, à mon sens, elle n'est responsable de rien. Ce n'est pas elle qui a offert sa sœur à un vieillard pervers. Je me demande encore pourquoi ses parents ont fait une telle chose.

Elle m'étreint avec la même délicatesse que celle de l'héritier. Pendant un instant, je l'imagine avec Caeso enfant. Quand elle devait vouloir le cajoler avec la peur de le blesser. Une réalité qui me serre le cœur.

— Tu n'as pas l'air bien, constate-t-elle immédiatement en posant la main sur mon front.

Son geste me renvoie brutalement des années en arrière, quand ma mère s'assurait que je n'avais pas de fièvre. Elle embrassait le sommet de mon crâne et me serrait contre elle. Mon cœur déborde à la fois d'amour et de rancœur pour elle. Une sensation pareille à la nausée qui retourne mon estomac. Un mal-être qu'on cherche à rejeter de notre corps.

— Non, tu n'es pas fiévreuse…

Elle retire sa main fraîche de mon front et remet une de mes boucles derrière mon oreille avant de relâcher notre étreinte.

— J'ai trop mangé, confessé-je, la gorge serrée par la nausée.

Je touche mon ventre rond et m'assois sur le divan qu'elle m'indique. Aujourd'hui, elle porte une robe bleu clair, le même que le ciel de son île. Ses yeux cobalt se posent avec tendresse sur moi.

— Tu sais, tu dois te remplumer. Il faut que tu manges beaucoup. Tu es si maigre…

— Je le sais bien, soupiré-je.

Elle s'assoit à côté de moi et tapote mon épaule avec un sourire.

— Tu seras si belle une fois que tu auras pris du poids. Tu es une fleur qui ne demande qu'à éclore.

Je ne suis pas certaine d'être une beauté cachée. Du moins, je ne serai jamais à la hauteur des maîtresses de Septimus, de son épouse ou même d'Auréa. Je préférerais être une fleur qu'on laisse librement grimper sur les murs sans attendre d'elle qu'elle s'épanouisse dans un vase.

— Demain, je vais organiser une rencontre entre toi et la promise de Caeso, annonce-t-elle posément.

Je ne peux m'empêcher de grimacer. Mon estomac se contracte et menace de rendre sur la belle Vibia mon déjeuner. Elle glisse sa main dans la mienne avec un sourire rassurant.

— Ne t'inquiète pas, je vais tout faire pour que ça se passe bien. Mais vous devez vous voir avant l'anniversaire de Caeso.

Cette perspective rend plus détestable encore cette sensation de chaleur qui m'étouffe, court sur ma peau et mouille mes tempes. Je retiens de moins en moins bien les remontées acides dans ma gorge.

— Elle va me détester…

— Je suis certaine que non !

Vibia est un peu trop optimiste à mon goût. Auréa ne doit pas supporter la concurrence. Je l'imagine mal accepter une Favorite, elle est sûrement un soleil qui veut régner seul.

Je cherche à m'éventer avec ma main. La réputation qui précède Auréa est comme le roulement du tonnerre qui annonce un déluge acide, putride… toxique. Comment résister ? Je ne suis qu'un oiseau qui fuit cette pluie. Et si en la rencontrant mes ailes brûlaient à jamais ?

Je plaque ma main à ma bouche, c'est trop pour moi.

— Vite ! Une bassine !

Une domestique me tend un vase, tant pis. Je rends une partie du contenu de mon estomac. Vibia me frotte le dos, je relève péniblement la tête, honteuse. Dire qu'on préfère me nourrir au point de me rendre malade alors que des serviteurs pourraient en profiter. Je vis le rêve premier de tout plébéien : avoir accès à la nourriture, et je le gâche…

— Ça va mieux ?

Non. J'ai toujours chaud. Mon estomac est toujours trop lourd. Je m'en veux tellement d'avoir vomi. Et maintenant l'appréhension de rencontrer celle qui pourrait détruire nos espoirs devient suffocante.

— Vibia, que se passera-t-il si Auréa ne me tolère pas ? Elle peut… je ne sais pas, me renvoyer ? Elle peut décider que Caeso n'aura pas de harem ?

Ma voix est faible. Je n'ai jamais prétendu à la place d'épouse. Je veux seulement être là pour Caeso et pour ceux que j'aime, pour nos rêves.

— Auréa n'aura aucun pouvoir sur toi. Et si Caeso décidait de s'en tenir à sa parole de n'avoir des rapports qu'avec toi, tu deviendras plus qu'une Favorite, tu deviendras la mère de l'héritier quand tu auras un garçon, et non d'un bâtard. Un enfant que le Consul peut imposer à sa succession sans que personne n'ait rien à redire, puisqu'il sera de son sang. Tout comme il peut imposer un bâtard s'il n'a plus de fils légitimes pour lui succéder.

— Comment voulez-vous que le Consul impose comme héritier un enfant sorti de nul part ? C'est déjà arrivé ?

— À vrai dire, non. Mais nos soutiens connaissent l'existence des Favorites et des bâtards, donc ils n'opposeront pas de résistance et quand au reste du peuple… ils ne peuvent qu'accepter la décision de leur dirigeant sans hausser la voix.

Je m'enfonce dans le divan. Je ne peux pas croire que la plèbe acceptera un héritier inconnu, dont la naissance et l'existence ont été un secret… Caeso devra se marier et avoir des enfants légitimes. Ma tête bascule en arrière. Ici aussi le plafond est un ciel bleu. Il n'y a que dans la chambre de Caeso que ça change. Chez lui, c'est un ciel sombre avec des étoiles dorées.

Caeso est mon ciel sombre avec des étoiles. Il est cet univers à explorer. Il est la lumière dans l'obscurité de son père. Il est ces scintillements d'espoirs au milieu des doutes.

— Tu veux des enfants, Livia ? demande-t-elle à voix basse.

Dans les rêves d'Alpha nous avions des enfants. Parfois, je rêvais avec lui. Mais aujourd'hui j'ai la douloureuse conscience que je suis incapable de donner des enfants à ce monde. Je ne pourrais pas voir mon sang et ma chair grandir dans une dictature. Si je donne la vie, ce sera parce que les bleuets paveront mon chemin.

Mais Vibia veut être rassurée, je l'ai sentie à sa manière de me faire miroiter un rôle plus important que celui de Favorite. Et moi, je n'ai pas la force d'expliquer mon choix ou mes doutes quant au fait que la plèbe accepte un bâtard.

— Je donnerai à Caeso autant d'enfants qu'il souhaitera.

Une hypothétique vérité ? Un mensonge ? Peu importe. C'est ce qu'elle voulait entendre. Et pour l'heure, ça me gardera dans les bonnes grâces de Septimus puisque le rôle de Caeso est de "m'engrosser".

— Oh Livia, si tu savais…

— J'espère seulement qu'il sera apte, déclaré-je d'une voix éteinte.

— Ne t'inquiètes pas, des solutions existent.

Je hoche la tête. Je n'ai donc aucun moyen d'échapper à ce destin si je veux rester auprès de l'héritier pour changer les choses. J'espère que ce sont là les désirs d'une mère garante des traditions, que Caeso n'attend pas réellement ça de moi et qu'il reviendra sur sa décision de n'avoir des rapports qu'avec moi pour offrir un héritier légitime au peuple.

— Tu te sens mieux ? questionne Vibia.

— Oui, prétends-je.

La nausée continue de retourner mon estomac. Pourtant, je dois écouter Vibia qui se lance dans une leçon de maintien. Elle m'explique l'utilisation des multiples fourchettes et couteaux. Je ne comprends pas l'intérêt de tout ça. Je trouve toute cette profusion et ces rituels ridicules. J'aimerais juste aller dans les cuisines du palais pour voler de la nourriture et la ramener dans la plèbe. Je dois faire taire mon instinct de révolte pendant tout le temps de la leçon.

— Connais-tu les deux différents services ?

Je dois me creuser la tête. Je reviens à cette période sinistre où je travaillais pour des patriciens. Un frisson glisse le long de ma colonne et me glace.

Non. Non, je suis plus forte que ça !

— Il y a… il y a celui où les gens sont sur des divans autour d'une table basse et un autre où ils sont à table.

— Bien ! Très bien ! félicite-t-elle. Pour l'anniversaire de Caeso, ce sera un service à table avec un hors-d'œuvre, une entrée, un poisson, une viande, et les douceurs.

— Tout ça ! Mais… mais il faudra tout manger ?

Elle éclate de rire. Moi, je n'ai pas du tout envie de rire. Comment peut-on se gaver autant pour un seul repas quand des gens crèvent de faim ?

— Tu fais une de ces têtes…

— On ne pourrait pas juste se contenter d'une bonne viande avec des légumes ? Je ne sais pas, je trouve ça un peu… excessif ?

— C'est pourtant un service normal pour une fête de cette ampleur.

Je dois me mordre la lèvre pour ne pas hurler. Je pense à ces jours sans manger. Ces jours où l'eau chaude et les racines trompaient vainement la faim douloureuse. Où un morceau de pain rassis devenait un festin inespéré. Et à ces autres jours où nous chassions les rats et où un rongeur, même maigre, était la promesse d'avoir un peu de viande. Mes poings se serrent, mes ongles forment des demi-lunes dans mes paumes.

Je me lève du divan, une nausée violente remonte dans ma gorge. Les colonnes chargées de plantes grimpantes ondulent, la voix de Vibia se déforme, je recule en titubant.

— Livia ! Murs !

Le garde entre immédiatement et passe son bras autour de moi.

— Amène-la au harem et fait venir le doctores, ordonne-t-elle.

Je le laisse m'aider à quitter la pièce. Mais, quand la porte se ferme, je me dégage de sa prise et marche jusqu'à la rambarde de la coursive, d'un pas mal assuré. Je pose mes avant-bras sur le marbre. Murs s'approche, mais je tends le bras pour le garder à distance.

— Livia ?

— Le petit oiseau de son Altesse en a marre d'être ballotté.

En contrebas, il y a du monde. Des épouses et enfants de conseillers. Je regarde un petit garçon qui semble courir pour la première fois. Il trébuche et tombe sur ses genoux en pleurant. Sa mère se précipite pour le prendre contre elle. Je serre les dents. Petite, quand je tombais, je croyais que ma mère serait toujours là pour me relever. Mais rapidement j'ai dû apprendre à le faire seule. Depuis que je suis ici, je ne fais que m'effondrer. Je n'étais pas prête pour tout ça. Mais même au sol, je n'abandonnerai pas mes promesses.

Les Noctis disparaîtront quand la plèbe n'expirera plus. May aura toujours son insuline. Et ma sœur n'aura pas à sacrifier sa vie pour offrir une vie meilleure à nos parents. Quoi qu'il m'en coûte.

J'ai tant contenu ma colère que j'ai des douleurs aux cervicales qui descendent jusque dans les épaules. Je prends ma douche et profite du jet qui masse le haut de mon dos. Je regarde mes ecchymoses, les maîtresses savent d'où elles viennent, mais ne disent rien. Un silence qui peut être glaçant.

Le savon devient une mousse légère sur mon corps endolori. J'ai laissé Mella choisir le parfum, c'est son plaisir de la journée. Nous sentirons les fleurs. Je m'immerge avec délice dans le grand bassin. Comme à son habitude, Octavia est allongée au bord avec une main qui traîne nonchalamment dans le mélange de lait et d'eau.

Les discussions vont bon train. Je m'appuie contre un rebord, le corps plongé jusqu'au menton. Je finis par me décider à ouvrir la bouche.

— Demain, je rencontre Auréa.

— Ce dépeceur va te dévorer toute crue, j'espère que Caeso n'est pas trop attaché à toi, lance Publia.

Le choix de ses mots me heurte. Un dépeceur. Cette menace qui a pesé sur moi chaque nuit où je me suis envolée. Je peux entendre leurs griffes et leurs mâchoires sanguinolentes qui claquent. Je tremble, les yeux écarquillés de terreur. Soudain, Octavia attrape le bras de Publia pour la tirer hors de l'eau puis la gifle si fort qu'elle bascule sur le côté.

— Publia ! s'affole Ostia.

Je suis paralysée, le regard d'Octavia est devenu celui de Septimus. Mella se rapproche de moi, sous l'eau sa main attrape la mienne. Je serre ses doigts jusqu'à en avoir mal.

Publia se redresse, un filet de sang coule du coin de ses lèvres. Malgré tout, elle n'a pas perdu son sourire provocateur.

— Auréa est l'officielle ! La traiter de dépeceur ? Mais pour qui tu te prends ?

— Allons, Octavia, ce n'est pas la première fois que …

Une seconde gifle s'abat sur sa joue. Je retiens mon souffle. Publia a déjà fait des commentaires sur Auréa, ce n'est pas la première fois et ce n'est pas la seule.

— Tu as sous-entendu qu'elle pourrait tuer Livia. Tuer une Favorite est un acte de haute trahison. Si Caeso savait que tu as suggéré la mort prochaine de Livia, tu aurais été crucifiée sur le champ !

Mon sang quitte mon visage. Ma mort. La perspective qui plonge mon ange guerrier dans les ténèbres. Mes jambes tremblent face à l'horreur de cette vérité énoncée par Octavia. Si Caeso apprenait ça, j'ignore si je pourrais éviter qu'il ne s'emporte. Voir Publia saigner me donne mal au ventre. Personne ne devrait souffrir par ma faute.

— Octavia, soufflé-je. Ce… je crois vraiment que c'était… une plaisante…

— Livia, ne la défend pas, coupe sèchement la Favorite. Personne dans ce harem ne se permettra de plaisanter avec ta mort.

Je baisse le regard. Ostia a quitté le bain pour soutenir son amie. Peut-être aurais-je dû les suivre ?

— Auréa est l'officielle, nous lui devons le respect, rappelle Octavia.

La Favorite s'allonge de nouveau sur le bord. Je quitte la présence rassurante de Mella pour m'approcher du joyau de

Septimus dans l'espoir d'en savoir plus sur sa rencontre avec Vibia. Mes mains sorties de l'eau tremblent, je n'arrive pas à m'apaiser. Octavia regarde mes doigts qui pianotent dans le vide.

— Tu vas devoir apprendre à contrôler tes émotions, lâche-t-elle froidement.

Je baisse la tête. La question que je voulais lui poser meurt sur mes lèvres et je me contente de répondre :

— Je le ferai.

Nous quittons le bassin, je me sèche rapidement pour passer ma tenue de nuit. Alors que je noue mon déshabillé, je croise le regard de Mella dans le miroir.

— Tu es prête pour demain ? demande-t-elle avec douceur.

— Non. Je me demande qui a eu l'idée de les mettre en couple…

— Il paraît que c'est une décision du Consul et du Haut-Consul, lance Publia depuis l'encadrement de la porte.

Je la dévisage. Sa bouche a gonflé. Mes doigts se crispent sur la ceinture de mon déshabillé. Mella s'empresse de l'enlacer. Je me sens faible. Par ma faute, elle a pris une correction.

— Publia, je…

Elle lève la main pour m'arrêter et s'avance vers moi.

— Non. Pas d'excuses. Je n'aurais pas dû plaisanter avec ça… Nous savons toutes combien Caeso peut tenir à toi. C'était… c'était cruel de ma part.

— Octavia n'aurait pas dû te frapper, m'obstiné-je.

— Mieux vaut deux gifles qu'une crucifixion, tu ne crois pas ? dit-elle en me faisant un clin d'œil.

Mella lève les yeux au ciel. Je souris à Publia, reconnaissante qu'elle cherche à dédramatiser tout ça.

— Oh… et si vous voulez mon avis, ils ont collé Auréa à Caeso parce que notre héritier est beaucoup trop gentil… Enfin sauf quand ça concerne Livia.

Je soupire. Elle a sûrement raison, ils ont dû vouloir contrebalancer son caractère doux.

— De quelle île vient Auréa ? questionné-je Mella.

— C'est une bonne question… Publia ?

Forcément, Publia sait tout.

— De l'île des brumes. La plus déprimante des îles.

— La plus déprimante des îles c'est celle-ci, raille ma compagne de chambre.

Je suis assez d'accord avec elle.

Je prends mon précieux livre sur les îles et le feuillette jusqu'à trouver l'île en question.

— *Sur l'île des brumes, un brouillard permanent empêche de voir à plus de dix mètres*, lis-je à voix haute.

— Déprimant, c'est bien ce que je disais, lâche Publia.

Et moi, je me demande comment font les Noctis pour opérer dans ce brouillard. Et même, comment la vie s'organise. Je prolonge ma lecture.

— *Chaque habitant doit se déplacer avec une lumière sur son front. Ces lumières sont gracieusement offertes par le gouvernement.*

— Déprimant, soupire Publia.

— Auréa va passer d'une île déprimante à une autre île déprimante, se moque Mella.

— Mais… c'est officiel… Genre, vraiment officiel entre eux ? demandé-je.

— Non, les fiançailles n'ont pas encore eu lieu. Mais bon, on la considère comme telle, vu que c'est la décision d'Octavia, m'informe Publia.

Les fiançailles n'ont pas encore eu lieu. Donc j'ai encore ma chance ! Nous pourrions trouver une promise plus sage, plus encline à écouter la plèbe.

Je me prends à rêver d'une hypothétique épouse idéale pour Caeso. Une femme qui m'écouterait, qui me soutiendrait pour que Caeso soit l'artisan du changement. Oui, je crois à cet avenir meilleur. Je crois en ce monde où Zaley et May ne souffriront plus. Je crois en une justice. Je crois à la fin des estomacs creux. Je crois à un enseignement égalitaire. Je crois en nous, tout simplement.

CHAPITRE 11

Caeso m'a fait livrer plusieurs *catalogues*. Couchée sur les coussins avec les filles, je tourne les pages glacées en soupirant.

— Ce que c'est moche, les sandales, râlé-je.

— Tu veux lui offrir quoi ? Des chaussures d'usine ? raille Publia.

Je lui jette un regard noir. Les chaussures d'usine ont l'avantage d'être très solides, il ne risquerait pas de se briser les os du pied avec elles. Je referme le catalogue du cordonnier des patriciens et ouvre celui d'une bijouterie.

— La bijouterie Chablie, ça ne rigole pas, constate Mella.

— Il n'y a aucun prix, ils ont dû se tromper en imprimant, soupiré-je.

— Non, Septimus les fait imprimer pour nous sans les prix, ce serait inconvenant de connaître la valeur marchande de ces choses, intervient Octavia. Puis tu t'en moques, c'est Septimus qui paiera la facture.

Je me redresse sur mes coudes et hausse un sourcil.

— Septimus va payer mon cadeau pour son fils ?

— Tu comptes payer avec quoi, au juste ? Nous n'avons pas d'argent au harem, s'agace la Favorite.

Sur ce point-là, elle a raison. Je regarde les bracelets : cet artisan fait vraiment de jolies choses. Un bracelet pour la cheville avec des petits oiseaux attire mon œil. Je m'attarde sur la page, j'aimerais bien porter un symbole discret de mon ancienne vie.

Mais oui, c'est ça !

Mon esprit s'illumine. Un oiseau. Le symbole discret des Noctis, le symbole de ma volonté de sauver la plèbe, que plus jamais elle n'ait besoin que des oiseaux pillent d'autres Ordres pour vivre. Un simple cadeau pourrait devenir un signe d'engagement, si Caeso comprend mon message.

— Dis donc, tu aimes les oiseaux, remarque Mella.

— Je les adore, murmuré-je. (Je fais mine de faire une confidence en invitant mes compagnes à se rapprocher). Caeso m'appelle son petit oiseau.

En fait, c'est surtout Murs qui m'appelle ainsi. Mais je sais que l'expression vient de l'héritier. Voilà qui pourrait expliquer que je lui offre un objet avec un oiseau : une sorte de plaisanterie entre nous qui passera, dans le harem, pour un signe évident d'affection. Je souris, fière de ma trouvaille.

— Octavia, tu penses que je peux demander à Caeso un bracelet pour moi ? questionné-je à brûle-pourpoint.

— Commencerais-tu à te soucier de ton rang et de ton apparence ? réplique la Favorite sans quitter des yeux son livre.

— Bien sûr que tu peux. Tu pourrais demander la lune à Caeso, il irait te la décrocher, pouffe Mella, suivie par Ostia et Publia.

Je me sens rougir. Je n'en demanderai pas tant.

— Bien, comment on commande ?

— À la fin, tu as un bon : tu notes la référence et la quantité, m'indique Publia. Dis, je meurs d'envie d'avoir ce bracelet avec les deux têtes de béliers…

— Publia ! gronde Octavia, toujours plongée dans son livre.

Publia s'amuse à singer Octavia dans une grimace qui déclenche notre hilarité. Ostia me déniche un stylo pour écrire ma commande. Je dois encore trouver le cadeau de Caeso. Je tourne les pages à la recherche d'un oiseau quand je tombe sur une magnifique chevalière en or. Un oiseau en plein vol y est gravé, entouré de lauriers.

Je retiens mon souffle et caresse le papier glacé. Les lauriers sont le symbole des héritiers et des Consuls. C'est comme si nos deux existences se rencontraient et ne faisaient plus qu'une. Comme la promesse que le pouvoir deviendra l'oiseau protecteur qui nourrit et soigne la plèbe.

— Elle est magnifique ! se pâme Ostia.

— Incroyable ! renchérit Mella.

— Montrez-moi, lâche Octavia en quittant son fauteuil.

Je lui tends le catalogue. Si j'ai l'approbation de la Favorite de Septimus, ce sera parfait.

— Ah... Son petit oiseau... Septimus trouve ce surnom presque trop charmant pour toi.

Imaginer Octavia et le Consul discuter de moi sur l'oreiller provoque un haut-le-cœur. Qu'est-ce qu'Octavia sait de moi ? De mon passé ?

— C'est un bijou magnifique, tu as bon goût pour une plébéienne.

— Ce n'est pas parce que nous nous habillons avec les sacs de jute de la Distribution que nous n'avons pas de goût, répliqué-je.

— C'est vrai ? demande Ostia.

— Bien sûr, tu as vu le prix du tissu ? On se transmet les vêtements, on en achète rarement en seconde main, et sinon on profite de la toile de jute.

— Ça doit affreusement démanger, couine Mella en se frictionnant les bras.

— On s'y fait. Bon, je dois remettre la commande à qui ?

— Je vais faire appeler Murs. Je suis contente de ton choix, félicite (presque) Octavia.

Il me tarde de recevoir les bijoux. Je sais que la chaîne pour la cheville ne me quittera pas. Et j'espère que la chevalière sera le symbole d'un monde nouveau. Je souris et, par curiosité, je feuillette les autres catalogues avec les commentaires éclairés de mes compagnes. Pour la première fois depuis longtemps, je passe un bon moment, comme j'ai pu en connaître avec Epsilon.

J'inspire un grand coup devant la porte de Vibia. Auréa m'attend à l'intérieur. Je triture mes doigts. Choisir le cadeau de Caeso m'a permis d'éloigner l'angoisse, mais la voilà qui revient m'empoisonner.

— Ne vous laissez pas dévorer.

J'ai envie de répondre que j'ai déjà eu la démonstration de sa méchanceté, mais ça entraînerait des explications pénibles. Je me contente de hocher la tête et de lever le menton.

— Je suis la Favorite de Caeso. Je suis *son* choix, me répété-je à voix basse.

Peut-être qu'à force de le dire, je vais finir par y croire. Mais la fébrilité rend ma litanie de moins en moins assurée.

— Vous êtes une plébéienne. Vous êtes la première de notre Ordre à arriver si haut.

Je lève les yeux sur Murs, qui pose sa main sur mon épaule. Je viens l'effleurer du bout des doigts. Comme si c'était mon père à mes côtés.

— Vous le croyez vraiment ? grimacé-je.

— Oui. Vous êtes notre voix. Allez-y.

Je lui souris timidement, puis lui demande de frapper comme le veut le protocole. Vibia m'invite à entrer. Je prends encore une profonde inspiration. Je m'avance, le regard droit. Ma mâchoire est verrouillée. Tout mon corps est tendu, presque prêt à sauter par une fenêtre si les choses tournent mal.

Auréa me tourne le dos. Elle est bien plus grande que moi. J'ai l'impression qu'elle est plus grande encore que Caeso. Sa robe rouge et or sculpte sa silhouette élancée, une ceinture de pierres précieuses met en valeur sa taille marquée. Je croise les bras, comme pour m'étreindre moi-même, comme si Caeso était avec moi.

Doucement, elle se retourne, et je n'ose plus respirer. Sous sa poitrine, une corde dorée avec le nœud de Caeso, similaire au mien. Ses longs cheveux blonds, coiffés en une tresse en épis et parsemés de bijoux dorés, effleurent le creux de ses reins. Des rubis scintillent à ses oreilles. Un trait doré allonge son regard vert, chargé de mépris. Ma salive devient lourde à avaler. Son parfum entêtant est bien trop fort et capiteux. Il me soulève le cœur.

— Auréa, je te présente Livia, la Favorite de Caeso, introduit en douceur Vibia.

— Cette mocheté ? Quand on m'a dit qu'elle était plébéienne, je m'attendais à une beauté exceptionnelle sortie de ce trou, ricane-t-elle.

Elle ne m'a pas reconnue. Je ne peux m'empêcher de la détailler. De l'imaginer aux côtés de Caeso. Et ce qui se dessine dans mon esprit fait naître une boule dans ma gorge : une machination où, avec l'appui du gouvernement et de Septimus, de plus grands pouvoirs lui seraient confiés. Des pouvoirs pouvant ruiner nos espoirs.

— Elle est muette ? raille-t-elle.

— Je… je ne suis pas muette.

Un rictus étire ses lèvres. Elle s'approche, faisant tinter son célèbre bracelet à grelots. J'ai un mouvement de recul, trébuche sur ma robe et tombe lamentablement.

— Livia ! Tu t'es fait mal ? s'inquiète Vibia en accourant à mes côtés.

Je secoue la tête et n'ose pas m'appuyer sur le bras que m'offre l'épouse du Consul pour me relever.

— Minable, crache Auréa. Même pas fichu de marcher avec une robe digne de ce nom. Que lui trouve Caeso ? Elle n'a ni poitrine, ni hanches… Quelle vilaine chose !

— Je ne suis pas une vilaine chose, murmuré-je.

— Plaît-il ?

Je relève doucement la tête. Mon cœur bat le rythme de cette colère qui palpite dans mes veines. Des souvenirs m'assaillent. Des flashs. Des fragments. Toutes ces souffrances du ghetto dans lequel j'ai grandi qui se rappellent à moi.

— Je ne suis pas une vilaine chose ! répété-je avec force.

Son teint de porcelaine s'empourpre. Auréa empeste les privilèges et la richesse. Je suis la famine, le manque de soin et la plèbe qui agonise. Mon corps est l'œuvre de notre dictature :

forgé dans la faim, les larmes et la violence.

La rage fait tressauter mes muscles. Le feu de la révolte prend sous mon épiderme. J'ai envie de hurler.

— Je suis ce que le gouvernement fait de nous. Admire son œuvre ! Admire ce que tu soutiens dans tes films gerbants !

— Livia ! s'écrie Vibia.

— Comment oses-tu ? vocifère-t-elle.

Alors qu'elle tente de me saisir à la gorge, je croise ses yeux. Ce sont les ténèbres de Septimus, un vert toxique. J'entends mes propres pulsations cardiaques. Plus aucun autre bruit ne me parvient.

Ses doigts se referment finalement sur mon épaule. Sa bouche maquillée d'or vient se coller à mon oreille :

— Caeso n'aura pas de Favorite. Ni toi, ni une autre, chuchote-t-elle.

Je serre les dents alors que ses ongles longs se plantent dans mon épaule. Son regard fou rivé au mien, je prends conscience de la menace. Car Auréa ne peut pas me répudier. Il ne lui reste donc qu'une option. Et cette idée me glace le sang.

— Auréa, lâche-la, ordonne Vibia.

La promise s'exécute et me tourne le dos, sa longue tresse aux bijoux d'or volant derrière elle.

— J'ai vu ce que j'avais à voir. Elle peut dégag… disposer.

L'esprit saturé par la menace d'Auréa et son comportement, je n'attends même pas l'ordre de Vibia pour quitter les lieux.

CHAPITRE 12

La chevalière brille dans son écrin. L'oiseau est finement ciselé. Je confie à Murs mon cadeau. L'heure est venue de finir de me préparer. Une robe surmesure a été livrée plus tôt. Pour une fois, nous ne porterons pas de corde sous la poitrine. Je tourne sur moi-même, toujours émerveillée par l'étoffe bleu sombre avec des touches de violet et des milliers d'éclats de diamant qui accrochent la lumière. Elle est plus belle que toutes les robes que j'ai vues dans les magazines ou à la télévision.

— Regarde-moi, je suis la plus jolie des citrines ! se vante Mella en mettant dans ses cheveux roux un diadème de pierres jaune pâle.

J'ai appris qu'il y avait un thème. Les maîtresses de Septimus sont des gemmes. Quant à moi, je suis la nuit et Auréa, le jour. Peut-être un clin d'œil discret à notre rencontre avec Caeso et au côté interdit de notre relation qui aurait dû rester secrète, nocturne.

— Tu es magnifique, complimenté-je en lui prenant les mains.

— Et toi, Livia… Quelle création incroyable !

Je souris, sentant à ma cheville la chaîne avec les oiseaux. Un bijou tout en délicatesse qui se devine quand ma robe se soulève légèrement, exactement comme Caeso m'avait confié l'aimer. Je ne le quitte plus.

Mella se détourne de moi pour ouvrir le second écrin sur la coiffeuse. Dedans, un diadème avec au centre un disque doré puis, autour, des demi-disques, des croissants et des cercles vides. Je fronce les sourcils.

— Je ne comprends pas ce que c'est.

— C'est le cycle de la Lune ! Laisse-moi te le mettre sur la tête.

Le cycle de la Lune.

Nous n'avons jamais vu ça. Pour moi, la Lune est ce disque blanc que j'ai vu à la télévision ou sur des photos. Et sur la fresque de l'artiste croisé lors de cette nuit où Caeso n'a pas lâché les dépeceurs. Un frisson me parcourt au souvenir de cette nuit. Caeso avait su se montrer différent de son père.

Mella fixe le diadème avec des épingles sur mes cheveux bouclés que personne ne parvient à dompter. Pour l'occasion, j'ai laissé Mella me maquiller. Mes yeux sont recouverts d'un fard qui rappelle la robe, et j'ai demandé un rouge à lèvres discret. Mella voulait mettre des éclats de diamants autour de mes yeux, mais je n'ai pas osé.

— Bon, allons-y, me presse-t-elle.

Nous retrouvons les autres maîtresses dans la grande salle. C'est une vraie palette de couleurs, des beautés toutes plus magnifiques les unes que les autres. Je n'en reviens pas d'être au milieu de cette myriade enchantée.

— Livia, tu es jolie comme un cœur, sourit Ostia.

— Oui, on oublierait presque que tu es plébéienne, se moque gentiment Publia.

Je lui donne un coup de hanche et finis par rire avec elle. Soudain, le silence se fait. Octavia sort de sa chambre, suivie par deux servantes. Mes yeux s'écarquillent.

C'est incroyable...

Octavia est le rubis. Sa robe rouge sang est constellée de pierres carmines. Dans son décolleté brille de la poudre d'or. Son diadème est impressionnant, un rubis énorme en son centre, entouré d'arabesques dorées. Ses ondulations blondes sont parsemées de rubis. Elle dégage autant de prestance qu'une reine, et elle est, à ce jour, la plus belle femme qui m'ait été donné de voir.

— Octavia, m'extasié-je.

Elle m'accorde un coup d'œil et esquisse à peine un sourire.

— Tu fais presque honneur à ton rang, petite Favorite.

Petite Favorite.

Un surnom presque affectueux dans la bouche d'Octavia. À moins que ce ne soit un moyen de rappeler qui commande ici. Je ne sais pas.

— Comme tu es la Favorite de Caeso, tu seras en tête de notre cortège, poursuit-elle. Tu avanceras jusqu'à la famille consulaire et tu feras la révérence. Ensuite, tu reviens avec nous et tu ne nous quittes que si Caeso requiert ta présence.

— Bien, soufflé-je.

Mon cœur s'emballe quand les maîtresses se mettent derrière moi. Je me sens insignifiante à côté d'elles. Pourtant, je dois assumer mon rôle malgré cette fébrilité qui me gagne. Je lève le menton et attends que les gardes déverrouillent la double porte.

Quand les battants s'ouvrent, je constate que les invités forment une haie jusqu'à la famille consulaire. Je ravale ma salive et avance d'un pas décidé. Je me tiens droite malgré le tremblement de mes jambes et le poids des regards qui me donnent envie de courber le dos et de me cacher derrière Octavia.

Des lumières sont allumées par milliers sous forme de guirlandes qui courent sur le plafond et les murs. Pourtant, nous sommes en plein jour. Des papillons volent dans la pièce, des créatures qui ne ressemblent pas aux insectes avec les ailes abîmées que nous voyons parfois. Non, ceux-là sont sûrement une création de laboratoire : énormes, avec des ailes de toutes les couleurs légèrement luminescentes. Je suis émerveillée, et j'essaye d'en toucher un du bout des doigts.

Mes pas me rapprochent de la famille consulaire. Vibia sourit avec tendresse, la tête gracieusement penchée sur le côté. Elle tient le bras de son époux dont le regard passe au-dessus de moi.

Il doit regarder Octavia.

Ne pas devoir affronter le Consul m'aide à relever un peu plus la tête pour remarquer Auréa derrière Caeso. Elle porte une robe jaune brodée de ce qui doit être des soleils dorés.

Du jaune. La couleur qu'elle déteste.

Est-ce là un message de mépris de Caeso ? Connaît-il la couleur qu'elle a en horreur ? Le regard de l'officielle croise brièvement le mien. J'y lis une animosité crasse qui fait remonter un frisson le long de mon dos. Sa menace se murmure à mon oreille et alourdit mon cœur.

Aussi, je dérive sur les océans de bonté de Caeso qui pétillent en me voyant. Je me sens rougir devant son regard qui peint son désir en mille nuances de gris et de bleu. Je lui souris, intimidée, et plonge dans une profonde révérence quand j'arrive devant lui.

— Qu'elle est gracieuse, murmure une femme.

— Elle n'est pas épaisse, remarque un homme.

Heureusement pour l'invité, Septimus ne semble pas avoir entendu sa réflexion. Je me souviens que trop bien de la réaction du Consul quand un garde avait fait la même remarque à mon arrivée au palais. Caeso prend ma main et m'invite à me redresser. Il pose délicatement ses lèvres sur mes doigts, je frémis et baisse la tête, un peu gênée.

— Livia, tu es la plus belle nuit qui m'ait été donné d'observer. Me ferais-tu le plaisir de danser pour ouvrir la réception ?

Sa voix. Son timbre si doux. Son compliment qui fait pulser mon cœur plus fort. Je dois avouer que la foule m'impressionne un peu. Un coup d'œil à Octavia, elle m'encourage d'un signe de tête.

Ce ne doit pas être très différent de quand je dansais dans le bar.

J'articule un « oui » minuscule et me rends au centre de la piste de danse. Caeso fait signe à des musiciens. Ici, pas de violon qui a trop vu les embruns et sonne faux. Non, la musique coule, délicate et entraînante. Je tourne sur moi-même, faisant voler ma robe. Puis, je bouge les bras gracieusement, avant que tout mon corps ne fasse plus qu'un avec la musique. Je danse en oubliant où je suis. Je reviens des années en arrière, quand je gagnais quelques pièces en valsant sur les tables. Mais cette fois, j'ai tout l'espace que je veux. Alors je bouge, passe d'un pied à l'autre, et savoure ce moment où j'ai la sensation de m'envoler comme un oiseau.

La musique s'arrête, je termine à genoux, ma robe épanouie autour de moi comme une fleur aux pétales ouverts au monde. Pendant quelques secondes, il n'y a que mon souffle qui se répercute sur les murs de marbre. Puis, un applaudissement, rapidement suivi d'autres. Je me relève et souris timidement. Mes joues s'embrasent. Caeso s'approche et dépose un délicat baiser sur mon front. Je me mords la lèvre, ce geste si empreint de tendresse et de respect réveille toujours cette douce sensation dans mon ventre.

Alors qu'il me prend délicatement la main, un grand écran fixé au-dessus des musiciens s'allume et projette des vœux d'anniversaire de la part des autres îles. Les Consuls qui n'ont pas pu faire le déplacement font des discours à la gloire de Caeso.

— Tu es très apprécié par les Consuls, soufflé-je, impressionnée.

— Parfois un peu trop…

— Comment ça ?

— Une histoire que je te raconterai un jour… Ou que Publia te racontera quand Octavia ne sera pas là, sourit-il.

— Comment tu peux savoir que Publia…

— Je te l'ai dit, les langues ne sont pas coupées dans ce palais… Puis-je te présenter à des amis ?

Je jette un coup d'œil circulaire à la grande pièce où a lieu la réception. Toutes ces personnes m'ont vu danser pour Caeso. J'imagine que je peux être présentée malgré ma timidité, qui me hurle de me cacher du côté des maîtresses.

— Oui… bien sûr.

Caeso m'entraîne jusqu'à un groupe composé de jeunes hommes. Certains portent la même tunique dorée que lui – des héritiers – et d'autres sont en toge – des patriciens.

— Chers amis, j'ai l'honneur de vous présenter Livia, ma douce Favorite.

Je relève la tête et là, mon regard croise celui, buriné de cruauté, de mon bourreau.

Oh non. Pas ça...

Le sang quitte brutalement mon visage. Tout mon corps se met à souffrir dans un écho aux années de torture que j'ai subies. Mon souffle lui-même devient source de douleur.

— Elle est maigre, remarque l'un des héritiers.

— Oui, elle manque de poitrine, déclare un autre.

Je me fiche des réflexions et de leur façon de parler de moi comme si je n'étais qu'un objet, ou même pas présente. Toute mon attention est sur *lui*. Caeso le connaît vraiment ? Et connaît-il ses penchants sadiques ? Je me mets à trembler, mes doigts pianotent, et Caeso s'en inquiète.

— Aurais-tu froid ? Désires-tu une étole ?

— Non… euh… Je… je crois que tu devrais… tu devrais passer du temps avec Auréa, je vais rejoindre les maîtresses.

Je le laisse là, sans plus d'explication. Chaque cicatrice dans mon dos semble s'ouvrir, brûler – comme si un tison y passait dessus. Je croise les bras, évite les regards, marche même si chaque pas me fait croire qu'il sera le dernier, et trouve enfin la table des maîtresses. J'entends Octavia s'agacer :

— Vous savez parfaitement que les photos des maîtresses et Favorites sont interdites !

— C'est pour l'usage personnel du Consul, plaide le photographe.

— Pas à moi ! Persistez et je ferai intervenir Septimus.

Le photographe bat en retraite et je m'installe sur la chaise restante. Mes jambes continuent de trembler, tout comme mes mains. Mon regard cherche désespérément à accrocher des détails, comme les roses de toutes les couleurs qui débordent d'un vase, ou encore la vaisselle blanche avec un liseré d'or et des lauriers.

— Livia, tu danses merveilleusement bien, me complimente Ostia.

— Merci, bredouillé-je.

Mon estomac est retourné par l'angoisse de savoir mon bourreau dans la salle. Quand on nous sert des minuscules verres avec des mousses de différentes couleurs dedans, je peine à ne pas vomir. Mella me propose d'en goûter une au saumon. Je n'ai pas la moindre idée de ce que ça peut être.

— Tu n'as pas l'air bien, tu es souffrante ? s'inquiète ma compagne de chambre.

— Je… Ce n'est pas trop mon truc les fêtes.

— Eh bien tu vas faire bonne figure et ne pas faire honte à l'héritier ! me tance Octavia. Allez, mange.

Je prends un verre avec de la mousse rouge et verte. Incertaine, j'y plonge une minuscule cuillère. Je tremble encore pour mener la cuillère jusqu'à ma bouche. Je ne reconnais pas le goût, c'est plutôt frais, un peu comme la menthe mais, au moins, je ne grimace pas. Je vide péniblement le petit verre – qui, en réalité, s'appelle une vérine – et prétends me réserver pour la suite du menu.

Personne n'ose approcher notre table et ça me va très bien. Ce doit être une sorte de règle tacite entre les gens du milieu. Mais je ne peux m'empêcher de jeter des coups d'œil nerveux en direction de la table de mon bourreau. Il boit, sûrement un peu trop, en riant avec des héritiers et des patriciens. Le simple fait de le voir me donne un haut le cœur. Son visage émacié, sa carcasse massive, et ses mains… ses mains qui se posaient sur ma gorge pour me faire suffoquer. Il m'amenait jusqu'aux limites de l'asphyxie. Ma mère ne m'a jamais demandé ce qu'étaient ces traces sur mon cou. Peut-être qu'au fond, elle savait. Mais personne ne pouvait me sauver. Mon placement était une décision du gouvernement et seul un reclassement pouvait me sortir de là… Enfin, ça ou l'entrée chez les Noctis.

— Livia, qu'est-ce qui ne va pas ? me chuchote Mella. Tu es si… si éteinte…

— Je…

Je n'y arrive plus. Je ne peux plus me taire. Je ne peux plus garder ça pour moi. C'est trop lourd. Trop dur. Et je sens les larmes menacer de déborder de mes paupières comme des torrents salés que rien ne pourrait arrêter.

— Viens, lance Mella en me prenant le bras.

— Où allez-vous ? demande Octavia, sourcils froncés.

— Au petit coin !

La Favorite approuve d'un signe de tête. Mella m'entraîne à sa suite, nous montons le grand escalier qui conduit aux étages où logent la famille consulaire et les conseillers avec leurs familles. Avec mes jambes cotonneuses, elle doit me soutenir. Elle ouvre une porte et nous nous retrouvons dans un grand cabinet de toilette avec un lavabo qui semble taillé dans un plan de travail du même marbre que les murs, et sur lequel on retrouve quelques produits de beauté et parfums.

Je me recule jusqu'à percuter le mur et me laisse glisser le long de celui-ci. Je ramène mes genoux contre ma poitrine, toujours tremblante, le feu de mes cicatrices me consumant. Il me calcine jusqu'à l'âme, fait voler des cendres brûlantes dans mon esprit et m'étouffe comme la fumée des usines.

Mella s'assoit à côté de moi et passe son bras autour de mes épaules. Comme le ferait une grande sœur. Comme l'aurait fait Epsilon. Comme le ferait… une amie. Oui. Mella est une amie. Maintenant, je le réalise.

— Je t'écoute, dit-elle avec douceur.

— Je… Avant le harem… J'étais…

Une question vient m'écraser. Cruciale. Dois-je *tout* dire ? Ou bien seulement parler de ce qui me trouble.

Mella est une alliée.

J'essaie d'inspirer, mais les sanglots bloquent ma gorge et mon souffle.

— Si… si je te dis un secret, tu le garderas ? Pas vrai ? larmoie-je.

— Bien sûr. Livia, je suis là. Tu pourrais être ma petite sœur. Toi et moi, nous sommes dans le même bateau.

Elle se détourne un instant pour ouvrir la porte. Le couloir est désert.

— Tu… tu crois réellement que j'aime le harem ?

Je relève les yeux vers elle, interdite. Bien sûr que je le crois. Parce que c'est ce qu'elle a toujours montré.

— Tu… tu mens ? soufflé-je sans reproche.

— Pitié ! Septimus pourrait être mon père ! Avant… avant j'étais libre. Je sortais, je voyais mes amis, je flirtais avec des garçons et, surtout, je pouvais m'occuper de mon pauvre papa.

Je la revois rire, se préparer pour Septimus avec attention, me dire… me dire qu'elles l'aiment toutes.

— Mais… mais pourquoi tu m'as fait croire que…

— Parce que… parce que Septimus a menacé ma famille si je ne te faisais pas croire que le harem était un rêve pour nous toutes. Je suis… je suis tellement désolée, Livia. Depuis le début… depuis le premier jour, j'ai voulu te dire la vérité. Depuis le premier jour, je voulais pleurer avec toi.

Quel monstre…

Le dégoût devient de l'acide sur ma langue, une bile âcre qui ne demande qu'à sortir. Des éclats de souvenirs viennent percuter mon esprit : la manière dont Mella semblait se tendre quand Septimus l'embrassait. Puis son inquiétude quand elle m'a trouvée après la punition. Ses mots murmurés avant mon audience avec le Consul … mais son sourire… son sourire si charmant, si bienveillant m'a rendue aveugle.

— Et moi, je suis désolée d'avoir cru qu'à ton âge tu pouvais réellement aimer une cage dorée… Ou que tu pouvais aimer appartenir à un homme qui pourrait être ton père.

Elle me serre contre elle. Je plonge mon visage dans son cou où je sens son délicieux parfum sucré. Celui avec lequel elle m'asperge avant l'arrivée de Caeso en riant. Maintenant qu'elle a dit la vérité, je sais que je peux lui faire confiance. Car je comprends à quel point Septimus peut être terrifiant. Et parce que vouloir sauver sa famille à tout prix est la plus belle des choses.

Mella va savoir la vérité. Toute la vérité.

CHAPITRE 13

Je dois prendre une grosse inspiration avant de me lancer dans mon récit. Je raconte à Mella mes années de poupée, les tortures et le silence. Puis mon recrutement chez les Noctis, ma promesse à la mère de May, ma rencontre accidentelle avec Caeso, cette relation étrange qui s'est nouée entre nous, l'hôpital, Epsilon, Alpha, sa visite dans la plèbe, le tournage, puis, enfin, mon entrée au harem avec le devoir de servir le gouvernement pour protéger ceux que j'aime. Mella ne m'interrompt pas. Elle se contente de me serrer plus fort contre elle. J'omets seulement de lui parler de la maladie de Caeso.

— Septimus a fait sauter l'hôpital en vous accusant…

— Comme je te l'ai dit, il voulait donner une leçon à son fils et faire un coup de propagande, ragé-je.

— Et… et tu prenais des risques toutes les nuits pour cette petite fille ?

Les larmes ruissellent sur mon visage, je hoche la tête.

— Pour elle. Pour la plèbe. Mella, je ne sais pas ce qu'on vous raconte sur la plèbe ou sur les Noctis mais… les choses ne sont pas ce qu'elles semblent être.

— Disons que pour nous, la plèbe ce sont des gens qui dilapident leurs gages dans les jeux et la boisson et qui sont mécontents de toutes les largesses du gouvernement.

Un rire amer m'échappe.

— Les gages des plébéiens sont très inférieurs à ceux des civis ou des autres Ordres. La nourriture et les soins sont hors de prix pour nous, et la distribution ne suffit pas à nous alimenter. Des riches s'engraissent en louant des dépotoirs, heureusement certains logements n'appartiennent à personne et, comme seuls les descendants de propriétaires peuvent revendiquer un logement…

— Rien ne se vend dans la plèbe ?

— Non. C'est ce qui permet aux Noctis d'avoir un Nid et à des sans-abris de pouvoir trouver un endroit où dormir. On peut remercier celui qui a fait cette loi…

— Un Nid ? Un quartier général ?

— Oui, murmuré-je. Mella, personne ne doit savoir que je t'ai dit la vérité…

— Personne ne saura, tu as ma parole.

Elle me tend sa main, comme le faisait Epsilon avant de s'envoler. Son souvenir me fait sourire, je crois qu'elle aurait apprécié Mella. Je lui serre la main et lui demande :

— Et toi ? C'est quoi ton histoire ?

Elle s'appuie à son tour contre le mur et soupire. Je crois que nous ne disons plus la vérité. Non, nous la vomissons.

— Ma mère était une civis et mon père un tribun. Il a été un héros de guerre, contre l'Est. Mais… au fil des missions… il a commencé à raconter des choses qui n'avaient pas de sens puis… puis à se tromper dans mon prénom, puis à ne plus reconnaître ma mère. Puis… son corps a commencé à lâcher lui aussi. Ses reins sont très fatigués, parfois il se réveille paralysé… Bref, je m'occupais de mon père, je voulais être une doctores, j'allais passer mon test d'affectation quand j'ai rencontré Septimus…

— Le mal de l'Est, murmuré-je. Beaucoup de soldats l'ont… C'est terrible comme maladie…

— Oui… La seule chose qui fait maintenant plaisir à mon père, c'est d'aller au parc aux cygnes voir les oiseaux.

Elle sourit. Un sourire triste. Un sourire qu'Alpha avait parfois quand il me racontait ses rêves. Mon cœur peine à battre, trop comprimé par la rancœur. Mella aurait dû être doctores et sauver son père. En dehors de la plèbe, il est possible de faire des stages ou de se préparer à l'examen de sorte à essayer d'influencer le résultat, même si la décision finale appartient toujours au gouvernement. Elle a dû tant se bagarrer pour obtenir la bonne affectation…

— Et donc… tu as rencontré Septimus, avant le test de répartition ? ruminé-je.

Je sais que le plus dur est à venir.

— Oui, mon petit-ami était un patricien. Pour ses dix-neuf ans, ses parents ont donné une réception. Septimus y était avec Caeso. Il m'a invité à danser, puis… puis il m'a proposé d'aller dans une chambre. J'ai refusé, je lui ai dit que j'étais déjà prise. Ma mère, qui a vu toute la scène, m'a réprimandée en disant qu'on n'éconduit pas un Consul mais… Livia… il avait quarante-cinq ans !

Elle éclate en sanglot. Je pose ma tête sur son épaule et caresse son avant-bras dans un geste consolateur. Voir son masque ainsi éclater en mille morceaux provoque une douleur dans ma poitrine. Mella aussi a une vie à sauver. Nos chemins se croisent, s'entrecroisent et se lient. Septimus n'est pas seulement un tourmenteur pour la plèbe. Il l'est pour chaque personne qui ne rentre pas soigneusement dans les sillons qu'il trace.

— Trois jours plus tard, ma mère est arrivée dans ma chambre avec la garde consulaire. Elle m'a dit que Septimus avait ordonné qu'on m'enferme dans le harem et que si je refusais, mon père serait renvoyé à la guerre… Mon pauvre petit papa…

— C'est horrible ! me révolté-je. Je suis désolée pour toi. Le harem ne devrait pas exister !

— Je suis bien d'accord avec toi.

Nous restons un moment lovées l'une contre l'autre, plongeant dans nos histoires, voyant défiler cette vie qui nous a conduites là, sous la coupe du Consul.

— Je n'en reviens pas que ton bourreau soit là, finit-elle par s'emporter.

Et je vais devoir retourner dans cette salle où il parle à mon ange guerrier comme s'il n'avait pas brisé sa Favorite.

— Mon passé de poupée est comme mon passé chez les Noctis.

— Caeso le sait ?

— Non, soupiré-je.

— Pourquoi ? Tu as honte ? Tu sais, ce n'est pas aux victimes d'avoir honte !

C'est simple à dire. J'ai honte d'avoir été traitée comme une poupée de cire qu'on fait fondre au-dessus d'une flamme. J'ai honte d'avoir été moins qu'un humain.

— Je lui dirai, un jour. Mais je ne veux pas lui faire mal.

Il souffre déjà bien assez de mon passé de Noctis.

— Caeso est fort, proteste-t-elle. Il encaissera et, peut-être, tu seras vengée.

Mella semble trop confiante. Mais la réalité est tout autre. Je dois vivre avec le poids de ce secret, car je préfère encore un non-dit à une injustice. Les patriciens ont tendance à échapper à la justice. Combien y a-t-il eu d'abus ? Combien de vies brisées ? Combien de plébéiens qu'on a renvoyés du tribunal en les accusant d'être leur propre bourreau ?

— Je ne rêve pas, c'est un patricien, il est au-dessus des lois.

— On ne sait jamais…

Mella quitte le mur pour se mettre face à moi. Ses yeux sont marqués par nos révélations mutuelles, mais elle ravale ses larmes et sourit. Elle a vraiment un sourire incroyable…

— Oh, regarde-toi Livia, ton maquillage a coulé.

— Le tien n'est pas mieux, reniflé-je. Caeso ne doit pas voir que j'ai pleuré.

Elle entreprend de réparer les dégâts avec ce qui se trouve à notre disposition. Ensemble, nous nous regardons dans le miroir. Mella tient ma main. Nos larmes ne sont plus qu'un souvenir sous le maquillage.

— Tu es prête ? questionne Mella.

Je hoche la tête. Nous retournons dans la salle, quand une main se glisse dans la mienne. Je sursaute et me retrouve face à

Caeso qui me sourit.

— M'accorderais-tu une danse ? Les cuisines ont du retard sur le service.

Je baisse les yeux vers lui. Mon cœur galope comme les chevaux des courses de chars.

— Je… je ne sais pas, est-ce que… Enfin tu sais…

— Je ne risque rien avec toi. Sais-tu valser ?

Sa main se pose sur ma joue. Je ne dois pas oublier que c'est son anniversaire. Je ne peux pas me laisser emporter par la peur de croiser mon bourreau.

— Seulement sur les tables de bar, parviens-je à plaisanter.

Il m'entraîne au centre de la piste. Sa main enserre ma taille, l'autre épouse la mienne. Avec délicatesse, je pose mes doigts sur son épaule et le laisse me conduire dans une valse douce. Plus je tournoie, plus j'oublie. Plus je tournoie, plus les ombres s'effacent. Je me sens ivre alors que je n'ai pas bu une goutte d'alcool. Il n'y a qu'Alpha qui me faisait cet effet-là avant.

Avant.

Un autre temps. Une autre vie. Une autre moi. Ici les jours semblent être des semaines. Je ne suis déjà plus la même.

Soudain, les lumières s'éteignent, ne laissant qu'une lumière du jour timide pénétrer par les grandes portes-fenêtres qui donnent sur le jardin. L'écran géant grésille, attirant l'attention de tous, et affiche le logo de l'Est. Nous nous figeons dans notre valse, mon buste frôlant son torse. Caeso, le regard redevenu une tempête et la bouche formant une barre stricte, me serre contre lui. Je verrouille mes mâchoires. Les mauvais souvenirs de la nuit sanglante reviennent.

— Trouvez le technicien ! hurle Septimus.

L'image se brouille et apparaît un homme à la peau sombre, le visage bardé de cicatrices. Sûrement un ancien combattant. Il se tient derrière un bureau sur lequel ondulent deux petits drapeaux. L'un de notre Monde, l'autre avec le logo de l'Est représenté par un oiseau et un croissant avec une étoile superposée.

Un oiseau, comme sur nos bijoux.

Mes doigts se crispent sur la tunique de Caeso, une perle de sueur roule le long de mon dos pour mourir dans un frisson désagréable entre mes reins.

— *Cher Caeso*, commence-t-il d'une voix profonde. *Je suis Ignace Sampré, le Haut-Consul de l'Est et je te présente respectueusement mes meilleurs vœux d'anniversaire.*

J'ai du mal à respirer. J'ai peur qu'il s'en prenne à Caeso.

Et s'il dévoilait son secret ?

Non. Non, comment l'aurait-il découvert ? Non, mais… Il va le blesser. Je ne sais pas comment mais cette intervention ne peut être positive. L'Est est là pour contrer notre gouvernement de l'Ouest. Et Caeso, aussi gentil soit-il, représente la perpétuation de la dictature.

— *Caeso, nous avons remarqué que contrairement aux autres héritiers, tu ne prenais pas part au combat contre l'Est. Nous y voyons là un signe. Peut-être es-tu prêt à faire évoluer les choses de ton côté du monde ?*

Le Haut-Consul me prend de court. Il est vrai que Caeso ne se bat pas, pour la simple et bonne raison qu'il ne peut pas. Mais je n'avais pas envisagé un seul instant que l'Est puisse y voir une signification autre que celle de l'impossibilité physique de partir au combat.

J'ai la sensation que le sol va se dérober sous moi. Caeso est mon ange guerrier, l'espoir. Et l'Est voit en lui aussi une lumière, la fin des ténèbres pour l'Ouest. Mon cœur pulse si fort que ça en est presque douloureux. Septimus hurle encore, un brouhaha s'élève, les invités paniquent mais mon regard reste accroché à l'écran, avec un mélange amer d'appréhension et d'espoir.

— *Rappelons les crimes dont sont coupables les Consuls de l'Ouest*, poursuit-il.

Septimus jette un verre sur l'écran qui se fissure mais l'image reste, bien que de mauvaise qualité. Un montage vidéo d'actes ignobles s'ensuit. Du sang. Trop de sang. Puis, là, dans toutes ces horreurs, Epsilon. Je lâche Caeso et me libère de son étreinte pour me rapprocher de l'écran avec l'impression que je vais vomir mon propre cœur. Je reconnais mon amie, et je pense que Caeso a compris. L'image en noir et blanc est mauvaise. Pourtant, c'est comme si j'étais présente. Quand le piège lance-flammes s'active, c'en est trop pour moi.

Je quitte la pièce en courant. Je me cogne dans les convives, les jambes à peine stables, et déboule dans les jardins avec les yeux inondés par les larmes. Je cours aussi vite que je le peux. J'aimerais m'envoler. Franchir les murs, aller sur un toit et hurler toute ma haine. Mais si je fais ça, je causerais un tort immense à Caeso.

Alors je me précipite sous le saule pleureur et m'effondre contre son tronc. La brise fait danser légèrement les branches. Elle crée une musique, semblable à de la pluie. Un oiseau chante. Mais le seul oiseau auquel je tenais a été tué par Septimus. Je le hais. Je le hais tellement. Cet homme est un monstre. Il mériterait de…

Le fil de ma pensée est interrompu par des bruits de pas. Je renifle, les doigts retraçant les veines du bois.

— Laisse-moi, Caeso.

— Ce n'est pas Caeso.

Oh non. Non. Pitié. Pas ça !

Je me redresse aussi vite que je le peux, mais il est déjà trop proche. Avec le bruit assourdissant de mes pensées je ne l'ai pas entendu assez tôt. Mon cœur tombe dans le vide et s'écrase dans ma poitrine. Une bouillie qui tente de battre. La terreur pourrit mon corps de l'intérieur, détruit chaque parcelle de mon être. Mon bourreau. Il est là, les yeux remplis de sa soif de sang.

Je dois sauver ma vie.

J'essaie de réfléchir. Mes pensées se percutent. Elles me font mal au crâne. Je baisse les yeux, les éclats de diamant scintillent, comme un doux rappel à ce que je suis : la Favorite. La poupée est morte. Je n'appartiens plus à ce sadique. Il n'a plus aucun droit sur moi.

— Je… je suis la Favorite de Caeso, vous ne devez pas approcher !

— Allons… Tu es, et tu resteras ma poupée à tout jamais.

— Je ne suis pas votre poupée !

Je recule mais il arrive à saisir mon poignet. Il me tord le bras et me plaque au tronc, mon visage sur la surface rugueuse. Mes larmes trempent le bois. Je tremble jusque dans mon âme. Mes cordes vocales se figent. Je n'arrive pas à crier. Je suis enfermée dans mon propre corps.

— Tu as des cicatrices ma jolie poupée… Comme ça m'a manqué de ne plus jouer avec toi…

Il est fou. Il sait que je suis la Favorite.

La folie de mon bourreau n'est plus à prouver. Je sais qu'ils faisaient subir des tortures à des animaux aussi. Mais ses parents l'ont toujours protégé et j'en suis venue à comprendre que ma vie ne valait vraiment rien. Mes pleurs redoublent quand il me retourne. J'essaie de me débattre, mais il est bien plus grand, lourd et fort que moi. Il me maintient contre l'arbre avec un bras appuyé sur ma gorge. L'air commence à me manquer. Ma robe me gêne pour bouger les jambes, je suis empêtrée dedans.

— Je… je ne dirais rien de notre passé… Laisse-moi partir et personne ne saura, paniqué-je.

Il sort un couteau à viande de sa poche, sûrement récupéré à table. Mes yeux brûlent, comme l'air qui essaye d'entrer dans mes poumons. Je bouge mes jambes avec l'énergie du désespoir. Ma tête tourne. La lame pénètre ma peau entre mon nombril et mon bas-ventre. J'ouvre la bouche mais rien n'en sort. Il enfonce la lame, mon souffle se coupe et, d'un geste chirurgical, il remonte jusqu'à ma poitrine. Ma tête tourne, la douleur d'être disséquée à vif est si insupportable qu'elle m'emmène aux confins de moi-même.

— J'ai toujours rêvé de voir tes jolies entrailles… Bien sûr, tu ne diras rien car quand j'en aurais fini avec toi, tu ne seras plus en mesure de parler. Personne ne saura. C'était et ça restera notre petit secret…

Enfin, ma jambe se libère et je lui donne un coup de genoux dans les parties de toutes mes forces. Surpris, il me relâche. Je titube.

Je dois courir !

Je trouve en moi une force. Peut-être l'instinct de survie, quelque chose qui me porte comme ce soir-là où je me suis fracassée la cheville, le soir où j'ai rencontré Caeso. Mon bourreau hurle. Comme un dépeceur prêt à me bouffer. Mon instinct de survie prend le dessus. Je cours. Mon besoin de rester en vie me porte. Juste sur quelques mètres. Juste assez pour lui échapper. Je cours comme j'ai dû toujours courir pour sauver ma vie et celle des autres.

Je retiens ma robe avec mes bras, et sens le liquide poisseux sur ma peau. Je ne vais pas tenir longtemps. Chaque inspiration est un supplice. Le sang coule sur mes bras, commence à perler de mes coudes. Des points noirs envahissent ma vue. Je tends l'une de mes mains ensanglantées pour pousser la porte vitrée. Une dernière foulée à l'intérieur du palais et mon corps tombe en avant.

Vibia pousse un cri de terreur. Septimus me rattrape avant que je ne touche le sol. J'entends Caeso hurler mais je ne vois plus rien.

— QUI ! QUI T'A FAIT ÇA ?

Et là, pour la première fois de ma vie, je prononce le nom de mon bourreau :

— Actus.

CHAPITRE 14

J'ai la sensation de flotter. Autour de moi, tout est blanc. Au loin, j'entends ma sœur Zaley. Elle m'appelle et rit. J'essaie à mon tour de prononcer son nom, mais ce n'est que le silence qui sort de ma bouche.

— Allez Livia, vous pouvez vous réveiller, lance une voix masculine.

Livia ? Qui est-ce ? Ah… oui… C'est moi. Enfin, une autre moi. Je baisse le regard. Vêtue de la magnifique robe aux milliers d'éclats de diamant, je tourne sur moi-même, quand le bustier se déchire. Une douleur profonde court le long de mon ventre, jusqu'à ma poitrine. Le sang. Poisseux. Lourd. Avec une odeur ferreuse. Il vient tacher ma si jolie robe. Impuissante, je regarde mon corps se vider de rivières écarlates.

— Livia. Livia, réveillez-vous ! insiste la voix.

Ma sœur me fait face avec sa petite moue d'enfant.

— Le monsieur te dit de te réveiller.

Je sais. Je dois ouvrir les yeux. Mais c'est si dur. Je puise en moi les forces qu'il me reste. Une lumière envahit mon champ de vision, éblouissante. Quelque chose gêne dans ma gorge. Je tousse, crache, tente d'évacuer ce corps étranger.

— Elle rejette l'intubation, c'est bien.

Quelqu'un tire sur le long tube qui sort de ma bouche et, enfin, j'ouvre les yeux. Je dois cligner plusieurs fois des paupières.

Tout autour de moi est blanc. Un *bip* régulier vient agresser mes oreilles. Une lumière vive vient brûler chacune de mes rétines. Autour de moi, les blouses blanches discutent.

Je suis à l'hôpital.

Mon regard peine à se fixer sur quelque chose. Il y a trop d'informations pour mon cerveau embrumé. Ils sont trop nombreux penchés sur moi. J'aimerais juste respirer sans souffrir. Mais ma poitrine tiraille à chaque inspiration. Je revois Actus planter sa lame. La nausée vient retourner mon estomac.

— Je vais… Je vais vomir…

Immédiatement, on me tend une petite bassine. Je rejette de la bile qui me brûle la gorge sur son passage.

— Livia, tout va bien, tente de me rassurer une voix féminine.

— Où… où est… où est Caeso ? peiné-je à articuler.

— Je vais le faire demander, déclare une voix connue.

Octavia.

Je lève les yeux, la Favorite est debout, ses mains sur le cadre du lit. Je souffle un « merci » à peine audible. Mon corps est si lourd. J'ai le sentiment d'être sur un fil, au-dessus du vide. À tout instant, je peux basculer et me perdre dans les profondeurs.

— Livia, vous avez été plongée dans le coma pour aider votre convalescence, m'explique un doctores. À cause d'une pénurie de sérums, nous devons vous soigner à l'ancienne.

— J'ai… j'ai mal…

— Regardez, en appuyant sur ce bouton, vous libérez une dose d'analgésique.

Il dépose un boîtier dans ma main, mon pouce peine à presser le bouton. Je suis percluse de douleur, le corps à la fois lourd et trop conscient du traumatisme qu'il a subi. Une femme, peut-être une infirmière, me présente une sorte de tasse avec un capuchon.

— Essayez de boire, doucement. Je la tiens, dit-elle en voyant que je n'ai pas la force pour tenir le récipient.

Je prends l'embout en bouche, bois à petites gorgées. L'eau me fait un bien fou.

— C'est bien, m'encourage-t-elle.

Je repousse le gobelet quand mon estomac menace encore de rendre son contenu. Un doctores procède aux derniers examens et, enfin, ils me laissent en paix. J'aimerais regarder par la fenêtre, mais le rideau jaune est tiré.

Jaune... c'est... c'est la couleur que déteste Auréa.

Caeso est-il auprès d'elle ? J'espère qu'il a eu quelqu'un pour le rassurer. Les minutes passent, s'étirent et deviennent peut-être des heures. Je ne sais pas. Je n'ai pas d'horloge. Je continue de baigner entre conscience et ce monde blanc si étrange. J'aimerais prendre Zaley dans mes bras. J'aimerais lui dire que plus jamais je ne l'abandonnerai. Mais c'est impossible.

Alors que je suis sur le point de pleurer, la porte s'ouvre. Octavia entre et Caeso se précipite vers moi et me prend dans ses bras.

— Delta, mon oiseau ! J'ai eu si peur !

Delta...

Il y a un problème. Delta... Il ne devrait pas dire Delta... Mais je suis si fatiguée. Peut-être que j'ai mal entendu. Il plonge son visage dans mon cou, je caresse son dos pour l'apaiser.

— Je vais bien, murmuré-je.

Il pleure. Je sens ses larmes chaudes contre ma peau. Je m'en veux de lui faire tant de peine. Je ne veux pas faire souffrir mon ange guerrier.

— Delta ? Pourquoi l'appelles-tu Delta ?

Quelque part dans mon cerveau, un signal d'alarme retentit. Mes yeux s'écarquillent d'horreur. Il a bien dit Delta. Il vient de m'appeler par mon nom de Noctis devant Octavia. Mes bras se crispent autour de lui. Mon cœur bat dans un rythme désordonné. Un frisson court sur ma peau. Il s'écarte doucement de moi et plonge ses océans de bonté dans mes prunelles paniquées.

— J'ai dit Livia, affirme-t-il avec aplomb.

— Non. Tu as dit Delta. Je croyais qu'elle s'appelait Bleuet.

Caeso grimace légèrement. Puis, il saisit la pompe qui était dans ma main. L'affolement me gagne quand il commence à appuyer à plusieurs reprises, connaissant sûrement le système.

— Caeso, chuchoté-je.

— Je suis désolé.

Je commence à sombrer dans un état de semi-conscience. Je lutte de toutes mes forces pour ne pas couler. Je m'accroche à la réalité comme une désespérée. La brume gagne mon cerveau mais je refuse de plonger dans le sommeil.

— Caeso, j'exige une explication, s'énerve Octavia. Pourquoi Delta ?

— Delta est un surnom.

— Curieux surnom. Dois-je demander à ton père pourquoi tu l'appelles ainsi ? À moins qu'il l'ignore ?

— Non. Non il le sait.

Caeso je t'en prie. Je t'en supplie, ne trahit pas notre secret.

Je m'agite, je me bats contre le médicament qui a aussi un effet sédatif. Je cherche à garder les yeux ouverts. Je m'accroche désespérément à des détails, comme après avoir découvert mon bourreau à l'anniversaire de Caeso.

— Alors, pourquoi ?

— Octavia, c'est un secret d'État.

— Je *suis* l'État.

Cette phrase m'interpelle. Octavia a-t-elle autant de pouvoir que ça ? Le rôle d'une Favorite ne se cantonnerait-il pas à la chambre ? La brume continue de s'épaissir, mais je ne dormirai pas.

— Caeso, parle ou je demanderai à ton père. Je saurai la vérité alors autant l'apprendre de ta bouche.

— Bien, soupire Caeso. Mais ce que je vais vous dire ne doit surtout pas s'ébruiter.

— Je suis une tombe et tu le sais.

— Delta était une Noctis.

J'entends le bruit d'une gifle. Mais ce qui résonne à mes oreilles, c'est l'aveu de Caeso. J'ai l'impression que je vais encore vomir. Je ne peux pas croire qu'il lui ait dit la vérité. Je n'arrive plus à me battre. Je coule, la main désespérément tendue vers la surface.

— Comment as-tu pu t'enticher d'une Noctis ? s'emporte la Favorite.

— Je ne me suis pas entiché…

— Tu plaisantes ? Tu es à ses pieds ! Tout le monde l'a remarqué !

Mon cœur se presse dans une douleur indescriptible. Caeso, qui devait me protéger, a trahi mon secret. *Notre* secret. Que va-t-il advenir de moi quand Septimus saura que sa Favorite est au courant ? Je ne peux pas être dévorée… Non… Pas avant d'avoir pu changer les choses.

— Je gagne sa confiance. J'ai déjà obtenu plus d'informations avec cette méthode que les Aigles avec leurs interrogatoires. Quand j'aurai percé à jour les secrets de son Ordre, nous pourrons détruire les Noctis.

Je suffoque.

Caeso vient de me trahir.

CHAPITRE 15

Je brûle vive depuis que je suis sortie de ma semi-conscience, consumée par la rage. Toutes les belles paroles de Caeso percutent mon crâne dans une douleur plus violente encore que celles qu'Actus a pu m'infliger dans ma vie. J'ai cru en lui. J'ai cru en mon ange guerrier et lui, il ne cherchait qu'à me détruire et à réduire en cendre mon Ordre. Alpha avait raison de se méfier…

Mes mains se contractent sous le drap, mes ongles griffent ma peau. Je me suis laissée berner. Je croyais pouvoir changer les choses, mais j'ai tout perdu. Par ma faute, les Noctis vont périr. Par ma faute, la plèbe va continuer d'être une agonie sans fin. Mon cœur se serre jusqu'à créer une douleur diffuse dans ma poitrine.

Mes yeux glissent sur les perfusions. Avec des sérums, j'aurais guéri rapidement. Alpha avait récupéré rapidement après son combat avec le dépeceur. Une pénurie… J'espère que ça ne va pas durer, ni toucher l'insuline. Mon regard se tourne vers Octavia. Elle lit, me jetant de temps à autre un regard.

— Pourquoi tu restes ? finis-je par demander.

— Lorsqu'on t'a emmenée à l'hôpital, j'ai promis à Caeso de veiller sur toi.

Je détourne le regard, j'ai de nouveau envie de pleurer. La trahison est d'une violence rare, poignardant encore et encore mon cœur.

— Il va venir te voir, sourit-elle. Aujourd'hui, il a une visite auprès des commerçants des arcades.

Je n'ai aucune envie de le voir. Je voudrais hurler. Mais comme bien souvent, mon cri meurt dans ma gorge, résonne une ultime fois dans ma poitrine et vient peser sur mon ventre. Octavia n'insiste pas et replonge dans sa lecture. Je suis étonnée que Septimus laisse son joyau en dehors du harem.

Je tourne la tête vers la fenêtre. Le rideau est toujours fermé. Je soupire.

— Je vais t'allumer la télévision, décide Octavia. Vous avez la télévision dans la plèbe ?

Je ricane malgré moi.

— Bien sûr, des télévisions énormes, persiflé-je.

— Ce que tu es agréable…

Je lève les yeux au ciel. À quoi s'attendait-elle ? Bien sûr que la télévision n'était que dans de rares foyers. C'était un luxe des Noctis d'avoir deux postes dans le Nid.

— Tiens, Caeso. Ça devrait te faire sourire.

Mes doigts se resserrent sur mes draps. Je regarde la télévision où Septimus fait un discours gerbant, son fils à ses côtés. Il sourit à la foule, il n'a pas son air effrayé habituel à l'idée qu'on le touche. Comme … comme lorsque je l'ai accompagné dans la plèbe. Un souvenir si amer que je ne parviens pas à déglutir.

— Caeso a tant pris confiance en lui, se réjouit Octavia. On dirait presque son père à son âge.

Je fixe l'écran. Caeso a parfaitement marché dans les traces de son géniteur en mettant en place une telle machination pour détruire les Noctis. Ma cicatrice au ventre tiraille jusqu'à donner l'impression qu'elle va s'ouvrir en deux. Une douleur acceptable à côté de celle d'une trahison. Il est allé jusqu'à me faire croire qu'il ne désirait que moi. Comme si j'étais exceptionnelle à ses yeux, si exceptionnelle que je méritais qu'on impose ma progéniture pour la succession.

Et moi qui suis allée jusqu'à me demander comment la plèbe réagirait…

Septimus laisse la place à son fils. Ma mâchoire se contracte et des vagues acides déferlent sur ma langue.

— *Nous soutiendrons l'excellence des commerçants des arcades qui s'exportent sur les autres îles. Remercions les mains d'or qui font de chaque création un rêve éveillé.*

Sa voix. Cette même voix douce qui m'a fait croire que j'étais aussi un rêve éveillé. Mon ventre se noue, la haine est un feu qui me prend jusque dans les tripes. J'attrape le gobelet et le jette sur la télévision. Le contenu se répand sur Octavia qui bondit de son siège.

— Tu es folle ! Qu'est-ce qui te prend ?

Tu le sais parfaitement. Caeso m'a trahie. Je n'étais que l'objet d'une machination contre ceux qui sauvent la plèbe !

Je garde ma haine muette. J'aimerais qu'elle dégage. Qu'elle me laisse seule. Ou à la rigueur avec Mella. Je tourne la tête et m'enfonce dans les oreillers. Le reportage se poursuit, présentant les différentes échoppes visitées par le Consul et son fils. Je risque un regard vers l'écran, ils sont dans la bijouterie à laquelle j'ai commandé le bracelet de cheville et la chevalière. D'ailleurs, Caeso la porte. Il n'a pas dû comprendre la symbolique réelle et ça, ça réduit un peu plus en poussière mon cœur. Je voulais que ce soit le signe d'un avenir meilleur, d'un nouveau monde pour ceux que j'aime. C'est devenu un simple accessoire.

Octavia ne m'adresse plus la parole les heures suivantes. Elle s'est séchée et changée. Quand la porte s'ouvre, j'espère qu'il s'agit d'une infirmière pour les soins. Hélas, c'est Caeso qui entre dans la chambre avec, dans ses bras, le livre qu'il m'a offert. La rancœur prend ma gorge en étau. Il s'approche et se penche sur moi pour m'embrasser le front. Je ne le repousse pas, Octavia comprendrait que je connais maintenant la vérité. Je n'aurais pas dû jeter mon gobelet, mais je voulais l'atteindre, je voulais le noyer avec ma colère à travers ce stupide écran. Est-ce qu'elle a compris ? Je ne sais pas. Elle est difficile à cerner.

— Mon oiseau, susurre-t-il. Regarde, je t'ai ramené ton livre que tu aimes tant.

— Merci, murmuré-je, dents serrées, en le récupérant.

Je le ramène contre ma poitrine et le presse. Il était le plus beau cadeau qu'on m'avait jamais fait. Pourquoi avoir mis entre mes mains une mine d'or d'informations ? Pour me faire croire que je menais le jeu ? Que j'étais *spéciale* ? Mon corps vibre, tremble. J'ai la nausée.

— Tu n'as pas l'air bien, remarque-t-il avec douceur.

— Je... je vais...

Il comprend et me tend la bassine où j'ai encore trop peu à rejeter. De la bile, moins acide que ma haine. Sa main caresse mes cheveux, et chacun de ses gestes d'une fausse affection me rend encore plus malade. Il a l'air inquiet, quel bon comédien !

— Veux-tu que j'appelle un médecin ? As-tu mangé ?

— Non... non, je n'ai pas mangé encore...

Ma gorge est meurtrie par ma bile et par ma rage. La haine, la nourriture des plébéiens. Je peux encore m'en contenter.

— C'est inadmissible ! s'énerve-t-il. Octavia, pourquoi n'a-t-elle pas mangé ?

— Le médecin craignait que ça la fasse souffrir. Peut-être pouvons-nous demander un bouillon ?

— Oui, allez demander, je reste avec elle.

Il aurait pu simplement appuyer sur la sonnette. Je ne sais pas pourquoi il en fait autant, peut-être pour me garder plus encore dans l'illusion qu'il a créée ? La Favorite se lève, laissant son livre sur le fauteuil. Je n'arrive pas à regarder Caeso dans les yeux, j'ai trop mal. Et je crains de ne pas être assez forte si je croise le bleu de ses prunelles. Je me réfugie dans la contemplation du gros livre sur les îles. L'ouvrage est posé sur mes genoux, je caresse la couverture.

— Y a-t-il quelque chose qui te ferait plaisir ? questionne-t-il en jouant avec une de mes boucles.

J'aimerais tout effacer entre nous. J'aimerais ne jamais être rentrée dans cette chambre. Peut-être qu'Epsilon serait morte de toute manière, mais je n'aurais pas eu le cœur tellement brisé qu'il n'est plus que poussière. Des poussières sur lesquelles souffle le vent des regrets.

— Tu as vu ? Je porte ton cadeau, insiste-t-il face à mon silence.

— J'ai vu, répliqué-je d'une voix éteinte.

— Un oiseau assorti à ton bijou de cheville.

L'étonnement passe dans mes yeux et me fait entrouvrir légèrement la bouche.

— Tu as remarqué ?

— Bien sûr. Je ne te savais pas si romantique.

Ce n'était pas romantique.

Je sens encore des relents de nausée. Il n'a donc rien compris, c'est confirmé. Ma belle idée… ma si belle idée… Je m'enfonce dans l'oreiller, tournant la tête sur le côté pour fixer le mur. Je nous voyais déjà à l'aube d'une nouvelle ère, comme si notre symbole scellait notre volonté de changer les choses.

— Delta…

— Ne m'appelle plus jamais comme ça, feulé-je.

Il s'écarte et m'observe. Je sens son regard peser sur moi comme s'il m'avait emprisonnée dans du plomb.

— Tu as entendu ? finit-il par lâcher dans un souffle.

— Tu ne m'as pas assez sédatée, dommage.

Enfin je trouve la force de le regarder en face pour l'affronter. Il semble surpris, perdu. Il me prend les mains mais je les retire. Je ne me ferai pas encore manipuler. Je ne suis pas idiote.

— Delta, je te jure que…

— Ne. M'appelle. Plus. Comme. Ça.

Il s'assoit sur le bord du lit, cherche à capturer mes iris mais je le fuis résolument. Il se penche vers moi, mais je m'écarte autant que je le peux et repousse ses tentatives de m'enlacer. Je finis par replonger mon regard dans le sien.

— Caeso, arrête !

Aussitôt, il lève les mains. Ma cicatrice tire affreusement, la partie entre mes seins pourrait se déchirer à chaque inspiration. Il semble osciller entre la colère et la peine.

— Sais-tu ce qui arrivera si les Noctis disparaissent ? éructé-je d'une voix glaciale.

— Nous pouvons construire un monde sans Noctis…

— Oui, un monde où le gouvernement achèvera un Ordre qui n'en peut déjà plus ? Après tout ce temps avec moi, après toutes ces nuits à me découvrir… tu n'as toujours pas compris, m'insurgé-je. Je ne veux plus te voir, Caeso.

Il bondit du lit, je perçois toute sa fureur. Le gamin gâté vient de casser son jouet. C'est ainsi, quand on joue trop, on casse et quand on casse, il n'y a plus rien à faire. Heureusement pour moi, Octavia entre avec une infirmière. L'héritier se détourne de moi, un orage dans ses iris.

— Nous vous avons préparé un bouillon de volaille, annonce la soignante. Buvez doucement.

Je hoche la tête. Caeso se sert de l'eau fruitée sur le plateau destiné aux visiteurs. Je le regarde vider le grand verre d'un trait, peut être un moyen de reprendre sa contenance.

— Octavia, je ne pourrai plus visiter Livia pendant quelque temps. J'ai trop à faire. Puis-je encore compter sur vous ?

— Bien sûr, mon grand.

Mon grand.

Entre ce surnom et le comportement de la Favorite envers Caeso, j'ai presque l'impression qu'elle se positionne en seconde mère. Il nous salue et quitte la chambre. L'infirmière m'aide à boire le bouillon, petite gorgée par petite gorgée, malgré mes entrailles qui se nouent d'angoisse. Peut-être ai-je fait une erreur. Que se serait-il passé si j'avais joué son jeu ? Je ne sais pas. On ne prend pas toujours les bonnes décisions.

CHAPITRE 16

Je cours. Derrière moi, les énormes griffes du dépeceur rayent le marbre du palais. Ma robe entrave ma course. Je ne suis pas assez rapide. Ses crocs claquent, se rapprochent. Sa salive baigne de sang. Je baisse les yeux sur ma robe bleue. Un immense gouffre creuse ma poitrine. Je réalise avec horreur que mon cœur n'est plus là. Le dépeceur n'est plus qu'à quelques mètres. Je regarde en arrière, paniquée à l'idée de me faire dévorer. Je cours, jusqu'à découvrir Caeso face à moi. Il porte sa tunique dorée d'héritier. Son regard se pose sur moi. Indéchiffrable. Il m'attrape par le bras pour me plaquer contre lui et tend son autre main vers le dépeceur qui disparaît dans un nuage sombre. Caeso vient de me sauver. Je lève la tête vers lui, mes yeux s'écarquillent de terreur quand je réalise que c'est son père qui me tient désormais. Le Consul sourit. Un sourire qui remplit ma poitrine vide d'une peur bouillonnante. Brutalement, ses mains immenses prennent ma gorge en étau et il serre, jusqu'à ce que je suffoque.

— NON !

Je cherche mon air, mes propres mains sur ma gorge.

— Livia ! Mon enfant !

Je relève la tête et découvre Vibia avec Octavia. La mère de Caeso s'empresse de venir à mes côtés. Ses mains délicates prennent les miennes. Je réalise que je tremble. La sueur plaque ma blouse d'hôpital à mon dos.

— Tu as fait un cauchemar ? s'inquiète-t-elle.

— Oui, murmuré-je.

— N'as-tu pas un traitement pour les terreurs nocturnes ? Octavia ?

La belle Favorite me sert un verre d'eau fruitée, mais je tremble tellement que je n'arrive pas à boire.

— Je vais voir son médecin, déclare Octavia.

Vibia acquiesce et m'aide à boire doucement. Je n'ose pas la regarder dans les yeux. Elle repose le verre et sa main vient démêler mes boucles dans un geste profondément maternel.

— Ma douce enfant, qu'est-ce qui peut te tourmenter ainsi…

— Rien… rien… soufflé-je.

Je ne peux pas lui dire combien son mari peut être une source de cauchemar.

— Je suis étonnée… je suis étonnée de vous voir ici. Toute l'île… enfin… toute l'île sait que vous ne quittez pratiquement jamais le palais.

Je me souviens de la présence exceptionnelle de Vibia sur le tournage. De la manière dont sa beauté a pu me couper le souffle.

— Septimus m'a donné l'autorisation de te visiter ce matin, sourit-elle.

Son visage. Ses traits si doux. Tout en elle est un écho douloureux à Caeso. J'attrape ma blouse au niveau de ma poitrine et serre le tissu comme la trahison de son fils peut serrer mon cœur. Je suis soulagée d'y sentir mon cœur battre, même si j'ai le cruel sentiment qu'il n'est plus là.

— Je ne vaux pas la peine que vous preniez le risque de sortir du palais, soupiré-je en détournant le regard.

— Il est vrai que je suis peu coutumière des sorties... Septimus préfère que je reste en sécurité...

— À cause de votre fragilité ?

Un sourire triste inonde ses lèvres peintes d'un rose tendre. Il fut sûrement un temps où elle était libre avant d'être mise en cage.

Comme moi.

— Te ferais-tu du souci pour moi ?

— Je voudrais juste savoir si... si vous avez la même maladie que Caeso, avoué-je en baissant les yeux.

Elle prend ma main, puis pose sa paume contre la mienne comme pour les comparer.

— Oui, j'ai transmis ma maladie à Caeso... Septimus préfère parler de fragilité.

Je regarde nos mains. Je peine à déglutir. Ainsi, cette maladie est héréditaire. La descendance de Caeso pourrait en être affectée… une descendance qu'on attend de moi. Enfin… qu'ils semblaient attendre de moi.

Mes lèvres se pincent, mes yeux brûlent des larmes trop acides que je refuse de verser. Sa trahison me fait si mal… tellement mal que j'aurais préféré être offerte à mon bourreau pour le restant de ma vie.

— Livia... sais-tu à quel point mon fils est mon trésor le plus précieux ?

Je plonge dans les iris cobalt de Vibia. Son visage a changé. L'inquiétude lui dessine des traits tirés, elle jette des coups d'œil inquiets vers la porte. Je n'aime pas la tournure que prend la conversation. La dernière fois qu'elle a eu ce ton, c'était pour m'offrir à son fils.

— Euh… Je… je crois en avoir une assez bonne idée, bredouillé-je.

— Bien. Il ne nous reste plus longtemps avant qu'Octavia estime qu'elle peut revenir sans paraître mal élevée.

— Je ne suis pas sûre de...

— Livia, me coupe-t-elle. Caeso nous a dit qu'il ne viendrait plus car il avait trop de travail. Ni Septimus, ni moi, nous ne sommes dupes. Mon fils a déjà trouvé de bien meilleurs mensonges. J'ignore ce qu'il se passe entre vous, mais ça lui fait du mal.

Mes mots. Sa fureur. Notre déchirure. Je ressens une pression douloureuse sur mon ventre, jusque dans les organes.

— Caeso ne mérite pas de souffrir, reprend-t-elle

— Ce qu'il s'est produit entre nous est de sa faute. Je ne mérite pas non plus de souffrir. Je crois en avoir déjà assez enduré, répliqué-je durement.

Ma respiration devient sifflante. Je peux encore entendre sa trahison. Je peux encore l'entendre faire voler en éclats tous mes rêves et mes espoirs. Je peux encore l'entendre être comme son père.

Vibia me reprend la main, l'inquiétude fait briller ses yeux.

— Livia, je sais que mon époux trouve un intérêt à votre relation et qu'il a certainement autorisé que tu deviennes Favorite pour de bonnes raisons. Si tu éconduis Caeso, les conséquences…

Elle s'interrompt quand nous entendons des bruits de pas. Vibia ferme un instant les yeux et se recompose une mine sereine et avenante. Je ne peux m'empêcher d'admirer sa capacité à se créer un masque.

Ses derniers mots s'échouent contre mon esprit avec le même fracas que les vagues contre les falaises.

— Oui, Livia, sourit-elle alors que la porte s'ouvre. Tu as eu le meilleur des chirurgiens. Officiellement, il a arrêté d'exercer il y a un peu plus de deux ans.

Octavia entre dans la pièce. Je décide de jouer le jeu de la mère de Caeso, essayant d'ignorer les spasmes de mes entrailles que provoquent l'idée de faire du mal à mes proches en contrariant le Consul.

— Pourquoi ? Je croyais qu'il fallait aller au bout de nos fonctions jusqu'à la mort.

— Son fils s'est suicidé alors qu'il était en deuxième année de médecine, explique Octavia avec un détachement terrifiant. Septimus, dans son immense humanité, a autorisé qu'il arrête d'exercer, sauf sur demande consulaire.

— Quel drame, murmure Vibia. Lui et son épouse n'ont même pas pu enterrer leur fils. Le corps n'a jamais été retrouvé… J'ai eu tant de peine pour eux.

Un éminent chirurgien... Un fils en deuxième année de médecine disparu sans laisser de trace il y a plus de deux ans... Cette histoire m'est familière. Cruellement familière…

Mon souffle se coupe net. Mon cœur cesse de battre. Et ma vision se trouble.

Alpha.

Octavia et Vibia me fixent. Je replie mes doigts sur le drap et serre les dents.

Non... Non, Alpha va au cirque. Quelqu'un l'aurait reconnu... À moins que se faire passer pour mort, en laissant sa barbe légèrement pousser et avec des vêtements ayant déjà trop vécu, et peut-être une musculature différente, personne ne chercherait à le reconnaître.

— Livia, tout va bien ? s'inquiète Vibia en posant sa main fraîche sur mon poing.

Alpha... Il devient de plus en plus trouble dans mon esprit. Il est mon passé. Mon avenir... Mon avenir était aux côtés de Caeso. Maintenant je ne sais plus. Je n'étais qu'un moyen d'avoir des informations.

— Elle doit être encore troublée de sa nuit. J'en ferai part à Septimus, décide Octavia.

— Non ! paniqué-je.

— L'infirmière a oublié ton traitement, c'est une erreur qui se sanctionne. N'est-ce pas Vibia ?

L'épouse du Consul a le regard fuyant et rempli d'une douleur vive.

— Caeso ne supporterait pas de te savoir si mal à cause d'un oubli de médicaments ou… ou pour n'importe quelle autre raison, finit-elle par dire en forçant un sourire qui n'atteint pas ses yeux.

Comment peut-elle dire ça ? Ne connaît-elle pas le véritable plan de son fils ? Ne sait-elle pas qu'il s'est joué de moi ? Qu'il a piétiné mon cœur et ma confiance ?

Je frissonne de rage. Mais je suis dans une prison de silence. Je ne peux rien dire. Coincée dans ce lit, je me sens aussi impuissante qu'à l'ancien hôpital. Et par ma faute, quelqu'un va encore souffrir.

— Vibia… pitié… ne faites pas sanctionner cette infirmière, c'était une erreur… un simple oubli…

Pourquoi nos erreurs devraient-elles toujours avoir des conséquences aussi terribles ?

— Vous savez ce qu'il se passe quand Septimus s'en mêle ? Nous le savons toutes les trois ! paniqué-je.

Vibia me prend dans ses bras, mon corps tout entier n'est que tremblements.

— Nous le savons. Nous connaissons *les conséquences* quand Septimus est contrarié, murmure-t-elle à mon oreille.

L'épouse du Consul caresse mon dos, comme si j'étais une enfant en proie à un terrible chagrin. Elle a insisté sur le mot conséquences. Si je ne joue pas l'amoureuse avec Caeso, que se passera-t-il ? On m'arrachera les informations que je devais donner à Caeso de force ? En me torturant ? En torturant ceux que j'aime ? Ou pire, en les… en les tuant un à un sous mes yeux pour que je parle ?

Et moi ? Que vais-je devenir ? Que fera Caeso ? Et mon marché avec Septimus ?

— Pitié, finis-je par supplier, autant pour moi que pour elle.

— Je suis désolée.

Pas autant que moi.

Aussi loin que je me souvienne, je n'ai jamais été réellement libre de mes décisions. Ne plus voir Caeso après sa trahison, c'était la première décision que je prenais pour moi et seulement pour moi. Une décision que je regrette à chaque seconde, car le tribut pourrait en être lourd.

— Livia, gronde Octavia, assise sur le lit.

Je jette un regard désabusé à la coupelle en porcelaine qu'elle tient, et sa petite cuillère en l'air.

— Pourquoi tu me donnes à manger comme à une enfant ? pesté-je.

— Parce que cette compote est sur ta table depuis deux bonnes heures et que tu ne la manges pas de toi-même. Sais-tu à quel point ton état peut inquiéter Caeso et Septimus ?

Je m'enfonce dans l'oreiller et tourne la tête.

Ils s'inquiètent surtout que leur source d'information leur file entre les doigts. La nausée revient, plus acide et putride. Pourtant, au fond de moi, je sais que mon comportement doit changer. Si je ne veux pas plonger le Consul dans une colère noire et entraîner ceux que j'aime dans ma chute, je dois avoir l'air de m'intéresser à Caeso… comme avant…

"Je paverai ton chemin de milliers de bleuets."

Ma gorge se serre. Comment a-t-il pu me dire de si belles choses, être si prévenant…

— Petite Favorite, tu tiens à ce que je dise au Consul que tu ne manges pas ? menace Octavia.

Je secoue la tête. Non, une stupide histoire de compote ne mérite pas d'aller aussi loin.

— Bien. En plus, Caeso a fait venir des fruits qu'on ne trouve pas ici. N'est-il pas adorable ?

Elle me sourit. Elle me sourit alors qu'elle connaît la vérité. Elle sait que cette attention est une énième manipulation. Je me moque des fruits venus d'ailleurs, ils feraient mieux d'en distribuer à la plèbe qui crève de faim !

Je dois ravaler ma rage.

J'inspire, comme à la recherche d'un nouveau souffle, et me redresse. J'oublie les serpents que j'ai dans le ventre et essaie de sourire à Octavia.

— Je vais manger. Tu peux me donner la compote, s'il te plaît ?

— Tu trembles trop… Tu es beaucoup trop émotive. C'est d'inquiéter Caeso et Septimus qui provoque ça ? demande-t-elle, soudain radoucie.

Je manque de m'étouffer et souffle un "oui" à peine audible. Un mensonge.

— Tu vas manger et ce soir je pourrais dire à ce cher Septimus et son fils que tu as fini ta compote et ils en seront enchantés. Oh, et Septimus a une surprise pour toi.

Je tremble de plus belle.

— Livia, gronde à nouveau Octavia.

— Désolée, c'est que les surprises…

La Favorite lève les yeux au ciel et quitte mon lit. Je la vois saisir un boîtier noir sur la table réservée aux visiteurs.

— Un film ? m'étonné-je.

— Un reportage ! Septimus l'a validé hier et il sera diffusé dans quelques semaines. Je pense que ça va te plaire.

Je hausse un sourcil, dubitative. Les reportages du gouvernement ne m'ont jamais enchantée. La propagande, d'une manière générale, me dégoûte.

Je mange doucement la compote au goût inconnu, malgré mes tremblements. Chaque cuillère est un supplice et pèse lourd dans mon estomac.

— Je vais mettre mon fauteuil à côté de ton lit. Tu vas adorer et peut-être même que tu ne feras plus ta moue de chat sauvage.

— J'ai souri pour la compote, protesté-je.

— Ta notion du sourire est discutable… Comment ça fonctionne…

Je repose la compote avec un haut-le-cœur. J'ignore si le fait que j'ai du mal à me nourrir est dû aux récentes chirurgies ou si les barreaux de ma cage ont perforé mon estomac.

Le volume de la musique me fait sursauter, c'est la même pour tous les débuts de reportage.

— Caeso, la sagesse au service de la patrie, lit Octavia à haute voix. C'est moi qui ai suggéré ce titre à Septimus.

Mes lèvres s'entrouvrent. Octavia a dit qu'elle était l'État. Elle semble intervenir dans la propagande en donnant un titre à un reportage. Quel est le vrai rôle d'une Favorite ?

La nausée appuie violemment sur mon estomac, remonte dans ma gorge, j'attrape la petite bassine à ma disposition et rends le peu de compote que j'ai mangé. Je n'ai aucune envie de voir une émission sur Caeso.

Octavia met sur pause le reportage pour appeler une infirmière avec la sonnette. Étonnamment, elle caresse mon dos. Un geste maternel, coutumier de Vibia, qui me perturbe.

— Je dirais à Septimus et Caeso que tu as vraiment essayé de manger…

— Pourquoi tu ne me réprimandes pas en me menaçant de me faire ravaler mon vomis ? questionné-je d'une voix pâteuse.

— Livia, nous te voulons tous en bonne santé, tu comprends ? Tu en as besoin pour accomplir ton devoir envers cette patrie que nous chérissons tellement.

— Mon devoir ? glapis-je.

— Donner des enfants à Caeso.

Son ton est sans appel. Pourquoi Octavia semble insister sur ce point ? C'est une perspective qui me terrorise, je ne veux pas donner plus de sang à faire couler. Notre monde en a déjà suffisamment. Avec sa trahison, ce sera plus dur encore. Je ne peux pas participer à perpétuer une lignée de dictateurs.

— Auréa peut en faire… en plus je suis peut-être inféconde, tenté-je de me dédouaner.

— C'est à espérer que non.

— Pourquoi ? m'étranglé-je.

L'infirmière entre, donnant l'opportunité à Octavia de fuir ma question. Auréa semble être en parfaite santé et elle sera sûrement une mère dévouée dans le devoir d'élever un tyran. Que je sois féconde ou non ne devrait plus avoir d'importance. Toute la comédie de Caeso sur son envie d'avoir des relations charnelles seulement avec moi devait servir son plan. Pour que je me crois exceptionnelle. Alors qu'elles raisons pousseraient Octavia à me faire croire que l'on veut des enfants de la part d'une fille de rien ?

Quand l'infirmière quitte la chambre, Octavia se remet dans le fauteuil et lance le reportage, annihilant toute poursuite de discussion. L'introduction du reportage se fait sur une musique orchestrale digne d'un film.

— *Caeso est un miracle*, déclare avec gravité un historien spécialiste de la famille consulaire. *Sa naissance va bouleverser la vie de notre bien-aimé Consul Septimus.*

— *À seulement quinze ans, il entre au Conseil. Jamais auparavant un héritier n'y avait été admis si jeune,* enchaîne une autre experte.

— *Caeso est, à l'image de sa mère, une incarnation du calme*, semble confier un intervenant.

Le générique d'ouverture se lance, et l'animateur star de notre île déambule en toge dans le jardin du palais.

— *Bonsoir à tous, je vous invite à vivre une soirée exceptionnelle…*

— J'aime beaucoup cet animateur. Il produit des reportages de grande qualité pour le gouvernement, explique Octavia.

Je hoche la tête, encore vaseuse. La perspective de passer deux heures à entendre parler de Caeso me serre le cœur.

— *Le couple consulaire va apprendre la grossesse de Vibia seulement quatre mois après la mort du glorieux Consul Marcus*, expose la voix off de l'animateur. *Septimus, devenu Consul à vingt-trois ans, doit alors faire face à sa lourde charge. Le poids d'un peuple repose sur ses jeunes épaules.*

Des violons prennent le relais, des plans montrent Septimus qui travaille dans l'obscurité de la nuit, dans une salle du Conseil vide. Ses traits sont tirés, la volonté du reportage de présenter un dirigeant qui sacrifie sa santé pour le peuple est claire… et elle me donne envie de vomir.

— *Septimus préférait travailler la nuit pour accorder du temps à Vibia. Le Consul s'est toujours montré très protecteur avec son épouse.*

Je me renfonce dans l'oreiller, la mâchoire crispée. Ce que je vois à l'écran me révulse. Une triste mise en scène de Septimus qui caresse le ventre d'une Vibia dont le maquillage peine à masquer la souffrance et la fatigue. La musique se veut romantique. Rapidement, je comprends que peu d'images de Vibia enceinte existent car ce sont toujours les mêmes qui passent à l'écran avec une voix off sirupeuse.

— *L'accouchement va mal se passer*, raconte l'historien spécialiste sur une musique dramatique. *Septimus sera face au pire des choix.*

— *Septimus est notre glorieux Consul, mais à cet instant, il est un mari et un futur père. C'est un homme qui déambule dans les couloirs de l'hôpital dans l'angoisse.*

Les violons reprennent. Une caméra suit de loin le Consul qui marche sous les néons blafards de l'hôpital, le dos voûté. Une attitude qui ne ressemble en rien au Septimus que je connais. Encore une fois, à mes yeux, ça sonne faux. On veut lui donner un côté humain mais ça ne prend pas avec moi. Je ne peux pas avoir pitié d'un homme qui me tourmente. Je serre les poings, ce reportage cherche à jouer sur l'empathie des gens, une propagande perverse.

— *Très vite, des patriciens viennent le soutenir. Mais quand on le convoque au bloc opératoire, il sait.*

Je vois une larme rouler sur la joue d'Octavia. Je fonce les sourcils, je me demande ce que ça peut bien remuer en elle. Septimus n'est pas censé être attaché à Vibia. Pourtant Octavia semble touchée comme si cet accouchement avait été une vraie épreuve pour Septimus. À l'écran, Septimus court au ralenti, précédé par un doctores. Ma gorge se noue. Non pas car la musique triste me touche, mais parce que je sais que Vibia a réellement été en danger.

— *Le chef des doctores demande au Consul qui de la mère ou de l'enfant il faut sauver,* révèle l'experte aux yeux scintillant de larmes.

La caméra fixe la porte du bloc opératoire. Cette question, celle de qui de la mère ou de l'enfant il faut sauver, je la connais. Elle résonne encore dans mon esprit, dans les confins de mes souvenirs d'enfance. Les accouchements dans la plèbe sont risqués… très risqués. Mes ongles se plantent dans mes paumes, ma poitrine s'écrase.

— *Cette question est terrible. Septimus aime profondément Vibia et ce fils qu'ils attendent. Pour lui, le choix est impossible.*

Je revois Caeso, le dos rond, m'expliquer que son père n'aime pas sa mère et que jamais il imposera à une femme un mariage sans amour. L'aigreur qui emplit ma salive me donne la nausée. Bien sûr qu'il fera un mariage arrangé, il obéira à son père et aux traditions. Comme il a obéi en décidant de m'utiliser pour détruire les Noctis.

— *Notre Dirigeant est la justice incarnée, il ne peut accepter l'inacceptable. Alors, face aux médecins, il relève la tête et leur rappelle qu'ils sont le fleuron de la médecine, qu'ils sont capables de sauver Vibia et l'enfant*, poursuit l'historien sur un air épique digne des plus grands films.

Un ricanement manque de m'échapper. À croire que son seul discours a suffi pour sauver Vibia et Caeso. Les doctores ont sûrement eu peur de perdre leurs proches s'ils venaient à échouer. Finalement, la caméra suit Septimus dans le hall de l'hôpital où le jour se lève à travers les baies vitrées. La lumière en contre-jour sur le Consul donne l'impression d'un héros qui vient de vaincre les ténèbres. Une image qui me rappelle ses cheveux blonds auréolés de lumière quand il me malmène. Mon ventre se souvient de chaque coup. De cette sensation que mes organes vont éclater.

— *C'est finalement après des heures de lutte que Septimus apparaît sur le parvis de l'hôpital. La mère et l'enfant ont survécu. Son fils portera le nom de Caeso.*

— Si tu savais à quel point il était heureux d'avoir un fils de son mariage officiel, renifle Octavia.

— Tu… vous avez eu beaucoup d'enfants ?

— Cinq, sourit-elle. Deux fils et trois filles.

— Seulement cinq ! m'écrié-je, un peu trop vivement.

— Comment ça, *seulement* ?

J'ai perdu une occasion de me taire.

Je me refuse à discuter de la vie intime de Septimus et Octavia. J'en sais déjà bien trop. Et je n'ai pas envie d'évoquer les dix grossesses de ma propre mère. Je décide de fixer l'écran de la télévision, comme si j'étais absorbée par le reportage.

Je vois Caeso faire ses premiers pas avec son père dans le jardin du palais. Je ne peux m'empêcher de ramener mes mains sur ma poitrine pour m'assurer que le trou béant de mon cauchemar n'est plus là. Voir Caeso dans ses premières années de vie me trouble. Bien sûr, le reportage ne parle à aucun moment de sa maladie, ni même d'une fragilité quelconque. Je découvre la vie privilégiée d'un garçon né dans la bonne famille.

Il me semble qu'un gouffre plus profond se creuse entre nous. Puis les rumeurs qui circulaient sur lui me reviennent. Plus fortes. Plus assourdissantes que les voix du reportage. Dans la plèbe, on le disait aussi sadique que son père. Une haine sûrement venue de son ascendance. De la peur aussi sûrement.

Je l'ai cru si différent…

— *Mon fils a une curiosité scientifique incroyable,* sourit Vibia. *Il n'est jamais rassasié de livres, de documentaires. Il aime tant découvrir de nouvelles choses.*

C'est parce qu'il a voulu me découvrir qu'il ne m'a pas tuée ce soir-là.

Non. Il voulait découvrir les Noctis et les détruire par ton biais.

C'est comme recevoir une balle dans la poitrine. Je ressens la brûlure, la chair qui se déchire sous la balle et le sang qui se répand sur mes organes.

Si je n'avais pas May à maintenir en vie, je serais déjà morte. Je ne peux même plus rêver du champ de fleurs pour elle et Zaley. Il m'a tout pris jusqu'à mes espoirs.

Le ciel ne sera jamais bleu.

Je peine à respirer. Mes paumes se plantent dans le matelas. Je voudrais juste m'arracher mes perfusions et ma sonde pour quitter ce lit. M'envoler, quitte à rouvrir mon éviscération. Crever sur un toit, mais crever avec la sensation d'être libre. Juste ouvrir cette foutue cage.

— Livia ? Tout va bien ?

Je voudrais hurler. Mais si je hurle, je vomirai la vérité. Et si Septimus vient à savoir que j'ai entendu le plan de son fils, il n'aura plus de scrupule à obtenir les informations par la force jusqu'à ce que je crève et emporte May avec moi.

— Je vais bien… Ce reportage est… passionnant.

CHAPITRE 17

Je regarde mon poignet, et trace du bout de l'index les lettres encrées dans ma peau. Je le revois embrasser le tatouage, un étourdissement me fait vaciller mais je ne le quitte pas des yeux.

J'avais fini par presque l'accepter, un peu à contre coeur. J'avais fini par pardonner à Caeso parce que je croyais qu'il n'avait pas le choix. Qu'il m'avait enfermée pour me sauver la vie, changer les choses, et que ce tatouage n'était qu'un petit sacrifice.

Septimus m'a offert de nombreux reportages ; Octavia a commencé à me les faire soigneusement visionner, n'hésitant pas à me poser des questions sur ma compréhension. Celui sur Caeso, le premier, m'a sûrement été envoyé car son fils ne veut plus me voir. Il avait sans doute pour objectif de m'attendrir ou de me garder sous influence.

Si le Consul ne me croit plus sous le charme de Caeso, prête à tout lui livrer, je deviens une âme à écorcher pour détruire mon Ordre. Un corps à qui faire endurer le pire, pour enfin nous atteindre.

J'aurais dû laisser Actus m'achever.

Je pose la main sur mon ventre. Mon abdomen est un puits de souffrance malgré les médicaments. J'allais mourir avec mes secrets, mais, comme une idiote je me suis jetée dans les bras de la famille consulaire pour survivre.

Je n'étais pas prête à partir, est-ce un crime ?

La perspective d'une mort dans la douleur est toujours terrifiante. C'est précisément à cause de cette peur que je me retrouve ici. J'ai voulu me soustraire à une souffrance insupportable et fuir vers celui qui m'offrait l'espoir. C'est ma volonté de changer le monde pour Zaley et May qui m'a permis de courir jusqu'à Caeso, maintenant j'en ai la certitude.

Ma gorge se ferme. J'ai l'impression qu'on me fouille les entrailles. Je peux sentir le sang poisseux sur mes mains, le tissu de la robe qui s'en imbibait jusqu'à devenir trop lourd. La sensation que mes organes allaient se déverser par la plaie, plongeant jusqu'aux tréfonds de mon âme. Et la douleur. Si puissante que je n'avais plus de voix. Réduite au silence. Réduite à l'état de poupée.

Réduite à l'état d'une chose sans âme que l'on peut fracasser sans la moindre culpabilité.

Comment Caeso a-t-il pu prendre mon cœur et le briser jusqu'à en faire de la poussière ? Une poussière qui laisse une douleur aiguë dans ma poitrine. Une poussière qui se disperse jusqu'à laisser un vide. Un trou béant comme dans mon cauchemar.

Caeso, pourquoi es-tu le digne fils de ton père ?

Je m'accroche au livre comme un naufragé s'accroche à un débris flottant au large. Je le feuillette encore et encore pour m'évader dans les autres îles et y rêver une nouvelle vie. Je m'invente des histoires pour fuir la réalité.

J'ignore ce qui m'attend. Les intentions de chacun me paraissent troubles. La mort est une possibilité. La mort *a toujours* été une possibilité. Que ce soit la mienne ou celle de mes proches. La mort est l'instrument favori de Septimus.

Je ne veux pas que les livraisons d'insuline s'arrêtent pour May, comme je ne veux pas que la livraison de sérums s'arrête pour les Noctis. Même si cette histoire de pénurie a dû momentanément les suspendre, ça m'inquiète.

Mais ce que je peux vouloir n'a jamais eu la moindre importance. Septimus a si bien joué son rôle, me faisant croire que j'étais tellement importante pour son fils qu'il acceptait de me donner ces produits rares et précieux pour que je ne me suicide pas.

Mes doigts se serrent sur les bords du livre. Mon dos est encore trempé d'une sueur de stress.

— Veux-tu que je te fasse réciter, petite Favorite ?

Je lève la tête, Octavia est encore plongée dans un ouvrage. Elle corne sa page, une habitude qui insupporte Publia, et plante ses aventurines dans mes yeux noirs.

— J'aimerais plutôt prendre une douche, pour être honnête.

Et laisser l'eau emporter ma peine et ma rage.

— Tu sais très bien que le médecin ne te l'a pas autorisé, serine-t-elle. Nous pouvons appeler une infirmière qui te fera la toilette au lit.

— Bien, faisons ça, soupiré-je.

Soudain des coups sont frappés à la porte. Octavia fronce les sourcils et va l'entrouvrir.

— Murs ! Nous ne vous attendions pas. Vous savez que chaque visite doit être approuvée par le Consul et que je dois…

— Murs ! Entrez ! invité-je, le sourire un instant retrouvé.

Ma poitrine reste vide. Mais une douce chaleur semble chasser le froid lugubre qui m'habite. Ce réconfort que je trouve dans les étreintes de ma famille que je me suis choisie.

— Livia ! réprimande Octavia. Septimus et Caeso font tout ce qui est en leur pouvoir pour te protéger, et toi, tu invites ce garde à entrer alors qu'il n'est pas annoncé ?

— C'est Murs ! Ce n'est pas *un* garde, c'est *mon* garde.

C'est peut-être le seul dans ce palais à avoir été sincère avec moi dès la première seconde. J'ai la certitude qu'il n'avait aucune idée du plan de Caeso, car mon statut de Noctis est un secret d'État, comme le dit si bien l'héritier.

— Bien, soupire Octavia. Vous pouvez entrer, mais la prochaine fois, annoncez-vous.

Murs s'incline respectueusement devant la Favorite puis s'approche du lit. Il tient dans ses mains un paquet emballé avec du papier journal.

— Bonjour Livia, comment va le petit oiseau de l'héritier ?

Octavia laisse échapper un hoquet outré.

— Seules certaines personnes peuvent l'appeler ainsi !

— Et Murs en fait partie, répliqué-je durement. Je vais bien. J'ai les meilleurs soins, le personnel le plus compétent…

— Grâce à qui ? appuie Octavia.

— Grâce à notre glorieux Consul et son fils. Je leur suis … je leur en suis infiniment reconnaissante.

— Caeso aurait fait cesser la terre de tourner si ça avait pu vous guérir plus vite… Je crois que vous lui manquez beaucoup, assure Murs.

— Je vais bientôt le revoir…

— Pas ici, intervient Octavia. Son père a compris qu'il ne supportait pas de te voir dans un lit d'hôpital, tu le verras quand tu sortiras.

— Livia, j'ai un petit cadeau pour vous… C'est ma femme qui l'a fait.

J'ouvre l'emballage en journal qui me rappelle des souvenirs. C'était presque un luxe de pouvoir emballer les cadeaux avec du papier journal. Murs et son épouse ont dû se donner tant de mal pour en trouver ; les tirages ne sont pas quotidiens et les journaux ont un certain coût. Quelques exemplaires sont affichés sous vitrine dans la plèbe, notre gouvernement nous donne *généreusement* accès à l'information.

— Où avez-vous trouvé le journal ? questionné-je.

— Ma femme a pu en récupérer chez un couple de doctores pour qui elle fait le ménage.

Je lui souris et découvre une couverture faite en bandes de tissus crochetés ensemble. J'admire la variété de tissus utilisés. Ils sont usés et défraîchis, mais je sais combien il est dur de trouver tant de matières dans la plèbe. Du bout des doigts, j'effleure toutes ces étoffes qui racontent des histoires. Certaines, plus épaisses et avec des broderies en relief, doivent être des restes de tissus d'ameublement. Nous avions un canapé avec le même type de motif brodé. La nostalgie m'enlace, s'appuie sur ma gorge et ma poitrine.

Je voudrais être avec Zaley. Seulement pour quelques heures.

— L'héritier m'a confié que vous étiez frileuse.

Je confirme d'un hochement de tête timide. Cette couverture me renvoie chez moi, dans notre petit appartement, sur le vieux canapé. Ce canapé où Zaley dormait et qui, d'aussi loin que je me souvienne, a toujours été là – un petit luxe que nous offrait l'appartement.

— Mais qu'est-ce que c'est que cette horreur ? se révulse Octavia.

Elle m'arrache la couverture des mains avant que je n'aie le temps de réagir. Elle la tient du bout des doigts, profondément dégoûtée. Aussitôt, mon regard flamboie. Je ne la laisserai pas me prendre ce cadeau. Il est un lien avec ma première vie.

— Non mais je rêve ! C'est la Favorite de notre futur Consul et vous lui ramenez une couverture pouilleuse ?

— Octavia ! Je ne te laisserai pas insulter un cadeau si précieux !

— Précieux ? gronde-t-elle. Ce ne sont que de vieux chiffons ! Bon sang qu'est-ce qu'il vous a pris ?

— Livia est une plébéienne. Nous avons pensé, avec mon épouse, qu'elle apprécierait quelque chose de son Ordre, répond posément Murs.

Je bouge doucement. Bien trop doucement. Mais je dois me lever. Je veux récupérer la couverture.

— Rends-moi cette couverture !

— Non. C'est indigne d'une Favorite.

Les spasmes me secouent jusqu'aux os. Je m'apprête à poser les pieds au sol quand les larges mains de Murs agrippent mes épaules. Je relève la tête, il sourit tristement.

— Je suis désolé d'avoir fait un cadeau indigne de votre rang.

J'ai l'impression d'entendre mon père quand il demandait pardon à ma mère pour ne pas avoir ramené de quoi acheter une de ces maudites robes.

— Murs…

— À l'avenir, je n'outrepasserai pas ma fonction de garde.

Je contracte mes épaules, mes doigts se referment sur le drap. Murs est un allié, il est bien plus qu'un simple garde. Il m'a aidée tant de fois à rester debout face au pouvoir durant la période qui a précédé la fête de Caeso.

— Bien, maintenant déguerpissez avant que je dise à Septimus les familiarités que vous vous permettez avec Livia…

— Non !

Les mains de Murs ont quitté mes épaules. Le regard perçant d'Octavia me cloue sur place.

— Plaît-il ?

— Murs n'a rien fait de mal ! Il est seulement gentil avec moi. Il… il est… il ressemble tellement à mon père…

La nostalgie m'emporte loin. Loin de cette chambre. Loin de ce lit. Loin de la douleur constante. Je suis sur le port avec mon père, obligée de trottiner à côté de ses grandes enjambées. Nous sommes allés au parc pour cueillir de la menthe sauvage. Il m'apprend à reconnaître les plantes et les racines à infuser avant que j'aille à l'école pour apprendre à lire.

— Papa… pourquoi dans le parc il y avait des messieurs qui s'habillent avec un drap ?

— Je te l'ai déjà expliqué ma chérie, ce sont des toges.

— Mais toi, tu t'habilles pas avec un drap ! Maman, elle serait pas contente en plus…

Il se baisse et me prend dans ses bras.

— Oh non, ta mère serait furieuse que nos précieux draps disparaissent. Les toges, c'est pour les Ordres supérieurs.

— C'est quoi un *zordre* supérieur ?

— Tu apprendras ça à l'école.

"Je t'apprendrai tout ce que tu n'as pas étudié."

La voix de Caeso me percute de plein fouet et la plèbe disparaît, me laissant face à Murs qui tâche de sourire malgré la déception dans son regard.

C'est mon dernier jour à l'hôpital. Ma sortie se prépare sous la houlette d'Octavia, qui dirige les domestiques. Assise sur le lit, je serre la couverture entre mes doigts, un réconfort indispensable. La Favorite a finalement cédé et me l'a rendue, jurant que si on trouvait de la vermine dans mon lit, elle s'en servirait d'assaisonnement pour mes prochains repas quand je serai de retour au harem.

Je ne sais pas ce qui m'attend au palais. Octavia fait comme si rien n'avait changé. Mais à tout moment Septimus a pu pousser le sadisme à me soigner pour pouvoir mieux me torturer. S'il croit réellement que son fils ne supporte juste pas de me voir comme ça, j'ai peut-être une chance. Sinon…

Je ferme les yeux, la main posée sur mon ventre. Il ne reste plus qu'une cicatrice impressionnante. J'ai refusé les soins pour l'effacer. Je veux me rappeler. Ne jamais oublier. Cette cicatrice, ce n'est pas seulement la folie d'Actus, c'est aussi la trahison de Caeso.

Je serre les dents. Ma poitrine est toujours un vide dépourvu d'espoir et de lumière. Peut-être qu'endurer la torture sera plus simple. Peut-être que ça ne me fera pas aussi mal que la main de Caeso qui broie mon cœur.

— Je dois m'absenter, lance Octavia. Je reviens.

Je hoche la tête en ouvrant les paupières. J'ai la nausée. Mais, à peine a-t-elle passé la porte, que quelqu'un entre. Je me retourne et vois une petite tornade brune se précipiter vers moi.

— LIVIA ! crie ma protégée.

Mon souffle se coupe net. Elle s'empresse de grimper sur le lit. Alors que je me fais violence depuis des jours – peut-être des semaines ? – pour ne pas céder aux larmes, voilà qu'elles perlent à mes yeux. May est là. Elle est là et je peux la tenir dans mes bras. Je me fiche qu'elle s'appuie trop sur mon ventre pour m'étreindre. Elle s'approche de mon oreille pour souffler :

— Maman a dit qu'il faut t'appeler Livia et plus Delta. C'est vrai ?

— Oui ma grande je suis… je suis tellement heureuse.

— Alors pourquoi tu pleures ? s'étonne-t-elle, ses grands yeux sombres écarquillés.

— Ce sont des larmes de joie. Tu es si belle, tu as grandi ! Et… et tu portes une robe à fleurs !

Cette robe, c'était notre rêve à toutes les deux, et elle la porte. Je ne peux m'empêcher de toucher le tissu épais. Elle a même des collants en laine assortis, et je remarque des toutes nouvelles chaussures.

J'entends un rire cristallin. Mer s'approche à son tour pour m'enlacer. Je la serre aussi fort que je le peux. Je ne m'attendais pas à les voir ici. La petite Bleu est dans un landau, ce qui me surprend, car c'est un objet de luxe dans la plèbe. Je l'entends gazouiller. Si mon cœur n'était pas détruit, il s'envolerait sûrement. Le bonheur m'inonde, une joie que je n'ai pas éprouvée depuis longtemps et qui l'emporte sur la haine. J'entends les domestiques s'émouvoir de cette scène de retrouvaille. Ça me touche au plus profond de moi.

— Mer… vous me manquez tellement.

— Livia, tu… tu t'es sacrifiée pour nous. Grâce à toi, nous avons été promus civis.

Je m'écarte et la dévisage. Je lui demande de répéter, mais j'ai bien entendu.

— Civis, donc vous avez déménagé ?

— Le Consul nous a offert un appartement ! Il a quatre chambres, un grand salon, une belle cuisine et toutes les commodités.

— Et une *técrasse* ! pépie May.

Le Consul…

Pourquoi Septimus a-t-il fait preuve d'une telle largesse ? Rien ne l'y obligeait. Je ne comprends pas son comportement avec mes proches, d'autant plus que les sentiments de Caeso à mon égard sont une machination. Il sait pourtant que le sang ne nous lie pas, il aurait pu se contenter de l'insuline et des sérums.

— Une terrasse, corrigé-je en lui caressant la joue. C'est…

c'est merveilleux. Et ton travail ? Tu as été reclassée ? Et ton mari ? Et May ? Et…

— Doucement, rit-elle en s'asseyant sur le lit. J'ai été reclassée comme vendeuse dans la boutique pour enfants près du cheval de bois.

— Et tu as pu acheter la robe de la vitrine, souris-je en prenant May sur mes genoux.

— Oui ! May a fêté ses six ans, c'est une grande fille.

— Qu-quoi ? Elle a… mais… je n'ai pas….

— Elle a fêté son anniversaire la semaine dernière. Tu as dû perdre la notion du temps durant ton hospitalisation.

J'acquiesce. Toutes les journées se ressemblaient et Octavia préférait que je regarde les reportages sélectionnés par le Consul plutôt que la télévision en elle-même.

— Alors tu as six ans, m'enthousiasmé-je. Ça veut dire que tu vas apprendre à lire et à écrire !

— Je sais déjà écrire mon prénom, annonce-t-elle fièrement.

Je lui ébouriffe les cheveux et me tourne vers Mer.

— Et ton mari ?

— Il rentre la semaine prochaine, il a été affecté à la meilleure poissonnerie de l'île !

La fin d'un calvaire. Mer a tant rêvé de ce jour. L'émotion me prend à la gorge. May n'oubliera plus jamais le mot “papa”.

— Et votre dette ? m'inquiété-je.

— Remboursée. Livia… Livia, c'est si extraordinaire ce que tu as fait pour nous.

Je suis profondément heureuse de tout ce qu'elle m'apprend, et je laisse la curiosité me picoter pour jauger à quel point leurs finances ont évolué.

— Vous auriez les moyens d'acheter de l'insuline ?

— Sincèrement, non, même si le Consul est généreux, ça a affreusement augmenté. Tous les médicaments ont augmenté, je ne sais pas pourquoi. Et on ne trouve plus de sérums. Heureusement, nous avons eu les moyens de changer le lecteur de glycémie. Son ancien n'était plus fiable.

— Ne t'inquiète pas, May aura toujours de l'insuline, je te le promets.

Elle me serre contre elle. Je ne veux pas les inquiéter. Je suis si contente de leur avancement dans la société. Tout ça en valait la peine. Et j'espère que leur nouveau statut est acquis définitivement.

Le Consul serait capable de les renvoyer dans la plèbe si je meurs. Mais ma vie ne dépend plus de moi. Le Consul a le droit et la possibilité de la faire cesser à chaque instant. Une vérité douloureuse qui fait fleurir une souffrance muette dans mes entrailles à peine soignées.

May me raconte comment se déroulent ses journées dans sa nouvelle école. Elle s'est rapidement fait des amis. Je lui ai ouvert les portes d'un avenir meilleur. Elle pourrait devenir médecin ou avocate. Elle va apprendre tellement de choses jusqu'à ses dix-huit ans. Et il y a Bleu. Elle échappera aussi à la plèbe. Elle connaîtra une enfance sans la faim, sans la crasse, sans la peur.

Mais tout ça a une condition douloureuse. Je dois trahir mon Ordre pour rester dans les bonnes grâces de Septimus. Je voudrais parvenir à mentir, lui donner de fausses pistes… mais ai-je le droit de prendre le risque d'arracher à Mer et sa famille ce bonheur tant espéré ?

Octavia revient, tout sourire, et salue ma famille de cœur avec une bonne humeur qui m'étonne. Mer s'incline profondément face à l'écrasante aura de la Favorite.

— Madame…

— Vous êtes la mère de cœur de Livia ?

Elle sait, comme toujours. Septimus a dû lui en parler après la révélation de Caeso. Visiblement, elle ne se soucie plus de ce que je peux savoir ou non, ce qui me semble être de mauvaise augure. Je serre plus fort May et plonge mon nez dans ses cheveux crépus.

— Oui, j'ai cet honneur. Et voici mes filles, May et Bleu. May, fais la révérence à la dame.

May saute du lit et s'incline maladroitement en tirant sur les pans de sa jolie robe.

— Qu'elle est charmante, se pâme Octavia.

— Vous êtes très belle, Madame, s'émerveille la petite fille.

Octavia éclate de rire et vient lui caresser la joue.

— Toi aussi, tu seras très belle en grandissant, assure-t-elle.

Son côté maternel ressort une fois encore. Je me demande où sont passés ses cinq enfants. Est-elle si maternelle parce qu'on les lui a enlevés ? A-t-elle pu les élever dans le harem ? J'aurais voulu savoir la vérité sur ce qui doit être un secret d'État… peut-être que si je m'en sors… Non. *Je dois* m'en sortir. Pour les gens que j'aime et qui ont besoin de moi.

Octavia montre ses bijoux à May qui les admire avec des étoiles dans les yeux. L'émotion crée des chatouillis dans mon estomac. J'écoute Mer qui me détaille leur nouvelle vie. May chante avec enthousiasme la comptine des Ordres à la Favorite. Les yeux d'Octavia brillent. Soudain, elle se lève et quitte la pièce.

— Je… Nous allons y aller, bredouille Mer.

Je hoche la tête avec encore quelques larmes qui filent sur mon visage. Mer pose sa main sur ma joue. Je souris.

— Nous nous reverrons, d'accord ? insiste Mer.

— Oui… bientôt…

Elle embrasse mon front, un geste douloureux qui me rappelle Caeso. Je ne peux pas disparaître de leur vie. Je dois lutter. Je dois être l'oiseau qui s'envole quand le chat s'apprête à le dévorer.

Mer et ses filles quittent la chambre, me laissant avec le ballet de domestiques jusqu'au retour d'Octavia qui a retrouvé sa contenance.

— Je constate que la surprise de Caeso t'a fait plaisir.

Je la dévisage, les yeux écarquillés.

— La surprise de Caeso ? répété-je bêtement.

— Oui, il a fait des pieds et des mains pour que ta famille vienne.

Caeso…

Je ne sais plus où est la vérité dans les intentions de chacun à mon égard. Pourquoi Caeso joue l'amoureux ? Pourquoi Octavia continue de me traiter en Favorite alors que je vais sûrement être répudiée et torturée à mort, sur ordre de Septimus, pour livrer les Noctis ? À moins que je ne garde ma place car j'ai d'autres utilités qui m'échappent ? Ce qui expliquerait tous les reportages dont j'ai été abreuvée. Je me sens malmenée, comme une poupée de chiffon que se disputent les enfants dans la cour de l'école. La sensation d'être une poupée de cire ou de chiffon ne m'abandonnera donc jamais ? Est-ce que ce sera toujours là pour broyer mes entrailles et ma poitrine ? J'aimerais seulement avoir la certitude sur mon sort : la mort ou la captivité.

Je ferai tout, oui, tout ce qui est en mon pouvoir pour survivre et garantir les livraisons.

CHAPITRE 18

Je lève les yeux sur le palais, me voilà de retour. Septimus m'attend-il dans son bureau pour une *explication* ? Ce sont là mes dernières heures ? Ma poitrine vide semble se couvrir de glace, diffusant un froid intense dans tout mon corps. Mes jambes deviennent cotonneuses. J'ai du mal à ravaler ma salive. L'air glacial couvre ma peau d'une chair de poule malgré la mante gentiment apportée par Murs, une cape avec une capuche qui recouvre mon corps et dont seules mes mains dépassent.

— Et maintenant ? demandé-je d'une voix minuscule.

Octavia, plus majestueuse encore dans sa mante bordée de fourrure, baisse le regard sur moi et s'attarde sur mes mains qui tremblent.

— Maintenant, tu retrouves le harem et Caeso. Quelle question ! De plus, ces semaines de convalescence ont été profitables à ton éducation.

— Pourquoi m'avoir éduquée ? murmuré-je.

— C'était le souhait du Consul et de son fils. Cesse de trembler comme une condamnée à mort !

Une condamnée à mort... Quelle ironie.

Utilise-t-elle ces mots en pleine conscience ? Si ma fin est si proche, pourquoi m'avoir enseigné toutes ces choses ? Qui se fatiguerait à éduquer un cadavre ? Je croise les bras sous ma mante, les yeux toujours rivés sur la porte principale du palais.

Mon esprit ressemble à la forêt de l'île de la jungle : des idées et suppositions s'entrecroisent comme des lianes entravant mes espoirs.

— J'ai juste froid.

— Dans ce cas, rentrons.

Murs pose sa main sur mon épaule, comme à son habitude, et m'offre un sourire réconfortant. Je ravale péniblement ma salive acide et suis Octavia.

Des domestiques viennent nous retirer nos sandales. Je n'aime pas vraiment cette mode de marcher pieds nus dans le palais, où le sol en marbre glacé ajoute des frissons à mes craintes. Nous nous rendons dans le grand hall, une salle immense entourée de colonnades surmontée d'un dôme majestueux qui représente la carte de notre côté du monde. Notre île est en doré. Je me perds un instant dans la contemplation, me remémorant la carte à la fin de mon livre sur les îles.

Ce livre. Ce cadeau si précieux. Je baisse la tête, Murs pose à nouveau sa main sur mon épaule. Je sais que ce geste est le seul que lui permette le protocole envers moi en dehors des ordres donnés. J'ignore si, depuis sa visite à l'hôpital, il a été mis au courant du plan de Caeso, de ma réaction… Mais je ne peux rien dire, et ça devient frustrant.

Mon bracelet à la cheville – qu'Octavia m'a remis avant ma sortie de l'hôpital – semble peser une tonne. J'ai envie de le retirer, mais on trouverait ça étrange, alors que tout le monde sait combien je l'adore… enfin… *l'adorait*.

Cependant, il règne dans le palais une atmosphère électrique. J'entends les domestiques murmurer. Certains courent. Autour de nous, les épouses de Conseillers jacassent d'un air entendu. La tension écrase ma poitrine tant elle est palpable.

Soudain, le bruit d'une porte qui grince attire mon attention vers le premier étage.

— Quelle joie ! s'écrie un conseiller sur la coursive

Je tourne la tête vers lui, un autre se joint à l'allégresse. Mes sourcils se froncent.

— Qu'est-ce qu'il se passe ? questionné-je. Murs ?

— Ils ont arrêté une Noctis, me murmure Murs à l'oreille.

Le silence. Je n'entends plus les cris de joie. Je n'entends plus les chuchotements. Je n'entends même plus ma propre respiration. Mon sang quitte mon visage. Mes mains tremblent violemment, comme lors des journées glaciales de famines. Ma cicatrice abdominale semble se déchirer.

Je suis la Noctis.

Ça ne peut être que moi. J'étais là, à leur merci depuis le début. Ils m'ont bercée d'illusions, sûrement le temps de préparer ma fin. Caeso n'a plus de raison de me protéger. Il m'a laissé l'opportunité de voir Mer, May et Bleu… peut-être a-t-il laissé une ultime fois sa gentillesse parler.

— Caeso… Je dois voir Caeso, paniqué-je.

Octavia se retourne, je sens mon corps sur le point de défaillir. Un vertige violent me secoue, les colonnades se tordent dans tous les sens. À travers ma vision devenue floue, des larmes flirtent avec mes paupières.

— Tu le verras ce soir ou demain…

— Non ! Maintenant ! crié-je.

Elle me gifle. Je lui jette un regard noir.

— Cesse tes caprices. Tu es attendue au harem !

— Je dois lui parler !

Ma voix s'éteint. Je vais mourir. Je suis la Noctis captive. Est-ce que je peux accepter cette fin ? J'ai trop joué avec la faucheuse. J'ai évolué sur le fil entre la vie et la mort, j'ai pris des risques inconsidérés et maintenant que je n'entre plus dans le jeu de Caeso, son père va m'éliminer. Une douleur violente me barre le ventre. Je me recroqueville dans un mouvement brutal. Murs me soutient, ses grandes mains enveloppant fermement le haut de mes bras. À cet instant, je suis la petite fille qui pleurait car elle avait trop faim et que son père tentait de consoler.

Caeso…

Je peux revoir son sourire. Sentir ses étreintes. Entendre les si belles choses qu'il m'a dites. Maintenant, il n'y a plus que mon envie de hurler qui poignarde mon âme. Il n'y a plus que ce *nous* fragile qui se disperse aux quatre vents comme des cendres. La trahison me fait plus mal que l'idée de mourir. Mais elle n'est pas aussi douloureuse que l'abandon de May face à la maladie.

— Octavia, laissez-moi l'emmener dehors prendre l'air, quémande Murs avec déférence. Je la ramènerai au harem.

Je lève les yeux sur la Favorite qui me toise. Sa haute silhouette aux cheveux d'or illuminés par les éclairages et ses yeux d'une vert si clair sont un écho pénible à Septimus.

— Vous les plébéiens, vous tenez trop aux Noctis, crache-t-elle.

Elle fait comme si elle ne savait pas, alors qu'elle m'a gavée de sa maudite propagande, qu'elle m'a fait croire que le gouvernement voulait des enfants de moi. Que, quelque part, j'étais importante. Pourquoi avoir joué ce jeu cruel ?

Je serre les dents. Elle donne l'autorisation à Murs de m'emmener dans le jardin. Il m'entraîne avec douceur vers l'extérieur, alors que peu à peu le palais cesse de tournoyer devant mes yeux. C'est peut-être la dernière fois que mes pieds foulent l'herbe tendre. Mes entrailles se tordent, et un souvenir entre en collision avec mes idées sombres. J'essaie de m'attacher à toutes ces petites choses qui me hurlent : « tu es encore en vie ». Comme la sensation de l'herbe sous mes pieds nus quand j'allais au parc. Comme le vent léger qui caressait mon visage et écartait mes boucles chatouillant mes joues. Il faisait doux. Je relève la tête. Le ciel est orange.

— J'aurais tant voulu le voir bleu avant de mourir, murmuré-je.

— Vous n'allez pas mourir, Livia.

Mes yeux se remplissent de larmes. Murs mérite de savoir la vérité. Après tout, quand je serai dévorée au milieu du cirque par des dépeceurs, il saura. Le vent, encore. Il est comme le réconfort de la main d'une mère sur le visage de son enfant. Il est frais, vivifiant. Je persiste et m'accroche à ces petites choses pour garder espoir. Pour que ma vie ne soit pas une succession de douleurs. Mais je sais, au fond de moi, que c'est la fin.

— Je suis la Noctis qu'ils ont attrapée.

Les larmes débordent. Il me semble entendre la mâchoire d'un dépeceur claquer au loin. Mes poings se serrent. Ma poitrine vide devient une chambre d'écho pour ce cri de terreur qui ne franchit pas mes lèvres. Murs s'écarte de moi pour venir me faire face. Ses petites ridules aux coins des yeux s'accentuent quand il s'interroge.

— Vous ressemblez tellement à mon père, soufflé-je avec tendresse. J'aurais tant voulu revoir ma véritable famille. Leur dire adieu.

— Livia, vous êtes une Noctis ? demande-t-il avec une douceur surprenante. Caeso et le Consul le savent ?

Un rire presque inaudible et teinté d'amertume m'échappe.

— Oh oui. Ils savent. Mais j'imagine que Septimus a dû comprendre que son fils ne tenait pas à moi, donc il n'a plus de raison de me garder en vie, sachant que je ne suis pas entrée dans le jeu de la collaboration.

Ses yeux noirs se troublent. Mes mains viennent se glisser dans les siennes. Ironiquement, la tristesse me fait faire un pâle sourire, comme si je voulais qu'il garde de moi un souvenir qui ne le peine pas. Je suis presque dans un état second. Comme si nous étions dans un rêve, ou dans un cauchemar.

— Je ne peux pas croire que Caeso ne soit pas amoureux.

— Il est bon comédien, raillé-je, en essayant de refouler mes larmes.

Mon cœur n'existe plus depuis que j'ai compris sa manipulation. Il l'a tout simplement arraché pour ne plus jamais me le rendre. Murs relâche mes mains et pose les siennes sur mes épaules.

— Vous n'êtes pas la Noctis qui va mourir, tente-t-il de m'apaiser.

— Murs…

— Livia. (Il me contraint à le regarder dans les yeux, son visage s'éclaire d'un sourire rassurant.) J'ai une connaissance chez les Aigles. Il m'a dit qu'ils ont attrapé une blondinette toute maigre.

— Qu-quoi ?

Je n'arrive pas à suivre. Mon esprit est trop embrumé par l'idée de mourir.

— Vous croyez que si j'avais su que vous risquiez la mort, je vous aurais laissée revenir au palais ?

La gentillesse de Murs m'entoure, me berce. Il était prêt à m'aider, il a *toujours* été de mon côté. Avec lui et Mella, je ne suis pas seule dans ce palais. Il est le père que je n'ai plus, et elle, la grande sœur que je n'ai jamais eue.

— Vous ne saviez pas que j'étais une Noctis, contré-je dans une expiration lourde.

— Non. Mais je savais que la Noctis ne vous correspondait pas physiquement.

Je me laisse tomber sur un banc en pierre à proximité. Il s'installe à côté de moi. Je pose ma tête sur son épaule, tandis qu'il entoure mes épaules de son bras, une prise de liberté par rapport au protocole. Combien de fois me suis-je réfugiée ainsi contre mon père ?

Vous me manquez tellement.

Je ravale mes larmes.

— Vous m'auriez faite fuir ?

— Oui, dit-il avec un sourire dans la voix. J'ai juré que rien ne vous arriverait. J'ai déjà failli une fois à ma mission lors de l'anniversaire de l'héritier, ça ne se reproduira pas !

Quand il évoque la fête de Caeso, je touche instinctivement mon ventre. Ma mère avait ce même geste quand elle était enceinte. Elle portait la vie, je porte la souffrance.

— Vous êtes quelqu'un de bien.

Une blondinette.

Je n'en connais qu'une. Comment auraient-ils pu attraper Eta ? Les oiseaux de nuit meurent dans la gueule des dépeceurs… Eta… Elle est plus jeune que moi. Elle avait ses rêves, ses envies, ses espoirs. Et tout va être détruit dans une gueule à trois rangées de dents comme des poignards. Je hais notre gouvernement. Je hais l'idée de la voir mourir au cirque. Cette perspective me donne la nausée et laisse le vent froid me transpercer de pieux de glace.

— Vous en savez plus sur l'arrestation ?

— Elle a été séduite par le fils d'un Aigle qui jouait les plébéiens au *Joyeux retour des pêcheurs.*

Je me redresse d'un bond. L'horreur me gagne, rendant laborieuse ma respiration. Combien de fois Epsilon a-t-elle dragué dans ce troquet ? Combien de fois aurait-elle pu tomber dans la gueule du loup ? Les Aigles ne reculent devant rien. C'était brillant. Un peu trop brillant… Est-ce qu'ils avaient remarqué le manège d'Epsilon ?

Epsilon… Je n'ai pu que la regarder partir, s'éteindre dans mes bras. Et maintenant, Eta va être mise à mort au cirque. Ce sera une grande fête, les exécutions de Noctis sont si rares… Non. Je refuse ! Eta ne mourra pas au cirque. Elle va vivre. Elle ne doit avoir à peine quinze ou seize ans. Elle a le droit d'exister !

— Murs… Murs, il faut… Nous devons…

— Livia, vous ne pouvez pas la sauver, coupe-t-il avec tristesse. Vous et vos proches seriez exécutés, les miens aussi, et probablement toutes les personnes qui vous ont témoigné de la sympathie. Ce serait un crime de haute trahison.

L'injustice est comme les serres d'un aigle se plantant dans ma poitrine. Prêtes à encore me l'arracher et à laisser voir au monde le vide laissé par Caeso.

— Mais… vous avez dit que vous m'auriez fait fuir…

— Vous faire quitter le palais n'est pas comparable à exfiltrer une Noctis arrêtée par les Aigles.

Je me sens aussi impuissante que face au corps en partie calciné d'Epsilon.

— Elle va mourir ! ragé-je en tournant mon regard vers la fenêtre de l'héritier.

— Je sais. Et c'est injuste.

Je dois raisonner Caeso. Le supplier. L'implorer. Je ne peux pas rester immobile. Je ne peux pas me contenter de regarder.

— Je dois voir Caeso, déclaré-je, résolue.

— Il ne la graciera pas. Il reste l'héritier.

Il reste l'héritier.

Ces mots m'assomment. Oui. Il reste l'héritier.

— Il veut la fin des Noctis…

J'imagine soudain Caeso et son père dénicher notre repère et faire condamner tout le Nid. Je vois du sang. Beaucoup de sang. Comme lors de cette soirée sur le port.

C'est comme planter une dague dans mes entrailles. Il était mon ange guerrier. Il est devenu le digne héritier de son père. J'ai participé à ça. Je lui ai fait verser le sang et il y a pris goût. Là encore, mes rétines s'enflamment, mais la haine ne devient pas liquide. Elle reste là, au bord de mes paupières. Le monde ne sera jamais un champ de fleurs.

— Livia… Il va falloir y aller…

Je soupire. Oui. Je dois retrouver ma cage dorée dont les barreaux écrasent mes sentiments, comme mon corset de poupée. Mais il est hors de question de m'écrouler. Eta sera un fantôme de plus qui me suivra. Si ma famille de cœur n'était pas en danger, j'aurais agi. Ce n'est que pour les protéger que je ne sauverai pas Eta.

Pourquoi es-tu allée là-bas ?

Omega avait raison. Nous ne pouvions pas prendre de dose de normalité en allant jouer les plébéiens. Alpha a sûrement raconté à Eta ce que nous faisions avec Epsilon, et elle y a vu une façon de fuir son rôle qui lui faisait si peur. Elle n'était qu'une adolescente. *Nous* ne sommes que des adolescentes.

Pardon, Eta.

Sans m'en rendre compte, j'ai marché jusqu'au harem. Les lourdes portes s'ouvrent devant moi.

Me voilà de nouveau en cage.

CHAPITRE 19

— SURPRISE ! crient toutes les maîtresses à l'unisson.

Je cligne plusieurs fois des paupières, éberluée. Je m'avance timidement sous les guirlandes de fleurs blanches qui tombent en cascade. Chaque maîtresse vient m'étreindre. Publia a un sourire lumineux qui parvient à me toucher, je sors de la noirceur qui me garde prisonnière, j'accepte de respirer et de profiter de ce moment. Mella me garde dans ses bras un peu plus longtemps que les autres.

— J'ai eu si peur pour toi, larmoie-t-elle. Je suis désolée de ne pas être venue à l'hôpital…

— Peut-être que si tu avais arrêté de pleurer quand Septimus t'honorait, il t'aurait laissé visiter Livia, reproche Octavia.

Mes doigts se referment sur le dos de mon amie. Je la serre plus fort, les muscles tendus par la rage. Visiblement Octavia se fiche de la mission de Mella : me faire croire que ce lieu était un rêve éveillé pour toutes. À moins qu'elle n'ait su que je connaissais désormais la vérité.

— Livia, ce n'est rien, chuchote Mella d'une voix éteinte. Profite de la fête, puis je te ferai un soin.

Les soins capillaires ressemblent à un moyen de fuir ce qui la blesse….

Elle parvient à se détacher lentement de moi. Son visage est blême malgré ses touches de maquillage. Elle m'offre un pâle sourire, les yeux brillants. Je voudrais lui dire combien je suis désolée qu'elle doive endurer ces nuits auprès du Consul. Je voudrais aussi lui dire combien elle est forte. Combien elle mérite de sortir de cette cage. Mais chaque mot serait une attaque envers Septimus et une occasion de subir plus encore son sadisme. Je ravale mes mots et ma haine, un liquide poisseux et âcre.

Je me tourne vers Octavia et les autres maîtresses. Je tâche de sourire, en espérant que mon fameux air de chat sauvage ne prenne pas le dessus.

— Merci à toutes pour cette fabuleuse surprise ! Ostia, c'est toi qui t'es occupée du choix des pâtisseries ? demandé-je en désignant un grand buffet.

— Comment tu le sais ? s'étonne l'intéressée.

Sa question déclenche quelques rires tout en retenue. Nous découvrons plus en détail le buffet de sucreries. Les glaçages colorés brillent sous la lumière. Je constate que toutes les douceurs sont décorées avec de petits oiseaux. Mon symbole. Notre secret avec Caeso. Ce qui devait être le signe du changement et qui est devenu une simple histoire de surnom.

Des oiseaux aux ailes luminescentes volent dans tous les sens. Ils me rappellent les papillons de l'anniversaire de Caeso. L'un d'eux, bleu, se pose avec délicatesse sur mon épaule.

— *Livia, tu es la plus belle nuit qui m'ait été donnée d'observer,* récite la voix mélodieuse de l'oiseau.

Les mots de Caeso. Je fixe l'animal, interdite. Il répète cette phrase, encore et encore. Les mots me blessent un peu plus à chaque fois. Je regarde mon tatouage. Toute ma vie, je serai une possession de Caeso. Il s'amuse avec mes sentiments. Il m'entraîne dans une comédie lugubre.

« Car si je te tue, je détruis mon fils. Ce n'est pas dans l'intérêt du gouvernement. »

Même son père m'a fait croire qu'il tenait à moi. Septimus était dans le plan de Caeso depuis le début et ça, ça me donne envie de vomir. Ils m'ont manipulée comme une poupée de chiffon, jouant les coups les uns après les autres, m'entraînant dans l'illusion que je pouvais faire quelque chose.

— Plus romantique tu meurs, s'esclaffe Publia en me ramenant à la réalité.

— Caeso a une maîtrise rare des mots, admire Ostia. Comme j'aimerais qu'on me dise de si jolies choses…

— N'y compte pas, raille-t-elle. Le truc de Septimus, c'est plutôt de nous étouffer avec…

— Publia ! hurle Octavia. Termine cette phrase et c'est moi qui t'étouffe !

Un petit oiseau violet vient se poser sur la main de Publia, ses serres délicates entourant l'index de la maîtresse. Je comprends alors que chacune a un oiseau à sa couleur qui lui récite une phrase. Ce que dit le volatile de Publia a de quoi faire rougir même un tribun revenu du front.

Je me rapproche de Mella, qui se tient à l'écart, son oiseau jaune vantant la beauté de ses seins. Savoir que cette phrase vient de Septimus me rend malade. Ses bras sont croisés sur sa poitrine, comme si elle voulait la cacher. J'ai peur que Mella, si lumineuse d'ordinaire, ne se mette à sombrer doucement.

— Ce qu'a dit Publia… j'espère que… je ne veux pas que ça te fasse mal.

— Elle ne fait que dire la vérité… tourner les choses en dérision, c'est sa force, personne ici ne songerait à lui enlever ça… enfin, sauf Octavia, chuchote-t-elle.

— Mella, je suis…

— C'est ta fête, tu dois en profiter, tente-t-elle de sourire. Nous nous sommes toutes tellement inquiétées pour toi, tu sais ?

— Oui, ce que ce monstre t'a fait, c'est dégueulasse ! s'emporte Publia.

— Les gens sont prêts aux pires actes barbares pour atteindre un Consul ou un héritier, rage Octavia.

Mella vient poser sa main sur mon poing qui s'est refermé. Ma respiration s'alourdit. L'air brûlant envahit ma poitrine. Mes cicatrices semblent se déchirer.

Actus s'en est pris à moi car j'étais sa poupée. Pas pour atteindre le Consul ou Caeso. Non, il voulait profiter de ce que le gouvernement a offert à sa famille : un corps et une âme à détruire.

— Et si nous donnions son cadeau à Livia ? lance Mella, sûrement pour changer de sujet.

La colère brûle sous ma peau. Mais je dois tempérer. La justice a dû être rendue. Et si elle ne l'a pas été, je préfère vivre dans le déni. C'est étrange, j'aurais cru que la perspective de savoir mon bourreau mort m'aurait apaisée.

— Vous m'avez fait un cadeau ? m'étonné-je.

— Oui, sourit Publia. On a toutes participé !

— Enfin, nous avons brodé et Publia nous a lu des romans pendant ce temps, rectifie Ostia.

— Eh bien quoi ? Je déteste broder, lire, c'est participer aussi !

La bonne humeur des deux maîtresses m'aide à reprendre le contrôle. Je récupère la grande boîte bleu ciel que me tend Octavia. Je m'accroupis pour pouvoir la poser au sol et l'ouvrir.

Je me mordille la lèvre quand je découvre une mante bleu cobalt, bordée d'une fourrure blanche et sur laquelle quelques oiseaux dorés s'envolent. Je serre le vêtement contre moi. Il sent…

Le chèvrefeuille.

Je relâche aussitôt la mante.

— Caeso a participé ? demandé-je d'une petite voix.

— Il a choisi la mante, elle vient de l'île au manteau blanc, annonce fièrement Octavia. Et nous avons brodé les oiseaux.

À quoi joue-t-il à la fin ?

Je ne supporte plus de me sentir manipulée par Caeso, son père et Octavia. Je ne veux pas être ce petit oiseau qu'on fait chanter à sa guise et à qui on coupe les ailes avant de finalement le laisser crever dans une cage. Je me relève, touche mon ventre douloureux.

— Je … je vous remercie toutes pour ce merveilleux cadeau et cette surprise. C'est… c'est la première fois qu'on m'organise une fête, mais…

— Tu veux aller te reposer ? suppose Octavia.

— Oui, je… la médecine à l'ancienne, c'est épuisant, soupiré-je. Mais continuez de vous amuser sans moi.

— Tu m'étonnes. C'est dingue, cette pénurie de sérums, piaille Publia.

Oui. Dingue.

Quelque chose ne tourne pas rond, mais je ne peux pas le dire clairement ici, surtout avec Octavia à proximité. Je remercie une dernière fois les maîtresses pour leur surprise et laisse l'oiseau bleu s'envoler, en récitant toujours sa phrase. Mella décide de me suivre, et je lui en suis reconnaissante.

Quand nous arrivons dans la chambre, je confie la mante à Mella pour qu'elle la range avec les robes. Je découvre la couverture de Murs sur mon lit et le livre des îles posé sur la coiffeuse. Mon refuge. Mon moyen de voyager loin d'ici. Je me précipite pour le prendre dans mes bras et le presser fort contre ma poitrine.

— Tu l'aimes tellement ce livre…

— C'est un cadeau magnifique… mais un cadeau que je ne comprends pas, avoué-je tristement.

— Pourquoi ?

Je m'assois sur mon lit et caresse la couverture que Mella considère d'un drôle d'oeil.

— Elle vient de Murs, c'est sa femme qui l'a fait… Ça a dû être si dur de trouver tout ce tissu… Pour le livre, je…

Les mots pèsent si lourd sur ma poitrine que j'étouffe. Mella vient immédiatement à côté de moi et passe son bras autour de mes épaules. Une tempête hurle dans ma poitrine. Une tornade qui broie les sentiments et projette contre mes côtes les débris de ma confiance en l'héritier. Péniblement, je raconte ce qu'il s'est produit à l'hôpital : ce que j'ai entendu, sa fureur quand je l'ai repoussé, ses attentions qui ont persisté, jusqu'à cette mante visiblement hors de prix et sur laquelle quelqu'un a vaporisé son parfum.

— Si Caeso ne voulait que me soutirer des informations sur les Noctis, pourquoi m'offrir un livre qui me permet de tout savoir sur les îles ? Pourquoi toutes ces attentions ?

— J'ai du mal à croire que Caeso n'éprouve aucun sentiment… Il ne peut pas tricher sur ses joues qui rosissent en te voyant, ses yeux qui pétillent, puis… puis sa réaction quand il t'a vue revenir du jardin à sa fête d'anniversaire… Livia, il y avait tellement de sang. Le doctores a dit que c'était un miracle que tu sois arrivée jusqu'à Septimus.

L'évocation de mon éviscération me fait détourner le regard. Me revoir en sang dans les bras de Septimus me donne envie de vomir. Mella laisse échapper un sanglot. Je pose la main sur sa cuisse.

— Mella, je suis en vie. On m'a sauvée.

— Il paraît que Caeso a tout fait pour…

— Je suis désolée, l'interromps-je. Je persiste à croire qu'il est un manipulateur…

— Je ne peux pas te reprocher de penser ça. Après tout, il y a eu l'histoire de la veuve dans la plèbe.

Je me souviens lui avoir raconté la venue de Caeso dans la plèbe, lors de la réception d'anniversaire de l'héritier, et la manière dont nous avons dû tuer trois gardes à cause d'un simple mot. Un haut-le-corps me traverse. Le sang. Tout ce sang.

— Que veux-tu dire ?

— Dans sa version des faits, celle que nous avons eue par Publia, il a visité la veuve. Et sa garde, qui n'aimait pas la plèbe, s'est retournée contre lui. Septimus était si furieux de l'imprudence de Caeso et de ce qu'il s'était passé qu'il a failli exécuter toute la garde personnelle de l'héritier !

Je laisse le livre tomber sur mes genoux et porte la main à ma gorge.

Murs aurait pu être exécuté !

Cette simple perspective me donne la sensation d'être brutalement malmenée par des vagues déchaînées.

— Mais dans ta version des faits, Caeso n'a révélé à sa garde que toi et… Omicron ?

— Alpha, corrigé-je.

— Ah oui, je savais que c'était une lettre grecque. Bien, il a révélé qu'Alpha et toi vous étiez des Noctis et Alpha a dû tuer les gardes pour vous sauver.

Ce souvenir verse un liquide rempli d'amertume sur ma langue, et la culpabilité referme ses griffes sur mes côtes pour les pulvériser.

— Caeso a fait passer cette tuerie pour le fameux retournement de sa garde contre lui, qui lui a permis d'être apprécié par la plèbe, poursuit Mella.

— Oui, parce que la plèbe a cru que sa garde s'en était prise à lui à cause de sa gentillesse envers la veuve… Mais je ne vois pas où tu veux en venir.

— Tu m'as dit que Caeso a affirmé avoir fait une erreur en s'exprimant.

— Oui, comme lorsqu'il m'a appelée Delta devant Octavia, ruminé-je.

— Et si ce n'était pas des erreurs ? Caeso est connu pour mesurer ses paroles. Il est d'une intelligence redoutable.

Je plonge dans mes pensées. Je me remémore cette horrible journée, quand il a dévoilé mon secret à sa garde. Quel intérêt aurait-il eu à me mettre en danger de mort ?

— Finalement, ça l'a bien arrangé, cette histoire de garde qui se retourne contre lui car il est gentil avec la plèbe. C'est une belle propagande pour cet Ordre que le gouvernement peine tellement à convaincre.

Ses mots me percutent de plein fouet. Je fixe Mella. Oui, la propagande fonctionne peut-être à l'école, quand nous sommes petits, mais rapidement nous devenons sourds aux messages envoyés par le gouvernement.

— Mettre la plèbe de son côté, arriver à les convaincre que lui, le futur Consul, leur veut du bien, c'est le premier pas pour lutter contre les Noctis, tu ne crois pas ? conclut mon amie.

Mes lèvres s'entrouvrent, laissant filer un air brûlant. Si les plébéiens se mettent à croire en leur Consul, oui… oui, les Noctis pourraient être en danger. Bien sûr que je rêve d'un monde où notre Ordre serait inutile. Mais je ne veux pas d'un monde où les Noctis auraient été vaincus par la force du gouvernement à mener en bateau les foules. Un monde où nous serions encore indispensables, mais où la plèbe serait devenue aveugle.

— D'accord, cette histoire l'a bien servi et… et j'y ai participé activement. Mais… je voulais que la plèbe lui fasse confiance… Je le voulais car je croyais que Caeso changerait les choses, qu'il nous sauverait…

— Il reste une création du gouvernement. Il a été forgé pour devenir le dirigeant de cette île depuis son enfance.

Mes doigts caressent la couverture du livre, en retrace les reliefs. Savoir que j'ai participé à cette manipulation me taillade l'âme.

— D'accord, mais… mais pour l'hôpital… quand il m'a appelé par mon nom de Noctis devant Octavia…

— Là, je n'ai pas de réponse à t'apporter, si ce n'est qu'il y a forcément une explication.

Je baisse les yeux. Je revois Caeso rester d'un calme olympien avant de presser la pompe des antidouleurs pour m'endormir.

— En tout cas, il n'avait pas prévu que je l'entende.

— Tout plan a des failles…

Mella a raison. Elle a un esprit vif. Nous nous allongeons toutes les deux sur le lit. Je fixe le plafond incrusté de petites lumières. J'appréhende maintenant le lendemain, quand je serai face à Caeso. Tout comme j'appréhende le moment où je devrais voir Eta se faire dévorer.

CHAPITRE 20

Le bruit de la porte de la chambre qui s'ouvre m'extirpe de mon sommeil. Peinant à ouvrir les yeux, je discerne le faisceau d'une lampe de poche. Mella grogne et se retourne dans son lit.

— Livia, c'est moi, Murs, souffle le garde.

Murs ? En pleine nuit ?

Je me redresse, alors qu'il s'approche silencieusement.

— Je dois vous emmener dans le couloir des lamentations.

— Le couloir des lamentations ? répété-je, en cherchant son regard.

Dans le trouble du réveil, je peine à discerner les yeux sombres de Murs. J'aurais voulu y lire une émotion, quelque chose qui m'indique si l'angoisse a raison de venir me mordre à la jugulaire.

— Vous comprendrez vite.

Cette phrase sonne presque comme une menace. Ou un avertissement.

Soudain, je suis parfaitement réveillée. J'ai peur de deviner de quoi il s'agit. J'attrape mon déshabillé resté au pied de mon lit et le serre autant que je peux autour de ma silhouette légèrement remplumée. Le vent glacial des appréhensions s'engouffre dans ma poitrine, provoquant un frisson intense jusqu'à mes entrailles. Que va-t-il se passer ? Vais-je avoir des raisons de me lamenter ? Pourquoi venir me chercher en pleine nuit ?

Et si j'étais vouée à disparaître ?

Je me fige, les yeux écarquillés dans la pénombre où seul le clapotis des fontaines règne. Les oiseaux ont cessé de réciter les phrases. Après tout, Caeso ne m'a pas convoquée ce soir. Et Septimus n'a pas appelé de maîtresse non plus, ce qui a semblé troubler ces dernières. Murs s'arrête et se tourne dans ma direction. Mes bras tendus le long de mon corps tremblent, des spasmes qui vont jusqu'à me faire claquer des dents.

— Livia…

— Murs, est-ce que vous savez…

Ma voix est cassée. L'idée de vivre peut-être mes derniers instants, et par extension ceux de May, rend l'air épais, comme impossible à inhaler. Murs se rapproche et pose la main sur mon épaule.

— Je pense, mais je ne peux rien affirmer. Je ne serai pas loin. Livia, je suis là, d'accord ?

Je hoche la tête malgré une raideur dans ma nuque. Il se tourne vers la grande porte et éclaire les gardes avec sa lampe. Ils nous l'ouvrent, chaque pas devient plus dur que le précédent. C'est un filet d'air minuscule qui parvient à se faufiler jusqu'à mes poumons au milieu du plomb qu'est devenu l'oxygène.

Le couloir des lamentations.

Je connais ce mot. Les autres Ordres parlent souvent des lamentations de la plèbe. Toutes nos souffrances en un seul mot. Je commence à nourrir la conviction que ce qui m'attend sera violent, tout aussi violent que ce qui nous pousse à nous lamenter. Peut-être que Septimus va m'éliminer discrètement.

May n'aura plus son insuline… et ils devront peut-être retourner dans la plèbe.

Je croise les bras, appuie sur cette poitrine désespérément vide. Une existence dans la plèbe s'endure. Mais May ne peut pas vivre sans son médicament. Je presse mes doigts sur l'étoffe soyeuse du déshabillé. Et si c'était Caeso qui m'attendait ? Qu'aurait-il à me dire ? Qu'il a fait venir Mer et ses filles à l'hôpital pour que je dise au revoir avant que son père n'achève ce qu'il aurait dû faire dès la première nuit ? Que les illusions sont vouées à être d'immenses douleurs ?

J'aurais dû dire adieu à Mella.

Nous sommes des alliées dans ce harem. Je voulais être là pour elle.

Mon regard se perd dans le faisceau de lumière. Chaque pas me rapproche de la vérité et peut-être de mon destin. Je refoule un sanglot. Je ne vais pas m'effondrer. Je refuse. Si je dois faire face à Septimus ou Caeso, ce sera la tête haute.

Nous descendons des marches, toujours à peine éclairés par la lampe de Murs. Je pose ma main droite sur le mur glacial. Nous nous enfonçons dans les entrailles du palais. Je peux entendre le grognement des dépeceurs. Leur chenil ne doit pas être loin. Je me revois face à l'un d'eux et Alpha qui lui saute dessus pour me sauver. Ce simple souvenir fait naître une masse étouffante dans ma gorge. Entendre leurs griffes sur le sol me rappelle aussi ma première nuit ici, quand ils auraient pu être lâchés sur moi pour me dévorer. Un frisson cingle ma colonne, mes yeux s'écarquillent de terreur.

Comment gèrent-ils ces monstres ?

Je me demande comment ils peuvent s'en servir dans le palais sans se faire dévorer. Une question qui s'impose à moi, presque pour rendre silencieuse ma peur. Nous nous arrêtons devant une porte qui n'a rien d'antique. Elle semble faite d'un métal que rien ne peut détruire. Le garde posté devant salue Murs.

— J'ai mené Livia conformément aux ordres.

— Je suis au courant, je vais vous laisser entrer.

Il se retourne pour composer un code sur un boîtier. J'aimerais pouvoir prendre une grande inspiration alors que l'asphyxie me guette. Quand la porte s'ouvre, un cri terrifiant me parvient. Mes yeux s'écarquillent d'horreur. Je pousse Murs pour me précipiter dans le couloir, déjà consciente de ce que je vais y trouver.

Je cours sous la lumière pâle d'un corridor aux multiples portes. Plus j'avance, plus le cri devient une déchirure dans mon âme. J'oublie presque que je ne respire plus, qu'à tout instant je peux m'écrouler.

Je fonce, ma poitrine se contractant douloureusement à défaut d'y trouver un cœur à malmener. Une porte est ouverte, je déboule dans la pièce juste éclairée par un brasero.

— ETA ! hurlé-je.

Je reconnais l'oiseau de nuit sur une table, les pieds et mains attachés. Elle crie à s'en briser les cordes vocales. Elle se cambre contre les attaches, puis retombe dans un bruit sourd. Ses tibias sont cassés en plusieurs morceaux, tout comme ses bras, et parcouru de convulsions qui font craquer ses os de manière sinistre. Je me jette sur elle, prenant son visage baigné de larmes entre mes mains tremblantes.

— Eta, c'est Delta. Je suis là.

La voir souffrir au point que ses traits se déforment me retourne l'estomac. Je tremble plus violemment, serre aussi fort que je le peux son visage dans mes mains.

— Je suis là. Eta, je t'en supplie, résiste.

J'espère une réponse, mais ce n'est qu'un long cri continu qui pulvérise sa gorge. Ses dents se fissurent avant d'exploser en milliers d'éclats d'émail. Le sang envahit sa bouche. Elle tousse, me projettant du liquide poisseux au visage. Je tremble, comme jamais, secouée par des saccades d'horreur.

— Eta…

— Tu as le pouvoir d'arrêter ça.

La voix de Septimus sort de l'ombre. Je redresse la tête, la rage écumant à mes lèvres et débordant de mes yeux. J'essuie le sang sur mon visage du revers de la main. Il s'avance, les flammes du brasero renvoient des ombres sur sa cuirasse dorée. Je me retourne vers Eta dont la peau se couvre d'ecchymoses noires.

— Qu'est-ce que vous utilisez pour la torturer ? C'est un fichu sérum de votre sadique de père ?

— Mon père a su demander le meilleur aux doctores dédiés à la recherche et au développement des sérums pour créer de véritables bijoux en matière de torture, répond-il, un peu trop calmement.

— Je croyais qu'il n'y avait plus de sérums ! éructé-je
— Nous avons des stocks pour les interrogatoires et notre confort personnel au palais. Mais si l'Est persiste à couler les navires qui les transportent, nous pourrions effectivement avoir des problèmes.

Les hurlements de l'oiseau de nuit me déchirent de l'intérieur. Mais je comprends tout de même que l'Est est responsable de la pénurie, et ça réveille une colère sourde en moi. Nous avons déjà tant de mal à nous soigner, tant de mal à fournir aux pauvres des sérums, pourquoi nous rendre la tâche si difficile ? Pourquoi nous condamner à des soins d'un autre âge ? Je les croyais de notre côté !

— Que voulez-vous ? feulé-je.

— Elle ne nous a donné aucune information. Je dois dire que sa résistance a presque de quoi forcer l'admiration.

Eta, tu as été une héroïne. Tu as plus de courage que tous les oiseaux de nuit réunis.

— Je ne vous en donnerai pas non plus ! m'époumoné-je.

Mes épaules et ma poitrine se soulèvent et s'abaissent avec violence. La fumée du brasero picote mes yeux, faisant papillonner mes paupières.

— Je n'en suis pas si sûr…

J'embrasse le front d'Eta, lui murmure que ça va aller, que je suis avec elle. J'ai envie de pleurer, mais je résiste. Je suis lasse des larmes. Je veux être plus forte. J'ai envie de hurler avec elle. Je l'admire tellement de ne pas avoir cédé. Le bruit d'os qui éclatent me plonge dans l'horreur, un dégoût qui s'intensifie quand l'une de ses côtes transperce sa poitrine. Son cri me donne la nausée.

— Je suis las d'attendre que tu te décides à collaborer. Certes, les informations sur ton recrutement étaient intéressantes mais je t'aurais cru plus bavarde avec Caeso ou avec mon épouse.

Caeso.

Je sens les lettres de mon tatouage se réveiller dans une brûlure, comme si un tison chauffé à blanc en retraçait les contours. J'ignore cette douleur pour prendre Eta contre moi. Son corps ne convulse plus, mais c'est un pantin qu'on a brisé. Du sang s'écoule de sa bouche, tache son menton et goutte sur sa poitrine. Elle semble maintenant à la frontière de la conscience.

— Vous allez me torturer ? soufflé-je alors qu'un nœud s'installe dans mon ventre à l'idée de subir la même chose.

— Tu l'as déjà été par le passé et pourtant tu n'as jamais rien dit, n'est-ce pas ?

Quand j'étais une poupée.

Non. Je n'ai jamais parlé. Je n'ai jamais dévoilé ce qu'il se passait dans cette villa de l'horreur.

— Plus ton tortionnaire donnait de détails, plus le regard de Caeso devenait celui d'un Consul digne de ce nom. Le regard d'un homme prêt à supplicier et exécuter pour notre gouvernement, jubile Septimus.

Je détourne les yeux. Les plaintes d'Eta obscurcissent mon âme. Dans mes cicatrices, je sens la lame d'un scalpel. Une lame froide pour une douleur qui s'imprime comme un brasier dans la chair.

— Petite Favorite, tout serait si simple si tu collaborais avec nous.

Je lui jette un regard noir. J'ignore s'il a inventé cette histoire avec Caeso pour que je pense avoir une quelconque influence. Ce qui est certain, c'est que, même si elle me terrifie, j'ai une bonne résistance à la douleur.

— Je pourrais torturer la petite diabétique. Octavia l'a trouvé charmante.

Je resserre mon étreinte, comme si c'était May entre mes bras.

— Si vous tentez de torturer May, je me tuerai. Avec moi mourront vos espoirs d'en savoir plus, répliqué-je froidement.

— Toujours aussi résolue à mettre ta vie dans la balance quand il s'agit de cette gamine, soupire-t-il en effleurant le morceau de côte qui transperce la poitrine d'Eta.

Je relève la tête. Mes prunelles sombres trouvent les siennes, de ce vert clair rappelant la froideur de son âme. Sa contrariété accentue ses ridules. Il me dégoûte à oser la toucher ainsi. Comme si ce n'était qu'une sorte de jouet.

— Toujours, affirmé-je en le défiant du regard.

— Alors j'ai une autre proposition à te faire.

J'embrasse encore le front d'Eta et passe la main dans ses cheveux courts. Elle aussi ressemble à une poupée appartenant à un enfant trop créatif, comme Epsilon. J'aimerais lui sourire, tenter de la réconforter. Mais ses yeux mi-clos laissent penser que sa conscience commence à lâcher.

— Elle va mourir au cirque, rappelle-t-il durement.

— Je ne vois pas ce que vous pouvez me proposer alors.

— Si tu me livres les informations que j'attends, je pourrais faire en sorte qu'elle ne souffre pas lors de son exécution, et j'arrêterai de la torturer.

Je me redresse, regarde le visage en partie ensanglanté et déformé de ce pauvre oiseau de nuit. Le sérum doit encore agir. Mais sa voix semble brisée, n'est plus qu'un râle animal.

Je n'ai pas pu sauver Epsilon. Je n'ai pas pu l'empêcher d'avoir mal.

J'ai le pouvoir de tout arrêter. Qu'Eta ne souffre plus. Je ferme les yeux. Je peux donner des informations dont il ne fera pas grand-chose. Je peux faire en sorte que le sacrifice d'Eta ne soit pas vain, qu'elle n'ait pas enduré tout ça pour rien. Cependant, quelque chose ne tourne pas rond.

— Pourquoi me faire une telle proposition ? Pourquoi vouloir les informations maintenant ? Je ne crois pas à votre prétendue impatience.

Un rictus étire ses lèvres, il s'avance sans quitter mon regard.

— Tu es une petite futée.

Il est assez proche pour que je sente son haleine teintée d'alcool. Mon instinct me hurle de reculer, mais je ne peux pas lâcher Eta.

— Les plébéiens ne sont pas des idiots, contrairement à ce que croit le gouvernement, craché-je.

— Permets-moi d'en douter…

— Ça ne me dit pas pourquoi vous êtes prêt à négocier, vociféré-je.

Il appuie ses mains sur la table et regarde Eta comme un artiste regarde sa création. Ses yeux brillent de perversion, comme ceux d'un prédateur qui savoure l'instant où il dévore sa proie. Il fait durer son plaisir sadique. Un haut-le-cœur soulève ma poitrine et inonde ma langue d'une mélasse ignoble que je me force à ravaler.

— Parlez !

— Pourquoi te devrais-je une explication ? provoque-t-il en regardant de plus près les blessures d'Eta.

Son regard me dégoûte. Parce que je ne l'ai que trop bien connu. Tant bien que mal j'essaie de tourner le corps d'Eta pour la préserver de son examen, mais ses poignets et ses chevilles sont entravés.

— Parce que je ne dirai rien sans savoir.

— Tu laisserais ton amie souffrir ? s'amuse-t-il.

Je regarde Eta, je souffre d'avance des mots qui vont sortir de ma bouche.

— Sans hésitation.

Je sais qu'Eta n'aurait pas voulu résister pour rien. Sa souffrance doit nous servir, nous donner de la force, elle doit me permettre de comprendre les prochains coups qui seront joués. Septimus éclate d'un rire cruel. Mais je sais qu'il est en position de faiblesse. Il a besoin de mes informations – pour une fois je mène la partie. Je repose Eta avec délicatesse sur la table, passe une dernière fois mes doigts dans ses cheveux et croise les bras sur ma poitrine.

— Bien, vocifère-t-il, en se redressant pour me dominer. Le Haut-Consul est mourant. Bientôt, un Conclave aura lieu pour désigner son successeur. Une exécution de Noctis et des informations sur ton Ordre me permettraient d'obtenir la majorité absolue.

Un Conclave. J'en ai déjà entendu parler à l'école.

Je fouille dans ma mémoire. C'est un mot de l'Ancien Monde. Les Consuls de l'Ouest s'enferment dans le palais du

Haut-Consul défunt pour élire le prochain. Le Conclave est une occasion qui se présente rarement, le dernier a eu lieu il y a plus de trente ans il me semble. Septimus n'aura peut-être que cette opportunité pour devenir Haut-Consul. Alors, je suis sa chance d'avoir des informations… peut-être même sa *seule* chance.

— Épargnez-la.

— Impossible. Je dois la faire dévorer devant les caméras de notre partie du monde. Sinon, tout ça ne servirait à rien.

— Vous ne croyez pas que des informations sur mon Ordre suffiraient à vous faire élire ? interrogé-je en le toisant.

L'obscurité s'invite dans ses prunelles. Les râles d'Eta, fantômes de ses hurlements continuent de me labourer de l'intérieur. Je voudrais qu'elle ne souffre plus. Mais, plus encore, je voudrais la sauver.

— Ne te crois pas plus forte que moi. Je pourrais faire tuer tous ceux que tu aimes…

— Et vous n'auriez plus de moyens de pression sur moi. Vous perdriez le contrôle, rétorqué-je d'une voix forte.

La fureur burine ses traits, il contourne la table pour s'approcher et me saisit par la gorge. Je me débats, tente de le faire relâcher sa prise. Mais peu à peu mes forces me quittent. Mes yeux brûlent. Mes poumons se couvrent d'un feu dévastateur, le feu de l'asphyxie. Ma vue s'obscurcit, mon corps hurle son besoin d'oxygène, et un réflexe nauséeux bloque une acidité corrosive dans ma poitrine.

— Tu vas me donner ce que je veux. Maintenant. Ou je t'extirperai les informations en donnant à chacune des personnes que tu as aimées l'envie de mourir. Tu les verras endurer tous les supplices existants en ce monde tout en t'empêchant d'attenter à ta vie. C'est cela que tu veux, vermine ?

Il me relâche, je tombe au sol comme lors de notre confrontation dans sa bibliothèque. Je tousse, cherche mon air, inspire bruyamment par la bouche. Non… non je ne peux pas entraîner les personnes auxquelles je tiens dans cette horreur. Je refuse que mes erreurs aient de telles répercussions.

— Très bien. Je vous dis tout ce que vous voulez savoir, et Eta ne souffrira plus, capitulé-je d'une voix rauque.

Il passe son index sous mon menton, je frissonne de dégoût. Un sourire sadique se dessine sur ses lèvres, je reçois une nouvelle fois son souffle aviné dans les narines.

— Oh, petit oiseau, tu as voulu me résister, te croire plus forte que moi ? Avec ton orgueil, tu as perdu le privilège de sauver ton amie de la douleur. Parle, ou tu regretteras jusqu'à l'existence de tes proches.

Des larmes de rage consument ma rétine, comme un acide puissant. J'aurais pu sauver Eta. Je viens de lamentablement échouer, et maintenant je n'ai pas d'autre choix que de parler.

CHAPITRE 21

Je jette un regard horrifié à Eta, dont le visage reste déformé, comme à jamais figé dans la souffrance. Les sanglots de ma haine trempent mes joues. J'ai voulu être plus forte que le Consul, et à la place je lui ai donné toutes les cartes pour me soumettre. Il me redresse en me tirant par le bras, puis me jette sur une chaise en bois. Il s'approche, me domine de toute sa hauteur. Je me recroqueville.

— Bien. Je vais poser les questions et toi, tu répondras. Et tu n'as pas intérêt à essayer de te jouer de moi !

— Qu'est-ce qui me garantit que vous ne toucherez pas à mes proches ? couiné-je d'une voix blanche.

— Tu veux réellement essayer de me doubler et en voir les conséquences ? À ta place, une promesse de Consul me suffirait.

Je crispe mes doigts sur les accoudoirs, réprimant l'envie de lui cracher au visage.

— Bien, je pense que nous sommes d'accord… Eta et Delta, des lettres grecques. Tous vos surnoms en sont ? attaque-t-il.

Son souffle tiède et alcoolisé échoue sur ma peau couverte d'une sueur froide. Comment lui répondre ? Je ne peux que dire oui ou non. Si je dis non, je prends le risque de mettre en danger mes proches. Si je dis oui… Qu'est-ce que ça changera, au fond ? Personne ne doit être assez bête pour utiliser son nom de Noctis en dehors du Nid, excepté moi. Comme quand j'ai aussi dit celui d'Alpha.

Quelle erreur...

Je le fuis du regard, incapable de supporter la perversité qui brille dans ses prunelles, si semblable à celle de mon bourreau. Mon ventre se tord d'angoisse, jusqu'à me donner la sensation que ma cicatrice va se rouvrir.

— Oui.

— Combien de Noctis êtes-vous ?

Cette question est facile à deviner. Nous ne pouvons pas être plus que vingt-quatre, le nombre de lettres dans l'alphabet que nous utilisons. Si je mens, et qu'ils les attrapent, se limiteront-ils au chiffre que j'ai donné ? Ou découvriront-ils mon mensonge ? Je ne peux pas prendre le risque... Imaginer May subir la torture alors que je serai contrainte de la regarder sans pouvoir mettre un terme à ma vie...

— Vingt-deux, chuchoté-je.

— Caeso m'a parlé d'oiseaux de nuit. Je veux une explication.

Caeso lui a-t-il aussi parlé des protecteurs ? Si c'est le cas, et que Septimus omet volontairement de m'en parler pour me tester... Je tremble, ma peau est humide, la transpiration me couvre d'un voile glacé qui me saisit jusqu'aux entrailles.

— Les oiseaux de nuit sont ceux qui volent.

— Et le reste ?

Il se rapproche, je m'enfonce dans le siège. Son haleine me dégoûte. La nausée me fait saliver, remplissant ma bouche d'un liquide amer. Je ne le regarde toujours pas. Plus un son ne s'échappe de la gorge d'Eta. Son corps ne bouge plus. Je sens ma poitrine se fendre de l'intérieur. Comme lorsque Espilon est morte.

— Elle.... elle est...

— Non. Ne t'inquiète pas. Je peux lui injecter encore une dose pour prolonger les choses...

— Je vais parler ! paniqué-je. Je vais parler...

— Voilà qui est sage, *petite Favorite*.

Il caresse ma joue. Le surnom utilisé par Octavia sonne

comme une moquerie entre ses lèvres. Je ne supporte pas de sentir sa main sur moi, j'aimerais le mordre. Mais là encore, la réaction serait violente.

— Alors, il y a les oiseaux de nuit et ?

— Il y a… il y a les protecteurs.

— Quel est leur rôle ?

— Nous protéger… et combattre si le Nid est attaqué…

Je me pince les lèvres. Le mot « Nid » vient de m'échapper. Septimus jubile, conscient qu'il tient des informations solides.

— Le Nid ? Votre quartier général ?

— Oui…

— Où est-il ?

Il me presse, saisit mon menton pour m'obliger à tourner la tête vers son visage. Un visage sur lequel se peint celui de mon bourreau. Des années de dégoût remontent à la surface. Je vais sûrement vomir. Mon ventre se contracte, mon estomac devient douloureux et ma gorge, déjà en souffrance, se noue.

— Alors ? s'impatiente-t-il.

Je peux le dire. Enfin, je peux donner l'adresse du Nid que j'ai connu, consciente qu'ils ont dû en changer deux fois depuis mon enlèvement et celui d'Eta.

— Dans la rue derrière la distribution.

— Elle n'a pas un nom, cette rue ? Le bâtiment n'a pas un numéro ? s'énerve-t-il.

— Non… Non dans la plèbe, les ruines n'ont parfois pas d'adresse précise.

— Tu ne me facilites pas la vie… Mais nous trouverons.

Je n'arrive pas à retenir mes larmes. Je suis une traîtresse. Et je parle, avec la cruelle désillusion que tout ça ne sauvera pas Eta. Septimus apprend le rôle des Tacticiens, sur lesquels je tâche d'en dire le moins possible. Il connaît déjà la manière dont j'ai été recrutée, mais je parviens à lui faire croire que je ne sais pas comment les Noctis trouvent les autres. Il arrive à bout de questions et au bout de mes connaissances. Je me sens vidée. D'énergie. D'émotion. De tout.

— Retourne au harem. Et interdiction d'évoquer cette discussion.

Je hoche la tête, à bout de forces. J'étais tant obnubilée par Septimus que je n'ai même pas vu que Murs ne m'avait pas suivie. Je me lève avec difficulté et me traîne jusqu'au corridor sans parvenir à regarder une dernière fois Eta. Je l'ai condamnée à la douleur. Je l'ai condamnée à cette fin dont tout oiseau de nuit a peur. Je suis minable.

Quand le chant d'un oiseau s'élève, je quitte mes cauchemars. Mon déshabillé taché de sang a fini dans le brasero de la salle de torture. Heureusement, j'en ai d'autres, pour que tout ceci reste un secret. Mella s'étire paresseusement avant de quitter son lit. Elle vient m'étreindre et caresser mes cheveux.

— Où es-tu partie cette nuit ?

Je ne réponds pas. Je n'y arrive pas. Un spasme me secoue – j'ai vendu mon Ordre. C'est moi qu'on devrait faire dévorer dans le cirque, pas Eta. Si Omega savait ce que je viens de faire… S'il savait tout ce que j'ai mis entre les mains de Septimus… Je voulais seulement protéger ma famille de cœur. Je n'étais pas prête à les sacrifier pour mon Ordre. Le chantage de Septimus me brise les ailes, faisant de moi un volatile qui n'a plus la liberté de s'envoler, un volatile que l'on garde seulement pour se délecter de son chant.

— Je vois… Septimus ?

J'acquiesce, elle n'approfondit pas. C'est grâce à elle que je trouve la force de me préparer. Je suis dans un état second, comme si on m'avait privée de ma propre âme. Quand j'entends les bruits de pas, je plonge dans une profonde révérence dans l'espoir de ne pas voir les yeux de Caeso. Je n'en aurai pas la force, pas aujourd'hui. Finalement, ils ont réussi. Ils ont obtenu de moi ce qu'ils voulaient. Et maintenant ?

— Livia, tu sembles épuisée, remarque Caeso.

Je garde les yeux baissés. Il pose sa main sur ma joue, comme son père cette nuit. Ce simple geste me donne un haut-le-cœur. Je ne le repousse pas. Je ne veux pas aggraver les choses. Il m'invite à me redresser, je frémis. Mon regard le fuit, désireux d'aller sur les toits pour respirer.

— Ces marques, murmure-t-il.

Je pose une main sur ma gorge. Il saisit mon poignet avec délicatesse, je me sens comme un oisillon tombé du nid qu'il viendrait de ramasser. Caeso écarte ma main, ma respiration se fait laborieuse. Ma poitrine, elle, est toujours désespérément vide. Un creux qui commence à ronger mon âme. Et si Caeso réagit mal, quelle sera ma punition ?

— Père, est-ce votre œuvre ? questionne-t-il, avec dans sa voix les orages violents de l'île foudroyée.

Un frisson prend naissance dans mes entrailles. Sous mes cils, j'observe le Consul. Il me regarde comme un insecte à écraser. Avec un mépris si brutal qu'il me fait courber l'échine, redevenir l'animal prêt à bondir.

— Ce fut nécessaire, répond Septimus avec un calme troublant.

— Je vous avais demandé de ne plus brutaliser Livia…

L'obscurité semble l'envelopper d'un voile noirci par la haine et le désir de vengeance. La main qui tient mon poignet tremble. Ses épaules se soulèvent et s'abaissent à un rythme fou. Je me risque à croiser ses prunelles. Le gris intense a balayé le bleu. Je ravale ma salive, épaissie par la crainte. La première fois, quand son père m'avait malmenée la nuit précédente, il s'était tu.

— Elle est mon sujet avant d'être ta Favorite. J'ai tous les droits sur elle, rappelle froidement Septimus.

Caeso relâche mon poignet et se met devant son père. L'héritier n'a pas une haute stature, pourtant il dégage quelque chose qui impose le respect. Pendant un bref instant, je le revois dans la plèbe, adulé de tous. Je triture mes mains, mes paumes sont moites. Mella vient passer son bras autour de mes épaules. Je peine malgré tout à respirer.

— Sortez.

— Plaît-il ? rétorque le Consul avec sévérité.

— Sortez ! Je veux être seul avec Livia !

Je vois la mâchoire de son père se contracter. Ses yeux clairs deviennent des rivières de colère. Pourtant, il quitte la pièce, suivi par Mella qui pique d'abord un baiser sur ma joue. Elle me sourit, je lui suis reconnaissante de tenter de m'apaiser.

Je regarde la porte se fermer. Le parfum de chèvrefeuille de Caeso se révèle enfin à moi, comme un doux souvenir. Comme si la présence écrasante et terrifiante de son père après cette nuit ignoble l'avait empêché de venir éveiller en moi de la douceur. Je croise les bras, les serre sur ma poitrine vide. Je réalise que mon corps est sur le point de lâcher.

Caeso s'approche de moi et m'étreint. Un hoquet de surprise m'échappe. Ses bras me serrent, certainement jusqu'aux frontières de la tolérance de ses os de verre. Il plonge son visage dans mes boucles noires. Je ferme les yeux. Il s'est opposé à son père.

Il s'est toujours mis entre son père et moi.

Le fantôme de la manipulation et de ses aveux à Octavia vient tordre mon estomac.

— Delta…

Mon pseudonyme de Noctis. Je lui avais demandé de ne plus m'appeler ainsi. Mais c'est comme un écho à chaque instant où il a été doux avec moi.

Il voulait m'apprivoiser.

— Je suis désolé. Pardonne-moi de ne pas avoir su te protéger.

Un sanglot dans sa voix. Mes mains posées sur son torse perçoivent les battements irréguliers de son cœur. Je ne comprends pas. Je ne suis qu'un pion. Je ne suis qu'une poupée de chiffon. Je n'étais qu'un tas d'informations. Il a clairement avoué m'avoir manipulée, tout ça pour détruire mon Ordre. Alors… alors pourquoi est-il si affecté ? J'ai dit ce que je savais à son père. Je n'ai plus aucune utilité pour le gouvernement.

— Caeso je… Pourquoi ? demandé-je. Pourquoi m'as-tu laissé croire en toi tout ce temps ?

— Parce que je crois en un avenir sans les Noctis. Un avenir avec toi.

Ma poitrine se comprime, comme si elle cherchait à faire battre mon cœur disparu. Ses mots sont un écho puissant à ceux qu'Alpha a pu me dire. À ce que l'amour nous donnait comme espoir.

Alpha. Cette page si douloureuse à tourner.

Mes doigts se referment sur sa toge. Je ne peux pas oublier ce qu'il a dit à Octavia. Il n'y a plus qu'un besoin criant de vérité entre nous. Plus que l'honnêteté. Sa main remonte le long de mon dos et ses doigts délicats passent dans mes cheveux. Un geste si empreint de tendresse qu'il me donne un vertige.

Je veux la vérité. Seulement la vérité.

— Tu m'as manipulée pour obtenir des informations sur les Noctis, accusé-je. Tu voulais nous détruire…

Il s'écarte légèrement de moi, juste assez pour que ses fabuleux iris bleus teintés de gris embrassent l'obscurité de mes prunelles. Ses mains se posent sur mes épaules, me gardent captive de sa prestance.

— Oui, Delta. Oui, je veux détruire les Noctis et oui, j'ai besoin de tes connaissances pour ça.

— Tu ne cherches même pas à nier, éructé-je.

— Parce que c'est la vérité. T'aimer ne suffisait pas pour te sauver, avoue-t-il en baissant le regard.

T'aimer.

Mon cœur revient du néant et donne un coup violent dans ma poitrine. Comme si on venait de me réanimer. Aimer. Un verbe si compliqué, conjugué douloureusement dans mon passé et toujours une torture aujourd'hui, car il a offert à notre Consul de quoi me briser.

— Tu ne m'aimes pas. Tu voulais juste…

— Je t'aime, Delta. Je t'aime comme je n'ai jamais aimé. Je t'aime comme si mon existence avait commencé avec *nous* et qu'avant, tout n'était qu'illusion et poussière, s'enflamme-t-il en relevant son regard bleu si profond. Je t'aime et je veux te protéger des arcanes du pouvoir. Je t'aime et je veux dessiner un nouvel avenir avec toi.

Je suis perdue. Ses yeux scintillent, brillent d'une passion que même Alpha n'a jamais eue. Je tremble de peur et d'émotion. Parce que l'amour, le vrai, a ce parfum unique. Il se répand dans le corps comme un puissant antidote. Il vient panser des plaies que l'on croyait béantes à jamais.

— Je t'aime… C'est mon monde d'héritier que j'ai manipulé. Mais mon monde à moi, c'est toi, Delta. Mon ciel bleu, c'est ton espoir. Alors oui, oui, j'avais besoin de tes connaissances sur les Noctis, mais aussi de savoir la réalité de la plèbe. Tout ça parce que, grâce à toi, j'ai voulu changer le monde.

Il vibre aussi d'émotion. Ses mains se sont resserrées sur moi, comme s'il avait peur de me perdre. Ma poitrine se soulève à chaque inspiration, comme si j'avalais de plus en plus d'air.

— Savoir la réalité de la plèbe ? répété-je, égarée dans ses paroles.

Je ne comprends pas. J'ai peur. Oui, peur qu'il se joue de moi. Peur de son intelligence. Peur de son talent pour manipuler les mots.

— À quoi bon éteindre un brasier si le vent est toujours là pour souffler sur les braises ? Les Noctis existent car la plèbe en a besoin, explique-t-il avec ferveur. Si la plèbe n'en a plus besoin, il n'y aura plus jamais d'adolescente jetée d'un toit. Il n'y aura plus jamais de dépeceurs pour dévorer vivants des Noctis terrifiés.

Plus jamais de cauchemars. Plus jamais…

Ses doigts glissent dans les miens. Nos deux mondes se rencontrent de nouveau. Mon cœur palpite jusque dans ma gorge. Nos souffles se répondent, tièdes, le mien encore plein de doutes et le sien… le sien commençant à se consumer de désir. Il rapproche son visage, saisit mon menton, et je frissonne de toute mon âme.

— Je te prie de m'excuser, murmure-t-il.

Cette phrase. Celle qui a tout changé. Celle qui m'a fait devenir autre qu'une Noctis. Celle qui m'a envoyée dans ce harem. Celle qui m'a confrontée au pouvoir. Celle qui fait de moi l'avenir et non le passé.

Ses lèvres douces se posent sur les miennes, sa main glisse au creux de mes reins pour me rapprocher. Ma poitrine épouse son torse, sa chaleur devient la mienne. Je ferme les yeux, rêve de ce monde que nous pourrions construire. L'espoir renaît, plus fort, plus puissant. J'approfondis notre baiser, ma langue caresse la sienne, tandis que mes mains se posent en délicatesse sur ses épaules. Je réalise combien j'aime sentir son corps contre le mien. Combien j'aime avoir ses lèvres sur les miennes. Mes sentiments m'ont toujours terrifiée, parce que je n'avais pas le droit d'aimer, parce que j'étais un être éphémère.

Mais grâce à l'amour de Caeso, je ne suis plus cette flamme timide qui peut être éteinte de mille façons à chaque instant. Je deviens le brasier, je deviens sa force. Il me semble que je renais à la vie, que je reviens de si loin que, désormais, plus rien ne peut m'abattre.

Lentement, avec une douceur extrême, il abandonne mes lèvres. Son souffle me caresse ; j'ouvre les paupières pour plonger dans son monde, qui se dessine à l'encre de ses iris. Il n'y a plus de nuages noirs. Il n'y a que mon ciel bleu.

Il me sourit, replace une de mes mèches derrière mon oreille. Ses doigts tracent le contour de ma pommette.

— Tu es si belle, Delta…

Je me sens rougir. Je n'arrive pas à croire que je viens d'embrasser notre héritier. Je n'arrive pas à croire que j'ai franchi cette barrière. Pourtant, des zones d'ombres demeurent et je veux les dissiper. Je refuse de continuer à avancer sur un chemin aussi dangereux, pavé d'incertitudes, s'il n'est pas transparent avec moi.

— Tu… tu as dit à ton père… tu lui as dit pour moi, pour les oiseaux de nuit, pour…

— J'ai dû divulguer des choses pour te sauver. Car dans notre monde, l'amour ne suffit pas pour protéger ce que nous avons de plus précieux. Et je sais que tu en as parfaitement conscience.

Il a raison. J'aime ma famille de cœur de toute mon âme, et pourtant cela ne suffit pas à les préserver du sadisme de notre dirigeant.

Mes doigts effleurent ma bouche, je sens encore la chaleur de notre baiser. C'était si intense, si puissant. Mais je dois continuer de poser les questions, je ne dois pas me laisser aveugler par son audace et ses mots.

— Alors, ce que tu as dit à Octavia... pourquoi... pourquoi ne pas m'avoir tout expliqué avant ?

— Parce qu'Octavia et mon père sont plus forts que moi au jeu de la stratégie. Si tu avais su à l'hôpital, ils auraient tout compris. Je ne doute pas qu'ils finiront par percer à jour mes intentions et ma machination. Ils ont déjà compris que mes sentiments pour toi sont réels mais mon père semble l'accepter du moment que mon objectif reste de détruire les Noctis...

— Mais ils ne doivent pas comprendre que tu veux sauver la plèbe...

— Tu sembles représenter un intérêt pour mon père qui m'échappe. Nous devons profiter de cette faiblesse pour avancer. Le temps nous est compté, Delta. Mais... nous pouvons y arriver. Je crois en toi. Je crois en *nous*.

Et moi je veux croire en toi, mon ange guerrier.

Et si l'intérêt que je représente pour son père rejoint l'attitude d'Octavia quant à la nécessité de faire des enfants ? C'est ridicule, il doit avoir des enfants d'une épouse officielle dans l'intérêt de tous et plus encore pour que la plèbe ne se sente pas une énième fois trahie.

Malgré tout, la méfiance est toujours là. Malgré ce baiser, malgré cette barrière franchie.

— Ton père et Octavia semblent redoutables en termes de manipulation...

Caeso est doué aussi. Et c'est nécessaire ; sinon, Septimus m'accuserait de retourner l'esprit de son fils. S'il arrivait à cette conclusion, ma famille de cœur en paierait cher le prix, et ça, je refuse. Je songe à ma discussion avec Mella à propos de la veuve dans la plèbe. Là aussi, je veux connaître la vérité.

— Pourquoi avoir dit à ta garde que j'étais une Noctis quand nous sommes allés voir la veuve ? demandé-je en m'écartant de lui.

— Soutenir la veuve ne suffisait pas pour asseoir ma position vis-à-vis de la plèbe. J'avais besoin d'un geste fort…

— J'aurais pu être tuée ! m'insurgé-je.

— Pas avec Alpha, affirme-t-il en caressant encore ma joue. Je l'ai vu te sauver à l'hôpital. Je savais que je pouvais opérer ma manœuvre sans que tu le paies de ta vie.

— Alpha, murmuré-je.

Il reprend ma main et en caresse le dos avec son pouce.

— J'imagine que tu as compris le but de ma manœuvre ce jour-là.

— Oui… et… pourquoi tu m'as appelée Delta devant Octavia ?

C'est la dernière question. L'ultime. Celle qui dissipera le brouillard de la manipulation.

— Je voulais qu'elle ait ma version des faits et l'endormir avec mon histoire. Je devais être crédible face à elle et mon père. En t'appelant Delta, elle a cru à un incident qui lui aurait donné l'ascendant sur moi. Tant qu'elle se croit en position de force, elle ne devrait pas poser de problèmes.

— Je vois… Tu es donc bon comédien, reproché-je.

— Mon amour n'est pas une comédie.

Je détourne la tête. Même si notre baiser a été le plus intense que j'ai connu, même si tout en lui semble aimer chaque particule de moi, je n'arrive pas à totalement me tranquilliser.

— Excuse-moi, il va me falloir du temps…

— Je sais. Et j'aimerais pouvoir te l'offrir, mais encore une fois je redoute la malice de mon père.

Je ne peux pas refuser de l'aider. Je dois l'assister, avant que son père ne réalise que son fils l'a mené en bateau et avant que Septimus ne puisse utiliser les informations que je lui ai fournies.

— Alors… qu'est-ce que je peux faire pour t'aider ?

Caeso sourit. Il sait déjà parfaitement où nous allons. Il regarde sa chevalière avec un air rebelle.

Je croyais qu'il trouvait ça seulement romantique...

— Mon oiseau, je vais commencer par me racheter auprès de mon père. Il me pardonnera certainement mon mouvement d'humeur… Ce soir, j'aurai quelque chose d'important à te montrer.

— Bien, soufflé-je.

Il dépose ses lèvres sur le dos de ma main et m'invite à le suivre. Le monde va changer. Ma promesse sera tenue.

CHAPITRE 22

Allongée sur mon lit avec Mella, ayant prétexté une sieste auprès des autres maîtresses, j'achève mon récit à voix basse, presque dans un murmure. Je me souviens clairement de Mella me recommandant de toujours mesurer mes paroles entre ces murs. J'en suis venue à angoisser à l'idée que quelqu'un ait pu entendre Caeso, mais Mella m'a assurée que le Consul était parti voir Octavia durant notre échange et qu'elle était seule dans le jardin d'intérieur.

Nos mains sont entrelacées, Mella les regarde en soupirant.

— Il faudrait que je te fasse les ongles, lâche-t-elle.

— Mella !

Elle tourne son visage vers moi et roule des yeux.

— J'essayais d'alléger l'atmosphère, mais je t'ai écoutée. Donc Caeso est amoureux de toi ? sourit-elle.

— Tu n'as vraiment retenu que ça ? ronchonné-je.

Elle se tourne sur le côté, m'invitant à faire de même. Ses ondulations rousses retombent en cascade sur sa poitrine.

— Mais non ! Octavia et Septimus semblent accepter ses sentiments. Mais Caeso pense que c'est dû à sa volonté de détruire les Noctis et à d'autres intérêts que nourrirait le Consul ?

— Oui, et Septimus ne sait pas qu'en réalité Caeso veut sauver la plèbe.

— Ce qui va contre le gouvernement qui, pour une raison qu'on ignore, veut que la plèbe reste ainsi… Moi, on m'a toujours appris que les plébéiens avaient tout à disposition, mais qu'ils ne savaient pas gérer la générosité du gouvernement.

— C'est ce qu'on a appris à tout le monde, fulminé-je. Mais en faisant ça, en voulant changer la volonté du gouvernement, Caeso…

— Caeso trahit le gouvernement, achève Mella dans un souffle. C'est un jeu dangereux…

— Très dangereux murmuré-je avec une boule au ventre.

Je réalise que j'ai peur pour Caeso. À ma connaissance, jamais un héritier n'a trahi un Consul. J'ai peur que la sentence soit… la mort. Si Caeso meurt, nos espoirs meurent avec lui. L'angoisse vient appuyer sur ma gorge, compresse ma poitrine. Je me remets sur le dos, fixe le plafond incrusté de cristaux lumineux.

— Il parle de temps compté, repris-je. Mais… tant que son père sera au pouvoir…

— Tu n'as donc pas compris ? s'étonne Mella.

— Pas compris quoi ?

Mella jette un rapide coup d'oeil à la porte et se rapproche de mon oreille :

— Que pour réaliser son plan, son père doit être mort.

Mon sang se glace.

Tuer Septimus.

Tuer. Encore. Le sang. Tout ce sang. Il me recouvre. Il entre dans ma chair. Il m'imprègne comme lorsque j'étais couchée dans cette flaque d'hémoglobine. Comme il m'a éclaboussée quand les dents d'Eta ont explosé. Je tourne lentement mon visage vers Mella, horrifiée. Je traîne des fantômes, je suis une meurtrière. Pourtant, j'ai peur. Pourquoi n'y ai-je pas pensé avant ? Pourquoi cette évidence ne m'a pas frappée ? Bien sûr que, Septimus vivant, Caeso ne pourra jamais œuvrer pour la plèbe. Septimus et…

— Le Haut-Consul, soufflé-je.

L'évidence me percute de plein fouet. Un Consul est puissant, mais il reste sous les directives du Haut-Consul. Si Caeso veut changer les choses pour la plèbe, il doit le faire à l'échelle de notre partie du monde. Et pour cela… il va devoir se faire élire après la mort du Haut-Consul qui sera au pouvoir quand il deviendra lui-même Consul. L'air me manque. Je n'avais pas envisagé les choses ainsi. L'ampleur de notre machination commence à me dévorer. Je ne laisserai pas Caeso se salir les mains. Éliminer les obstacles sur sa route, éliminer tout ce qui peut empêcher la plèbe de connaître le bonheur, c'est mon destin.

— Vous avez tout intérêt à ce que Septimus devienne le prochain Haut-Consul, ça facilitera les choses.

— Mella…

— Quoi ? Tu crois que j'ai une once de pitié pour lui ? Tu crois que je n'ai pas envie, moi aussi, d'un monde sans Noctis ? Surtout maintenant que je connais ton histoire ?

— Si Septimus devient Haut-Consul, il risque de prendre des décisions…

— On ne va pas rigoler, c'est certain. Mais s'il devient Haut-Consul, tout sera plus simple pour Caeso et toi.

— Je ne peux pas croire qu'on parle d'un assassinat comme ça, m'horrifié-je.

— Septimus a brisé ma vie. S'il meurt, je serai libérée. Je n'aurais plus à…

Elle se tait, mais finir sa phrase est inutile. La peur et le dégoût dans son regard me suffisent.

Ce type est un monstre…

Mella force un sourire en passant ses doigts dans mes cheveux.

— Viens, je vais te faire un soin.

Je ne refuse pas. Mais mon esprit est ailleurs, perdu au milieu de tout le sang qui s'accumule devant mes prunelles. Il est dans la peur. Oui, parfaitement, la peur de tuer. Je ne suis pas une assassine. Je n'ai pas été formée à tuer. Pourtant, je sais que Mella a raison. Si je veux que notre plan fonctionne et que Caeso ne soit pas exécuté pour trahison, la mort de son père est inévitable. Et je ne laisserai pas Caeso se couvrir de nouveau de sang.

En tuant Septimus, je vengerai Epsilon, Eta et tous les Noctis tués par notre gouvernement. Une douce sensation de justice rendue glisse sur moi.

Mella veut toujours balayer l'horreur avec la légèreté. On pourrait prendre ça pour de l'inconscience, pour de l'inconséquence, mais c'est au contraire la preuve qu'elle sait quand nous devons cesser de comploter. Elle verse l'huile précieuse sur mes boucles qui ont un peu poussé.

J'aime ces moments. J'en partageais des semblables avec ma sœur. Zaley portait si bien les tresses. Je dessinais des formes géométriques sur son crâne, elle pouvait les porter durant des jours, voire des semaines. Je nous revois assises au sol, moi avec un peigne à queue édenté que ma mère avait déniché je ne sais où.

— Mella…

— Oui ?

— Et si je te faisais des tresses plaquées ?

— Oh oui ! Tu pourrais me dégager le visage ?

— Bien sûr, souris-je.

Sait-elle que, grâce à elle, je vais replonger dans des moments heureux ? Peut-être. Nous échangeons de place. Bien sûr, nous avons à disposition tout le matériel nécessaire pour la coiffure. Je saisis le peigne à queue et m'attèle au tressage. Je décide de lui faire des petites tresses qui partent de son front et s'arrêtent au sommet de son crâne.

Ses cheveux sont doux, brillants, mais d'une nature plus fine que ceux de ma sœur ou les miens. J'essaie de ne pas trop tirer en la tressant. Malgré tout, je la vois grimacer dans le miroir.

— Il faut tirer pour que ça tienne, me justifié-je.

— Je le ferai pas tous les jours !

Je ris, la pression sur ma gorge et ma poitrine s'est allégée. J'achève mon ouvrage quand le chant d'un oiseau résonne dans le harem. Mella se lève et, ensemble, nous nous rendons au bain. Je retrouve avec plaisir le jet chaud de la douche, savoure ce moment où je délasse mes muscles. Le savon mousse sur ma peau, me parfumant d'une fragrance sucrée. Je suis la dernière à aller au bassin. Comme à son habitude, Octavia est allongée au bord, avec un bras dans l'eau. J'entre avec délice dans le mélange d'eau et de lait tiède.

— Auréa arrive demain au palais, lance Publia en grimaçant.

Génial...

— La reine des pestes est de retour, soupire Ostia.

— Pour le moment, elle n'a rien d'une reine. Elle n'est même pas officiellement fiancée à Caeso, réplique Publia avec sa moue moqueuse.

— Nous devons la respecter, rappelle durement Octavia.

Je regarde les pétales flotter sur le liquide laiteux. Ce soir Caeso doit me montrer quelque chose, je me demande ce que c'est. Est-ce des photos de l'île de sa mère ? Ou bien des images du ciel nocturne sans nuages ? La curiosité fait s'étirer l'heure du bain puis du repas. J'ai sagement fini mon assiette et maintenant j'attends avec impatience que Murs vienne me chercher, installée sur un divan avec Mella qui n'en peut plus d'écouter mes suppositions.

Nous sommes en pleine discussion avec Mella quand la porte s'ouvre. Murs et un garde consulaire entrent. Mon cœur s'emballe, je vais enfin savoir de quoi Caeso parlait.

— Livia, vous êtes attendue par l'héritier, lance Murs.

Mella me sourit et me serre les mains.

— Mella, vous êtes attendue par le glorieux Consul.

Je peux sentir mon sang quitter mon visage. Mella se décompose, me jetant un regard rempli de terreur. Je serre plus fort ses mains. Elle tremble.

— Mella, insiste le garde.

Ses yeux brillent, une larme roule sur sa joue alors que son souffle est devenu chaotique. Elle est pâle, horriblement pâle. Nous savons toutes les deux ce qu'il va se passer.

Je refuse. J'ai échoué pour Epsilon. J'ai échoué pour Eta. Je n'échouerai pas pour Mella !

Je ravale ma salive et me penche vers elle jusqu'à ce que ma bouche frôle son oreille.

— Je ne vais pas le laisser faire, je te le promets, murmuré-je.

Je l'étreins aussi fort que je le peux. Ses lèvres entrouvertes ont perdu leur couleur.

— Il va encore me violer, chuchote-t-elle d'une voix à peine audible.

— Non. Non, je vais intervenir. Mella, il faut que tu y ailles, sinon il va te punir. Ou punir ta famille. Vas-y, je viendrai te chercher.

Elle hoche la tête et tente de ravaler ses larmes. La haine carbonise mes entrailles, fait brûler en moi un feu de révolte. Je ne laisserai pas Septimus poser ses mains sur elle. Je me lève et l'aide. Ensemble, nous traversons la grande salle. Le garde consulaire saisit le bras de Mella et l'entraîne à sa suite. Elle me jette un dernier regard éperdu, je lui souris, confiante.

— Il va falloir courir, lâché-je à Murs une fois la porte close.

Sans attendre de réponse, je relève mon déshabillé et ma chemise de nuit qui traînent au sol. Et je cours. Je me précipite dans les couloirs, traverse le grand hall désert à cette heure-ci. Mon pouls n'est plus une partition de musique millimétrée. Non, il est désordonné, puissant, violent, traduisant l'état d'urgence dans lequel je suis. Il me rappelle ma vie de Noctis alors que je prends une impulsion pour sauter directement sur la coursive, malgré des forces qui me quittent régulièrement. Mella a emprunté un autre chemin pour aller chez Septimus, me laissant libre d'utiliser mes aptitudes de Noctis.

Une fois en haut, je ne ralentis pas, Murs arrive à peine dans les escaliers, essoufflé. Je me jette sur la porte de Caeso pour l'ouvrir sans attendre que Murs y toque, comme le protocole l'exige. Je déboule dans la chambre sous le regard ahuri de l'héritier. Il était devant *la* fenêtre, celle par laquelle tout à commencé et, pendant une fraction de seconde, je me revois au sol et lui, son arme braquée sur moi. Il se précipite vers moi et prend mes mains.

— Désolé, je ne sais pas pourquoi… commence Murs, à bout de souffle.

— Ce n'est rien, laissez-nous.

Murs acquiesce et quitte la pièce. J'essaie de ne pas serrer les doigts de Caeso trop fort pour ne pas lui briser les phalanges. L'air qui sort de mes poumons est bouillant, comme ce brasier qui me brûle jusque dans les moindres petits vaisseaux de mon corps. Même si j'ai perdu l'habitude de courir et de sauter, mon corps n'a rien oublié. Je pourrais m'envoler.

— Caeso, ton père a convoqué Mella. Il va la… il va…

Le mot est trop horrible, je n'arrive même pas à le formuler tant j'ai peur pour mon amie. Les yeux bleus de Caeso se teintent de gris. Je connais ce regard. Je sais ce qu'il va me dire. Mais je ne l'accepte pas.

— Mon père a tous les droits…

— Non ! me révolté-je. Non, je t'interdis de dire ça. Ton père ou toi, vous n'avez pas le droit de disposer de nos corps ! Vous n'avez pas le droit de nous marquer dans notre chair ! Il n'a pas le droit de la violer !

Voilà. Le terme est dit. Le visage de Caeso se ferme. Au fond, il ne doit pas approuver les agissements de son père. Mais son ton désolé et ses potentielles excuses ne me suffisent pas. Le temps est compté. Chaque seconde qui passe donne une opportunité à Septimus d'abuser de mon amie.

Le souffle erratique, je lâche les mains de Caeso. Avec ou sans lui, je vais agir. J'ai promis. Alors je le ferai.

— Je croyais que tu étais de mon côté, craché-je.

— Je le suis, c'est pour ça que je ne veux pas que tu ailles contre mon père. Je t'ai interdit de te mettre en danger pour les autres !

Je balaie ses mots d'un geste de la main.

— Avec ou sans toi, je la sauverai.

Alors, mon regard se porte au-dessus de l'épaule de Caeso.

Sa fenêtre est ouverte. L'air particulièrement froid de ce soir rentre dans la pièce. Je ne sais pas pourquoi il ne l'a pas tenue fermée. Soudain, l'évidence m'apparaît.

Si je saute, l'alarme du jardin se déclenchera et je pourrais détourner l'attention de Septimus.

Un dernier regard à Caeso et je me précipite vers la fenêtre. Caeso hurle, mais son cri ne m'atteint pas. Je cours, prends mon élan et saute comme un chat. Mon corps se retourne naturellement pour que j'atterrisse en souplesse. Je suis et je resterai une Noctis, un oiseau de nuit. Je reste la descendante d'expériences, de la volonté des hommes d'être plus forts. Le harem ne m'a pas coupé mes ailes. Mes muscles fourmillent sous l'effet de l'adrénaline, mon cœur pulse à m'en donner des picotements dans la gorge. Immédiatement, la voix robotique se met en marche :

— *Un intrus est dans l'enceinte. Confinez-vous. Un intrus est dans l'enceinte...*

Les gardes ont dû me voir. L'alerte me rappelle aussi ma première nuit, celle qui a fait basculer nos destins. Mais je ne peux pas m'appesantir sur des souvenirs. Mella compte sur moi. Alors, je fuis. Je cours vers le fameux saule pleureur. Mais cette fois, les gardes sont déjà à mes trousses. Ils n'arrivent pas à me rattraper, je suis plus rapide, c'est dans nos gènes d'oiseaux de nuit. Je traverse la mer de feuillage de l'arbre. C'est alors que la voix du Consul se fait entendre, tonitruante :

— Arrêtez-le ! Deux Noctis à exécuter, ce serait parfait !

Il n'a pas compris que c'était moi. Je souris et, une fois arrivée au pied de l'arbre, je prends mon élan et saute.

— Livia ! appelle un garde. Livia ! Pitié ! Si on ne vous arrête pas, il y aura peut-être une décimation !

Je cesse de grimper et tourne la tête vers les deux gardes essoufflés.

Décimation. J'ai déjà entendu ça.

Maintenant, ça me revient en mémoire. C'est ce qui a tué le mari de la veuve de la plèbe quand je me suis retrouvée coincée dans le jardin sans que les gardes ne puissent m'attraper.

— C'est quoi une décimation exactement ? demandé-je en m'installant sur une branche.

— C'est quand un homme sur dix est tiré au sort pour être tué par les autres, explique le second garde.

Je porte la main à ma gorge. C'est un châtiment cruel. Je ne peux pas laisser ces personnes subir ça. Ce ne serait pas juste. Pas plus que l'abus de Mella. Je regarde le palais à travers le rideau de branches qui se soulèvent au gré du vent. Ma peau est couverte de frissons. Mon cœur résonne à mes oreilles, bat comme si c'était ma fin. Comme si j'allais me jeter dans la gueule du loup et… c'est exactement ce que je vais faire.

CHAPITRE 23

L'alarme s'est tue. Je veux sauver Mella, mais pas au prix de la vie d'autres personnes. Je quitte mon perchoir et laisse les gardes me saisir les bras. Je vois bien qu'ils ne le font pas de gaieté de cœur. Je leur fais un sourire qui se veut rassurant. Bien sûr, j'ai peur. Pas de Septimus, non. J'ai peur de ne pas réussir à sauver Mella. Septimus m'a déjà menacée avec les pires horreurs. Il a déjà cherché à me briser. Il m'a déjà arraché Epsilon.

Je suis résolue à ne pas me laisser impressionner. La peur qu'il a voulu instaurer en moi ne fait pas le poids face à ma volonté de sauver ceux que j'aime. Je serre les poings lorsque nous arrivons sous les fenêtres. Caeso m'observe, contrarié. Je lui jette un regard révolté. Il n'a pas voulu m'aider. Il a voulu protéger mes intérêts. Mais je ne fonctionne pas comme ça.

— Livia ! hurle Septimus. Que fais-tu dans le jardin ?

Je plante mes iris dans les siens. Tout mon corps vibre sous l'effet de l'adrénaline. Mella est avec lui, la main qu'elle porte à sa bouche tremble et son visage a sévèrement blêmi. Elle est morte de peur. Je vais la sortir de là.

— Elle a sauté par la fenêtre, glorieux Consul, informe un garde.

Je peux voir la mâchoire du Consul se contracter. J'ai une nouvelle fois atteint ses nerfs. Pour m'assurer de capter toute son attention, je lui offre un sourire teinté de provocation.

— Amenez-la moi !

— Père ! tente d'intervenir Caeso.

— Caeso, tu n'es pas en position de m'adresser la parole.

Son ton est cassant. Caeso ne cherche pas à lutter, il se retire et ferme la fenêtre. L'héritier doit abandonner, comme à l'ancien hôpital. Mon cœur se serre, mais je ne peux pas lui en vouloir car mon plan est bel et bien d'aller dans les appartements de Septimus.

Maintenant, c'est entre son père et moi.

Les gardes m'entraînent à l'intérieur. Je n'oppose pas de résistance. Le feu est encore en moi, il consume mes veines jusqu'à embraser mon cœur. Je sais ce que je fais, je sais pourquoi je me bats. Je ne laisserai pas Septimus disposer de Mella comme d'un objet. Je tiendrai ma promesse, ce porc ne la touchera pas.

Je suis emmenée jusqu'à sa chambre. L'idée me dégoûte. Et l'acidité de ce dégoût s'intensifie sur ma langue quand je vois Mella assise sur le lit. Le dos rond, elle tremble encore plus fort que lorsque je l'ai vue à la fenêtre. J'inspire profondément, laisse mon âme de révoltée m'insuffler le courage nécessaire pour affronter une nouvelle fois notre dirigeant. Le Consul ordonne aux gardes de se retirer.

Je lève sur le Consul un regard chargé d'une haine animale. Plus rien n'existe hormis lui et Mella. Je ne vois plus que ses yeux emplis de rage et les émeraudes de mon amie. Comme si Epsilon était là aussi, prête à me soutenir pour sauver celle qui a pris sa place.

Septimus s'approche avec assurance et me gifle avec une puissance qui m'envoie au sol. Je crache un filet de sang sur le marbre blanc aux nervures noires.

— Livia ! s'écrie Mella en se précipitant vers moi.

Je lève le bras pour l'empêcher d'approcher. La douleur physique n'est rien. Septimus m'a déjà fait bien plus mal que ça.

— Alors, vermine, qu'avais-tu encore en tête ?

Il me donne un coup de pied dans le ventre, qui me renvoie

à notre première confrontation après mon entrée dans le harem. La douleur me barre les entrailles. Je roule sur le marbre froid.

— Livia, larmoie Mella. Elle a été opérée du ventre, vous le savez très bien !

— Je vais bien, soufflé-je.

Septimus s'agenouille à mes côtés et me tire par les cheveux pour me traîner jusqu'à un fauteuil. Mon cuir chevelu va se déchirer sous sa poigne puissante, mais je ne dis rien. Je tâche d'être plus forte que lui.

Alors qu'il me jette dans le fauteuil, Mella se précipite vers moi et me prend dans ses bras.

— Tu n'as pas à endurer tout ça pour moi, pleure-t-elle.

Le Consul éclate de rire. Il a compris, j'en ai la certitude.

— Tu voulais la sauver ? Quelle sale manie tu as… ricane-t-il. Mella, dégage d'ici !

Mon amie se redresse et se met devant moi. L'espace d'un instant, elle me rappelle Caeso. J'essaie de ne pas me noyer dans la douleur, je m'accroche à la lumière qui fait ressortir le roux flamboyant de Mella.

— Je ferai ce que vous voulez, laissez partir Livia ! crie-t-elle avec l'énergie du désespoir.

— Oh non, ma chère. Livia va assumer jusqu'au bout. Retourne au harem avant que je ne décide de renvoyer ton père à la guerre !

Mella se retourne et s'effondre sur moi. Elle pleure dans mon cou et me répète combien elle est désolée. Prostrée dans le fauteuil, je caresse ses cheveux, un geste simple qui pourtant m'apaise.

— Mella, j'ai fait mon choix, n'aie crainte pour moi, chuchoté-je.

— Si je n'avais pas eu peur…

— Que tu aies peur ou non, je n'aurais jamais laissé un homme abuser de toi.

J'ai déjà échoué quand il profitait de toi durant mon hospitalisation.

— Rentre au harem, je t'y rejoindrai, tenté-je de lui sourire.

Elle m'étreint avec force et embrasse ma joue. Je lui souris malgré la douleur qui irradie là où Septimus a frappé. Ce n'est pas la première fois que j'affronte le Consul et, cette fois, j'ai gagné. Mella a été libérée. Le Consul saisit mon amie pour la mettre dehors, elle tend le bras vers moi.

— Il faudra que je te fasse un soin, renifle-t-elle, son nez devenu rouge et ses émeraudes trempées de larmes.

Cette phrase fait un écho brutal en moi. Je revois Mella à la célébration de mon retour d'hôpital cacher ses émotions derrière ces mots. Cette phrase est comme le « à demain » d'Epsilon. Une phrase qui n'a l'air de rien. Une phrase dont on croit qu'on pourrait se passer, mais non. Non, c'est sa manière de se rassurer, de se dire que demain je serai bien là, devant notre coiffeuse. Que quoi qu'il arrive nous serons unies et fortes.

— Avec plaisir, murmuré-je.

Septimus la jette à la porte sans ménagement. Mella ose un dernier regard vers moi avant de déguerpir, me laissant seule avec notre bourreau. Il se rapproche de moi, un rictus cruel aux lèvres.

— Je ne pensais pas que Mella s'attacherait autant à toi, vermine, se moque-t-il.

— Vous ne la toucherez plus jamais, vociféré-je.

Son sourcil s'arque, l'étonnement marque ses traits. Puis, il éclate d'un rire tonitruant. Un rire qui pourrait fendiller mes os tant il est violent, brutal, d'une méchanceté sans nom.

— Je pourrais la convoquer tous les soirs jusqu'à te voir pourrir sur place.

Mes mains se posent sur les accoudoirs en bois sculpté d'arabesques et se referment douloureusement sur le bout arrondi. Je tremble. Mes dents s'entrechoquent.

Tout mais pas ça...

— J'ai tant de manières de te détruire, *petite Favorite*.

— Je croyais que me détruire n'était pas dans l'intérêt de votre fils, osé-je me révolter.

Il met ses mains dans son dos, ce qui fait paraître son torse plus large, plus prompt à m'écraser et me broyer. Pendant un instant, il semble m'examiner. Le sang donne un goût ferreux à ma salive. La douleur devient comme un tambour assourdissant dans mon crâne. À tel point que je peine à garder les yeux ouverts.

Finalement, il tire un autre fauteuil d'un coin de la pièce pour le placer face au mien. Il s'installe, comme s'il était prêt à me faire la conversation. Je ne comprends pas. D'ordinaire, il fait tout pour garder l'ascendant sur moi. Là, il se met à ma hauteur.

— Persiste à vouloir t'élever contre moi, et je te détruirai. Que ça affecte mon fils ou non. Après tout, il n'a pas obtenu grand-chose de toi avec ses gentillesses.

Tout mon organisme se tend et se contracte douloureusement. Reproche-t-il à son fils l'affection qu'il me porte et qui ne conduit à rien ? Ou bien me laisse-t-il entendre à demi-mot que le jeu de son fils est de me faire croire à l'amour pour obtenir des choses de moi ? Veut-il me troubler ? M'égarer ? Il doit ignorer que je suis au courant qu'il accepte les réels sentiments de son fils. Ce qui est clair, c'est que l'amour de Caeso risque de ne plus peser longtemps dans la balance. Je demeure silencieuse, cherchant à démêler le vrai du faux.

— Pour une fois, tu n'as rien à répondre, se réjouit-il.

— Si vous détruisez votre fils, qui prendra votre suite ? demandé-je à mi-voix.

Il sourit, encore. Il se renfonce dans son siège et me toise.

— As-tu peur pour ma succession ? Ou pour Caeso ?

Mes joues s'enflamment. Cette question est sûrement un piège. Je dois réfléchir vite. Si je dis m'inquiéter pour sa succession, cela supposera que je prévois déjà la fin de son règne. Et, dans le rôle de l'amoureuse, je dois privilégier Caeso.

— Je ne veux pas détruire votre fils.

Ma réponse est sincère. Je ne veux pas le détruire. Tout comme je ne veux pas détruire Mella et toutes les personnes auxquelles je tiens. Je ravale avec difficulté ma salive ferreuse.

— Voilà qui est sage… Je me demande néanmoins à quel point tu peux être une bonne amie. Sais-tu pourquoi Mella est dans mon harem ?

Je remonte les pieds sur le fauteuil et ramène mes genoux contre ma poitrine. Je les entoure de mes bras, comme pour me protéger de la prochaine offensive.

Mon ventre me fait si mal…

Je ferme un instant les yeux. La douleur pourrait presque déchirer ma cicatrice.

— Mella est entrée dans votre harem pour sauver son père, murmuré-je.

— Ce n'est pas tout à fait ça… Mais si je te dis la vérité, iras-tu lui répéter au risque de la détruire ?

Je ne lui veux pas de mal. Mais, en tant qu'amie, je sais que je lui dois la vérité…

Septimus joue avec moi, comme le chat de ceux chez qui je travaillais jouait avec des souris. Il me garde en vie et apte à fuir pour jouir du plaisir de me rattraper, me faire du mal et recommencer alors que l'espoir de fuir vient m'aveugler.

— Quand sa mère a su que j'avais invité sa fille lors d'une réception, elle est venue se traîner devant moi. Le gouvernement l'avait reclassée comme personne aidante afin de s'occuper de son mari et la pension reçue ne suffisait plus. Elle n'était qu'une civis. Et lui, un tribun souffrant du mal de l'Est…

— Elle vous a demandé d'augmenter la rente perçue par son époux ?

— Oh oui… elle me l'a sollicité… après avoir quémandé de l'avancement pour elle et une rente pour assurer son nouveau train de vie. Quand je lui ai indiqué qu'elle percevrait une rente pour les services de Mella au sein du harem, elle s'est réjouie que cette dernière s'ajoute à celle qu'elle m'avait demandé.

J'ai la sensation de chuter. Je dois me raccrocher aux accoudoirs. Mella croit qu'elle a été enfermée seulement pour sauver son père. Alors que… alors que sa mère a pensé d'abord à elle. Elle a utilisé sa fille, elle l'a vendue…

— Je… je croyais que le changement de caste était dû à sa présence dans le harem.

— L'avancement des proches de mes maîtresses est de ma seule volonté… D'ailleurs, il me semble que tu as oublié de me remercier, *petite Favorite.*

J'ai un haut-le-cœur de dégoût. Mon ventre se tord dans des douleurs qui, je le sens, déforment mon visage. Mes ongles fragiles se cassent sur les accoudoirs.

— Je vois que tu n'aimes pas cette version de l'histoire, jubile Septimus.

— Vous avez menacé de renvoyer son père à la guerre, m'emporté-je.

— Oui, il fallait bien quelque chose pour la maintenir dans le rang. Ce doit être si cruel d'être vendue et trahie par sa propre mère…

Vous le saurez le jour où Caeso vous trahira !

Je me mords la langue. Un jour Septimus payera sa cruauté. Un jour, c'est à lui qu'on plantera un couteau dans le dos. Un jour, il ne sera plus et tout son monde s'écroulera avec lui. Ma mâchoire irradie encore de douleur, le sang ne cesse de perler sur ma langue. Comment vais-je pouvoir le dire à Mella ?

— Je n'aurai même pas besoin de détruire Mella, votre amitié et ton honnêteté suffiront…

— Pourquoi vouloir la détruire ? Elle ne vous a jamais trahi ! fulminé-je. Elle… elle a supporté toutes ces nuits…

Des images ignobles défilent devant mes yeux. Je peux entendre de nouveau Octavia lui reprocher de pleurer lors de ses moments avec lui. Avec ce… ce… ce monstre !

— Elle devait te bercer de douces illusions, et j'ai comme l'impression qu'elle a échoué… Avec moi, tout se paye.

Mella paye le prix de notre amitié... quand cesserai-je d'être toxique pour les autres ?

J'ai envie de hurler. De me jeter sur lui et l'étrangler. Je voudrais effacer son sourire mauvais, je voudrais le voir se débattre, me supplier. Mais je me tais. Je fais mine d'accuser le coup sans me révolter. Je ne veux pas aggraver le cas de Mella.

— Tu peux retourner au harem, claque-t-il sèchement.

Je me relève avec lenteur, trop chargée du poids des révélations de Septimus. Mes doigts semblent s'être imprégnés de la courbe de l'accoudoir. Le dos rond pour essayer de préserver mon ventre, je marche avec le cœur lourd, si lourd que j'ai le sentiment de devoir le porter à deux mains. J'essaie d'ignorer mon crâne encore brûlant et mon ventre qui se retourne douloureusement dans tous les sens.

Je dois marcher trop doucement au goût de Septimus puisque, comme avec Mella, il me saisit par le bras et me jette hors de sa chambre. Je trébuche dans ma chemise de nuit trop longue et termine au sol. Je grimace et me redresse lentement. Au bout du couloir, je peux voir Caeso et Mella se précipiter vers moi.

— Livia ! s'écrie Mella. Je suis désolée. Tellement désolée…

Mon amie m'aide à me redresser. Son visage est baigné de larmes. Je lui souris et pose ma main sur sa joue.

— Ne t'inquiète pas, je n'ai rien…

— On ne dirait pas ! remarque Caeso avec colère.

— Ce n'est rien… Je savais que tu ne pouvais pas intervenir et c'était pour le mieux.

Mella ne me lâche pas. Elle aurait pu me rejeter. Elle aurait pu me maintenir dans l'illusion pendant tout ce temps. Mais elle a fait le choix d'être mon amie malgré les risques. Et pour ça, je lui suis infiniment reconnaissante. Je m'appuie sur elle, le ventre beaucoup trop en souffrance pour que je marche normalement. Ensemble nous quittons les appartements consulaires pour nous rapprocher de ceux de Caeso.

— Si vous retournez maintenant au harem, les autres vont se poser des questions, fait remarquer Caeso.

Mella renifle et s'écarte de moi, permettant à Caeso de venir m'étreindre à son tour. Sentir sa chaleur contre mon corps froid me fait du bien. Je respire son parfum de chèvrefeuille – une fragrance que j'aime tant. Mes mains appuient fort sur son dos, mon visage niché au creux de son cou. Au fond, s'il n'a pas bougé, c'était pour ne pas contrarier son père et se mettre en porte à faux avec lui alors que nous avons besoin qu'il n'entrevoit pas l'esprit de rébellion de son fils. Je sais qu'il a souffert autant que moi, son supplice à lui, c'était de me savoir entre les mains de son sadique de père.

— Mon père t'a torturée ? questionne-t-il à voix basse.

Je me mords la lèvre, peut-être que je devrais voir un doctores. Mais il faudrait expliquer l'origine des blessures… Je pourrais prétexter une chute dans les escaliers.

— J'ai déjà connu pire. Juste mon ventre…

— Je vais faire appeler mon doctores, décide-t-il immédiatement.

Caeso me relâche, mais je veux le serrer encore contre moi. J'ai besoin de sa chaleur pour atténuer la douleur.

— Attends Caeso… Je dois te dire aussi… j'ai l'impression que ton père m'a testée.

— Testée ? répète-t-il.

Je m'écarte légèrement de lui pour plonger dans ses yeux bleus.

— Oui, il a dit qu'il pourrait me détruire, vu que tu n'avais pas obtenu grand-chose avec des gentillesses… puis… puis il m'a demandé si je m'inquiétais pour sa succession ou toi…

Caeso plonge dans la réflexion. Il joue sa partie d'échec avec son père. J'aimerais pouvoir lire dans son esprit.

— Le temps est encore plus compté que je ne le pensais, finit-il par soupirer.

— Tu crois que vous allez y arriver ? questionne Mella.

Je comprends alors que Mella a dû lui dire qu'elle savait tout. Je préfère la transparence entre nous. Caeso hoche la tête. De toutes manières, nous n'avons pas le choix. Il faut que nous changions les choses, la vie est devenue trop insupportable pour la plèbe. Et j'ignore combien de temps tiendront les Noctis avec les informations que j'ai données sur notre Ordre. La culpabilité est comme la lame de mon bourreau qui s'est planté dans mon ventre pour le déchirer en deux.

— Nous allons y arriver, promet Caeso avant de poser ses lèvres sur mon front. Mella et toi, prenez ma chambre. Je dormirai dans celle d'Auréa.

— Pourquoi ? demandé-je, piquée.

— Si je te fais dormir dans son lit, elle va te crucifier. J'aimerais éviter cela…

Mella ne peut s'empêcher de pouffer, ce qui allège l'atmosphère. Mais la culpabilité de mes aveux s'accroche à moi comme un sombre animal aux griffes géantes qui me garde captive.

— Bien… merci Caeso, chuchoté-je.

— Tu n'as pas à me remercier. Allez-y, avant que des gardes fassent une ronde ! Je t'envoie mon doctores. Sois sincère avec lui, il a toute ma confiance.

Nous ne nous faisons pas prier et nous rendons dans les appartements de Caeso où *la* fenêtre est restée ouverte. Comme toujours, mon esprit s'échappe quelques secondes sur les toits avant de revenir sagement ici. Je la ferme alors que Mella ravive le feu du brasero. Maintenant que je suis seule avec elle, je vais devoir lui dire la vérité.

CHAPITRE 24

Nous nous glissons sous les couvertures, les draps de Caeso sentent son parfum de chèvrefeuille. Je me pelotonne dans le lit déjà chauffé. Le brasero apporte une douce chaleur qui s'échoue sur nos visages. Mella me fait face, elle saisit une mèche de mes cheveux.

— Demain je te ferai un soin.

Elle se répète. Mais cette fois-ci, je comprends. Ce n'est pas une phrase anodine. Non, son ton léger trahit même un sanglot. Ses yeux sont encore rouges et son teint blême.

— Mella, tu n'es pas obligée de faire ça, la rassuré-je.

— Obligée de faire quoi ?

— De faire comme si rien de grave ne s'était produit. Tu as le droit d'avoir eu peur. Et tu as le droit d'être encore retournée.

Elle nie silencieusement.

— Non. Je ne le laisserai pas me noyer.

Je lui souris. Un sourire teinté d'une tristesse profonde. Derrière les dorures de ce palais se cachent des secrets immondes. Mella n'aurait jamais dû subir les assauts de Septimus. Aucune femme non consentante n'aurait dû. Être Consul ne devrait pas lui donner ce droit.

— Tu es si forte, admiré-je avec la gorge nouée.

— Oh non. C'est toi qui as pris des risques par… par amitié pour moi…

Je baisse les yeux. Mon cœur devient aussi douloureux que mon ventre ou mon crâne. C'est parce que nous sommes amies que, maintenant, je connais une vérité qui pourrait la détruire. Je dois lui dire. Car si elle vient à découvrir la véritable version des faits et qu'elle apprend que j'étais au courant, la trahison sera immense. Et je sais que c'est exactement ce que veut Septimus : nous faire du mal à toutes les deux.

— Mella…

Elle pose la main sur ma joue avec un air inquiet. Je n'arrive pas à la regarder dans les yeux. Il me semble que la culpabilité verse un acide puissant sur mes entrailles.

— Livia, qu'est-ce qu'il se passe ?

— Septimus m'a dit quelque chose, chuchoté-je. Mais je ne sais pas si tu es prête à l'entendre.

Quelle fille est prête à entendre la trahison de sa mère ?

Mella embrasse ma joue et me prend la main, comme le ferait une sœur. À cet instant, je ne sais pas si ma mère est une meilleure personne que la sienne. Pour elle, j'étais prête à me fiancer à un garçon que je n'aimais pas. Prête à vivre avec un garçon qui n'avait que peu de considération pour les femmes. Un garçon qui a tant dégoûté les femmes de son rang et les civis que ses parents lui ont cherché une plébéienne.

Mais je n'ai jamais été abusée ou forcée. Mella, si.

— Quoi que ce soit, je préfère l'entendre de ta bouche plutôt que de la sienne.

Je soupire et m'allonge sur le dos. Ce sera peut-être plus facile en fixant le plafond peint de Caeso que la lumière des flammes balaye d'ombres. Je regarde chaque étoile peinte. Je m'accroche à ces éclats dorés pour me donner du courage. Je triture mes doigts, arrache une petite peau. Je déteste ce que je vais dire.

— Suite à la réception où Septimus t'a invitée à aller dans une chambre, ta mère s'est rendue au palais.

— Oui, elle a négocié une meilleure pension pour mon père.

Ma gorge se noue un peu plus. Ma mâchoire se crispe. Mon cœur se contracte douloureusement.

— Non… Non, Mella… elle a commencé par demander de l'avancement…

— Mais elle est devenue patricienne car Septimus offre un avancement à toutes les familles…

— Non, coupé-je. Septimus n'offre pas d'avancement à toutes les familles. Elle a négocié le sien et une rente pour maintenir son nouveau train de vie de patricienne. En plus de la somme promise par Septimus pour… pour… pour ta *présence* dans le harem. Je suis… Je suis désolée Mella.

Le silence. Il devient de plomb, s'écrasant sur moi comme s'il allait me broyer. Tandis que je m'attends à un cri, à de la colère, Mella vient se blottir contre moi.

— Au fond… au fond je le savais, murmure-t-elle. Mais tu as eu le courage de me le dire. Tu as eu le courage d'être mon amie.

Je l'étreins comme je peux, mon front contre le sien. De l'écume salée couvre ses joues, des vagues que je devine de haine et d'amertume. Je ne les connais que trop bien.

— Je ne t'abandonnerai jamais, soufflé-je.

— Je sais. Moi non plus, je ne t'abandonnerai pas.

Je souris. L'amitié sera toujours plus forte que la violence. Septimus peut chercher à nous briser, à nous éloigner, mais ensemble, nous serons toujours plus fortes que lui.

Je te rendrai ta liberté. Je te le promets.

Quelques coups frappés à la porte me tirent de mon sommeil. J'inspire le parfum de chèvrefeuille des draps. *Caeso*. J'ouvre un œil, puis le deuxième avant de m'étirer jusqu'à faire craquer mes os. Avec soulagement, je constate que les douleurs ont disparu, sûrement grâce aux remèdes donnés par le doctores cette nuit. Je jette un œil à Mella qui dort toujours. La personne insiste, je l'invite à entrer machinalement. Caeso s'approche, je quitte à regret les couvertures chaudes et me réfugie dans ses bras.

— Livia, as-tu bien dormi ? demande-t-il en caressant mon dos. Le doctores est passé dans la nuit me faire son rapport, a priori il n'y a rien de grave.

— Elle a eu des terreurs nocturnes, baille Mella.

Je grimace, je n'avais pas mon traitement. Caeso me cajole, je savoure ce moment de douceur avant qu'il ne m'écarte légèrement de lui, l'air grave. Voilà que je replonge tête la première dans la réalité. L'appréhension revient se nicher dans mon ventre, développant ses tentacules d'angoisse dans tout mon corps.

— Livia, aujourd'hui a lieu l'exécution, m'annonce Caeso. Désires-tu que mon médecin te fasse porter pâle ?

Eta. Elle va mourir. Elle va souffrir par ma faute.

Je secoue la tête. Non. Je vais y aller, c'est mon devoir, c'est notre devoir à tous. Je vais regarder en face le fruit de mes erreurs. Je laisserai l'acide de mon estomac me ronger jusqu'aux os. Je laisserai la terreur de cette fin prendre possession de moi et me torturer lentement pendant tout le temps de son supplice.

Toute cette souffrance pour que, finalement, je nous trahisse…

La nausée inonde ma gorge, fait se contracter mon ventre jusqu'à appuyer douloureusement sur mon estomac. Je recule, abandonne toute la chaleur de Caeso. Le froid me saisit avec violence jusqu'à me faire claquer des dents.

Mella se lève à son tour et vient m'enlacer. Je la serre fort contre ma poitrine et peux sentir son cœur battre.

Elle appréhende. Comme Caeso. Mais ce n'est rien à côté des effets de la culpabilité sur mon propre cœur. Je pourrais me l'arracher et le jeter aux dépeceurs tant je me hais.

— Tu n'es pas obligée d'assister à ça, dit-elle avec douceur.

— Si… Je veux le voir, réponds-je avec hargne. Et je veux que Caeso le voie. Nous ne devons pas oublier ce que fait le gouvernement. Caeso ne doit pas oublier de quoi son père est capable.

Toujours dans les bras de Mella, je tourne la tête pour observer l'héritier. Son visage est fermé, il fait tourner sa chevalière autour de son doigt dans un geste nerveux.

— Bien, lâche Caeso.

Aucun de nous ne veut subir ce spectacle, pourtant c'est un mal nécessaire. Être là, dans les gradins, c'est me donner l'illusion que je ne l'ai pas laissée seule face à son calvaire. Mes doigts se referment sur le déshabillé jaune de Mella.

Si je n'avais pas joué avec la patience de Septimus, Eta n'aurait rien senti.

La haine. Envers moi. Envers lui. Envers ce fils d'Aigle qui a permis sa capture. Je prends une profonde inspiration pour tenter de ne pas me consumer avec l'air bouillant de mes poumons. Puis, je relâche Mella. Elle pique un baiser sur ma joue tandis que Caeso laisse passer son trouble et se reprend :

— Mella, puis-je te l'emprunter une minute ?

Mes iris viennent s'égarer dans ses océans scintillants. Mon amie s'éclipse, laissant Caeso se rapprocher de moi avec son charme écrasant. Ses lèvres pleines et joliment formées s'étirent en un sourire débordant d'amour. Il pose avec délicatesse ses mains sur mes hanches. Je détourne les yeux. Je sais ce qu'il s'apprête à faire.

— Je ne peux pas, regretté-je, mon cœur devenu trop gros, prêt à fuir ma poitrine.

Il me rapproche de lui, toujours avec son sourire qui adoucit mon amertume. Mais je reste captive de tout ce que l'exécution d'Eta provoque en moi. Captive de cette brume de regrets putride qui plonge mon esprit dans les lamentations.

— Ce n'est pas de ta faute, affirme-t-il en remettant une mèche derrière mon oreille.

— Tu n'en sais rien…

— Delta, tu ne peux pas sauver tout le monde. Tu dois l'accepter.

Sa main glisse sur ma joue. J'aime sentir sa chaleur sur ma peau glacée. Je crochète mes doigts dans son dos. Je sais qu'au fond, il a raison. La vie est profondément injuste. Eta et moi, nous avons été piégées. Sauf que je me suis réveillée dans le harem et elle… certainement dans la salle de torture. J'ai eu droit à une seconde chance. Pas elle.

Eta, je te promets qu'avec Epsilon, vous verrez ce monde devenir un champ de fleurs depuis le ciel.

J'ai fait des erreurs. M'appesantir dessus ne servira à rien. L'avenir, il n'y a plus que ça qui compte. Pour que d'autres Noctis ne se fassent plus jamais dévorer vivant. Que Caeso accède au pouvoir, devienne le Haut-Consul qui tiendra cette promesse. Je redresse la tête et plonge à nouveau dans le bleu infini du regard de Caeso. Son sourire est si doux…

— Puis-je ?

— Oui, chuchoté-je.

Mon ventre se contracte, le désir y prend naissance, combat toutes mes peurs, toute mon appréhension pour cette journée. Je le laisse prendre possession de ma bouche. Il m'embrasse avec une tendresse qui me bouleverse, ses mains se plaquant à mon dos pour me coller à son torse. Mes doigts remontent sur ses pectoraux légèrement dessinés, puis partent à la conquête de sa nuque jusqu'à passer dans ses ondulations noires.

Sa langue joue avec la mienne, il mordille légèrement ma lèvre inférieure avant de la chérir encore. Mon cœur bat comme si je découvrais à peine la vie. Pourtant je n'arrive pas à lâcher prise complètement. Un amour pur peut-il éclore dans un panier de serpents ? Caeso voulait paver mes chemins de milliers de bleuets. Aujourd'hui, j'ai vu toutes ces choses que l'on ne peut jouer : ses yeux, son regard si particulier, ses joues qui virent au rose en me voyant, ou encore l'obscurité qui le gagne quand on me fait du mal.

J'ai fermé les yeux. Je nous imagine ailleurs. Peut-être dans l'avenir. Là où ce *nous* ne sera plus un jeu de manipulation. Là où je ne serai plus une Noctis et lui un futur dictateur.

Comme je m'imaginais un autre monde avec Alpha.

Cette réalité me fait mal. Je n'ai pas envie de reproduire mon histoire avec Caeso. L'héritier n'est pas un substitut d'Alpha. Je romps le contact, frissonnant légèrement.

— Tu as froid ? s'inquiète-t-il en me rapprochant à nouveau de lui.

— Un peu…

— Tu as des mantes au harem, ne sors pas simplement en robe.

— Oui j'ai celle que vous m'avez offerte avec les oiseaux. Il fait si froid depuis mon retour … J'ai peur pour les plébéiens qui ne peuvent pas se chauffer.

Il me frictionne d'un geste rapide. Une attention qui me touche particulièrement car je retrouve dans ce geste tendre une habitude que j'avais avec Zaley. Quand je la frottais aussi fort que possible les jours de grands froids, pelotonnées dans le canapé.

— Désires-tu que je fasse distribuer du charbon ?

Je cligne plusieurs fois des yeux et le dévisage.

— Mais… ton père…

— Je m'en occupe. N'aie crainte.

Je le serre aussi fort que je peux dans mes bras, il rit doucement, comme si pendant une seconde la réalité de cette journée s'était envolée.

— Merci… merci… je ne sais pas comment… je voudrais te dire… enfin ce sera merveilleux, les plébéiens sont solidaires, ils se rassembleront chez ceux qui ont un poêle.

— C'est toujours un honneur et un plaisir de te faire sourire, me charme-t-il.

Caeso m'embrasse le front et m'invite à suivre Mella au harem. Je m'exécute, le cœur redevenu brutalement lourd à l'idée du supplice qui attend Eta.

Comme si nous avions passé la nuit respectivement avec Septimus et Caeso, nous traversons le harem vide et attendons le chant d'oiseau qui signale le début de la journée. Sous la douche, Ostia et Publia me taquinent en me demandant ce que nous avons bien pu faire. Heureusement pour moi, Octavia les remet en place. Je ne suis pas d'humeur à plaisanter.

Une fois dans la penderie, j'hésite devant les robes. J'aurais aimé porter du noir, hélas il n'y a que des couleurs claires. Je finis par prendre la robe blanche, pour symboliser la pureté d'Eta. Pour ma mante, je décide de prendre celle avec les oiseaux brodés, un dernier hommage à Eta qui sera à jamais un oiseau de nuit.

— Tu as bien raison de prendre une mante, je vais en prendre une aussi, lance Mella.

Quand Septimus et Caeso arrivent, nous nous plions au cérémonial sans rien laisser transparaître. Je sais que Septimus se demande si j'ai dit la vérité, mais, comme toujours, Mella sourit. Elle porte un masque, le même qu'elle avait à mon arrivée ici. De mon côté, je suis plus tendre avec Caeso. Je touche sa chevalière du dos du pouce, il me fait un regard appuyé. Notre symbole. Notre avenir. Avec respect, il m'embrasse sur le front et me complimente sur ma tenue.

Après le petit-déjeuner, que je n'ai pas réussi à avaler malgré les remontrances d'Octavia, des gardes consulaires et Murs se présentent dans le harem. J'attrape discrètement la main de Mella. Je vais avoir besoin de tout son soutien pour endurer cette journée au cirque. Des lames semblent s'enfoncer dans ma poitrine. Je revois Eta, sur cette table, dans une souffrance qui ne connaissait pas de mots assez forts pour la décrire.

Nous nous mettons en rang, Octavia à notre tête. Je suis juste derrière elle, son parfum capiteux me soulève le cœur. Mella serre mes doigts et m'adresse un petit sourire. Ensemble, nous avançons, quittons le harem pour descendre dans les entrailles du palais. Je reconnais ce chemin : c'est celui qui mène aux salles de tortures. Un frémissement court sur ma peau, et un goût métallique se répand dans ma bouche, comme si je m'étais mordue à sang. La haine a exactement la même saveur ferreuse. Mon esprit me renvoie des images d'Eta sur cette table. Ses tibias brisés. Son corps qui convulse. Et cette côte qui transperce sa poitrine. Mon corps tremble à ce souvenir.

Au lieu de prendre à droite, nous prenons à gauche. La porte, à code également, s'ouvre sur un tunnel éclairé par de rares spots. Je n'ai jamais aimé les lieux fermés, à l'image du harem. Nous nous enfonçons dans le boyau et j'aimerais courir pour atteindre plus vite la sortie. Mais je dois m'adapter à la lente démarche chaloupée de la Favorite. Comme si elle savourait chaque pas jusqu'au cirque, elle prend son temps. Derrière elle, je m'impatiente, et elle finit par s'en rendre compte.

— Petite Favorite, cesse de trépigner, gronde-t-elle.

— Marche plus vite, on étouffe ici !

Elle ralentit. Je subis jusqu'à ce qu'enfin, la sortie se profile. J'entends le bruit de la foule, un grondement impressionnant qui se transforme en gargouillis terrifiant dans le tunnel. Je me recroqueville légèrement. Les murs vibrent, le sol également. Un peu de poussière tombe du plafond. Je me sens minuscule, comme un insecte.

Nous montons par un petit escalier, sur lequel l'appréhension me fait trébucher. Nous ne croisons personne, jusqu'à arriver dans la fameuse structure en bois qu'Alpha m'avait montrée lors de notre venue.

Alpha.

J'ai dû l'effacer de mon cœur. Effacer notre histoire. Pourtant, elle est encore là, par morceau, par fragment. Mais je m'emploie de toute mon âme à la faire appartenir au passé. Malgré tout, je regarde à travers les grilles de bois qui nous rendent invisibles. Je cherche à deviner sa présence. Mais c'est inutile, même si le cirque permet de voir les gradins de la plèbe, il serait bien trop loin pour que je le reconnaisse dans la foule. Alpha est définitivement hors de portée. Il est définitivement hors de mon monde.

— Viens à côté de moi, petite Favorite, m'interpelle Octavia.

Mella se presse pour venir à mes côtés, poussant légèrement une autre maîtresse. Je m'installe, nous sommes juste à côté de la loge d'honneur du Consul. Le sable est redevenu blanc, presque trop pur pour recevoir tout le sang qui va couler. Les murs d'enceinte de l'arène sont couverts de mosaïques aux motifs guerriers, rappelant combien notre île est impliquée dans les affrontements à l'Est. Nous sommes suffisamment proche pour entendre une voix détestable et des grelots.

— Auréa, soupiré-je.

— Ils n'ont pas de cirque sur l'île des brumes, révèle Publia.

— De toute façon, s'ils en avaient un, ils ne verraient rien, rappelle Octavia.

Nous sommes interrompues par le bruit des trompettes qui annoncent la venue des gladiateurs, des prisonniers condamnés qui jouent leur vie sur le sable blanc. Je détourne le regard, j'ai horreur des combats. Mon ventre se tord, ma poitrine s'alourdit sur mes poumons rendant chaque inspiration pénible. Heureusement, c'est relativement court. Quand les trompettes résonnent, il ne reste plus qu'un homme debout au milieu d'une mare de sang. Mon cœur s'emballe à la vue de tout ce pourpre. Je me sens encore baigner dans ce liquide poisseux avec sur ma peau la sensation d'être couverte d'une couche qui étouffe le corps.

Et si Alpha n'avait pas tué ces gardes lors de la sortie de Caeso dans la plèbe?

Non. Je refuse d'y penser. Nous sommes devenus de vrais assassins. Le prix à payer pour asseoir la position de Caeso par rapport à la plèbe. D'ailleurs, ce dernier se lève une fois le survivant récompensé par des lauriers, de l'argent et, surtout, la liberté.

— Chers habitants de la plèbe, ces jours-ci seront plus froids que d'ordinaire. Nous en avons conscience et, pour pallier cela, le gouvernement vous offre du charbon !

Un tonnerre d'applaudissements s'élève depuis la partie du cirque réservé à la plèbe. Les gens ovationnent Caeso qui brille dans sa tunique dorée d'héritier, il a déjà la prestance d'un futur Haut-Consul. Je porte les mains à ma poitrine, je suis si fière de lui. À mes yeux brillent des larmes de bonheur. La plèbe n'aura pas froid. J'entends Auréa pester sur sa générosité, mais j'ai du mal à saisir tout ce qu'elle dit.

Peu importe, il a fait ce qui est juste.

Je me demande comment il a pu convaincre son père. Mais Caeso est fin stratège, il a sûrement trouvé un avantage au gouvernement à offrir ce charbon.

— Que ne ferait-il pas pour tes beaux yeux, Livia, raille Octavia.

Je me retourne et la dévisage.

— Il a fait ça car ce froid peut être meurtrier.

Elle rejette en arrière ses boucles blondes et réajuste ses gants du même pourpre que le sang des gladiateurs. Un détail qui me fait froid dans le dos.

— Bien sûr, bien sûr… Les plébéiens ne sont que des profiteurs des largesses du gouvernement. Et encore, ils mordent la main qui les nourrit.

Je bondis de mon siège pour lui faire face. Je refuse d'entendre de tels mensonges sur la plèbe, sur cet Ordre où j'ai souffert chaque jour de ma vie parce que je ne suis pas née au bon endroit. Je me souviens de la faim. Des douleurs. De tous ces maux impossibles à soigner. Puis de May, de son air maladif quand elle a manqué d'insuline.

Je me souviens de toutes ces fois où j'ai eu faim à en pleurer. Toutes ces fois où mon estomac semblait se dévorer lui-même. Tous ces frères et sœurs que j'ai perdus dans l'indifférence la plus totale. Tous ces jours où le froid venait nous saisir jusque dans les os, jusqu'à nous faire claquer des dents si fort que, chez certains, elles se cassaient.

La rage secoue de spasmes mes épaules. J'aimerais lui sauter à la gorge et lui arracher la peau de son cou de cygne.

— Tu ne sais rien de la plèbe ! Tu es quoi d'abord ? Une patricienne ?

Un sourire mauvais, tellement identique à celui de Septimus, s'étire sur ses lèvres peintes d'un rouge sanglant.

— Tu aimerais savoir, petite Favorite.

Je hoche la tête, les poings serrés.

— Je suis la fille d'un Consul. Cela te suffit-il ?

Un ricanement chargé d'acide m'échappe. Bien sûr, elle vient de la haute. Elle n'a jamais connu la faim, le froid ou le manque de soin. Elle n'a jamais mangé de rats, elle n'a jamais tué le dernier chien qui osait venir dans le quartier.

— Tu ne connais rien à la plèbe. Tu ne sais rien de notre quotidien et…

— Assieds-toi, petite Favorite, il me semble que la suite du spectacle va t'intéresser.

Je me retourne. Eta est amenée au centre de la piste. Je m'approche de la grille, y accroche mes doigts. Suspendue à une structure métallique, par les bras, son corps ballotte dans le vide. Ma gorge se ferme, je ne respire plus. Ses cris et appels à l'aide sont couverts par la liesse de la foule. Je les entends à peine. Suffisamment pour avoir la confirmation qu'elle n'est ni morte, ni endormie.

Ils ont dû la soigner juste assez pour qu'elle puisse être mise à mort.

Des trappes dans le sol s'ouvrent, dévoilant des dépeceurs avec des colliers à la lumière rouge. Ils restent sagement sur place, grattant le sol de leurs griffes énormes. Mon cœur va lâcher, il bat trop vite, trop fort. Je suis avec elle. Je suis au centre du cirque. La foule en délire hurle dans un grondement à faire vibrer le cirque. Des caméras apparaissent dans les gradins sous les applaudissements. L'exécution va être retransmise dans toute notre partie du monde.

J'ai la nausée, mes jambes peinent à me garder debout. Mon souffle devient une douleur lancinante dans ma poitrine. Je voudrais pouvoir intervenir. Je voudrais la sauver. Mais quand la lumière des colliers des dépeceurs passe au vert, ils se jettent sur Eta. Je détourne les yeux, je n'arrive pas à regarder. Je l'entends hurler comme si elle était juste à côté de moi. Je m'accroupis, glissant contre les perles de bois. Mes doigts pianotent, dans cette cage de bois où je suis impuissante. Où le pouvoir et sa cruauté m'écrasent. Je plaque les mains sur mes oreilles. Ses cris sont encore pire que dans la salle de torture. Ils viennent de tuer une adolescente qui a eu la naïveté de croire en l'amour.

Je me souviens de son premier jour. Je me souviens de sa gentillesse. Je me souviens de sa peur.

Il n'y aura plus jamais de dépeceurs pour dévorer vivant des Noctis terrifiés.

Non. Plus jamais.

CHAPITRE 25

Il ne reste plus rien d'Eta. Juste une bouillie informe que se disputent les dépeceurs, à coup de dents, tranchant profondément la chair. Je regarde sans regarder, les yeux hagards. J'ai l'impression que cela dure une éternité. Je n'ai osé ouvrir un œil que lorsqu'elle n'a plus crié.

— C'est tout ce que méritent ces sales Noctis, vilipende Octavia.

— Les Noctis nous sauvent tous les jours, vociféré-je.

Eta est morte pour sauver ces gens. Combien de Noctis ont donné leur vie ? Combien de cadavres ai-je vus dans ma vie ? Des gosses morts de faim. Des hommes qui crèvent sur la chaîne de l'usine. Des femmes qui meurent en donnant des enfants pour la patrie.

— Le gouvernement vous suffit, c'est vous qui en voulez toujours plus, qui ne cessez de geindre…

Appuyée contre la grille, je me redresse, les poings serrés. La bile baigne ma langue, je peine à la ravaler dans ma gorge nouée. Ma rage écume à mes lèvres quand je crache au visage d'Octavia. Elle me dévisage, interdite. Ma salive coule sur sa joue. La haine brûle nos rétines.

Toutes les maîtresses gardent le silence, même Publia a perdu son sourire habituel. Elles nous observent tour à tour. La panique gagne les émeraudes de Mella. Elle gigote sur son siège, retenue par Ostia qui l'empêche de me rejoindre.

— Gardes, emmenez-la, ordonne froidement Octavia.

— Je viens avec elle, s'écrie mon amie.

— Non. Amenez-la dans le couloir des lamentations, exige-t-elle avec une colère incandescente.

Le couperet tombe. Mella pâlit. Tout comme Publia, qui détourne le regard. Les gardes me saisissent par les bras. Je prends la mesure de mon acte. Je prends la mesure de cette haine qui m'a conduite à lui cracher dessus. Mon cœur tambourine avec une puissance qui me fracasse les côtes. Une certitude vient me faire vaciller.

Septimus va me punir en s'en prenant à mes proches. Il me l'a bien trop promis...

Aussitôt, les regrets affluent en torrents qui bouillonnent dans mon cœur, mes poumons et mes entrailles.

— Octavia, pitié ! m'écrié-je. Je suis... je suis désolée...

— Trop tard, claque-t-elle.

La peur est bien là. Elle fait trembler mes os, mes organes, mon âme. Une terreur plus grande encore que le jour où on m'a jetée d'un immeuble. Une terreur plus grande que le jour où j'ai fait face à un dépeceur. Une terreur plus grande que lorsque j'ai cru le dernier jour de May arrivé.

Le tunnel que nous empruntons m'étouffe, comme si les parois se rapprochaient. Je peux voir les murs s'écraser sur moi, s'effondrer pierre par pierre pour m'ensevelir vivante sous les tremblements provoqués par la foule. Je suffoque.

Lorsque nous arrivons au palais, le couloir des lamentations est tout proche. Les gardes me regardent à peine. Je n'oppose pas de résistance pour ne pas aggraver mon cas. Je suis enfermée dans l'une des cellules. Ma respiration redevient une souffrance. Le brasero, en l'absence de fenêtre, donne une fumée qui envahit le plafond bas. Je tousse, les yeux écarquillés comme un petit animal à l'affût de son prédateur. Des spasmes violents me secouent.

On me laisse me consumer de terreur. L'idée qu'on amène un de mes proches pour le torturer comme me l'a promis Septimus est insupportable. Elle me brûle, me calcine mes entrailles.

Elle rend mon propre oxygène toxique. Elle me fait ronger mes ongles jusqu'au sang. Je m'agenouille, vaincue.

Soudain, la porte s'ouvre.

— Livia ! pépie une petite voix connue.

Oh non. Pas ça. Pitié, tout mais pas ça.

L'horreur déforme ma bouche et mes yeux quand May se jette dans mes bras. Mes épaules se soulèvent par saccades. Je la fixe avec une peur tellement violente qu'elle fait vaciller le monde autour de moi. Les murs ondulent, se rapprochent, le sol devient une mer agitée. Mes inspirations n'apportent plus l'air aux poumons, je suis dans une suffocation silencieuse.

— Regarde, j'ai mis ma *zolie* robe pour venir au palais !

Elle porte cette robe à fleurs qu'elle voulait tant. Comme sur son joli dessin. Ce petit chef d'oeuvre qui m'a accompagnée sur les toits, qui me donnait la force d'avancer pour elle. Je cède aux larmes, des sanglots nerveux m'étouffent. Mes bras se referment plus fort autour de ma protégée. Comme si je pouvais la soulever, l'emporter et fuir loin d'ici. Mais c'est impossible, je le sais. Si je quitte cette pièce, je serai certainement tuée. Et May avec moi. Mes sanglots trempent ses cheveux crépus. Le sol forme toujours des vagues monstrueuses. Ces flots de pierres vont me noyer.

— Pourquoi tu pleures ? s'étonne May.

Un pas lourd se fait entendre. Alerte, je le reconnais. Une proie reconnaît toujours son prédateur. Je lève les yeux avec horreur sur Septimus, partiellement caché dans l'ombre de la pièce. Son rictus cruel dévoile une dentition parfaite que mon cauchemar éveillé transforme en crocs de dépeceur. Instinctivement, je recule avec May, comme si cela pouvait nous sauver.

— Alors, Livia, regrette-t-on de s'en être pris à mon trésor ?

Je n'arrive pratiquement plus à respirer. Je lève les yeux vers la surface d'un océan qui n'existe plus. J'aurais beau me battre, il maintiendra ma tête sous l'eau. Ma vision se noircit, je coule. Je coule et j'entraîne May avec moi. C'est insupportable.

— Je… je ferai ce que vous voulez. Je… j'endurerai toutes les tortures mais… pitié… pitié, pas May.

Il s'approche, je serre May plus fort. J'embrasse sa joue redevenue ronde comme si c'était la dernière fois. Je ne maîtrise plus mes émotions, je m'enfonce plus encore dans les ténèbres.

— Il est trop tard pour regretter. Tu as manifestement besoin d'une leçon marquante… May, ma douce, viens me voir.

Il sort de sa poche une sucette. Je la reconnais, elle vient de chez la Mère Fantin. May a une interdiction formelle d'en consommer. Il est cruel même quand il veut faire croire à de la bonté. J'ai envie de vomir.

— Livia, je veux la sucette ! piaille-t-elle. Tu sais que Maman m'en donne jamais !

— Oui Livia, laisse donc May profiter de la sucette. Après tout, ce sont les meilleures de l'île, reprend Septimus en tendant les bras à ma protégée.

Je dois la lâcher... Si je ne le fais pas ce sera pire encore...

Laisser May partir dans les bras du Consul est mille fois plus douloureux que lorsque j'ai eu la sensation que Caeso m'avait arraché le cœur. Je ne suis plus qu'une silhouette recroquevillée dans un coin sombre. Plus qu'une chimère.

— Vous êtes fort ! Comme Alpha ! s'émerveille-t-elle quand le Consul la soulève du sol.

Je baisse la tête, frappe le sol en pierres inégales de mon poing jusqu'à en avoir mal. J'ai livré l'une des choses les plus précieuses de ma vie à ce sadique. Si je n'avais pas identifié de proches, si j'avais été seule, si… si je pouvais tout recommencer.

Mon chemin n'est pas pavé de bleuets. Il est pavé d'erreurs terribles, de morts, de complots et d'un danger permanent pour mes proches.

— Alpha ? C'est le nom de la montagne de muscles ? demande-t-il avec un sourire machiavélique.

— Oui, imploré-je, vaincue. Pitié, Consul. Pitié…

Je hurle mais ma voix se brise. Il soupire et s'approche de la table où il asseoit May. Mes larmes deviennent des torrents. Je supplie, me traîne au sol, incapable de me relever. J'ai si mal…

— Consul, pitié… torturez-moi. Faites ce que vous voulez.

Brisez mes os. Crevez mes yeux. Scarifiez mes organes…

— Voilà qui est tentant, mais Caeso risquerait de m'en vouloir un peu trop à mon goût… tu ne veux pas qu'il se soulève contre moi, n'est-ce pas ?

Je croise les bras sur mon buste et nie vigoureusement de la tête.

— Bien. Il est dommage que nous devions en arriver là pour t'apprendre le respect, *petite Favorite.*

J'ai soudain une once d'espoir. Une faible lueur dans mon univers enfumé de douleur. Je cherche le regard du Consul, ses yeux vert clairs, perçants, semblent transpercer jusqu'à l'âme quiconque les croise.

— J'ai compris, glorieux Consul… j'ai compris… expiré-je.

— Parfait. Gardes !

Je respire un peu mieux. Mon corps traversé de spasmes d'angoisse s'apaise légèrement. Il va me laisser partir avec May. Il va nous laisser quitter cet enfer. Je ferme les yeux quand j'entends la garde arriver. Ils m'empoignent par les bras.

— Je… je ne ferai plus d'écart, promets-je d'une voix explosée.

— J'y compte bien. Gardes, vous pouvez l'attacher à la chaise.

Je rouvre les yeux, les pupilles dilatées par la panique. Je tente de me débattre, mais je suis au bout de mes forces, mon corps ne supporte plus tout ce stress et me lâche.

— Quoi ? Non ! Non, je vous ai dit que j'ai compris ! Je vous ai promis, je…

— Silence ! ordonne le Consul.

Je suis ligotée au seul siège de la pièce. Je me tortille, essaie de me libérer mais en vain. L'un des gardes m'accorde un coup d'œil assassin qui fait remonter l'acide dans ma gorge.

Impuissante, je regarde May sur la table de torture. Elle m'observe avec un air curieux.

— Pourquoi on l'attache ? Elle est méchante ?

— Oui, elle m'a désobéi. On te l'a dit à l'école qui ne fallait pas désobéir ?

Son ton paternaliste accentue ma nausée, un liquide jaunâtre et putride s'échappe de mes lèvres. Ma vue se trouble, mais pas assez pour que le sort de May me soit épargné. Je m'entends supplier, en vain.

— Oui ! Il faut toujours obéir au Consul. Le Consul, c'est le héros !

— Bien ma grande, sourit Septimus. Tu as peur des piqûres ?

— Non, on me pique pour le *cébète* ! répond-elle fièrement.

— Je crois qu'on dit le diabète, corrige le Consul avec une tendresse paternelle qui me révulse.

— Ah oui, vous avez raison. Livia, il faut pas pleurer, c'est pas grave les piqûres.

Le Consul éclate d'un rire tonitruant. S'il lui injecte le même sérum de torture qu'à Eta, May pourrait s'éteindre sous mes yeux avec la violence de ce supplice.

— Exactement… Maintenant, ma grande, je vais te faire une piqûre et, si tu es courageuse, tu auras une sucette après.

— NON ! NON ! Vous pouvez me tuer, vous pouvez me faire dévorer, mais pas elle ! m'époumoné-je.

Je n'ai plus d'espoir.

— Je te l'ai dit, il est trop tard et, même si ce n'est pas l'envie qui manque, je ne peux pas te rendre avec le corps brisé à mon fils…

Puis, l'aiguille se rapproche du petit bras de May. Elle transperce sa peau fine. Je supplie. Encore. Mais il injecte son poison. Mes supplications deviennent un hurlement animal. Le hurlement de quelqu'un à qui on arrache son cœur à main nue.

Je n'ai plus d'âme. J'ai la gorge en feu d'avoir hurlé. Et les cris de May se répètent dans un écho sinistre de mon cerveau jusqu'à mon cœur. Plus aucune larme ne coule. Le Consul s'approche de moi, se met à ma hauteur, et saisit mon menton entre ses doigts pour m'obliger à le regarder. Je frémis de dégoût, je ne supporte pas qu'il me touche. Son haleine est encore teintée de vin. Et ses yeux… ses yeux je n'ai plus qu'une envie : les lui arracher.

— Maintenant, j'ai la certitude que tu ne sortiras plus du rang, me nargue-t-il, un sourire en coin.

Et moi, j'ai la certitude que je vais vous tuer.

Cette perspéctive qui m'effrayait est devenue un besoin. Jamais je ne pardonnerai ce qu'il a fait. Toucher à May, à cette vie que je tente de sauver depuis plus d'un an, c'est un acte impardonnable. C'est prendre tout ce que j'ai comme rêves, comme espoirs, comme tendresse, comme amour, et le broyer sous mes yeux.

— Regarde, mon médecin personnel s'occupe d'elle. Tu devrais me dire merci.

Je regarde par-dessus son épaule. Un doctores âgé est en train de pratiquer de multiples injections et manipulations de ce corps de poupée désarticulée. Je serre les dents, la rage vient à l'assaut de mes yeux. Pourtant, je refuse de pleurer encore. Il savourerait chacune de mes larmes.

— Il utilise notre stock personnel de médicaments et sérums, insiste-t-il en hurlant. Dis merci !

Je ne réponds pas. Je ne peux pas le remercier d'avoir torturé May. Ses doigts pressent douloureusement mon menton.

— Je t'ordonne de me remercier ! Sinon je lui réinjecte un sérum de torture.

Mes prunelles délavées par les pleurs reviennent vers lui. Je le fais pour May, et seulement pour elle.

— Merci, glorieux Consul.

Ma voix est à peine audible. Mais ça semble lui suffire. Le doctores achève son œuvre. Septimus se penche à mon oreille, un nouveau frisson de dégoût me parcourt.

— Maintenant que tu es enfin brisée, je peux te reconstruire à notre image, susurre-t-il. Tu seras une parfaite création du gouvernement qui accompagnera mon fils vers son futur rôle.

— C'était votre idée dès le début, me remémoré-je. C'est pour ça que Vibia et Octavia m'ont prise sous leurs ailes. C'est pour ça que j'ai regardé tous ces reportages durant mon hospitalisation…

— Ma femme s'est attachée à toi à cause de cette stupide histoire avec sa sœur. Si tu veux être aux côtés de Caeso, tu dois correspondre à mes critères et à ceux du Haut-Consul.

Je ne réponds pas. Je n'ai plus qu'un désir de vengeance et de sang. L'égorger, le regarder se vider de ce liquide pourpre qui m'a tant effrayée jusqu'ici. Traîner son corps au milieu de la plèbe et les laisser massacrer son cadavre, qu'il n'en reste plus rien. Comme le corps d'Eta. Une bouillie qui sera balayée par la pluie.

Septimus me détache. Mon corps est perclus de douleurs et de courbatures. Péniblement, je me redresse et avance vers la table en traînant des pieds, à bout de force.

Je caresse la joue de May. Des traces de sang s'écoulent de ses paupières, de ses narines et de sa bouche. Si je ne m'étais pas arraché une partie de mes ongles, ils rentreraient dans la chair de ma main.

— Il me faut une bassine d'eau, du savon et un linge. Je dois nettoyer son visage.

— Mon doctores l'a suffisamment arrangée…

— Je ne la rendrai pas à sa mère avec du sang sur le visage ! me révolté-je d'une voix aiguë.

Septimus m'observe et, étrangement, il sourit. Troublée, je recule d'un pas.

— Je t'envoie une domestique avec le nécessaire. Tu lui donneras à son réveil, lâche-t-il avant de quitter les lieux.

Il pose la sucette à côté de ma protégée. Mes dents menacent d'exploser. Je jette la friandise dans le brasero et regarde le petit corps de May. Sa respiration est à peine perceptible. Sa robe est souillée. Cette robe qu'elle aime tant. Notre rêve.

Une domestique se présente à moi avec le nécessaire pour laver May. Elle me propose gentiment son aide, mais je refuse. Je ne veux plus qu'on la touche. Sa main se pose sur mon épaule. Ses yeux brillent de larmes.

— Je suis désolée, chuchote-t-elle.

Pas autant que moi…

— Je vais la ramener à sa mère… quand il n'y aura plus de sang.

La domestique acquiesce et me laisse. Avec tout mon amour, je lave son visage et son corps. J'essaie d'enlever les taches de la robe. Je frotte comme une folle, jusqu'à en avoir mal aux doigts.

Quand je l'estime assez propre pour qu'elle ait seulement l'air de poursuivre une sieste, je prends son petit corps contre ma poitrine. Je veux qu'elle puisse sentir mon cœur battre pour elle.

— Pardon, je te demande pardon.

Quand je quitte la cellule avec ma protégée, le garde qui faisait la ronde a encore les yeux humides. Il me jette un regard plein de haine et saisit mon bras. Il approche son visage de mon oreille :

— Vous allez le laisser faire ? Vous allez le laisser encore respirer après ça ?

— Vous n'êtes pas intervenu, rétorqué-je durement.

— Il aurait mis une double dose. Vous devez l'arrêter, Livia. Vous le devez…

Ce garde doit être un plébéien pour me parler de la sorte. Je ne réponds pas, je remonte le couloir avec une haine qui grandit à chaque pas. Jamais je n'ai été aussi en colère. Pas même pour Epsilon. Pas même pour Eta. Pas même quand j'ai cru mourir à mon tour. Mes doigts se resserrent sur ma protégée. Je peine à inspirer, l'air est devenu une masse, comme du métal en fusion versé dans mes poumons.

Je monte les escaliers, May toujours inconsciente. Je crois que je vais m'effondrer encore devant Mer. Elle va certainement vouloir me tuer, et elle aurait bien raison. Je l'ai trahie. J'ai trahi sa fille. J'ai fait de son enfant un instrument pour m'atteindre et me blesser. Tout est de ma faute et j'en ai parfaitement conscience.

Je la retrouve dans le hall désert, à faire les cent pas. Quand elle me voit, elle court et vient récupérer May. Je n'arrive même pas à parler tant ma culpabilité et ma haine sont violentes. Mon corps est secoué de tremblements qui s'apparentent presque à des convulsions. Mes yeux débordent de larmes acides.

— Livia, chuchote-t-elle. Livia… Qu'est-ce qu'il s'est passé ?

Je la regarde avec toute la culpabilité du monde. Comment lui avouer mon crime ? Comment lui dire que maintenant, Septimus n'hésitera pas à les torturer au moindre faux pas ? J'essaie de prendre une inspiration plus profonde, mais j'échoue. L'air reste dans ma bouche, où il pourrit jusqu'à devenir nocif. Dans ses yeux passe l'inquiétude. Plus je mets de temps à répondre, plus l'horreur vient noircir un peu plus ses prunelles.

— Il l'a… il l'a… Par ma faute… il l'a…

— Il l'a torturée, annonce Murs dans mon dos.

Mer titube, les bras serrés sur sa fille. Murs la soutient, la haine que je peux voir dans ses yeux n'a sans doute jamais connu d'égal. Elle éructe, son corps se plie et chaque inspiration gonfle son dos comme celui d'un dépeceur prêt à attaquer.

— Il a… torturé… ma fille…

— Oui, soufflé-je.

Elle m'attrape par le bras violemment et colle sa bouche à mon oreille :

— Si tu ne le tues pas, je le ferai.

— Ne t'inquiète pas pour ça, j'en avais déjà l'intention.

— Bien.

Mer ne pleure pas. Non, elle a cessé de trembler. Elle appuie May contre sa poitrine et tourne les talons sans en dire plus pour quitter le palais. Je comprends les espoirs que l'on place en moi. Je comprends que ma haine est aussi *leur* haine. Je comprends qu'en réalité, je ne suis pas seule. Celle qui portera le coup fatal, ce sera moi. Pour May. Pour Epsilon. Pour Eta. Et pour toutes ces vies que le gouvernement asphyxie jusqu'à les regarder crever.

Murs pose sa main dans mon dos. Je lève la tête vers lui, les yeux encore baignés de larmes.

— C'est de ma faute.

— Livia, il faut être un fou sanguinaire pour torturer une enfant.

— Je crois que… je crois qu'il a fait l'abomination de trop.

— Je le crois aussi.

Autour de nous, le hall est vide. Je regarde les fenêtres, l'extérieur m'appelle. Je voudrais m'envoler, disparaître, mais ce serait la solution de facilité : fuir. Non, désormais je dois vivre et respirer dans un seul but : amener Caeso au pouvoir et éliminer tout ce qui sera sur sa route. Je n'ai pas été élevée en guerrière, mais je le suis devenue par la force des choses.

— Je crois que je n'ai pas assez crié, reconnais-je dans un soupir. En fait, je crois que j'aimerais me sectionner les cordes vocales à force de hurler.

— Votre voix compte. Vous ne devez pas vous rendre muette, car c'est ce qu'*il* cherche. Il veut vous briser, chaque jour un peu plus. Il vous torture psychologiquement pour obtenir tout de vous. Mais vous êtes bien plus forte que vous ne le pensez.

— Je n'ai pas été aussi forte que May.

— Personne sur cette terre n'a la force de cette enfant.

Elle ne devrait pas avoir à être si forte. Elle doit m'inspirer. Je dois devenir comme elle. Je dois…

— Livia !

Je me tourne vers la coursive, c'est Caeso qui m'appelle. Il descend rapidement les marches du grand escalier et vient me prendre dans ses bras.

— Il m'a dit. Il m'a tout dit.

Je ferme mes poings sur sa poitrine. Pour la première fois, le parfum de Caeso ne m'apaise pas. Non, je suis ivre de colère.

— Il s'en est pris à une enfant de six ans, ragé-je.

— Je suis désolé. J'aurais dû vous protéger, je n'aurais jamais cru que…

— Que quoi ? Je t'ai déjà dit que ton père était un putain de dictateur, feulé-je en rompant notre étreinte.

Il cherche à me prendre les mains, mais je me dérobe. Il les lève en signe d'apaisement, mais je ne suis pas prête à me calmer.

— Calme-toi. Je sais… Mais, avant, il n'avait jamais torturé…

— Caeso, il a fait dévorer une adolescente sous les yeux de toute une partie du monde. Nous devons…

Il met son index sur ma bouche et m'entraîne à sa suite dans ses appartements. Une fois la porte refermée, je croise les bras sur ma poitrine, m'étreins aussi fort que je le peux. Caeso vient plaquer son torse à mon dos et m'entoure avec ses bras. Je me sens un peu mieux. Détruite, mais pas en poussière.

— May était la limite à ne pas franchir, chuchoté-je.

— Tu connais la finalité de notre plan. Aurait-elle changé s'il l'avait épargnée ?

— Non. Disons que… je n'ai plus aucun remords.

— Moi non plus.

Un fils prêt à tuer son père. Je réalise que j'ai malmené Caeso quand nous étions dans le hall. Même horrible, il reste son père, et je crois que la bonté naturelle de Caeso faisait qu'il essayait de le voir moins terrible qu'il ne l'est. Sans le savoir, Septimus a rebattu les cartes. Encore une nouvelle partie. Plus prometteuse cette fois-ci.

CHAPITRE 26

Mella verse l'huile précieuse sur mes cheveux. Ses prunelles croisent les miennes dans le grand miroir.

— Quelque chose a changé dans ton regard, souffle-t-elle.

— Il a touché à May. Rien ne sera plus jamais comme avant.

— Je suis désolée…

— Tu n'es pas responsable, la rassuré-je.

Hier, j'ai pris trois fois la dose de mes médicaments pour dormir sans entendre May hurler et pleurer dans mon esprit. Je serre les dents. Une nausée acide ne me quitte pas, brûlant ma gorge et ma langue. Jamais je ne pourrai oublier. Mais je sais que je dois refouler tout ce que ce souvenir provoque, sinon il va me pulvériser de l'intérieur.

Il a voulu me détruire. Me briser. Mais je ne deviendrai pas sa marionnette sans âme.

Ma haine doit nourrir ma force. Septimus a créé celle qui le tuera et qui s'en délectera. Je le regarderai supplier, agoniser. Je le laisserai se voir mourir, je lui laisserai tout le temps de comprendre que son monde s'éteindra avec lui.

J'observe Mella dans le reflet. Elle me sourit, comme je souriais à Zaley pour la réconforter. Mon cœur se gonfle de reconnaissance. Je sais qu'une fois libre, elle ne reviendra qu'occasionnellement me voir. Que nos chemins divergeront. Mais elle sera heureuse, et c'est tout ce qui compte.

Elle attache mes cheveux pour laisser le soin agir et embrasse ma joue, comme elle aime tant le faire. Ensemble, nous regardons notre reflet. Elle m'étreint avec force, comme si elle voulait verser en moi sa lumière pour m'aider à sortir des ténèbres. Je laisse un pâle sourire étirer légèrement mes lèvres.

Soudain la porte de la chambre s'ouvre.

— C'est l'heure du goûter ! pépie Ostia avec un gros gâteau dans ses mains, aux parts déjà coupées.

— Et d'une bonne lecture pour changer les idées de notre petit chat sauvage, ajoute Publia avec son sourire mutin.

La reconnaissance fait s'emballer mon cœur. Le fait que Septimus ait torturé une enfant a fait le tour du palais. Discrètement, j'ai révélé aux filles qu'il s'agissait de ma punition. Elles n'ont pas pu donner leur opinion, mais à leur regard, j'ai compris qu'il était allé trop loin. Elles ont des familles avec certainement des enfants.

Mais, fidèle à elle-même, Publia lutte contre le système avec son humour et sa joie de vivre. Manifestement, elle ne compte pas me laisser sombrer dans une mer de haine toxique. Je regarde le gâteau et fronce les sourcils :

— D'où tu sors ce gâteau ? demandé-je malgré moi.

— Septimus a appelé Octavia pour un caprice de l'après-midi, lance Publia.

— Un caprice de l'après-midi ?

Publia s'installe sur le lit de Mella, non sans jeter un regard critique à ma couverture plébéienne, et lève les yeux au ciel.

— Parfois, son entrejambe le démange à la sortie du Conseil, alors il appelle l'une d'entre nous. Enfin… il appelle surtout Octavia.

Je regrette aussitôt ma question.

— Je vais vomir, glapis-je.

— C'est la Favorite, c'est normal. Et ça nous laisse un peu la paix, appuie Ostia. Tenez, j'ai pris des assiettes et des cuillères.

Je me retrouve avec une petite assiette et une étrange cuillère, avec des dents minuscules, que je tourne dans tous les sens. Mais, surtout, la nausée me tord encore l'estomac.

— Tout ça ne nous dit pas comment vous avez déniché ce gâteau, soupire Mella en s'asseyant aux côtés de Publia.

— On a attendu qu'Octavia parte et on a envoyé une servante dire à Caeso que Livia mourrait d'envie de manger un gâteau au chocolat, glousse Ostia.

Je fronce les sourcils, je n'aime pas l'idée qu'on se serve de ma relation avec Caeso, même pour un gâteau au chocolat.

— Tu recommences avec ta tête de chat sauvage, gronde Publia en me pointant avec sa cuillère. Apparemment, il était très heureux que tu demandes à manger.

— Mais je n'ai pas faim !

— Livia, tu n'as rien mangé hier soir, ni ce matin, ni ce midi, rappelle avec douceur Mella. Caeso doit être très inquiet. Il sera heureux si tu manges une part de ce gâteau.

Je pose mes coudes sur mes cuisses, le dos rond. La culpabilité pèse sur moi, comme si elle nichait sur mes épaules, ses doigts pressent ma gorge, y pénètrent pour me donner envie de vomir.

Ostia, toujours pressée de manger, sert les portions dans nos petites assiettes et me tend la mienne avec un sourire contrit. Je la remercie dans un murmure et regarde l'énorme part comme si c'était elle qui allait me dévorer.

— Et il vaudrait mieux que tu te remettes à manger, reprends Publia. Sinon Octavia va s'en mêler et…

— Et elle me fera manger par les narines s'il le faut, oui, je sais, elle m'a menacé… quoi… une dizaine de fois depuis hier ?

— On se fiche d'Octavia, riposte Mella. Ce qui compte, c'est que Caeso est très inquiet. Hier soir, il…

Elle se pince les lèvres et rougit.

— On avait dit qu'on le disait pas, pour Caeso, se moque Publia.

Mon cœur s'emballe. Mella n'ose plus me regarder. Je pose l'assiette et cherche laquelle des trois va me dire de quoi il est question.

— Il y a un problème avec Caeso ? m'inquiété-je.

— Il est venu hier soir au harem quand il a su que tu étais

partie dormir directement après le dîner sans rien avaler, révèle Publia. Il est resté à ton chevet toute la nuit, je l'ai croisé en revenant de chez Septimus.

Publia parle de son retour de chez Septimus avec une froideur inhabituelle chez elle. Je sens mes joues s'embraser. Je reporte mon attention sur le gâteau. Je ne veux pas inquiéter Caeso à ce point. À cause de moi, il a passé une nuit blanche.

— Donc, mange ce gâteau, ça lui fera plaisir et ça le rassurera, conclut Ostia.

Les filles gloussent. Je dois admettre qu'elles ont raison. Ne pas manger, c'est laisser la torture psychologique de Septimus gagner. Malgré mon ventre retourné, je me force à prendre une bouchée.

— C'est bien, Livia, m'encourage Mella.

— Je vous ai trouvé un livre de pirates. Une réédition d'une histoire de l'Ancien Monde ! annonce fièrement notre lectrice officielle.

J'arque un sourcil, plutôt dubitative.

— C'est quoi des pirates ?

Publia simule un malaise, manquant de renverser sa part de gâteau, ce qui provoque l'hilarité d'Ostia et Mella. Je me renfrogne, je déteste quand on se moque de mon manque de culture.

— Ce sont des gens qui naviguaient sur les mers pour voler des navires plus riches, explique Mella avec bienveillance.

— Des… des genre de Noctis ? m'étonné-je en me forçant à avaler une autre cuillerée de gâteau.

— Oh non, eux ils volaient pour tout garder ! corrige Publia. Mais ils vivaient plein d'aventures. Et là, j'ai une histoire d'amour impossible entre un terrible capitaine d'un navire pirate et une fille noble…

— Il y a des scènes cochonnes ? questionne Ostia en se resservant du gâteau.

Publia laisse un sourire mutin éclairer son visage.

— Bien sûr, Septimus adore m'offrir des livres avec des scènes érotiques, même si ça insupporte Octavia.

— Je ne sais pas si Octavia approuverait que j'écoute ce genre de lecture, grimacé-je. Ni même Vibia…

— On s'en fiche, elle n'est pas là ! Et Vibia ne le saura jamais. Tu as peur des scènes érotiques ? se moque gentiment Publia.

— Pas du tout ! m'offusqué-je.

— Très bien. Ça te donnera des idées pour tes nuits avec Caeso, je suis certaine qu'il serait prêt à dénicher un bateau de pirates pour réaliser un de tes fantasmes…

— PUBLIA ! réprimandons-nous en chœur.

J'abandonne ma part de gâteau à peine entamée et m'allonge. Mella vient se coucher à mes côtés pour me tenir la main. Je serre ses doigts aussi fort que je le peux. Je refuse de fermer les yeux, car derrière mes paupières se cache le calvaire de May. La haine est comme ces plantes grimpantes qui entourent les colonnes de notre salle commune. Ses ramifications pressent mes organes, jusqu'à la douleur. Jusqu'à me priver d'appétit. Jusqu'à rendre chaque inspiration pénible.

— Il faut que tu manges, souffle Mella. Tu dois être forte pour May.

J'acquiesce, elle a raison. Je mangerai ce soir. En attendant, j'écoute l'histoire de Publia. Grâce à elle, je découvre un tout autre monde. Eux aussi vivent sur des îles. Le ciel est bleu, la mer est turquoise et les oiseaux ressemblent à ceux de l'île de l'espoir. Mais plus la lecture avance, plus je m'étonne que Septimus ait pu laisser entrer un tel roman dans le harem. Un roman où la liberté n'est pas un privilège, mais un droit que l'héroïne prend sans craindre pour sa vie.

Non… Septimus n'a pas pu lui offrir un tel ouvrage.

Je fais taire mes pensées. Publia s'est donnée du mal pour me distraire et c'est tout ce que je dois retenir.

Ostia savoure sa troisième part de gâteau alors que Mella somnole contre moi, quand Octavia fait irruption dans la chambre.

— Qu'est-ce que vous trafiquez toutes les quatre ? Attendez … Non mais je rêve ! D'où sort ce gâteau au chocolat ? hurle la Favorite.

Mella sursaute, je me redresse sur mon coude tandis qu'Ostia avale de travers sa bouchée. Les pommettes de la Favorite sont rouges, j'ignore si c'est la colère ou l'*effort* qu'elle vient de faire. Un frisson de révulsion me saisit, dans un picotement qui parcourt ma peau.

— Ce *restant* de gâteau, tu veux dire ? taquine Publia.

— Et toi ? Qu'est-ce que tu leur lis encore ? Je te préviens, si c'est un de tes romans érotiques…

Publia ouvre le bouquin à la couverture neutre et relié, sans titre, et le plante devant son visage. Elle s'éclaircit la voix. Je serre les dents, Mella retient son souffle et Ostia tente de finir son morceau de gâteau avant que la Favorite ne le lui confisque. La perspective que cette petite lecture récréative nous coûte *cher* ravive toutes mes angoisses. Mon cœur est en suspens, pendu aux mots qui vont sortir de la bouche de Publia.

— *Remus Alitraze entra dans les ruines de ce qui fut un palais présidentiel dans l'Ancien Monde. Les lieux étaient en partie détruits et, pourtant, tout appelait ici au pouvoir et aux grandes décisions qui révolutionneraient notre monde…*

Bouche bée, je l'écoute réciter mot pour mot un extrait de « *Vie et Sacrifices de Remus Alitraze, premier Haut-Consul du Nouveau Monde* », que j'ai étudié jusqu'à le vomir lettre par lettre, quand j'étais à l'école.

Elle ferme le livre en souriant. Octavia semble avoir un peu décoléré, si j'en juge par ses pommettes désormais rosées.

— *Vie et Sacrifices*, voilà une lecture saine pour toi, Livia, et qui élèvera ton esprit, reconnaît la Favorite.

Je me retiens de vomir le peu de gâteau que j'ai mangé. Ce livre est l'ouvrage de propagande par excellence. Publia a fait preuve de finesse en parvenant à dissimuler notre véritable lecture. Je lui glisse un regard profondément reconnaissant.

— Et ce gâteau ?

— C'est moi ! interviens-je avant qu'Ostia ne se dénonce.

— Toi ? doute Octavia. Tu ne manges pas depuis hier et tu te fais porter un gâteau ?

Ses aventurines se plantent dans mes prunelles sombres. Ses yeux sont les mêmes que ceux de Septimus. Le dégoût me donne un coup dans le ventre. Je ne parviens pas à soutenir son regard, qui me renvoie au bourreau de May.

— Mon… mon appétit est revenu… j'ai demandé un gâteau. Au chocolat.

— Et aucune de vous trois n'a jugé utile de lui rappeler que Septimus veille à notre alimentation et que ce *caprice* n'était pas au menu ?

— Octavia, ce n'était qu'un goûter, tempère Ostia.

Elle est la plus âgée de nous quatre, de fait sûrement la plus à même de raisonner Octavia. Je suis lasse qu'ici tout devienne un drame. Nous avons mangé un gâteau, et Octavia se comporte comme si c'était un acte de trahison.

Que dirait-elle si elle connaissait le vrai contenu du livre ?

Mon sang se glace. Pendant une fraction de seconde j'imagine Publia sur la table du supplice. Mon sang quitte mon visage. Mon souffle se fait plus court. Elle devrait se débarrasser de ce fichu bouquin. Pourquoi garde-t-elle ce type de lecture ici ? Voilà que je commence à trembler.

— Livia, à l'avenir, ne fais plus de caprices auprès de Caeso. Si tu as faim, tu manges pendant les heures de repas.

Elle m'infantilise, mais je ne me révolte pas. Pourtant, l'envie de lui envoyer le reste du gâteau à la figure est grande. Mais le moindre petit acte est devenu bien trop lourd de conséquences. Mon mal de cœur s'accentue. Je me demande si elle a expressément demandé à Septimus de torturer May… Non… Non elle avait l'air si maternelle à l'hôpital…

— Bien, je ne le ferai plus, réponds-je docilement.

— Parfait. Il est l'heure du bain.

Nous laissons Octavia sortir de la chambre. Je quitte le lit pour me jeter sur Publia.

— Publia tu dois te débarrasser de ce truc, marmonné-je en jetant des coups d'œil anxieux au couloir.

— Ne t'inquiète pas pour moi, j'ai une bonne cachette.

Je tente de lui prendre le livre des mains avec l'idée de le jeter dans un brasero isolé.

— Publia, si Octavia découvre ce livre…

Elle se penche et embrasse ma joue avant de me sourire.

— Ne t'inquiète pas, petite Favorite.

Elle s'amuse à saisir mon menton pour venir frotter son nez contre le mien. Ma gorge devient roche. Mon père faisait ça quand il voulait me réconforter.

— Allons au bain, lance Mella. Ne lui donnons pas un nouveau motif pour nous moraliser.

Publia ne nous suit pas. J'imagine qu'elle va cacher le livre. Mon cœur ne parvient pas à s'apaiser. Je sais que Publia aime défier l'autorité, mais elle ne mérite pas de le payer de sa vie. Nos vies sont des fils tirés par le gouvernement, que parfois Septimus choisit de couper. Sans aucun scrupule ni aucun remords.

CHAPITRE 27

Caeso me prend dans ses bras dès que j'entre dans sa chambre. Je me blottis contre lui. Ce soir j'ai fait l'effort de manger pour lui et pour May.

— Je suis désolée pour ta nuit blanche, soufflé-je.

Une de ses mains caresse mon dos, une onde d'apaisement déferle sur moi. J'inspire, enfin mes poumons se gonflent, enfin je retrouve la surface.

— Ne le sois pas. As-tu mangé ce soir ?

Sa voix est si douce, caressante et pleine d'une tendresse qui me berce. Je hoche la tête. Il passe ses doigts dans mes boucles encore humides.

— Delta, j'ai quelque chose à te montrer.

Je relève mon visage vers le sien, les yeux écarquillés. Il me sourit et tapote le bout de mon nez.

— Tu as toujours l'air d'un petit chaton quand tu me regardes comme ça, s'amuse-t-il.

Mes joues se réchauffent et je baisse les yeux. Mon cœur joue une douce mélodie, une mélodie propre à Caeso. Une mélodie différente de celle d'Alpha. J'ai renoncé. Alpha ne sera pas mon avenir et il en est ainsi. Je lui offre l'opportunité d'aimer de nouveau. Aimer plus fort encore. Aimer et peut-être connaître avec cette personne un avenir meilleur où il n'y aura plus de

Noctis. Au fond de mon cœur, j'espère qu'il a compris que je tente de tourner la page. Pour lui. Car nous ne pouvons plus écrire une histoire ensemble.

Caeso est mon présent et mon avenir. Mon devoir est d'être à ses côtés pour qu'il change les choses, pour lui donner tout ce que je sais et qui peut sauver la plèbe. J'ai conscience qu'il faudra des années pour que le changement opère. Je ne peux pas exiger d'Alpha qu'il m'attende tout ce temps.

Aimer, c'est savoir ouvrir la cage.

Les lèvres de Caeso se posent sur mon front, me ramenant à la réalité.

— Allez, viens.

Il m'entraîne dans son bureau. Je retrouve les murs couverts de livres et son bureau en bois massif où j'ai dégusté le canard lors de mon premier soir au palais. Un souvenir teinté de tristesse, car j'ignorais que j'abandonnais ma vie pour une autre. Mais aussi d'espoir, parce que le changement de notre avenir y trouve son origine.

Une montagne de livres épais envahit le meuble. Caeso me propose une paire de gants blancs. Je les enfile sans discuter, ils sont légèrement trop grands pour moi. Je le regarde s'emparer d'un énorme ouvrage à la couverture en cuir ouvragé et au papier jauni, sûrement par le temps.

— Évite de trop le manipuler, recommande-t-il. Il est à la bonne page.

Je hoche la tête et me penche sur le texte qu'il me désigne.

L'ordre ne se maintient que par la menace constante. Notre société ne peut se permettre de prendre le risque de sombrer une nouvelle fois dans le chaos.

Je retiens mon souffle. Le chaos, ce qui a détruit l'Ancien Monde. Ce livre doit être vraiment vieux… s'il date de la fondation de notre monde. Il pourrait tomber en poussière si je ne le manipule pas bien. Mes mains deviennent moites d'appréhension, je comprends l'utilité des gants. Mais de quelle menace parle-t-il ?

Les castes appelées Ordres sont là pour organiser un monde où chaque vie doit avoir une raison d'être et servir le gouvernement. Si nous voulons repeupler le monde, cela passe nécessairement par le conditionnement de chacun à assumer une place qui servira l'avenir.

Ce discours, je le connais par cœur. C'est celui qu'on nous tient tous les jours face à l'injustice des castes.

La menace sera la plèbe. Un Ordre maintenu volontairement dans la précarité qui agira comme garde-fou.

Mon cœur s'arrête. Tout comme mon souffle. Je lis. Relis encore. Les mots semblent se détacher du papier pour venir scarifier ma peau. Mes cicatrices dans mon dos me brûlent. J'ai été une poupée car j'étais plébéienne. J'ai été torturée car je venais d'un Ordre qui n'avait pas le droit à la parole. Un Ordre qui est… une menace. Un garde-fou. Ma vue se trouble. L'injustice de la plèbe n'est pas que dans nos cœurs. Elle est réelle. Elle est là. Elle a été créée par nos fondateurs.

Il sera peuplé par les criminels et les rebuts de notre société, ainsi que leur descendance. Il sera le risque à prendre en cas de mauvaise conduite, pire encore que la prison, qui sera seulement un passage pour les condamnés à mort qui auront mis en péril notre monde.

Je tremble. Nous payons les actes de nos aïeux. Nous endurons une vie de souffrances pour terrifier les autres Ordres et les garder dans le rang. La plèbe est une cage, un ghetto dont les barreaux se sont dessinés sur le papier avant de nous briser les ailes dans la réalité.

Chaque vie compte, certes, mais une vie de destruction se doit d'être éliminée.

Mes mains se crispent sur les bords de l'ouvrage, jusqu'à ce que la douleur remonte dans mes bras. Trois siècles plus tard, cette vérité n'est plus absolue. La mort est la seule condamnation dans la plèbe, puisqu'on ne peut pas nous condamner à vivre dans notre propre Ordre. Il n'y a pas que les vies de destruction qui sont éliminées.

Dans la plèbe, l'enseignement sera de basse qualité, ne préparant qu'à la servitude et aux travaux pénibles. Bien sûr, l'humain vit d'espoir alors, quelques-uns pourront être élevés parmi d'autres Ordres. Un peuple malade et affamé n'aura jamais la force de se révolter.

La plèbe est devenue un enfer pire encore que celui imaginé par nos fondateurs. Et, en choisissant de nous affamer et de nous maltraiter, ils ont créé les Noctis. Epsilon et Eta sont mortes car un tyran a décidé de brutaliser une partie de la population pour terrifier le reste et asseoir son pouvoir.

Je devrais être folle de rage. J'ai vu tous les gens que j'aime souffrir. Je les ai vus endurer cette souffrance, car il était censé y avoir une justice derrière. Mais, sur mon épaule, je sens la main délicate d'Epsilon. Puis, je sens celle d'Eta qui se glisse dans la mienne.

Je détiens la vérité. Une vérité qui peut tout changer. Une vérité qui peut abolir un Ordre qui broie des vies.

Eta et Epsilon sont mortes en voulant lutter contre un système qui avait décidé de nous détruire dès le début. Les fondateurs ont regardé une partie de la population aller à l'abattoir. Et ils ont perpétué cette décision ignoble. Même si, aujourd'hui, la plèbe n'est plus du tout présentée comme une sentence par la propagande, mais plutôt comme des profiteurs du gouvernement qui ont comme seule peine des métiers difficiles. Une manière d'entretenir la haine contre nous plutôt que contre le gouvernement.

L'idée que le reste des Ordres pense que seuls les métiers difficiles puissent nous tourmenter me donne envie de vomir.

— J'avais raison, murmuré-je d'une voix étranglée. J'avais raison depuis le début… Comment as-tu eu ce livre ?

— *Les fondations de notre civilisation*, c'est mon livre favori. Chaque année, mon oncle m'en offre une édition et là, j'ai eu la première… ce passage n'existe pas dans les nouvelles versions.

Je regarde Caeso, la vérité se trouve entre mes doigts. Tout ce que j'ai pu endurer avec mes deux familles défile à une vitesse ahurissante devant mes yeux, pour s'arrêter sur moi, observant ma petite sœur de loin. À jamais bannie de sa vie. Si je ne fait rien, Zaley va continuer de grandir dans la plèbe et son avenir se teintera de noir et de pourpre. Elle sera une énième vie broyée pour que les autres Ordres restent dans le rang.

Certainement pas !

— Ils ont voulu effacer leur crime, m'insurgé-je avec hargne. Ils ont voulu nous faire croire que la plèbe était juste, alors qu'ils l'ont créée, à l'origine, pour torturer tout un peuple.

Caeso prend avec délicatesse le livre de mes bras et le pose sur son bureau. Je retire les gants, mon cœur bat rapidement, comme s'il avait pris une dose d'adrénaline, comme avant mes sauts les plus compliqués. Les mains de Caeso se glissent dans les miennes, son regard est voilé de gris.

— Je suis désolé… j'aurais dû voir au-delà de mes enseignements plus tôt, avant même de te rencontrer.

Je m'approche, jusqu'à ce que mon buste rencontre son torse. Et, avec une infinie délicatesse, je pose mes lèvres sur les siennes. Caeso a été mon espoir. Il est redevenu mon ange guerrier. Il a accepté de voir ce que le monde s'emploie à ignorer. Et il a fait des recherches, tout ça pour me donner raison, tout ça pour croire en une vérité qui va contre tout ce qu'on lui a enseigné.

Sa main vient dévaler ma colonne, jusqu'à la naissance de mes reins. Son désir brûle ma bouche, une sensation divine. Sa langue cherche la mienne, je mordille sa lèvre avant de la caresser de ma bouche avide. Dans mon ventre, des milliers de papillons volent et, cette fois, ne brûlent pas de culpabilité. Je croyais avoir besoin de plus de temps, mais il a su me rassurer en dénichant ce morceau d'Histoire.

— Tu as eu le courage d'aller chercher la vérité, chuchoté-je. Tu es mon ange guerrier.

Ses yeux s'arrondissent de stupeur. Je me mords la lèvre et détourne les yeux. Ce surnom, c'était mon secret. Le lui dévoiler est une manière de lui prouver ma confiance, mais aussi de lui montrer à quel point je crois en lui.

— Ton ange guerrier ?

Il ne se moque pas. J'ose de nouveau plonger mon regard dans le sien. Ses prunelles brillent d'émotion.

— Oui. Parce que tu me rappelles un tableau de l'Ancien Monde. Un tableau magnifique…

— Alors je combattrai pour toi.

Sa promesse réchauffe mon cœur et mon âme. Il a son intelligence comme arme, et pour combattre, il doit prendre le pouvoir. Il doit dominer les Consuls pour mener sa guerre contre ce que Remus Alitraze, le fondateur de notre monde, a créé.

— Caeso… tu… tu sais que, pour changer les choses, être Consul ne suffira pas ? bredouillé-je.

Sa main se raffermit sur le creux de mon dos. Ses yeux, d'un bleu merveilleux, brillent d'une ambition qui me fait frémir. Je resserre mes doigts sur sa toge.

— Je sais. Si je veux changer en profondeur ce que Remus Alitraze a créé, être Consul ne suffit pas, car je n'aurai pas les pouvoirs nécessaires pour agir comme je le souhaite. Je dois être élu Haut-Consul, et ce le plus rapidement possible.

Si la charge de Consul se transmet de père en fils, le Haut-Consul est élu parmi les Consuls.

Le regard de Caeso commence à virer au gris. Il a conscience de l'enjeu. Il a aussi conscience qu'envisager cette future élection, c'est envisager la mort de son père, que Septimus soit notre prochain Haut-Consul ou non.

— Mon père suit avec attention l'état du Haut-Consul, reprend-il. Il est dans ses derniers instants… je ne serai pas prêt… pas pour cette élection-ci.

— Ton père doit être élu pour nous simplifier les choses, ce sera beaucoup plus facile d'éliminer le Haut-Consul s'il est sur notre île… Et toi aussi, tu devras convaincre…

— Je dois me préparer à l'Éloquence, c'est ce qui influence les votes. Quand je serai prêt, nous pourrons envisager…

Je m'apprête à demander ce qu'est l'Éloquence quand, soudain, quelqu'un entre dans les appartements de Caeso. Je m'écarte alors qu'un vieil homme se présente, essoufflé. Son majordome, il me semble.

— Altesse, le Haut-Consul… Le Haut-Consul est mort !

Nous échangeons un regard avec Caeso. Il prend mes mains pour les embrasser et m'abandonne pour suivre l'homme. Je reste un moment immobile, paralysée par le fait que c'est maintenant que tout va se jouer. Septimus doit devenir Haut-Consul. Pour obtenir ce statut, il doit avoir la majorité absolue. Mais je ne doute pas qu'il a déjà commencé à mener le jeu de pouvoir qui s'annonce.

Murs entre à son tour dans la chambre, je lève les yeux vers lui, il m'invite à le suivre d'un mouvement de tête. Ensemble, nous traversons le palais où règne un désordre sans nom. Les conseillers courent dans tous les sens, les épouses se retrouvent sur la coursive pour discuter et les serviteurs se font passer le mot. La nouvelle me rend fébrile, mes jambes sont légèrement cotonneuses. Je tâche de prendre de longues inspirations pour pallier cette anxiété qui grandit doucement dans mon ventre.

Septimus doit être élu.

Nous arrivons rapidement au harem. Je fais profil bas, comme si la mort du Haut-Consul m'affectait. Je retrouve le même chaos que dans le palais. Des servantes s'agitent de toutes parts, les bras chargés d'étoffes noires. Octavia cesse un instant d'aboyer des ordres quand elle me voit.

— Petite Favorite, mets ta tenue de deuil.

— D'accord.

— Et je vous rappelle à toutes que, durant ces neuf jours de deuil, nos seules activités seront la broderie de l'étole pour le futur Haut-Consul et la lecture de la vie de feu notre Haut-Consul.

— Une étole ? questionné-je.

— Oui, chaque harem offre quelque chose au nouveau Haut-Consul… Mella, je veux des ongles nus et courts !

Mon amie boude en regardant sa manucure dorée qu'elle aime tant. Les prochains jours vont être d'un ennui mortel et une attente insupportable pour moi. Mais je ne dis rien, je me rends dans ma chambre pour y mettre ma robe noire qu'une servante me présente.

— Pas de décolleté, pas de coiffure extravagante, pas de vernis, rumine Mella. Ils ne veulent pas non plus nous enterrer vivantes avec lui ?

Je pouffe et elle roule des yeux. Nous voici toutes les deux habillées comme des Corneilles, ces gens qui s'occupent des morts chez les patriciens. Publia fait irruption dans la chambre avec, à la main, un livre énorme.

— Me voilà sauvée de la broderie ! Je vais vous faire la lecture. Une lecture longue et pénible, mais… au moins je ne brode pas, lance-t-elle avec son air mutin.

Elle a le mérite de me donner le sourire et d'écraser un peu cette angoisse de voir un autre Consul que Septimus prendre le titre de Haut-Consul.

— Je n'ai pas brodé depuis mes dix ans et on ne peut pas dire que je brillais dans cet exercice, soupiré-je.

— Broder, c'est si chiant, gémit Publia.

— Publia ! la sermonne Mella.

— Quoi ? C'est vrai ! s'insurge-t-elle en se laissant tomber sur mon lit. Livia, tu as bien de la chance de ne pas avoir brodé depuis des années.

— Je vais devoir prévenir Octavia, sinon je vais gâcher le cadeau.

— Mais tu vas faire quoi alors ? lance Mella en rejetant en arrière ses ondulations rousses.

Je hausse les épaules. Octavia me trouvera sûrement quelque chose à faire qui sera en lien avec le deuil de notre cher Haut-Consul. Mella retire son maquillage en pestant, alors que Publia commence à feuilleter son livre.

— Pourquoi les Haut-Consuls naissent toujours un jour glorieux ? lâche-t-elle.

— Car c'est ainsi : les grands rendent le jour de leur naissance glorieux, maugré Mella.

Je ris sous cape. Au moins elles ne font pas semblant de pleurer un homme qui, soyons honnête, n'aura pas marqué le monde par sa gentillesse. Il a même été plutôt terrible au début de son règne, encourageant le Consul Marcus dans les tortures publiques.

Immédiatement, l'image de May se tordant de douleur s'impose à moi. Et ses cris. Ses hurlements qui se répercutent dans mon crâne, jusqu'à avoir la sensation qu'une dague se plante dans mon cœur. J'ai honte de m'être laissée aller à la légèreté, elle qui a tant souffert par ma faute. Je devrais me punir à chaque minute de ma vie.

Mais est-ce que me punir effacera ça ?

Non. Bien sûr que non. J'aimerais trouver le sérum que les Noctis utilisent pour effacer les gens de la mémoire des enfants. Peut-être que je pourrais lui retirer cet horrible souvenir de la tête. Puis je songe encore à la menace de Septimus. Caeso a raison quand il dit que le temps est compté. Il est compté, car c'est une course contre la montre pour éliminer ce tyran avant qu'il ne découvre notre plan et s'en prenne à mes proches.

— Livia, tout va bien ? questionne Mella avec douceur.

— Je... je repense à... May.

— May ? répète Publia.

— C'est l'enfant que Septimus a torturée, rage Mella.

La colère est toujours là. Et elle sera là pour l'éternité. Je crois que, même une fois Septimus mort, je n'en guérirai pas. Et je ne sais pas si Mer me pardonnera. La règle cruelle du harem, qui m'empêche de prendre de leurs nouvelles, vient me putréfier le cœur. Il pourrit de l'intérieur, laissant dans ma bouche le goût de la haine.

— Quel monstre ! siffle Publia.

Je l'observe, elle aussi a une rage venue de loin dans le regard.

— Publia... comment tu as fini ici ? osé-je demander en lui prenant la main.

Mella jette un coup d'œil dans le couloir et ferme la porte. Publia m'invite à s'asseoir auprès d'elle, sur le lit de Mella, car elle refuse de toucher ma couverture de la plèbe, et prend une grande inspiration.

— Mon père est un ingénieur réputé. Un maître dans l'art de mécaniser la mort. Enfin, du moment qu'il faisait ça dans son atelier, bien à l'abri, sur l'île. Il m'a élevé seul, ma mère est morte en couche. C'est un pingre, il n'a pas voulu payer un médecin et la sage-femme n'a pas su gérer les complications.

Je porte la main à ma gorge. Je ne connais que trop bien les accouchements qui tournent mal.

— Je devais suivre ses traces. J'avais commencé mes études en étant affectée aux patriciens. Les ingénieurs sont rares, nous n'étions que deux dans ma promotion.

— C'est vrai qu'il n'y a que très peu d'ingénieurs, appuie Mella.

— Bref. Septimus a voulu que mon père parte au front pour améliorer certaines inventions et détruire l'ennemi sans en payer un tribut trop lourd de notre côté. Mais mon père est un trouillard. Un trouillard doublé d'un pingre, vous voyez d'ici l'homme plein de qualités qu'il est.

Le ton de Publia est acerbe. Je pourrais presque rire, un rire aigre, car sa situation n'a rien de drôle.

— Mon père lui a demandé combien ça lui coûterait de ne pas partir et d'envoyer plutôt un autre à sa place. Septimus lui a demandé une somme exorbitante. La suite, vous la devinez…

— Donc toi aussi, tu es là pour que ton père ne parte pas à la guerre, lance Mella avec peine.

En réalité, Mella est surtout là à cause de l'égoïsme de sa mère, mais je crois qu'elle préfère se rattacher au fait que sa rente de maîtresse et l'augmentation de celle de son père accordée, par Septimus, découlent de sa présence ici.

— Oui. Ça a brisé ma petite amie.

Mes yeux s'arrondissent, je laisse échapper un hoquet de surprise.

— Ta… ta petite amie ? bégayé-je.

— Oui. Quoi, ça te choque ? réplique sèchement Publia.

— Oh non, non, ce n'est pas ça qui me choque c'est… c'est le fait que si tu n'aimes que les filles, c'est… c'est encore pire d'être ici et de devoir…

— Livia, soupire Publia. La seule qui est heureuse ici, c'est Octavia. Nous détestons toutes notre situation, mais Septimus a de quoi nous briser chacune si nous laissons un peu trop voir notre dégoût.

— Quand Septimus mourra, vous serez libres, murmuré-je.

— C'est pas demain la veille ! Il est en pleine santé, le bougre. C'est pas faute d'avoir essayé de le faire crever d'une crise cardiaque au lit.

C'est plus proche que tu ne le crois, Publia…

Nous gardons le silence. J'ai mal pour Publia. J'ai mal pour chaque femme qui se trouve ici, contrainte d'être un jouet du Consul. Mais bientôt, oui bientôt, leur enfer sera terminé. Je prendrai tant de plaisir à voir la vie s'éteindre dans les yeux du Consul. À le voir expirer. À sentir son dernier souffle.

Et s'il devient Haut-Consul, ma victoire n'en sera que plus grande.

CHAPITRE 28

Cette nuit, avec Mella, nous avons parlé de la plèbe, de son origine et de la vie dans mon Ordre. Elle était effarée. Je pouvais sentir sa douleur pour les plébéiens dans sa manière dont elle serrait mes doigts. Si chacun prenait le temps de nous écouter, et surtout de nous croire, les choses pourraient changer.

Nous n'avons que peu dormi et, ce matin, quand Murs est venu me chercher car Vibia réclamait ma présence, la curiosité et le stress se sont plantées dans ma poitrine.

Nous voilà toutes les deux dans le jardin, emmitouflées dans nos mantes. J'ai choisi celle avec les oiseaux – elle me donne la sensation que Caeso me tient dans ses bras. L'air froid picote ma peau, gèle le bout de mes doigts. Je ne comprends pas quel plaisir peut avoir l'épouse du Consul à se promener dehors.

— Il faudrait mettre des maisons pour les oiseaux, chuchote-t-elle en levant le regard sur un arbre. Des maisons et à manger. Qu'en penses-tu, Livia ?

Je fronce les sourcils, elle m'a attirée ici pour me parler d'oiseaux ?

— Euh, oui… Oui, ce serait bien.

— Après tout, le palais est maintenant un refuge pour les oiseaux…

Elle parle de moi. Je suis toujours le petit oiseau de Caeso, mais je suis surtout un oiseau de nuit. Un oiseau qui rêve d'ouvrir la volière pour libérer tous ses congénères.

— Le petit oiseau s'est bien remplumé, constate-t-elle en me souriant. Mais tu sembles toujours aussi fragile…

— Je ne serai jamais aussi fragile que votre fils.

Elle soupire, le regard toujours tourné vers la cime d'un arbre. Rêve-t-elle de s'envoler loin du palais ? Peut-être veut-elle retrouver son île natale ? Comme j'aimerais voir le ciel si bleu de son île. Que n'aurais-je donné pour naître là-bas. Peut-être un jour Caeso acceptera-t-il que je visite cette partie du monde. Que je découvre de mes yeux ce qui se cache dans son fabuleux livre.

Ce serait merveilleux.

Je souris. Même si Alpha a été une page lourde à tourner, et même s'il persistera toujours des particules de ce *nous* que nous avons construit parmi les ruines de l'Ancien Monde, aujourd'hui je regarde l'avenir avec Caeso. Peut-être suis-je promise au harem pour le reste de ma vie. Peut-être vivrais-je en captivité toute mon existence, mais… mais si c'est le prix à payer pour un monde meilleur, alors je suis prête à le payer mille fois.

— Quand tu parles de lui, tes yeux scintillent, s'émeut-elle. Jamais je n'aurais cru trouver une si bonne âme pour lui.

Pourtant une part de moi n'arrive pas à admettre mes sentiments, sûrement parce que le verbe aimer est terrifiant de conséquences. Une ombre passe dans mes yeux. Une réalité contre laquelle je ne peux lutter.

— C'est à Auréa qu'il est promis, réponds-je avec amertume.

J'aimerais qu'une personne plus clémente, également prête au changement, prenne sa place. Une personne que Caeso pourrait apprécier pour qu'ils ne souffrent pas du mariage arrangé.

— Auréa… Toi et moi, nous savons qu'il ne l'épousera pas.

— C'est la décision de son père, pas la sienne.

Elle rit avec légèreté, un rire cristallin, puis elle se tourne vers moi. Ses yeux ont le même pouvoir que ceux de Caeso, je suis immédiatement happée dans ce ciel fabuleux.

— Caeso sait parfaitement contrer son père. Tu devrais être la mieux placée pour le savoir.

Que cherche-t-elle à me faire dire ? J'ai peur de faire un faux pas. J'ai peur de révéler des choses qui ne doivent pas l'être. Je ne sais pas sur quel pied danser avec Vibia. Ma seule certitude est l'amour absolu qu'elle a pour son fils.

— Livia… jure-moi que tu veilleras toujours sur mon fils, souffle-t-elle, le visage soudain éteint.

Je croise les bras sous ma mante épaisse. Je connais ce ton. Je le connais, car j'ai eu le même quand j'ai cru ma propre fin venue. Je l'ai eu quand j'étais persuadée de vivre mes derniers instants.

Pourquoi ?

L'inquiétude me gagne. Elle fait pression sur mes entrailles, prend ma poitrine en étau.

— Vibia… Est-ce que tout va bien ? demandé-je avec le plus de délicatesse possible.

Elle sourit, encore. Un sourire triste. Puis, de nouveau, elle regarde les arbres. Et ce ciel désespérément orange.

— Quand vous en aurez fini, je veux que mon corps soit emmené sur mon île natale.

Maintenant, je peine à respirer. L'horreur vient se mêler à tous les sentiments qui s'entrechoquent dans mon crâne. Elle presse ma gorge jusqu'à l'étouffement. Vibia est une femme que j'admire. Par sa force, elle a tenu tête à son mari pour me protéger. Elle a toujours été un bouclier pour Caeso… Elle est un ange guerrier, un ange guerrier pour le fruit de ses entrailles. Et Caeso l'aime si fort… Mes yeux brûlent, je peine à lui répondre :

— Mais… mais on ne va pas vous… On ne… Il n'a jamais été question de…

— Livia, le monde ne peut pas changer si les symboles du passé sont toujours là. J'ai saisi toute la mesure de l'ambition de mon fils, et je le soutiendrai jusqu'à mon dernier souffle.

Je vacille. Je recule, jusqu'à me laisser tomber sur un banc en pierre. L'oxygène se fait rare. Je ne comprends pas. Ou, au contraire, je comprends trop bien. Je n'ai jamais voulu éliminer Vibia. Parce qu'elle n'est pas la menace. Parce qu'elle a donné à Caeso toute la bonté nécessaire pour construire le monde fleuri dont je rêve pour May et Zaley.

Je ne peux pas. C'est au-dessus de mes forces. Elle n'a pas choisi d'épouser Septimus. Elle s'est tenue à l'écart de la monstruosité de son mari, quitte à devenir un mystère sur l'île. Je ne suis pas une meurtrière… Tuer Septimus est aussi une affaire de vengeance. Je revois May dans sa robe tachée de sang. Je revois la côte transpercer la poitrine d'Eta. Mes poings se serrent. Non, Vibia n'est responsable en rien.

— Septimus ne tardera pas à comprendre. Il est même à espérer qu'il n'ait pas déjà compris, poursuit-elle.

— Comment vous…

— Caeso, même s'il mesure ses paroles, est un livre ouvert pour moi. Il a commencé par te sauver…

— Il ne voulait pas changer le monde quand nous nous sommes rencontrés, contré-je à mi-voix.

Je le revois, son arme braquée sur moi. Puis cette seringue qui se plante dans ma gorge. Ma cheville réparée. Et le début de ce chemin… ce chemin aux pavés tachés de sang, mais entre lesquels nos sentiments ont fleuri… des bleuets, des bleuets venus recouvrir le pourpre profond.

— Livia, je t'en prie. Avec toi ou non, il n'aurait jamais été un Consul comme son père. Tu as été un catalyseur.

— Non… À cause de moi, il a tué des gens… Vous en aviez fait un ange et j'en ai fait un…

— Tu en as fait un homme apte à affronter mon époux, tranche la mère de Caeso.

Vibia vient s'asseoir à mes côtés et me prend dans ses bras, comme le ferait une mère aimante. Je me blottis contre elle. Je ne peux pas envisager de la tuer. C'est impossible. Elle est trop douce. Elle protège son fils. Elle lui permet de jouer la partie contre son père sans perdre dès le premier tour.

— Je… je ne veux pas… larmoie-je.

— Les révolutions sont faites de sacrifices. Tu dois être prête… Septimus t'a déjà fait tant de mal… et il a fait du mal à chacun d'entre nous en torturant cette pauvre enfant.

May.

Mes doigts raclent la pierre, les aspérités abîment ma peau. La nausée prend naissance dans mon estomac, acide. Elle s'impose de nouveau dans mon esprit. La revoir sur cette table, souffrant le martyr, pourrait me tuer de l'intérieur. Je n'ai pas su la protéger. C'est un crime que je paierai un jour ou l'autre. Et je l'aurai mérité.

Pardon May... Pardon...

Je ne peux pas sacrifier Vibia. Pourtant, un infime fragment de moi comprend. Il comprend ce raisonnement. Devoir tuer Vibia… Je dois en parler à Caeso. Je ne peux pas garder ça pour moi. Il doit connaître ses intentions. Il doit savoir que sa mère est prête à se sacrifier. Car, je crains que si je ne fais pas le sale boulot, elle ne s'ôte la vie elle-même sans que nous puissions intervenir. Je peine à respirer. Tuer une innocente… ça ne devait pas se passer comme ça. Je devais éliminer la menace, pas celle qui a été contrainte de l'épouser !

Je devais rendre le monde plus beau. Je devais rendre Caeso heureux. Et là… et là je devrais lui arracher sa mère ? Mais qui suis-je pour arracher à un fils aimant celle qui lui a tout donné, à commencer par la vie ?

— Il est temps que la tyrannie cesse, Livia. Je n'en peux plus de ce monde…

— Pourquoi… pourquoi vous n'avez pas essayé de lutter ?

— J'ai essayé, au début. Malgré mon caractère doux. Puis, j'ai eu mon fils et… et j'ai compris qu'au moindre pas de travers ce serait Caeso qui en paierait le prix, et ça n'était pas acceptable.

Quelle mère accepterait que du mal soit fait à son enfant ?

La tienne.

La faim. Le silence sur le sang qu'elle voyait parfois sur mes vêtements quand je ne faisais pas assez attention. Le sacrifice de ma vie et de mon bonheur pour épouser un garçon d'une caste supérieure.

— Vous auriez pu tuer Septimus, chuchoté-je avec hargne.

— Et après ? Rien n'aurait changé, j'aurais été condamnée à mort, mon fils avec moi, et il y aurait eu une guerre pour prendre le pouvoir.

Je ferme les yeux. Vibia passe sa main gantée sous ma capuche pour caresser mes cheveux. Mais je n'arrive pas à m'apaiser. Mon cœur semble tourner sur lui-même jusqu'à me donner envie de vomir. Mes doigts pianotent dans le vide. Si Vibia a percé à jour son fils, qu'en est-il réellement de Septimus ? Vais-je échouer ? Vais-je entraîner notre seul espoir vers la mort ?

— Alors, me promets-tu de toujours veiller sur Caeso ? redemande-t-elle avec un sanglot dans la voix.

— Oui… Jusqu'à ma mort.

C'est un engagement ferme que je prends. C'est une promesse qui vient du fond de mon cœur. Je le protégerai autant que je le pourrai, je me sacrifierai si besoin. Mais notre monde changera. Pour l'heure, Caeso n'est pas prêt à abandonner les Ordres, je le sais. Mais un jour… oui, un jour, chacun naîtra libre de son destin. Libre de sa vie. Peut-être ne le verrais-je pas de mon vivant, mais… j'y crois.

— Rentrons, souffle-t-elle.

Je sèche mes larmes et me redresse. Je prends les mains de Vibia et, avec un sourire, je lui promets d'installer des cabanes pour les oiseaux.

Les oiseaux. Notre symbole. Le symbole du nouveau monde.

CHAPITRE 29

Avant de passer la porte vitrée, je m'arrête. Une question me taraude, et je sais que Vibia a la réponse.

— Vibia… pourquoi Auréa ?

Elle se retourne vers moi avec un sourire teinté de tristesse.

— Septimus a voulu contrebalancer la douceur de Caeso. Et le Haut-Consul voulait féliciter Auréa pour ses bons services dans la propagande. Tout cela est si sordide…

Caeso a été sacrifié. Je ne vois que ça. On lui impose une épouse cruelle pour qu'il le devienne aussi. Mais je ne laisserai pas Auréa prendre le pouvoir ! Non, ça jamais. J'ai trop lutté et enduré pour arriver jusqu'ici, elle ne peut pas tout gâcher.

— Protège mon fils, Livia. Je t'en supplie en tant que mère.

— Je vous le promets. Comme je vous ai promis de veiller sur lui.

Elle caresse ma joue de sa main gantée. Je lui souris, Vibia est une bonne âme. Elle est même trop pure pour notre monde.

— Merci, mon petit oiseau. Je sais combien mon époux a tenté de te couper les ailes…

Je ne réponds pas. Oui, Septimus a voulu couper mes ailes, arracher mes plumes une à une, clouer mes minuscules serres à une branche. Pourtant, je vole encore, prête à suivre Caeso jusqu'au bout, fidèle sur son épaule.

Lorsque nous rentrons dans le palais, des cris nous alertent :

— Quand je serai son épouse, je ferai torturer autant d'enfants que nécessaire pour maintenir l'ordre ! hurle Auréa. Et sa chienne de Favorite, je la renverrai pourrir dans la plèbe !

Mon cœur s'emballe. Deux gardes tentent de l'immobiliser, mais elle rue comme un animal sauvage, se débattant avec une violence rare. Nous échangeons un regard paniqué avec Vibia. L'inquiétude coule dans ma gorge avec cette sensation désagréable de corrosion. Le majordome de Caeso, si discret jusqu'alors, descend quatre à quatre les marches pour venir nous retrouver.

— Il… il y a eu… il y a eu une dispute… Son… son Altesse…

— Elle l'a blessé ? paniqué-je.

— Oui. Vous devez… vous devez venir…

Vibia me serre les mains, la colère éclaire ses prunelles d'une flamme si rare chez elle. Je sais que son cœur de mère cherche à décider si elle doit m'accompagner ou aller confronter Septimus au comportement dangereux d'Auréa.

Ses yeux s'écarquillent de panique. Elle ne parvient pas à poser son regard. Ses doigts me serrent à un point que je redoute qu'elle se blesse. Elle pince ses lèvres roses et, finalement, relâche mes mains.

— Va veiller sur mon fils, je vais voir Septimus, tranche-t-elle.

J'opine et cours à la suite du majordome. Rapidement, je le dépasse et file vers la chambre de l'héritier. La peur me rattrape, elle plante ses griffes en moi, prête à me déchiqueter de l'intérieur. L'air inspiré est bouillant. Mon cœur brise mes côtes.

J'ouvre la porte et me jette au pied du lit de Caeso. Je reconnais le flacon de reconstruction osseuse et l'anesthésiant sur sa table de chevet. Je lui prends la main, sans trop serrer pour ne pas lui faire mal. Il est pâle… si pâle…

— Mon ange… mon ange guerrier, murmuré-je.

Le majordome reprend son souffle, plié en deux. Je pose ma paume sur la joue de Caeso, sa peau est bouillante. Ses lèvres ont perdu leur jolie teinte rosée. De la sueur couvre son front.

— Ils se sont disputés à propos de la torture de la petite fille, parvient enfin à expliquer le majordome. Puis, Auréa est devenue violente… Elle l'a… elle l'a frappé à plusieurs reprises, et lui n'a pas répliqué. Nous avons été alertés par les cris de cette…

Il s'interrompt. J'ai bien des idées de mots pour la qualifier. Une pourriture.

— Il va se remettre. Il se remet toujours, tenté-je de positiver.

— Je vais vous mener le fauteuil, vous pourrez le veiller. À moins que…

— À moins que quoi ? craché-je.

— Vous avez peut-être mieux à faire…

— Mieux à faire ? ragé-je. Mieux à faire que m'assurer que notre espoir à tous se remet correctement de blessures infligées par un monstre ?

Je l'ai dit. Il est notre espoir. Le majordome en fera ce qu'il voudra. Mais en sachant qu'il a drogué la garde du palais quand je venais voir Caeso, je n'ai pas de doute quant au fait qu'il est attaché à l'héritier bien plus qu'à Septimus.

— Caeso, je vais te faire la lecture… Tu ne m'entends peut-être pas mais… mais peut-être que ça t'aidera…

C'est stupide. Pourtant, ça me semble être la meilleure chose à faire.

— Apportez-moi le vieux livre qui est sur son bureau, ordonné-je.

Pour la première fois, je donne un ordre à un serviteur. C'est une sensation étrange. Je n'aime pas vraiment ça.

— Bien.

Quand il ramène le fauteuil, je m'installe et ouvre le fameux livre à la première page. Caeso voulait que j'apprenne, alors je vais apprendre.

— Livia, m'interpelle le majordome en posant sa main sur mon épaule.

— Oui ?

— Vous savez… les sérums se font rares… Je crains que s'il se blesse encore une fois…

Ma gorge se ferme. Je jette un coup d'œil à son armoire à pharmacie dont les étagères du haut, vides, hurlent combien la pénurie est grave. Si même Caeso est en manque de sérums… le peuple doit se contenter, comme moi, des soins à l'ancienne. Combien en meurent ?

L'Est. Je les croyais de notre côté, pourquoi nous font-ils ça ?

Ils ont décidé de sacrifier le peuple dans leur volonté de prendre le pouvoir. Au final, ils ne semblent pas mieux valoir que l'Ouest. Veulent-ils nous punir de ne pas davantage fuir vers chez eux ? Veulent-ils nous purger pour nous coloniser ? Et si tout ce qu'on disait sur l'Est n'était que chimère ? Ces îles sans Ordres existent-elles réellement, ou ne sont-elles qu'une image fausse et soigneusement entretenue de leur part ?

Je presse le livre contre ma poitrine, comme un bouclier contre l'angoisse qui rampe vers moi avec ses ombres macabres. Je me recroqueville dans le fauteuil, comme si ça pouvait m'épargner cette sensation douloureuse dans la poitrine, cette l'impression que nous sommes impuissants face à cette attaque.

— Savez-vous si l'Ouest a prévu quelque chose pour que l'Est cesse de couler nos navires ?

— Paraît-il que des vaisseaux de guerre de plusieurs îles sont partis, mais les nôtres sont toujours à quai.

Je baisse les yeux. Le livre que Caeso m'a offert, bien que complet sur le commerce et les spécificités de chaque île, ne donne pas d'information sur les stratégies martiales de chacun. Il reste un ouvrage pour un enfant de dix ans. Je me sens perdue.

— Pourquoi Septimus ne bouge-t-il pas ? Son fils est dépendant des sérums ! S'il n'aime pas son peuple, il aime au moins Caeso, m'insurgé-je.

— Il doit avoir une idée derrière la tête… Peut-être veut-il intervenir à la fin de la bataille pour le coup fatal ? Et ainsi en tirer les lauriers ?

Il est de notre côté.

Ce constat m'apporte un vague soulagement, mais rapidement la colère le transforme en charpie.

— Il ne peut pas jouer ainsi avec nos vies, murmuré-je en regardant Caeso.

— Livia... je dois vous dire... le problème est maintenant étendu aux médicaments.

Je pivote la tête vers lui, la terreur de nouveau dans les yeux et dans le corps. Cette bête noire se jette sur moi, prête à me déchiqueter comme un dépeceur. Je tremble, mon corps et mon esprit sont soumis à de telles émotions intenses que j'ai parfois le sentiment que ni l'un ni l'autre n'arrive à les gérer. Trembler est devenu une autre manière de hurler.

— Quoi ? m'écrié-je.

— Chut, pas si fort, temporise-t-il.

Je me reprends et lui reformule la question à voix basse.

— Une connaissance de l'hôpital dit que les stocks commencent à se vider...

Si l'hôpital commence à manquer, la population ne doit pratiquement plus y avoir accès. Comment vont faire les malades ? Vont-ils connaître ce que nous vivons chaque jour dans la plèbe ? Là où les douleurs ne sont pas traitées et où la maladie est souvent synonyme de mort ? Non... non, personne ne mérite de connaître ça. Septimus ne peut pas laisser son peuple sans soins, aussi cruel soit-il.

— Et l'insuline ? demandé-je nerveusement.

— L'insuline aussi. Mais à ma connaissance, pour l'heure, la petite May est toujours livrée.

Je soupire de soulagement. Il est bien renseigné. Cependant, je sais que ce ne sera qu'une question de jours, peut-être de semaines, pour qu'elle en souffre si la crise n'est pas résolue.

Vais-je devoir supplier Septimus d'intervenir ?

L'idée me révulse, mais pour May je suis prête à le faire.

— Savez-vous... savez-vous comment elle va ? questionné-je avec appréhension.

— Physiquement, elle s'est bien remise. Mais désormais ses nuits sont des enchaînements de cauchemars... Caeso a demandé à son doctores d'intervenir et de lui trouver un remède parmi nos réserves.

Les larmes menacent de couler, elles trempent mes yeux d'une haine crasse envers moi-même.

— Caeso ne m'a rien dit …

Le majordome se place devant moi et s'accroupit pour être davantage à ma hauteur. Son sourire bienveillant accentue ses rides.

— Il voulait vous protéger. Ne lui en veuillez pas.

— Je ne lui en veux pas… c'était ma protégée et je n'ai pas su…

Je n'arrive pas à refouler mes sanglots. Il pose sa main parcheminée sur la mienne.

— May va s'en remettre. Elle a une mère formidable…

— Comment va Mer ? Est-ce que son mari est revenu ?

— Elle surmonte cette épreuve. Son mari rentrera la semaine prochaine. Je pense qu'une fois son conjoint rentré, les choses iront mieux.

Je hoche la tête. Il a raison, une fois leur famille réunie, tout ira mieux.

— Puis-je vous demander une faveur ? questionné-je.

— Bien sûr.

— Si May n'est plus livrée, faites-le moi savoir, s'il vous plaît.

— Entendu. Je vous abandonne, il me semble que vous avez de la lecture.

Je hoche la tête et essaye de plonger dans l'ouvrage pour faire taire cette peur qui grignote mon estomac.

C'est le bruit du livre qui tombe de mes genoux qui me réveille. Mes paupières papillonnent. Le jour entre déjà dans la chambre. Mais, surtout, Caeso est éveillé et me sourit. Un sourire plein d'amour et un regard… un regard magnifique.

— Tu m'as veillé, chuchote-t-il.

— Oui… Comment tu te sens ?

— Mieux. Me rejoindrais-tu ?

Mes joues deviennent brûlantes. Il y a largement la place pour nous deux dans son lit, mais Caeso n'est peut-être pas encore entièrement remis, je risquerais de lui faire mal. Puis il y a cette chaleur que sa proposition diffuse dans mon bas-ventre. Un épicentre de désir se crée en moi et fait vibrer tout mon corps. Une sensation que je tente vainement de réprimer.

— Caeso…

— Delta, s'il te plaît.

Je ne voulais plus qu'il m'appelle ainsi. Mais, quand il prononce ce mot, je sens toute sa tendresse. Sa voix est une douce musique, comme une mélodie qui viendrait me porter pour danser. J'effleure sa joue, ma peau crépite sous le désir de le sentir entièrement contre moi.

Je ne résiste plus, à quoi bon ? Je me glisse à ses côtés, le cœur battant si fort que je suis persuadée qu'il doit l'entendre. Il m'invite à venir contre lui, je me blottis dans ses bras et là, toute la paix du monde me submerge. Finie la terreur. Finis les complots. Je suis dans les ailes de mon ange guerrier et rien ne peut m'atteindre.

— Si je te fais mal…

— Tu ne me feras jamais mal.

— Je t'ai déjà cassé une côte, lui rappellé-je douloureusement.

— C'était de ma faute… Je suis si bien avec toi. Je voudrais que nous restions ainsi pour l'éternité.

Moi aussi.

— Caeso… je dois te parler de quelque chose.

Il passe la main sur ma joue et m'oblige à relever la tête vers lui pour capturer mes iris. Je vois à ses yeux qu'il a compris que la suite n'allait pas lui plaire. Je commence à croire que lui aussi lit en moi comme dans un livre ouvert.

— Ta mère m'a parlé.

— Elle sait, devine-t-il immédiatement.

— Oui… Et elle nous couvre auprès de ton père. Mais… elle a dit que… que quand tout serait fini… il faudra… Oh non, je ne peux pas te le dire !

— Parle, je t'en prie, m'invite-t-il doucement.

Les mots de Vibia se gravent dans mon esprit. Quelle force faut-il pour se sacrifier à ce point pour son enfant ? Peut-être que c'est naturel pour elle. Je ne sais pas. J'ai enterré mes projets de maternité. Je me suis résolue à ne pas donner à ce monde des enfants à malmener.

Et si vous changez le monde avec Caeso ?

La plèbe existera toujours. Et tant qu'elle existera, tant que le système des Ordres sera en marche, je refuse de l'alimenter avec des âmes à broyer. Même si je sais qu'on attend de moi des héritiers, je n'ai pas l'intention d'en donner, pas tant que le monde ne sera pas un champ de fleurs… ce qui n'arrivera peut-être jamais. On ne parle jamais de la difficulté du deuil de la maternité. Quand ça s'impose à nous, même si c'est par conviction, la douleur est intense – plus intense que tous les sérums de torture du monde. Et pourtant… contrairement à certaines femmes, j'ai un espoir infime de pouvoir un jour donner la vie.

Je dois trouver la force de dire la vérité à Caeso. Je dois lui dire les pires mots qu'un fils aimant peut entendre. Je ne veux pas lui briser le cœur, mais il doit savoir. Il doit savoir que sa mère est prête au sacrifice ultime pour lui.

— Ta mère veut que son corps soit rapatrié sur son île à sa mort.

— Je ne vois pas le problème, je comptais même lui permettre d'y retourner de son vivant, une fois au pouvoir…

— Caeso, le coupé-je. Tu n'as pas compris…

— Quoi ? s'inquiète-t-il.

— Ta mère pense que… qu'elle fait partie des symboles du passé qui devront disparaître avec ton père…

Je sens les bras de Caeso se raidir autour de moi. Je ne peux pas prononcer les mots exacts. Je ne peux pas.

— Je ne vais pas tuer ma mère, rage-t-il dans un souffle. Elle se trompe, elle peut vivre…

Je ne réponds pas. Je ne suis personne pour lui arracher sa mère. Peut-être qu'il a raison, que Vibia se trompe. Je ne ferai jamais de mal à Caeso. Je ne commencerai pas en éliminant celle qui lui a donné la vie. J'imagine que si Vibia pense qu'elle doit disparaître pour permettre à son fils de changer les choses, c'est à elle de lui dire.

J'aurais dû me taire.

— Elle retournera sur son île, et je libérerai sa sœur du harem où elle se trouve.

Je croyais qu'Agrippine avait été enfermée par un vieux Consul, elle devrait être libre. Je ne comprends pas… Peut-être qu'un jour Caeso m'expliquera, mais ce n'est pas le moment.

— Elle sera si heureuse de la retrouver, approuvé-je avec une pointe au cœur.

— Je sais combien mon père a pu la détruire. Quand il ne sera plus là, je la reconstruirai et elle oubliera cette idée saugrenue.

— Je ne veux même pas imaginer ce qu'elle a pu endurer, dis-je avec émotion.

Caeso pose son menton sur mon crâne et me cajole. Je repense à toutes ces fois où Caeso a essayé de me dire ses sentiments. Tous ses cadeaux, ses attentions et, surtout, sa farouche volonté de me garder en vie. Il m'aime et j'en ai douté. Pourtant, c'était si évident. Et moi… je ne suis pas prête à dire mes sentiments.

Et, surtout, je ne suis pas prête à lui faire du mal en tuant sa mère. Nous devons convaincre Vibia qu'elle ne doit pas payer de sa vie l'abomination d'une civilisation.

CHAPITRE 30

Je somnole dans les bras de Caeso, prenant tout de même garde à ne pas complètement m'endormir, quand des coups sont frappés à la porte.

— Entrez, lance Caeso.

Je me redresse, comme si la personne sur le point d'entrer allait me prendre en faute. Murs se présente, avec un sourire au coin des lèvres. J'ai bien envie de lui tirer la langue, mais je m'abstiens. Pourtant, un peu de légèreté ne ferait pas de mal.

— Votre Altesse, votre père vous attend dans la salle du Conseil.

— Bien. Raccompagnez Livia au harem.

Caeso embrasse mon front, je lui suis reconnaissante de ne pas m'embrasser à pleine bouche devant quelqu'un, comme son père peut le faire avec Mella chaque matin malgré le dégoût de mon amie.

Caeso s'étire avec précaution. Il quitte le lit, ses premiers pas sont hésitants. Je m'apprête à l'aider, mais finalement il retrouve son assurance et s'éclipse dans la salle de bains.

J'abandonne le lit et récupère la mante que j'ai laissée sur le fauteuil. Je ne peux m'empêcher de jeter un regard inquiet à l'armoire à pharmacie de Caeso. Comment ferons-nous s'il se brise un os ? Ses autres sérums ont dû être réquisitionnés pour les gens de la cour. Je me remémore ma douloureuse convalescence à l'hôpital. C'était déjà difficile sans sérums. Sans médicaments tout court, ce sera une catastrophe.

Septimus doit intervenir. Qu'il sorte Haut-Consul ou pas de ce Conclave.

Murs me suit sur la coursive, je soupire. Un silence de mort remplit le hall. Tout le monde doit être cloîtré dans ses quartiers pour le deuil. Je me perds un instant dans la carte de la coupole. Notre monde.

— Je ne comprends pas pourquoi Septimus ne fait rien

Murs se positionne à côté de moi. Sa cape bleue frôle mon bras.

— Septimus a toujours un coup d'avance sur tout le monde. Il a certainement un plan.

— Il va partir pour le Conclave. C'est long, non, un Conclave ? demandé-je en pianotant sur la pierre glaciale.

Je frissonne. Je devrais remettre la mante. Je regarde les oiseaux dorés, ces symboles de liberté que j'arbore sous le nez du Consul. C'est presque surprenant qu'il le tolère. Peut-être prend-il ça comme le symbole de ma captivité, je suis l'oiseau qu'il a pu mettre en cage. Le bijou de Caeso avec l'oiseau entouré de lauriers peut se traduire par : "moi, l'oiseau de nuit, je me soumets au gouvernement". Du moins, j'imagine bien Caeso présenter la chose ainsi.

— Le dernier Conclave a eu lieu quand j'avais dix ans. De mémoire, il y a eu l'Éloquence pendant deux jours, puis le vote en a duré quatre.

— Donc six jours. Et il y a les jours de voyages…

— Les autres Consuls vont sûrement demander à leurs régents de continuer l'offensive sur les navires de l'Est.

Je grimace. Je me demande comment l'Est peut résister autant. Ont-ils des navires puissants ? D'abord, comment coulent-ils nos navires ? Et si tout ça n'était que le début d'une guerre à l'Ouest ?

Mes doigts se referment. Je ne dois pas tout voir en noir. Si une guerre se préparait de notre côté du monde, il y aurait certainement des signes. Des signes qui arriveraient jusqu'au harem. Nous serions au courant, ne serait-ce que grâce à Publia qui sait toujours tout. Malgré tout, l'appréhension fait se tordre mes entrailles. Ma salive est amère. Une guerre…

— À quoi songez-vous ? questionne Murs avec douceur.

— Vous croyez que si une guerre se préparait, on le saurait ?

— Bien sûr. Septimus lancerait une mobilisation dans la plèbe et chez les civis. Il y aurait du stockage, du rationnement… Et il me semble que vous êtes le petit oiseau de la personne qui en serait la première informée.

Je lui offre un pâle sourire. Il a raison. Caeso serait le premier informé. Je ne dois pas m'angoisser pour des hypothèses ou une chimère de guerre. Murs pose la main sur mon épaule.

— Merci, Murs.

— Prête à retourner vous ennuyer au harem ?

Cette fois, il obtient un petit rire. Ensemble, nous descendons lentement les escaliers. Nous retrouvons l'atmosphère alourdie du harem un peu trop vite à mon goût. Vêtues de noir, les femmes écoutent en silence la lecture de Publia qui n'arrive pas à mettre de la vie dans ce récit, lequel semble toutes les assommer. La grande table est couverte d'une étole pourpre, chacune s'applique sur son morceau avec des fils dorés.

— Livia, tu vas devoir rattraper ton retard, gronde la Favorite.

— En fait… Je ne suis pas vraiment douée en broderie…

— On ne t'a pas appris à broder des lauriers ?

Je la dévisage. Elle me pose la question comme si c'était la base dans toute bonne éducation.

— Non, on ne m'a pas appris, m'agacé-je.

— Bien, alors tu vas faire la lecture.

— Ah non ! proteste Publia.

— Je ne t'ai pas demandé ton avis.

Publia soupire et me donne à regret le livre sur la vie de feu le Haut-Consul. En plus d'être énorme, les pages sont presque transparentes et les caractères tout petits. Je me concentre pour lire de la meilleure façon possible. Le temps passe à une lenteur abominable. Quand vient l'heure du déjeuner, je m'étonne de ne pas voir Octavia faire retentir le chant d'oiseau.

— On ne mange pas ? questionné-je.

— Nous sommes en grand deuil, nous ne mangeons qu'une soupe le soir.

— Ah, votre deuil, c'est le quotidien des plébéiens, raillé-je.

— Livia, persiste et je m'assurerai de te rappeler douloureusement le respect.

Je n'insiste pas, je n'ai que trop retenu la leçon avec le supplice de May. J'ai encore ce goût âcre dans la bouche, un morceau de haine qui bloque ma gorge.

Dans l'après-midi, un garde consulaire sollicite la présence d'Octavia auprès du Consul. J'imagine qu'il veut lui faire ses adieux avant de partir. Quand la porte se referme, Publia soupire bruyamment.

— On n'a pas le droit de manger, par contre ils peuvent s'envoyer en l'air, se moque-t-elle.

— Publia ! s'offusque l'une des maîtresses aux cheveux blonds incroyables.

Je crois qu'elle s'appelle Lucia, mais je ne lui parle jamais.

— Quoi ? Au moins, le chat est parti donc…

— On peut faire une pause dans cette broderie de l'enfer, termine Mella en s'affalant sur sa chaise.

— Vous pensez à qui pour le prochain Haut-Consul ? demande Ostia.

J'écoute avec attention. Je ne compte pas donner ma position, je jouerai l'ignorance si on me le demande. Si j'appuie Septimus, elles pourraient croire que je suis de son côté et je perdrai la confiance durement acquise de Publia et Ostia.

— Septimus est bien parti avec son exécution de Noctis, déclare Publia dans un soupir.

— Il y a aussi celui de l'île des brumes, Néron…

— Avec un nom pareil, il risque pas d'être élu, ricane Mella.

— Pourquoi ? m'intéressé-je en cornant la page du livre pour la marquer.

— Non ! Malheureuse ! Ne fais pas ça ! s'alarme Publia. Je vais te chercher un marque-page.

Je ne peux m'empêcher de laisser échapper un gloussement. Publia revient avec un magnifique signet en or. Je marque soigneusement la page, le récit est déjà assez pénible sans que je ne doive me répéter.

— Néron était un empereur romain, commence Mella.

— Tu sais qui sont les romains ? intervient une autre maîtresse.

— Oui, quand même ! Bon, il était empereur et ?

— Et complètement fou ! s'enflamme Ostia. Il était décadent, il se prenait pour un grand artiste, il a fait brûler Rome !

Tous nos Consuls sont décadents...

Je me garde bien de formuler ma réflexion à voix haute.

— Effectivement, drôle de choix de nom, reconnais-je.

— Puis la seule chose que ce Consul ait fait pour le gouvernement, c'est créer une école de théâtre pour former des acteurs pour les productions du gouvernement, informe Mella.

Je me demande sur qui la propagande a un effet. Il me semble que seule celle contre les Noctis et la plèbe fonctionne. Est-ce que ces gens sont persuadés que, s'ils étaient envoyés dans la plèbe, ils s'en sortiraient grâce aux largesses du gouvernement ? Il me semble qu'en trois siècles, le discours du gouvernement sur notre Ordre a bien évolué. Une évolution dangereuse, qui conduit de la peur d'un Ordre à la haine. Créé pour terrifier et punir. Utilisé pour catalyser l'hostilité.

— C'est de là que sort Auréa ? demandé-je.

— Oui. Elle est la meilleure actrice sortie de cette école. Et elle est une fabuleuse vitrine pour les messages du gouvernement, répond Lucia. Ces acteurs doivent non seulement savoir jouer, mais aussi représenter nos idéaux.

— Ce ne sera pas suffisant, surtout pas face à une exécution de Noctis, intervient Publia.

Je baisse la tête. Elles ne savent pas toutes les informations qu'a Septimus en sa possession. Ma trahison me revient de plein fouet. Comme un uppercut en pleine poitrine. Comme si ma cicatrice abdominale se rouvrait, une douleur déchirante jusqu'au fond de mes entrailles.

— Il y a le Consul de l'île pharmaceutique aussi, propose Ostia. Il a une île stratégique, il a la main sur toute la production de médicaments.

— Vu ce qui se passe avec ses navires qui se font couler, il ferait mieux de faire profil bas. C'était à lui de gérer les attaques de l'Est, et là il entraîne tout le monde dans la galère, objecte Publia.

— Comment tu sais tout ça ? Septimus te fait des confidences sur l'oreiller ? interroge Lucia.

— Ce que me fait Septimus sur l'oreiller n'a rien de confidences, raille-t-elle.

Nous levons les yeux au ciel, c'est du Publia tout craché.

— Septimus est soutenu par une majorité de Consuls, poursuit Publia. Il a su se rendre indispensable au front grâce, entre autres, aux services de mon père. Il fournit des machines de mort qui font un massacre en épargnant une partie de nos hommes.

— Tu veux dire que la mortalité au front a baissé depuis que ton père crée des armes ? questionné-je avec intérêt.

— Oui. Avant, la plèbe et les civis étaient en déficit de natalité sur notre île, c'était une catastrophe. Ces deux Ordres menaçaient de s'effondrer et de ne plus pouvoir fournir, entre autres, des soldats. Et c'était apparemment le cas sur d'autres îles aussi. Mais quand Septimus a découvert le talent de mon père et l'a fait fructifier… il a permis de continuer l'offensive. Avec ça et l'exécution…

Il avait d'excellentes chances d'être élu. Mais en m'extirpant des informations sur les Noctis et en exécutant Eta, il garantit la victoire sans l'ombre d'un doute. Il voulait cette place, peu importe le prix…

La rage revient. Elle a été un instrument, comme moi. Comme nous tous. Nous sommes des pions qu'il bouge à sa guise pour sa propre gloire. Mais s'il devient Haut-Consul, il nous offre une opportunité de renverser le pouvoir plus simplement, en enlevant un rempart de notre chemin.

J'espère qu'il va mener avec brio la partie contre les autres Consuls.

— Et si… nous allions regarder un film ? suggère malicieusement Publia.

— Si Octavia nous surprend… grimacé-je.

Se faire prendre à regarder un film ne sera jamais aussi grave que cracher sur la Favorite. On m'a sévèrement punie car je lui ai porté atteinte personnellement.

Et quelle punition…

— Ils en ont pour des heures ! Il est inépuisable, ce type.

Je fais mine de vomir, je n'avais pas besoin de savoir un tel détail sur notre Consul. Après une brève hésitation, nous abandonnons l'étole. Ensemble, nous allons dans la petite salle de projection aux fauteuils carmin. C'est avec l'adrénaline de l'interdit que je savoure le film et apaise pour quelques instants les tourments qui me dévorent. Bien sûr, il est teinté de propagande. Mais j'essaie de me détacher, de vibrer pour la romance entre une patricienne et son jardinier. Si ici les plantes entretenues par le système de sauvegarde m'impressionnaient, ce n'est rien à côté de la beauté de la végétation présente dans le film.

— C'est tourné sur quelle île ? soufflé-je à Mella.

— L'île de l'espoir, tu as vu comme c'est beau ?

— Oui… Tiens, on dirait Vibia en plus jeune !

— C'est Agrippine, sa jumelle, m'informe Publia. Elle fait de la figuration. C'était juste avant son départ pour le harem.

L'adolescente danse avec un patricien qui fait rosir ses joues. Elle lui sourit, un sourire que je connais trop bien, puisque Caeso a le même quand il me regarde. Je ravale péniblement ma salive. Agrippine était une adolescente amoureuse. Une adolescente que notre système a broyée.

Publia avait raison, nous avons été tranquilles jusqu'à l'heure du bain. Je me délasse sous l'eau chaude en frottant le dos de Mella. Je sais qu'elle adore ce moment et je le fais durer pour lui faire plaisir. Nous sommes les dernières à entrer dans le bassin.

— Est-ce que vous me prenez pour une idiote ? lance Octavia, toujours allongée au bord avec son bras dans l'eau.

— Pour une idiote ? répété-je.

— Vos broderies n'ont pas avancé et ton livre est marqué là où nous nous sommes arrêtées. Vous auriez pu au moins avancer un peu au lieu de vous avachir devant un film.

— Comment tu…

Publia plaque sa main sur ma bouche en me faisant les gros yeux.

— Nous avons brodé en silence ! Pour le deuil !

Nous devons nous pincer les lèvres pour ne pas rire. Publia ne sera décidément jamais sérieuse.

— Tu es sourde ? J'ai vu que les broderies n'ont pas avancé. Vous mériteriez que je vous fasse arracher les ongles !

Nous grimaçons toutes à l'idée du supplice. Heureusement, ses menaces restent souvent en l'air.

— C'était quel film ? poursuit-elle.

— *Le jardinier de l'espoir*. Mon préféré, répond Ostia.

— Vous en avez tiré les leçons qui s'imposent ?

— Bien sûr, assure Publia avec un peu trop de ferveur pour être honnête.

— Livia, qu'as-tu appris ?

Qu'est-ce que j'ai appris ? Me voilà bien.

Le film met en scène une romance entre un jardinier et une patricienne. Les deux s'aiment d'un amour qui pourrait conduire l'héritière dans la plèbe si elle lui cède. Au final, le jardinier s'illustre tellement par son talent qu'il devient une main d'or. Alors, les deux peuvent se marier.

— Que le travail permet d'évoluer ? me risqué-je.

— Bien. Tu vois, le gouvernement permet aux plébéiens méritants de s'en sortir.

Je dois me retenir de répliquer que, dans les faits, très rares sont ceux qui sont reclassés. Je me contente d'un hochement de tête, l'heure n'est pas à la révolte.

— Octavia, penses-tu que Septimus a ses chances ? demande Mella d'une voix aiguë.

— Il est le favori. Et je sais qu'il a des choses intéressantes à exposer lors de l'Éloquence.

J'ignore si elle parle seulement de son intervention martiale ou si elle sait tout ce que j'ai révélé sur mon Ordre. Voilà que j'ai à nouveau la nausée.

Elle est la Favorite. Elle doit savoir.

— C'est quoi l'Éloquence ? questionné-je.

Tout à l'heure je n'ai pas pensé à poser la question à Murs, mais maintenant je veux savoir.

— Avant de voter, chaque Consul expose sa stratégie pour notre avenir, m'explique Publia. Généralement, le plus éloquent l'emporte aux votes.

D'accord. Son exploit martial ne rentrait pas dans le cadre d'une stratégie pour l'avenir. Par contre, avoir des informations sur nous...

Septimus part avec une longueur d'avance grâce à toutes mes informations. Il en saura plus que n'importe qui sur les Noctis et a déjà sûrement un plan pour nous détruire, ce qui rend la situation plus urgente encore. Si Septimus reste trop longtemps au pouvoir, la plèbe pourrait ne jamais s'en relever et devenir pire encore.

Et il pourrait mettre à mort Caeso pour trahison.

Je frémis, je sais que c'est le risque encouru par nous deux. Mais ma mort ne serait rien pour notre monde, alors que celle de Caeso... Non. Ce n'est pas envisageable. Le monde doit changer maintenant. Je ne laisserai pas ma sœur grandir dans la plèbe, je ne la laisserai pas devenir une Noctis, une servante maltraitée, ou bien une épouse malheureuse d'un mariage par intérêt.

J'ai envie de vomir, vomir toute l'horreur et la rage que m'inspire l'idée que Caeso puisse mourir ou que ma sœur soit prisonnière d'un Ordre qui n'est qu'une agonie.

— Livia, tu en tires une tête, remarque Publia.

Je force un sourire. Moi aussi j'apprends à jouer la comédie. Mon visage est trop expressif à mon goût.

— Je pensais à un truc… rien d'important.

Octavia me jette un œil suspicieux, mais j'agrandis mon sourire. Je quitte le bassin avec Mella, retrouvant avec plaisir la serviette chaude et moelleuse. Ma main s'enfonce dans l'éponge épaisse, je savoure chaque jour ces petites choses qui font ce nouveau confort auquel je ne me ferai jamais. Une fois dans notre chambre, mon amie s'assoit à côté de moi. Je peux effacer mon masque et prendre ma tête dans mes mains. Mella caresse mon dos et se rapproche le plus possible de moi. Sa cuisse chaude se plaque à la mienne, déjà redevenue froide.

— Tu as peur pour la suite ?

— J'ai besoin que Septimus devienne Haut-Consul, mais j'ai besoin aussi d'un peu de temps pour mettre au point une stratégie avec Caeso, paniqué-je. Jusqu'à maintenant, Septimus ne s'est pas servi de mes informations afin de les garder pour l'Éloquence, en effet de surprise, et écraser les autres. Mais une fois au pouvoir…

Mella embrasse ma joue. Un geste simple. Le geste d'une soeur qui sent la panique monter en moi et cherche à l'apaiser.

— Septimus ne perdra pas de temps pour éliminer les Noctis, finit-elle. Mais ça n'arrivera pas. Vous avez encore un peu de temps. Vous allez y arriver, je crois en vous, positive-t-elle en m'enlaçant. Le monde sera si beau…

— Un champ de fleurs, sourié-je.

Mais autre chose vient me troubler : le manque de médicaments. Je ne comprends pas le jeu de l'Est et j'ai peur que May vienne à manquer d'insuline. Je me suis sacrifiée ici pour qu'elle n'ait plus jamais peur de ne pas avoir sa dose, pour que ses parents vivent en paix. Mais j'ai échoué. Encore.

Maintenant May est sûrement traumatisée par la torture, sa mère ne s'en remettra jamais. J'ai conscience que quelque chose s'est brisé en elle quand je lui ai rendu le petit corps de sa fille.

Mon coeur est douloureux. Comme si une longue seringue se plantait à l'intérieur. Une seringue avec laquelle Septimus me torturerait.

— Je ne comprends pas l'Est, finis-je par avouer dans un soupir. Ni pourquoi Septimus semble ne pas intervenir.

— Par rapport aux sérums ?

— Et aux médicaments aussi maintenant…

— Je me demande s'ils ne cherchent pas à tout prix à ce que nous fuyions. Peut-être nous y précipiter en créant un manque essentiel.

Je me tourne vers Mella, encore une fois elle brille par sa vivacité d'esprit.

— Oui… Oui, tu as raison… Si personne ne peut se soigner, même les plus riches seront prêts à aller là où se trouvent des médicaments.

— C'est plutôt futé, reconnaît-elle en frottant son menton avec l'index.

— Le nouveau Haut-Consul devra rétablir l'approvisionnement. Je suis certaine que Septimus y a pensé. Ça doit faire partie d'un plan, de *son* plan.

— Certainement, il pense toujours à tout.

Oui. Toujours.

Il avait depuis le début prévu de m'utiliser pour obtenir la place de Haut-Consul. Pour que les informations ne servent pas uniquement à son île. Et s'il avait accepté les sentiments de son fils seulement parce que j'étais un moyen d'accéder au contrôle absolu de l'Ouest ? Il m'a fait soigner par les meilleurs doctores pour que je n'emporte pas dans la mort ce que je savais.

Pourtant, même après que j'ai livré mes informations, il m'a gardée en vie… Je ne sais pas ce que je peux lui apporter d'autre, mais je doute que ce soit seulement pour préserver les sentiments de son fils.

CHAPITRE 31

J'entre dans la chambre de Caeso après que Murs a tapé à la porte. Elle est plongée dans une obscurité à peine dissipée par le brasero et la lumière venant du bureau de l'héritier. Les ombres se projettent sur les mosaïques, le silence est presque angoissant. Je m'approche de son antre livresque, il est assis à son bureau. La pièce est couverte de bibliothèques dégageant une odeur de vieux papiers que j'ai découverte ici même.

— Caeso ? l'appelé-je avec douceur.

Il relève la tête, un sourire illumine son visage mais ses traits sont tirés. Il a dû passer des heures dans les pages de ses livres.

— Assieds-toi.

Je prends place sur le fauteuil bleu, celui dans lequel je le veille. Je remonte mes jambes, me pelotonne contre le tissu soyeux. Caeso s'étire avec précaution et soupire.

— Je dois te dire quelque chose, Delta, commence-t-il en capturant mes iris.

Au loin, dans ses prunelles, l'orage gronde. Un gris qui vient dominer le bleu. Je resserre mes bras autour de mon buste, ma gorge se ferme. Je me prépare à recevoir une vague dévastatrice, le genre qui ronge les falaises de l'île jusqu'à les détruire peu à peu.

— Mon père m'a donné les pleins pouvoirs en son absence.

Mes paupières papillonnent. Immédiatement, une vague de

soulagement libère ma trachée et fait se gonfler ma poitrine d'un espoir ardent.

Il a les pleins pouvoirs.

Septimus lui accorde sa confiance, il ne l'aurait jamais fait s'il doutait. Non, il ne donnerait pas les pleins pouvoirs à quelqu'un qui est une menace. Nous avons l'avantage, et Caeso va pouvoir prouver au peuple qu'il est la bonté même. Je pourrais presque en rire tant c'est incroyable, tant c'est une merveilleuse nouvelle.

— C'est formidable, m'enthousiasmé-je.

— Delta…

— Quoi ? Ton père n'a rien compris à ta machination. Il te fait confiance, il…

— Il me teste, coupe-t-il sèchement.

Maintenant je comprends la tempête dans son regard. Et moi, je me noie dans les déferlantes. Je regarde la surface s'éloigner. Que trame Septimus ? Vérifie-t-il que j'éveille bel et bien en Caeso ce qui ferait de lui un Consul sans pitié ?

— Tu… tu ne vas pas te comporter comme lui, pas vrai ?

Caeso ne me quitte pas des yeux. Il a dû manœuvrer pour être apprécié de la plèbe, un plan dans lequel j'aurais pu être tuée… et maintenant il va gâcher ça en se comportant comme son père ? Mon estomac se remplit de plomb, devient lourd à me créer des haut-le-cœur.

— J'ai accepté l'idée que ton plan dans la plèbe m'ait mise en danger de mort, car c'était nécessaire pour assoir ton pouvoir et ta position. Mais… mais si tu te mets à les maltraiter…

Ma voix se perd. Nous aurions fait tout ça pour rien. Caeso aurait pris le risque d'aller dans la plèbe pour rien. Il aurait pu y être lynché, j'aurais pu être repérée et abattue par Omega. Rien n'était gagné et nous avons eu de la chance que les choses se soient bien déroulées… enfin, bien déroulées pour Caeso.

Je ne peux pas oublier le sang. Ce liquide poisseux me colle encore à la peau.

— Delta, mon père me met au pied du mur.

— Tu n'avais pas anticipé ça ? m'étonné-je.

— Quand la santé du Haut-Consul s'est dégradée, mon père a exprimé le souhait que César, le plus ancien des Conseillers, qui officiait déjà du temps de mon grand-père, assure la régence lors du Conclave. Chose qui m'arrangeait grandement.

— Et tu n'as pas trouvé ça bizarre ?

Caeso se laisse tomber contre le dossier de son fauteuil et tourne la tête.

— Disons qu'avec la dispute que nous avons eue la première fois que j'ai eu les pleins pouvoirs, je me suis dit qu'il devait ne pas me trouver digne pour le moment, lâche-t-il avec exaspération.

Il n'avait pas lâché les dépeceurs. Personne n'a oublié, et certainement pas son père. Il est parvenu à endormir la vigilance de Caeso encore une fois. Même si Caeso est très intelligent, je crains qu'il n'ait pas le niveau de machiavélisme de son père. Et avec ce désavantage…

— Je crois que tu aimes trop ton père, soufflé-je douloureusement.

— Plaît-il ?

— Toi et moi, nous connaissons la finalité du plan. Tu es prêt à t'élever contre ton père mais… je crois qu'un fragment de toi l'aime encore, comme on peut aimer un père qui nous a tout donné. Et ce fragment…

— Ce fragment m'empêche de jouer ma partie sans aucun affect, ce qui provoque des complications, reconnaît-il tristement.

J'aimerais me lever et aller sur ses genoux pour l'étreindre, mais j'ai peur d'être trop lourde pour ses os. Ses doigts se sont crispés sur les accoudoirs, sa mâchoire tremble légèrement. Mon estomac est si lourd, la nausée remplit ma gorge. Nous avons mal tous les deux.

— Comment un fragment de moi peut encore aimer un homme qui te fait tant souffrir ? Comment peut-il aimer un dictateur qui a torturé une petite fille ? rage-t-il. Mon père t'a détruite, toi, ma lumière dans les ténèbres, et je… et je continue de l'aimer !

D'un geste brutal, il envoie valser les livres sur le bureau. Sa poitrine se soulève chaotiquement. Ses yeux sont gagnés par l'obscurité. Je bondis de mon siège pour atterrir sur son bureau et retiens ses poings juste avant qu'ils ne les abattent sur le meuble.

— Caeso, non ! m'écrié-je. Caeso, je t'en prie, ne te blesse pas…

Je lui fais face, mon cœur pulsant si fort qu'il pourrait rencontrer celui de Caeso. Il a en lui cette même colère que lors de notre première nuit. La même que lorsque Actus a voulu jouer une ultime fois avec moi. Et je déteste provoquer des émotions si violentes chez lui. Mes doigts desserrent doucement ses poignets, mes mains glissent sur ses avant-bras. Je m'assois sur le bureau et ramène Caeso contre moi. Il se laisse faire, je crois que l'orage passe. Ses bras entourent ma taille, il pose sa tête contre mon ventre.

— Je n'ai rien d'un ange guerrier, murmure-t-il.

Je glisse mes doigts dans ses cheveux. Il se laisse aller contre moi. Mon cœur s'apaise. Je voudrais lui dire que je suis désolée de provoquer ça. Que je n'en vaux vraiment pas la peine.

— Si… tu l'es. N'en doute jamais.

— Je vais devoir me comporter comme lui durant son absence, tu le sais ça ?

— Il faut… il faut réussir à préserver ta place dans le cœur des plébéiens…

Un rire aigre lui échappe. Il se redresse et plante son regard dans le mien. J'ai la sensation que son père m'étrangle, cherche à me rendre muette face à son fils.

— Delta, mon père va faire tout ce qui est en son pouvoir pour rappeler à la plèbe ce que je suis voué à être. Voilà pourquoi il m'a piégé avec cette charge. Il a accepté la distribution de charbon pour mieux enfoncer le couteau derrière.

J'aurais dû refuser cette distribution. Je n'avais pas réalisé combien ça exposait Caeso et ses positions.

Je ferme les yeux. Nous voilà piégés. Caeso n'a pas le choix. A-t-il seulement eu le choix un jour ?

— Delta, mon oiseau… je crois que je dois faire le pire pour qu'en sorte le meilleur. Je ne peux pas trahir mon père durant le Conclave.

Je hoche la tête. Dévastée. Je peux entendre les cris de souffrances des gens qu'il torture. Les ailes de mon ange vont se couvrir de sang, le même que celui qui a giclé sur moi. Et, quand ces ailes viendront faire goutter le liquide pourpre sur moi, je ne pourrai pas me débarrasser des vêtements comme je l'ai fait avec le déshabillé bleu que je portais quand Eta… non. Je vais devoir le soutenir. Plonger avec lui.

Ses mains se posent sur ma taille.

— Je hais tellement ton père, chuchoté-je.

— Je sais, mon oiseau. Je sais…

Il se lève de son siège et m'enlace. Je plonge mon visage dans son cou et respire son parfum de chèvrefeuille. Ses mains caressent mon dos. Je sais qu'il essaye d'étrangler ma haine.

— Je ne te détesterai pas Caeso… il faut que tu fasses ton devoir.

— Merci… merci de comprendre…

Nous restons l'un contre l'autre, dans un silence consolateur où se répondent nos souffles chargés de peines et de craintes. Mais aussi de l'amour que nous avons l'un pour l'autre.

— Delta, et si nous nous mettions au lit pour que tu me parles de la plèbe ?

— Je ne dormirai pas avec toi, préviens-je.

— Je sais. Mais j'ai besoin d'avoir des axes de travail et de réflexion.

— Bien, murmuré-je.

Caeso veut faire avancer les choses et pour ça je dois le guider. Nous nous installons dans son lit aux draps chauds. Je me blottis contre lui, il referme ses bras sur moi. Je tâche de faire du tri dans mes idées. Il y a tellement à dire… J'ai l'impression d'avoir une tempête dans la tête, des bourrasques violentes qui percutent mon cerveau d'idées.

— Le gros point noir, c'est l'éducation.

— Oui, ça va être l'une de mes priorités. Je veux mettre un terme à la différence d'enseignement et au test à douze ans.

Je souris. Ce serait si merveilleux que des plébéiens puissent devenir doctores ou magistratus. Ils auraient un horizon au-delà des ruines de l'Ancien Monde.

— Il y a aussi la différence des gages, souligné-je.

— Oui, en moyenne un plébéien gagne cinq fois moins qu'un civis. Et je n'ose même pas comparer avec les autres Ordres. Il faudra progressivement augmenter les gages, la pilule sera plus facile à avaler pour les employeurs.

— Si nous gagnons plus, nous pourrons acheter à manger et améliorer les logements.

— Je pense qu'il faudra mener de grands travaux dans la plèbe pour y construire des logements dignes de ce nom.

— Tout ça… tout ça semble si simple, chuchoté-je. Comme si, dès demain, le monde pouvait changer.

— Parler est aisé, mais toutes ces idées mettront des années à s'accomplir. Nous ne pouvons pas changer trois siècles de mœurs en un claquement de doigts. Tu en as conscience ?

— Oui. Oui, je sais que le reste de la société doit accepter les changements.

— Le reste de la société doit aussi être prêt à se voir classer dans des tâches pénibles qui étaient, jusqu'alors, réservées à la plèbe.

Je me redresse. Soudain, je réalise l'ampleur du changement et les conséquences. Juste avec cette petite phrase. Juste avec cette évidence. Si les plébéiens ont les mêmes chances d'entrer dans les autres Ordres, il y aura forcément des enfants d'Ordres privilégiés qui pourront se retrouver à leur tour dans la plèbe.

Actuellement, le déclassement dans la plèbe, tel que décrit dans le livre de Caeso, n'existe pratiquement plus. De punition, nous sommes passés à bouc émissaire. Le pouvoir cherche à nous faire passer pour un Ordre ingrat envers un gouvernement trop généreux. Les gens nous haïssent et prennent le parti de nos dirigeants. Et ils détestent aussi l'idée de faire partie de notre

Ordre, auprès des misérables aux métiers difficiles. Du coup, ils se tiennent à carreau pour ne jamais risquer d'y être déclassés.

— Ils n'accepteront jamais ! m'écrié-je.

Caeso s'enfonce dans son oreiller et fait tourner sa chevalière entre ses doigts. Les mots sont si beaux. Mais les actes semblent si infaisables. Je crois bien que je n'avais pas saisi l'ampleur de la difficulté à accomplir mes rêves. Comment une société forgée à mépriser la plèbe et à la garder dans la misère acceptera ce renouveau ?

— Il faudra sûrement plus d'une génération, reconnaît Caeso.

Je le dévisage. Ses prunelles ont encore saisi les miennes et la passion y brûle. Un amour débordant, si puissant qu'il me couvre d'une chaleur sans égale. J'ouvre mon déshabillé, prise de bouffées bouillantes qui font monter le sang à mes joues.

— Tu veux dire que… que ta descendance devra finir ce que nous aurons commencé ? demandé-je d'une voix sourde, en peinant à m'exprimer.

— Tu n'es pas prête pour cette discussion.

Caeso veut des enfants. Et ça, ce n'est pas possible. Du moins, il n'en aura pas avec moi. De toute façon, je ne serai jamais l'officielle, ce n'est pas ma place et ce n'est pas celle que je veux. Ce sera le rôle de son épouse et, de préférence, une autre qu'Auréa.

Je ne romprai pas ma promesse, je ne donnerai pas d'enfant à un monde qui les malmènera. Je refuse de rentrer dans ce système. Je refuse de rendre méfiante la plèbe avec un héritier qui ne serait pas le fruit de l'union officielle. La confiance entre cet Ordre et Caeso est encore trop fragile pour se permettre ce caprice. Je refuse, même si l'idée de ne jamais être mère me fait plus mal encore qu'une injection du *maître d'école*. Je refuse, même si cette décision est si lourde qu'elle pourrait me plonger au fond de l'océan.

Je me ratatine dans ses bras, il a raison : je ne suis pas prête pour cette discussion. Et je ne serai jamais prête. Mon rôle est de trouver une épouse plus douce qu'Auréa. Rien de plus. Je porte mes restes d'ongles à ma bouche et les ronge un à un. J'ai mal au cœur. J'ai peur. Je ne veux pas qu'il attende de moi une descendance. Je refuse cette charge.

— Delta…

— Je ne veux pas d'enfant, répliqué-je fermement.

Il lève les mains, comme s'il cherchait à approcher un animal sauvage. C'est ce que je suis, un oiseau terrifié qui tente de fuir alors qu'il est dans une cage.

— Je ne te forcerai jamais. Tu as ma parole.

Ma nausée s'apaise. Oui, Caeso ne me forcera pas. Mais, et si ça devient une question d'avenir ? Une question d'accomplissement de nos projets ? Une garantie que le changement aura bien lieu ?

Plusieurs générations…

Le champ de fleurs que j'imaginais pour May et ma sœur semble être balayé par une tempête. J'ai déjà permis à May de fuir la plèbe, mais qu'en sera-t-il de ma sœur ? Je ne peux pas la laisser dans cet enfer. Il faut que je trouve une solution à court terme. Peut-être que… peut-être qu'une fois Caeso au pouvoir, je pourrais formuler une demande de reclassement ? L'incertitude creuse dans ma poitrine à coups de lames.

— J'aimerais aussi faciliter l'accès au soin, reprend-il calmement.

Il a fait le choix de changer de sujet et je lui en suis reconnaissante.

— En baissant les prix des soins et médicaments ?

— J'étudie actuellement un système de l'Ancien Monde… J'aimerais faire cotiser les gens à hauteur de leurs moyens pour créer un genre de fonds qui aiderait les personnes à se soigner.

— Mais c'est… c'est une idée formidable !

— Je dois étudier si elle est réaliste et applicable à notre société. Mais sache que je n'oublie pas que tu as risqué ta vie toutes ces nuits pour des sérums et médicaments. Tout comme je n'oublie pas que tu as seulement demandé de l'insuline pour May en échange de la nuit avec moi.

Je suis touchée en plein cœur. J'y songe, à ces nuits. À la peur qui me tenaillait le ventre. À la satisfaction d'aider réellement les gens.

Caeso m'interroge sur l'enseignement dans la plèbe. Je lui raconte l'apprentissage rudimentaire de la lecture, l'écriture et les bases en mathématiques pour ensuite nous consacrer à des apprentissages plus pratiques pour travailler à l'usine, en mer et dans des villas. Le tout, arrosé d'une propagande gerbante. Je vois se dessiner sous mes yeux les fondations du changement. Un changement qui sauvera des vies. Et la fierté vient gonfler mon cœur.

CHAPITRE 32

Les Consuls sont désormais enfermés pour voter. Nous avons les informations au compte-gouttes, la plupart du temps grâce aux domestiques. J'ai de plus en plus de mal à lire la vie de l'ancien Haut-Consul, les lignes semblent se mélanger pour former une bouillie de lettres indigeste.

— Livia, voilà trois fois que tu nous lis la même phrase, s'agace Octavia.

— Désolée, c'est écrit si petit…

— Avec moi, ça ne serait pas arrivé, se moque Publia.

Sa remarque déclenche quelques rires étouffés. Octavia nous fusille du regard. Je baisse la tête, je n'ai pas l'intention de mettre en colère la Favorite. Alors que je m'apprête à reprendre ma lecture, la porte du harem s'ouvre. Murs entre et se met au garde à vous.

— Livia, Caeso requiert votre présence.

Immédiatement, l'inquiétude se niche dans ma gorge, formant une masse qui rend laborieuse ma respiration.

Pourquoi veut-il me voir en pleine après-midi ?

— Livia, tu peux y aller. Je poursuivrai la lecture, déclare Octavia.

Publia soupire longuement. Il me faut quelques secondes pour bouger. J'ai peur de ce qui m'attend. Et s'il était encore blessé, cette fois sans moyen de guérir rapidement ? Je remets le livre à la Favorite et marche jusqu'à Murs, les jambes flageolantes. Il pose la main sur mon épaule et m'invite à le suivre. Quand la porte se referme, je fais volte-face.

— Murs, que se passe-t-il ? m'affolé-je.

— Caeso a du mal à jouer le rôle de son père.

Voilà déjà plusieurs jours que Caeso doit donner l'image d'un futur Consul impitoyable. Depuis le début du deuil, je ne le vois plus le matin et il ne m'a plus appelée le soir, sans doute occupé avec Auréa, qui a décidé de rester au palais d'après ce que j'ai compris. Les mots de Murs ne me rassurent pas. Je presse le pas, je n'aime pas savoir Caeso en souffrance.

En haut de l'escalier, nous croisons Auréa avec la fille d'un conseiller. Son bracelet à grelots tinte, un son que je ne supporte plus. Je m'arrête et plante mon regard dans le sien. Elle sourit. Un sourire teinté d'une méchanceté crasse.

— Que vois-je ? Une pouilleuse. Que fais-tu ici en pleine après-midi ?

— Caeso veut me voir, répliqué-je froidement.

— Tiens donc. Il veut t'épouiller le crâne ? se moque-t-elle. En tout cas, ce n'est plus avec toi qu'il passe ses soirées.

Son amie s'esclaffe. Mais je ne me laisse pas impressionner. Je garde la tête haute, je ne m'abaisserai pas à ses méchancetés. Je lui passe devant alors qu'elle m'insulte copieusement.

Bientôt, tu ne seras plus sa promise.

Je trouverai un moyen de l'éjecter. Et nous trouverons une épouse aussi bienveillante que Caeso, quelqu'un avec qui il pourra lier peut-être une amitié pour leur éviter de souffrir tous les deux. Étrangement, je n'éprouve aucune jalousie, comme si mon cœur s'était résolu à ce que je sois l'officieuse toute ma vie. Après tout, on n'a jamais vu une plébéienne devenir une épouse de Consul. Et j'ignore si je serai capable d'assumer ce rôle. Il me semble que je préfère l'ombre à la lumière.

Quand Murs frappe à la porte de Caeso, ce dernier m'invite à entrer. J'inspire, gonfle mes poumons autant que ma gorge obstruée me le permet. Je me prépare à ramasser la poussière d'un cœur. Caeso est dos à moi, je remarque ses poings serrés. Je m'avance doucement et pose la main sur son dos. Il tremble. Je suis prête à partager sa douleur.

— Caeso, je suis là.

— Je me déteste, rage-t-il. Et je hais encore plus mon père.

Avec prudence, je le contourne pour me mettre face à lui. Des sillons de larmes creusent ses joues. Mes paumes viennent les recouvrir et mes iris sombres accrochent son regard qui a viré au gris. Mon cœur absorbe sa colère un peu plus à chaque battement. Sa haine devient la mienne. Je plaque ma poitrine à son torse secoué de sanglots.

— Parle-moi, murmuré-je. Que s'est-il passé ?

— Tu vas m'en vouloir et tu auras raison.

Ma gorge se comprime, l'acide y remonte péniblement et douloureusement. L'appréhension est là, mais sa conviction me peine. Je nous croyais maintenant au-dessus de ça, chacun conscient des sacrifices que demande le changement.

— Toi et moi, nous savons jusqu'à quelles extrémités ton père peut aller. Et s'il te reste des épreuves, je n'ose imaginer ce qu'il te demande. Nous voulons sauver tellement de vies… Si ton comportement ne satisfait pas ton père, les choses vont être plus compliquées… Si tu ne réussis pas ce test et qu'il pense que c'est parce que je t'ai mis des idées frondeuses dans la tête… il va… il…

Je m'interromps. Nous ne pouvons pas nous permettre de perdre la partie. Nous devons maintenir l'illusion devant Septimus.

— Tu dois faire ce que ton père demande. Tu dois faire mal aujourd'hui pour avoir le pouvoir de faire le bien demain.

Mon pouce essuie une de ses larmes, je rapproche lentement mon visage du sien, mon cœur s'emballe. Je pose mes lèvres sur les siennes, comme un papillon venant l'effleurer. Un contact furtif, un baiser léger qui lui rappelle que je suis là et que nous pouvons affronter les difficultés ensemble.

Ses bras m'entourent et me serrent fort. Sur l'instant, j'ai peur qu'il ne se brise un os.

— Caeso, ne te blesse pas, soufflé-je.

— Je le mériterais pourtant.

— Non. Tu ne le mérites pas. Et tu ne peux pas prendre ce risque avec la pénurie de sérums.

Il me relâche légèrement, mes mains quittent son visage pour se poser sur ses pectoraux. Son cœur bat à une vitesse folle, comme s'il était ivre d'adrénaline.

— Maintenant, tu dois me dire ce qui s'est passé.

— J'ai… j'ai dû torturer un couple de plébéiens…

Ses yeux me fuient. Je revois Eta et May sur cette table. Leurs hurlements. Le sang. Les os qui se brisent. La côte qui perfore la poitrine d'Eta. Ce morceau d'os brisé qui semblait me narguer, comme si le Consul avait planté une dague dans sa poitrine. Mon cœur se paralyse. C'est trop dur pour lui de battre quand je me souviens de ces atrocités. Ma bouche s'entrouvre, mais l'air n'y entre plus.

— Delta…

Je ferme les yeux et pose la main sur mon ventre. Là où se trouve l'épicentre de mes peurs et de mes traumatismes.

Actus.

Mon bourreau. Il l'a torturé jusqu'à la mort. Il l'a fait sans aucun remords. Comme il a sacrifié ses gardes. Ce Caeso-là me fait peur.

— Tu as mal ? s'inquiète-t-il en posant sa main sur la mienne.

Il respire toujours la haine et la rage. Je secoue la tête, je ne dois pas lui parler de mon bourreau. Son état me trouble profondément. Il a l'air de découvrir toute l'ampleur du sadisme de son père. Comme si May n'avait pas suffi. Un constat douloureux.

— Caeso, c'est ton père qui avait décidé en amont de ces tortures ?

— Il m'a laissé comme consigne de les *questionner*. Je… je n'ai pas eu le choix. Je ne suis que sa main.

— Caeso, tu as déjà supplicié…

— Je n'ai supplicié que des hommes qui s'en étaient pris à toi, car je ne tolère pas qu'on puisse te faire du mal ! Mais eux…

eux, ils avaient seulement faim, ils ont volé de la nourriture pour leurs enfants…

Non... Non, je ne mérite pas qu'on tue pour moi.

Mais je ne peux pas lui dire. Il n'est pas en état d'écouter.

— J'ai dû condamner l'homme à la gladiature et la femme à mort, pour des putains de morceaux de pains.

Mes lèvres s'entrouvrent. Je replonge dans mon enfance. Dans ces journées où la faim était si intense que je ne pouvais même pas marcher pour aller à l'école. À quel moment la vie d'un être humain est devenue moins précieuse qu'un morceau de pain ? À quel moment un peuple s'est mis à compter sur une poignée de personnes pour manger, se soigner…

Mes yeux se baissent sur sa poitrine qui se soulève chaotiquement. Jamais Caeso n'a été vulgaire. Je crains que ça ne trahisse à quel point son père l'a mené à bout. Il a fait exprès, j'en suis sûre. Il a gardé ces prisonniers à torturer pour éprouver son fils, pour lui faire du mal. Mes doigts se replient sur la toge de l'héritier. Maintenant, la rage vient écumer dans ma bouche avec une salive amère.

— Condamnés pour du pain, fulminé-je.

Ma colère n'est pas dirigée contre Caeso, mais contre le Consul. Je sais que ce n'est pas Caeso qui a choisi, on lui a imposé ça.

— Tu me détestes ? s'inquiète-t-il.

— Non, tu l'as dit, tu es la main de ton père. Le contrarier serait un trop gros risque, on ne peut pas se le permettre. Tu dois faire ce que tu as à faire et moi… et moi je ferai ce que j'ai à faire.

— Nous devrons agir vite.

— Je sais, soupiré-je.

Le temps. Nous courons après. Chaque minute qui passe devient une ennemie, elle nous rapproche de l'instant funeste où Septimus comprendra notre plan. Pour l'heure, j'espère de tout mon cœur qu'il devienne Haut-Consul. Ainsi, les choses seront plus simples. J'imagine que Caeso a déjà un plan pour l'*après*.

L'après… après l'assassinat de Septimus.

L'assassinat.

L'évidence me frappe de plein fouet. Le meurtre. La condamnation à mort. Le supplice suprême pour avoir tué le dirigeant. Ma propre mort. Je ferme les yeux, tuer le dirigeant me paraissait être un acte si juste pour notre monde que j'en ai oublié qu'aux yeux des Consuls et des Ordres supérieurs ce sera un crime. Mon cœur cesse de battre. Mon sang quitte mes organes. L'air s'extirpe de mes poumons.

Je vais mourir.

Caeso devra assumer seul le changement. Moi… Moi je ne serai même plus la Favorite dans l'ombre, l'officieuse. Je ne serai qu'un oiseau venu se percher un instant sur son épaule pour lui chanter un avenir meilleur.

— Delta, tout va bien ? Tu as l'air troublée.

Parler de ma mort prochaine n'est pas une option. Caeso perdrait encore le contrôle. Alors, je force un sourire.

— Et si j'allais chercher mon livre sur les îles et que nous le lisions ensemble ? proposé-je d'une voix malgré tout cassée.

Il saisit mes mains tandis que je suis sur le point de m'écarter, prête à retourner au harem chercher l'ouvrage.

— Delta, je ne suis pas stupide…

— Je sais. Mais il y a des choses que je dois garder pour moi. D'accord ?

— Il y aura toujours une part de toi qui sera insaisissable. Tu es comme les oiseaux…

— Je *suis* un oiseau, ne l'oublie jamais.

J'appuie mon affirmation en effleurant sa chevalière. Mon bracelet orne toujours ma cheville, une présence rassurante. Je n'oublie pas qui je suis et d'où je viens. J'ai choisi la cage. J'ai choisi de ne pas avoir d'autres horizons que les projets de Caeso. Un choix que j'assume. Mon sourire s'accentue alors que j'ondule des hanches.

— Et si nous dansions ? proposé-je.

— Danser ?

— Oui. Dansons et oublions.

Caeso se laisse guider. Nous restons l'un contre l'autre, tournant avec lenteur. Je fredonne une mélodie, je nous offre un moment de paix. Un moment hors du temps.

La couleur est revenue au harem et le froid a laissé place à une certaine douceur. Le deuil s'est achevé, et Mella ne cache pas son plaisir de retrouver de la joie de vivre dans le quotidien.

— Je vais te faire les ongles ! s'exclame-t-elle.

— Je n'ai jamais mis de vernis.

— Tu m'étonnes ! Alors, regardons un peu quelle teinte t'irait…

Elle ouvre un tiroir de la coiffeuse chargé de petits flacons. Elle en sort quelques-uns, je regarde les teintes moirées comme on regarde des gourmandises chez la Mère Fantin. Mon regard est attiré par un bleu clair, je brandis le flacon sous le nez de Mella.

— J'ai choisi !

— Bleu, forcément.

Je ris, elle pouffe aussi. Ensemble, nous nous rendons dans la grande pièce pour nous installer à table. Enfin, l'étole pour le futur Haut-Consul est terminée et soigneusement emballée dans un coin. Je ne supportais plus de voir tout ce pourpre, une teinte qui me rappelle bien trop le sang.

Publia s'est lancée dans la lecture d'une romance aux scènes équivoques et se fait un malin plaisir d'y exagérer les choses sous le regard exaspéré d'Octavia. Je roule des yeux et présente mes doigts à Mella qui a rapporté tout un attirail. Elle grimace devant ce qui reste de mes ongles.

— Il est vraiment cochon ce livre, glousse Ostia.

— Oui, à se demander comment il s'est retrouvé dans notre bibliothèque, peste Octavia.

— Septimus veut peut-être nous donner des idées, suggère Publia, provocatrice.

Je retiens un haut-le-cœur. Je refuse d'imaginer le Consul dans ce genre de situation. Cependant, je réalise que le rire général qui résulte de la remarque de Publia sonne terriblement faux. Quant à Mella, elle ne se force même pas et garde le silence. Pour l'heure, Septimus étant absent, elle ne risque plus de devoir le rejoindre. Mais j'ai peur qu'il la convoque pour me faire du mal. À vrai dire, je ne sais pas laquelle de nous deux en souffrirait le plus. Sûrement elle.

Un silence lourd s'impose entre nous. Je sais pertinemment qu'elle doit songer à la prochaine fois qu'elle sera appelée.

Il n'y aura pas de prochaine fois !

— Mella, qu'est-ce que tu appliques ? demandé-je pour dissiper le malaise.

— Là, je te mets une base pour durcir tes ongles et les renforcer, m'explique mon amie.

— Tu vas les faire de quelle couleur les tiens ?

— Doré, comme toujours.

Elle ne sourit pas. Je crains que la lecture de Publia lui fasse du mal. Alors, je retire ma main de la sienne et me penche en avant.

— Tu sais, on peut retourner dans la chambre, chuchoté-je.

— Non, ce serait bizarre.

— D'accord…

Je la laisse poursuivre la manucure. Je la regarde bien faire, je crois que je pourrais prendre plaisir à avoir les ongles vernis. Je tâche de faire abstraction de la lecture de Publia qui met en scène un Consul avec une boulangère. Je me demande comment un tel livre a pu être édité, jamais une boulangère ne finirait avec un Consul !

— Je vais dire à Septimus de le brûler ! finis par s'emporter Octavia lors d'une énième scène érotique. Un Consul ne couche pas à l'arrière d'une boulangerie ! Je suis persuadée que ce doit être un roman de contrebande !

Encore une fois, j'entrave mon imagination. J'admire mes ongles bleus en souriant. Pendant quelques instants, j'ai été une jeune fille frivole qui se vernit les ongles avec son amie. Mella applique avec soin le doré sur ses ongles, un sourire nostalgique se peint sur ses lèvres. J'imagine qu'elle pense à sa vie d'avant.

Comme j'aimerais lui rendre son existence...

Soudain, la grande porte du harem s'ouvre. Je me redresse et regarde Vibia entrer, vêtue d'une robe bleu cobalt, comme ses yeux. Je retiens mon souffle, toutes les têtes sont tournées vers elle. L'épouse prend une profonde inspiration et nous regarde une à une avant de déclarer :

— Septimus est le nouveau Haut-Consul.

CHAPITRE 33

Je recule, comme percutée de plein fouet. Je me laisse tomber sur une chaise, prise d'un étourdissement alors qu'Octavia se met à genoux.

— Gloire et louanges à notre Haut-Consul ! clame-t-elle.

Toutes les maîtresses l'imitent, sauf moi. Je reste immobile, à la fois terrifiée et profondément heureuse.

Il est Haut-Consul...

Mon vœu s'est réalisé. C'est comme si le destin nous tendait les bras. Une providence si belle que, l'espace d'un instant, je crois rêver. Désormais, tout est entre mes mains, et je prends alors conscience de la charge que cela implique.

Je. Vais. Devoir. Le. Tuer.

Je regarde mes mains. Des mains d'une adolescente insouciante. Mais des mains qui vont faire agoniser Septimus jusqu'à lui faire regretter sa propre naissance. Des mains qui vont venger May et tout un peuple. Des mains qui vont permettre à un avenir meilleur d'exister.

Un sourire vient étirer mes lèvres. Oui, je vais venger tellement de vies. Je me relève et m'approche de Vibia. Elle me tend les bras pour m'étreindre, comme le ferait une mère. Son geste me bouleverse, car je sais quelle sera la fin.

— Petit oiseau, tu sais ce qu'il te reste à faire, murmure-t-elle d'une voix à peine audible.

— Oui.

— Promets-moi encore de veiller sur Caeso.

Mon cœur cesse de battre. Car même si la première fois ma promesse venait du fond de mon âme, j'ai maintenant réalisé que je ne sortirai certainement pas vivante de ce coup d'État. Mais ça, je ne peux pas le dire à Vibia. Alors, je la serre fort, aussi fort que je le peux sans la blesser.

— Je vous le promets.

Elle me relâche et remet une mèche rebelle derrière mon oreille. Elle tremble légèrement. J'ignore si elle a peur, ou si elle est heureuse que les choses tournent bien pour nous. Ses yeux… ses yeux sont pendant un instant ceux d'une mère pour moi. Un regard qui a fini par cruellement me manquer. Rares sont les fois où ma mère m'accordait ce genre d'œillade. Elle me couve de ses prunelles cobaltes, pose sa main éternellement fraîche sur ma joue. Je ferme un instant les yeux, juste pour me remémorer la dernière fois que ma propre mère a eu un geste tendre. Une introspection qui serre ma gorge.

Puis, elle se détourne de moi pour rejoindre Octavia et lui prendre les mains. J'ai l'impression de voir la nuit et le jour se rencontrer. Vibia avec ses longs cheveux noirs et son teint aussi blanc que la porcelaine. Octavia, ses cheveux blonds comme les blés coiffés en un chignon complexe et garnis de bijoux. Les deux plus belles femmes de l'Ouest se font face. Vibia n'a été qu'une matrice pour engendrer un héritier. Octavia est celle qui gouverne le cœur de pierre de Septimus.

— Conseille mon époux de la manière la plus juste, désormais tu es la Favorite du Haut-Consul, proclame cérémonieusement Vibia, avec une pointe d'agacement dans la voix.

— Je le guiderai sur le chemin de la grandeur.

Conseiller. Octavia le conseille depuis le début. La Favorite, son rôle…

Tout s'éclaire pour moi. Les doutes que j'ai eus à l'hôpital se confirment. Une ombre passe dans mon regard. Si Octavia a un quelconque pouvoir, alors elle aussi … elle aussi sera dans le sillage de la mort de Septimus. Elle représente une menace, au même titre que son amant et cousin. Je tente de croiser les bras pour masquer mes tremblements. Tant de vies à prendre.

Tant de vies qu'ils ont prises.

Puis… il y a May. Le crime impardonnable. Je ne peux plus me cacher ou reculer. Je vais désormais vivre dans l'attente du jour où je pourrai les éliminer. Septimus ne devra pas rester Haut-Consul trop longtemps, car les pleins pouvoirs pourraient entraîner la plèbe dans une horreur plus absolue encore. Et ce qu'il sait sur les Noctis pourrait détruire mon Ordre. Mes tremblements ne s'apaisent pas.

Quand Vibia passe les portes du harem, les maîtresses piaillent comme des oiseaux. Elles entourent Octavia, lui laissant à peine assez d'air pour respirer. Mella vient m'étreindre. Elle me presse contre elle jusqu'à ce que mon corps s'apaise. Je savoure cette étreinte, laisse mes émotions couler entre les bras de mon amie.

Bientôt, tu seras libre. Bientôt, tu retrouveras ta vie, Mella.

Je pose ma main sur la sienne, nous regardons les maîtresses féliciter Octavia. La Favorite ne me quitte pas des yeux. Je dois me résoudre à imiter les autres. Je quitte l'étreinte rassurante de mon amie pour m'approcher. Chaque pas est plus pénible que le précédent. Je m'incline légèrement devant la Favorite, imitant les autres.

— Félicitations, Octavia.

— Cela me paraît un peu bref, petite Favorite, rétorque-t-elle.

— Je ne suis pas très douée avec les mots, bredouillé-je.

— Tu devras le devenir si tu veux conseiller Caeso.

Je hoche la tête, rien de plus. Pourtant, le vent souffle en tempête dans mon esprit. Septimus voulait faire de moi une création du gouvernement pour s'assurer que je conseille son fils selon ses préceptes. Il savait quel rôle impliquait celui de Favorite. Pourtant, ils ont choisi de ne pas clairement le dire jusqu'à aujourd'hui.

Je retourne auprès de Mella, saisie par un vertige. Je veux fuir cette pièce et m'allonger. Nous ramassons notre matériel de manucure, ce qui nous donne un prétexte pour retourner dans la chambre. Je suis de nouveau au bord du vide. Mais cette fois, pas pour m'envoler. Dans ma chute, j'entraînerai le Haut-Consul et Octavia. Voilà mon rôle à présent. Quant à Vibia… la question reste en suspens.

Le harem est en effervescence. Octavia a décidé que nous accueillerons le nouveau Haut-Consul dans notre pièce de vie. Toutes les maîtresses sont vêtues de pourpre, Caeso a souhaité que je sois en blanc. Je me sens égarée au milieu d'un bouquet de fleurs éclatantes. Et je me sens encore prise au piège de la flaque de sang. Le pourpre est la couleur du Haut-Consul. Désormais, le pouvoir sera centralisé ici.

Je hais cette couleur. Je ne l'aimerai que lorsque ce sera le pourpre du sang de notre Haut-Consul.

La robe d'Octavia a été agrémentée de détails. Dans ses boucles soigneusement relevées trône un diadème en or composé de lauriers et d'éclats d'une pierre de la même teinte que la robe. En lui faisant porter des lauriers, Septimus la place au même niveau que lui. C'est une façon de dénigrer Vibia également. Un frisson me traverse. J'ai l'impression que Septimus voulait la place de Haut-Consul pour lui mais aussi pour elle.

Les portes du harem s'ouvrent. Septimus entre, la lumière se reflète sur son plastron doré et fait scintiller les bandes dorées de sa tunique blanche. Des lamelles de cuir lui ceignent la taille. Ses sandales paraissent inconfortables avec leur laçage savant.

Un sourire triomphant illumine son visage. Un sourire que je vais lui arracher. Un sourire que je verrai mourir quand il comprendra que son fils l'a trahi. Ma haine est si puissante que mes mains tremblent.

Je dois me reprendre, j'ai un rôle à jouer.

Nous applaudissons et acclamons Septimus comme nous l'a ordonné Octavia. Nous nous forçons toutes, Mella lève clairement les yeux au ciel et applaudit du bout des doigts.

— Mella, murmuré-je.

— Publia fait assez de bruit pour nous toutes. C'est la meilleure comédienne d'entre nous.

Il est vrai que Publia joue à merveille la comédie.

— Je ne veux pas qu'il te punisse… pense à ton père…

Elle me coule un regard douloureux puis applaudit avec un peu plus de ferveur. Quant à moi, je force un sourire pour mettre la Favorite dans de bonnes dispositions. Le regard de Septimus accroche le mien. Aujourd'hui, il n'y a pas d'obscurité. Juste son triomphe.

— Livia qui sourit, c'est décidément un grand jour, plaisante-t-il.

J'ai envie de vomir. Je ne veux pas qu'il plaisante sur moi. C'est un privilège que j'accorde à ceux que j'aime. Pas à cette enflure. Je sens clairement mon sourire s'évanouir. Mais quand je remarque Caeso dans son ombre, je suis soulagée. Discrètement, il se dirige vers moi.

Septimus s'avance vers Octavia, je vois dans ses yeux une passion brûlante. Il pose ses mains sur la taille marquée de sa Favorite.

— Je t'ai promis de te couvrir de gloire, mon seul et unique amour. Nous voilà maîtres de l'Ouest, susurre-t-il avant de l'embrasser.

Mon seul et unique amour.

Caeso s'apprêtait à me prendre les mains, mais il interrompt son geste. Quelle douleur ce doit être d'entendre son père qualifier ainsi une autre femme que sa mère. Son visage se ferme. Mon cœur s'emballe. Il souffre du désamour de son père pour sa mère. Je pose ma paume sur sa joue. Nous ne sommes pas libres de parler, et cette entrave fait couler de l'acide dans ma gorge.

Ce n'est pas un mal que je sois vouée à disparaître. Sinon, il aurait reproduit le schéma de son père en épousant une femme par intérêt et en me gardant comme Favorite. Je serre un pan de ma robe entre mes doigts. Je vais tuer l'homme qui nous tourmente, il n'y a pas de raison plus juste de mourir.

Nous voilà maîtres de l'Ouest.

Septimus est notre dirigeant suprême. Désormais, toutes les vies de cette partie du monde sont entre ses mains. Son sadisme va s'étendre à toutes les îles. Il peut prendre les décisions sans avoir de compte à rendre, et chaque individu lui doit soumission et obéissance. Et je sais combien le tribut est lourd à payer quand on désobéit. Des flashs de May m'éblouissent. En souhaitant qu'il devienne Haut-Consul et en lui donnant les éléments pour y arriver, j'ai facilité ma mission. Mais j'ai aussi pris le risque de plonger notre partie du monde dans les ténèbres de Septimus. Avec Caeso, nous devons agir vite.

— Tu trembles encore, murmure Caeso.

— Ce… ce n'est rien.

Je lui parlerai quand nous serons seuls. Il hoche la tête et prend ma corde pour faire le nœud sous mon sein. Ses lèvres se posent sur mon front, toujours avec un profond respect.

— Tu es la plus belle des roses blanches.

— Et toi, tu es magnifique avec ta tenue dorée d'héritier.

Il soulève mon menton avec son index, je l'admire avec le cœur palpitant contre ma poitrine. Sa beauté est réellement à couper le souffle. Ses traits angéliques se gravent dans mes yeux. Comme ceux d'Alpha. Leurs visages sont ancrés dans mon cœur, sont peints dans ma rétine et tatoués dans mon âme. Ils auront été les deux hommes de ma vie. Deux hommes extraordinaires, que je viendrai visiter même une fois morte. Je serai la brise des beaux jours. Je serai le gazouillis d'un oiseau qui quitte le nid. Je serai l'espoir qu'un jour les nuages orange disparaissent.

Mon sacrifice en vaut la peine. Pour un monde plus juste. Pour mettre au pouvoir l'artisan du changement.

— Nous devons y aller, Fils.

Je les regarde partir. Ma gorge est sèche. Comment Caeso pourra-t-il remporter le Conclave sans expérience militaire ou autre ? Il sera tout juste élu Consul, il n'aura pas fait ses preuves, il devra réellement briller très fort à la première étape du Conclave.

Mella s'approche et pose son menton sur mon épaule, sa joue tiède contre la mienne. Mella est devenue comme une sœur. Je crois qu'elle n'a pas encore compris les conséquences de notre plan. Et je n'ai pas la force de lui dire.

— Tu es amoureuse, chantonne-t-elle.

Je la pousse gentiment et soupire. Le plus dur dans ma fin, ce sera de dire adieu à toutes ces personnes que j'aime. Je crois que c'est ce qui me terrifie le plus, avec l'idée de devoir lâcher la main de Caeso pour accomplir notre rêve. Je ne serai pas à ses côtés quand il sortira de l'Éloquence. Quand, plein d'incertitudes, il entrera dans le Conclave. Quand il en sortira victorieux. J'imagine chacun de ces instants et ça laboure mon cœur. Un sanglot prend naissance dans ma gorge, mais je l'étouffe, comme j'essaie d'étouffer tous mes regrets. Je sais que la peine ne durera qu'un temps pour eux, qu'ils finiront par penser à moi avec le sourire. J'aimerais seulement ne pas leur faire de mal, mais ça me paraît inévitable.

Et je ne serai pas là pour assister Caeso dans ses projets. Je ne serai pas là pour le soutenir au Conclave, ni dans ses grands travaux de changement. Cette perspective me fait mal. Elle me donne un goût d'inachevé. La mort de Septimus sera douce-amère.

Je m'extirpe de mes pensées sombres pour aller vers la lumière. Aujourd'hui est un jour de fête. Les plébéiens auront même une distribution de volailles et de légumes. Je songe à tous ces estomacs creux qui vont se régaler ce soir. Savoir que des marmites vont bouillir, avec autre chose que de la viande rance et des racines, me réchauffe le cœur. J'imagine ma sœur se délecter d'une belle cuisse de poulet. Une image si douce qu'elle apaise le bruit assourdissant des pensées qui tournent dans mon esprit.

La garde et Murs viennent pour nous escorter. Nous empruntons le fameux couloir qui semble se refermer sur nous. Cette fois, je marche d'un pas lourd, me remémorant la torture de May. Je croise les bras, resserre les biceps avec mes doigts. Je serre jusqu'à ce que la marque s'imprime sur ma peau.

Le bruit de la foule ne tarde pas à remplir nos oreilles. La poussière tombe du plafond, me plonge dans le souvenir de l'exécution d'Eta. J'entends ses hurlements. Je m'arrête et plaque les mains sur mes oreilles. Elle hurle, ses yeux paniqués dans les miens. Elle hurle et moi… et moi je n'arrête pas son supplice.

Alors que ma bouche devient pâteuse, que les relents putrides de la nausée envahissent ma gorge, une gifle violente me fait vaciller et dissipe le souvenir.

— Livia ! Cesse de hurler ! ordonne Octavia.

Je hurlais ?

Je cligne plusieurs fois des yeux. Octavia me domine de sa hauteur. Je suis perdue. Sur moi, le regard peiné des Maîtresses. Mella sort du rang pour venir m'étreindre. Je réalise que je suis à bout de souffle.

— C'est un jour de fête, tu n'es pas heureuse de voir Septimus être intronisé ? demande sèchement Octavia.

Mella passe ses doigts dans mes cheveux. Elle me murmure à l'oreille que tout va bien se passer. Mais les sévices psychologiques que j'ai subis semblent exploser. Je ne veux plus endurer de tortures mentales. Et je ne veux pas qu'une personne que j'aime soit sacrifiée parce que j'ai énervé la Favorite. Si elle croit que l'intronisation de Septimus me contrarie, ça… ça sera peut-être pire que de lui cracher au visage.

— Pardon, Octavia, bredouillé-je. Pardon. Je suis vraiment désolée. Je… je suis profondément honorée que notre Consul devienne Haut-Consul. Je suis honorée et…

— Mella, relève-la, coupe Octavia.

Je ravale ma salive acide, je vais devoir me montrer très enjouée lors de la cérémonie. Une perspective qui ne m'enchante pas. Monter les marches jusqu'à la cage de bois est un supplice.

Je m'assois à côté d'Octavia qui brille avec sa robe somptueuse et son diadème. Les doigts repliés sur mes genoux, je n'arrive pas à regarder le cirque. Mella pose sa main sur la mienne. Je sais que je dois lever les yeux. Que je dois regarder et me réjouir.

— Les fleuristes ont vraiment fait un travail extraordinaire, n'est-ce pas, Livia ? m'apostrophe la Favorite.

Je me tends. Je dois lever les yeux. Il le faut. Je réunis toutes mes forces. Je puise dans mon amour pour mes proches. Dans mes rêves d'un monde meilleur pour May et Zaley. Mon regard balaie le sol en bois, remonte le long de la grille. L'exécution d'Eta me percute par flashs : des images brèves, des détails, des sons. Je me concentre. Je lutte. Je lutte pour ne voir que ce qui est réellement sous mes yeux.

Quand enfin je ne vois plus l'exécution, je suis émerveillée par la beauté des fleurs et leur quantité. Des milliers de roses blanches et pourpres débordent en cascade de vases immenses qui encerclent une scène. Tout autour, des femmes en robes blanches, dorées et pourpres dansent. Quand elles tournent, les robes se soulèvent joliment et ondulent. J'admire le spectacle, il me rappelle quand je dansais sur les petites tables du bar. Quand je m'étourdissais de pirouettes pour tout oublier.

Les trompettes sonnent. Je réalise que tout un tas de caméras filme la cérémonie. Tout le monde se lève dans les gradins, y compris nous. Les yeux rivés sur l'ouverture située sous la loge consulaire, nous observons Septimus faire son entrée sur un char doré chargé de roses blanches. Il salue la foule, aux côtés de son fils, avec son sourire qui ne se départit jamais de son sadisme. La foule hurle, seul le secteur réservé à la plèbe est plus dans la retenue. Mon cœur s'emballe, devant Caeso j'ai des papillons dans le ventre tant je suis bouleversée d'être l'amour d'un homme pareil. Septimus a beau briller avec sa tenue blanche et son plastron doré, Caeso irradie d'une beauté et d'un charme puissant. Sa bienveillance se lit sur son visage d'ange.

Mon ange guerrier.

Ils effectuent encore un tour de piste, durant lequel le public lance des roses, toujours à l'exception de la plèbe. Cependant, une petite fille se penche des gradins plébéiens, aidée par son père, pour tendre un dessin à Septimus. Mon esprit voit encore le dessin de May. Mais je lutte immédiatement contre les émotions que provoque ce souvenir. L'espace d'un instant, je me demande si c'est une mise en scène. Le Consul le saisit et effleure la joue de l'enfant.

— Sais-tu ce qu'est un Haut-Consul ? demande-t-il en pliant la feuille.

— C'est le héros !

La réponse de l'enfant, martelée par son enseignante à l'école, provoque une nouvelle liesse dans les tribunes. Les plébéiens applaudissent mollement. Deviner le regard meurtrier que Septimus doit leur lancer me provoque une nouvelle nausée.

Jouez le jeu... Jouez le jeu, ce détraqué pourrait lâcher les dépeceurs dans la plèbe en plein jour pour vous punir !

Maintenant, il n'a plus personne au-dessus de lui pour le canaliser et éviter ce genre de châtiment ignoble. Lui comme son père ont toujours exercé leur sadisme dans les limites imposées par le Haut-Consul. J'ai du mal à respirer.

Septimus donne le dessin de l'enfant à un domestique qui s'est précipité pour le récupérer. La foule hurle toujours plus fort quand Septimus les salue. Il se dirige vers la scène, accompagné de Caeso. L'héritier se contente d'un sourire discret mais charmant, qui visiblement fait glousser les danseuses. Octavia joint ses mains devant son visage. Des larmes discrètes perlent sur son visage.

J'aurais aimé voir l'intronisation de Caeso...

Je chasse immédiatement cette idée en me concentrant sur la cérémonie. Les danseuses se tournent vers Septimus et son fils. Je réalise qu'elles sont sept. Comme le nombre d'Ordres. J'appuie mon regard et me penche en avant.

— Mella, tu crois que chacune est prise dans un Ordre ?

— Les danseuses ? demande mon amie.

— Oui, répond Octavia. Septimus voulait que tu représentes la plèbe. Mais, soyons honnête, ta grâce aurait éclipsé les autres danseuses. Et Caeso s'y est opposé.

Je cligne plusieurs fois des yeux. Je ne peux pas croire que Septimus ait envisagé de me faire participer à son intronisation.

— Septimus ? Septimus voulait…

— Ta danse l'a beaucoup impressionné à l'anniversaire de Caeso. Mais son fils ne veut pas t'exposer.

Caeso me protège.

Je pose la main sur ma poitrine, émue qu'il défende mes intérêts. Octavia m'invite à reporter mon attention sur la scène.

Au même moment, Caeso s'agenouille devant son père et déclare d'une voix forte :

— Moi, Caeso, fils de Septimus, je suis le premier à jurer obéissance et fidélité à notre Haut-Consul.

Il semble sincère. Un mensonge. Mais il berce d'illusions son père, qui l'aide à se relever et l'étreint. Septimus frotte le dos de son fils et garde son bras autour de ses épaules pour, une nouvelle fois, saluer la foule. Je suis soulagée de voir le Haut-Consul agir comme un père aimant avec son fils. Ça me conforte dans l'idée que Septimus n'imagine pas que son fils va le trahir. Ni même qu'il va commanditer sa mort et celle de la femme qu'il a voulu couvrir de gloire. Pour ce qui est de Vibia, l'idée de la tuer me révulse, j'ignore encore si j'y arriverai si nous devons arriver à cette extrémité. Je veux croire qu'une autre solution existe. Qu'elle n'est pas obligée de se sacrifier. J'ai le cœur gros. Tuer quelqu'un qu'on hait de toute son âme, ce doit être une libération. Mais dans le cas de Vibia… dans le cas de Vibia, je me dis que je mériterais de mourir.

Si je tue Vibia et que je meurs, qui sera là pour Caeso ?

Cette question vient me retourner l'estomac. J'ai un éblouissement, des points lumineux et noirs s'invitent dans mon champ de vision. J'essaie de m'éventer avec ma main, je commence à me noyer dans l'océan des conséquences.

— Livia, cesse cela, le plus important commence ! gronde Octavia. Apportez de l'eau fruitée.

Une domestique se précipite avec la carafe. Elle me sert un verre, que je bois tout doucement. Il va falloir que je trouve une personne pour veiller sur lui. Et rapidement. L'eau fait légèrement passer mon malaise et je peux me concentrer de nouveau sur la cérémonie.

Caeso se place en retrait. Des Consuls en tenue d'apparat, semblable à celle que porte Septimus, montent sur la scène. Ils s'approchent, chacun les bras chargés des nouveaux éléments de la tenue de Haut-Consul de Septimus. Du pourpre. Cette maudite couleur. Comme l'uniforme des Aigles, on pourrait dire sa tenue teintée du sang des victimes de notre dictature.

Un Consul âgé monte avec difficulté les marches de la scène, aidé d'une canne. Caeso semble vouloir l'aider, mais son père l'interrompt d'un geste. Est-ce contraire au protocole ou bien… ou bien un signe de gentillesse que ne tolère pas Septimus ? Le vieil homme s'approche et tapote avec familiarité l'épaule de Septimus. Le nouveau Haut-Consul semble se crisper.

— Pourquoi gâche-t-il ce moment magnifique avec ce geste ridicule ? ronchonne Octavia.

Personne ne prend le risque de répondre. Le vieux Consul se recule, appuyé sur sa canne tremblotante.

— Moi, Decimus, aîné des Consuls, te demande à toi, Septimus, si tu acceptes la charge de Haut-Consul ?

— Je l'accepte, hurle Septimus en levant le poing.

Les maîtresses applaudissent si fort que je ne parviens pas à discerner le comportement de la plèbe, pourtant le cirque n'est vraiment pas grand. Tout à l'heure, je pouvais les voir rester assis, ne pas applaudir avec un grand enthousiasme. Octavia s'est levée de son siège et jubile comme si c'était elle qui était nommée. La nausée ne me quitte pas et je peine à refouler ses assauts dans la gorge.

Un à un, les Consuls enlèvent à Septimus ses atours de Consuls, le laissant avec une sorte de pantalon blanc qui moule ses jambes.

— Il a un physique extraordinaire, se pâme Octavia.

Un frisson de dégoût me fait trembler. Les autres maîtresses sont bien obligées d'appuyer cette déclaration. Mella pose la tête sur mon épaule, je prends sa main. Elle est lasse de tout ça, et je la comprends. Mais ce n'est plus qu'une question de semaines, voire de jours. Dès que Caeso sera prêt.

Les Consuls mettent la tunique pourpre à Septimus, la cape assortie, le plastron d'argent et la ceinture de lanières de cuir sombre. Enfin, Caeso pose sur sa tête des lauriers argentés. Septimus lève les bras en vainqueur alors que la foule lance des pétales de roses, sûrement distribués à l'entrée. Je regarde le secteur des gradins réservé à la plèbe, ils ont cessé de résister. Voir tous ces malheureux forcés d'acclamer un homme qui les a fait souffrir chaque jour de leur vie me donne la nausée. Mais ils n'ont pas le choix.

Chacun de nous sait maintenant que plus rien ni personne ne peut arrêter Septimus dans sa cruauté et le plaisir malsain qu'il éprouve face à la souffrance qu'il crée.

Septimus, Caeso et les Consuls rejoignent la loge consulaire à côté de notre cage de bois. Le balcon déborde aussi de fleurs pourpres. Vêtue de blanc tout comme moi, Vibia s'incline devant son époux. Sa présence exceptionnelle au cirque est largement acclamée par la foule.

Est-ce que Caeso a volontairement choisi que je porte la couleur de sa mère ?

Je m'interroge. Cela pourrait être le signe que nous sommes les femmes qui le guideront dans le pouvoir. Une allusion discrète mais bien réelle. Une allusion qui fait s'éteindre mon cœur quand je pense à la finalité du plan.

L'une de nous doit rester en vie. Parce que c'est à nous qu'il a confié son cœur de futur Haut-Consul.

CHAPITRE 34

Le point d'orgue de la matinée est la course de chars. Je bois un énième verre d'eau fruitée pour essayer d'apaiser l'amertume qui ne quitte pas ma bouche. Je ne pensais pas que voir Septimus triompher, même si cela sert notre plan, serait si difficile. Alors que les sept chars, représentant les sept Ordres, se positionnent sur la ligne de départ, la grande porte de l'arène s'ouvre sur un char conduit par un mystérieux aurige au masque doré. Le grondement monte dans les gradins. Nous échangeons des regards avec les maîtresses, Octavia affiche un petit sourire satisfait.

— Je vois que Septimus a suivi mon idée.

— Ton idée ? C'est quoi ton idée ? questionné-je.

— Tu vas voir, petite Favorite.

Sa tunique pourpre ressortant au milieu des habits blancs des Consuls, Septimus se lève du trône qui a remplacé son siège et s'avance vers le balcon avec un sourire qui n'est pas sans rappeler celui d'Octavia. Le genre de sourire qui cache un désir de faire du mal.

— En l'honneur de ma nomination comme Haut-Consul, je vous offre le Char d'Or ! La règle est simple : s'il remporte la course, l'un de vous gagnera son poids en or !

Mes yeux s'arrondissent, jamais un tel prix n'a été promis. L'excitation agite tous les Ordres, de la plèbe jusqu'aux patriciens. Le public hurle, applaudit et trépigne à en faire trembler tout le cirque. L'idée d'Octavia est brillante. Ce jeu va devenir une légende, tout le monde se souviendra de l'intronisation de Septimus comme un jour où il a donné l'opportunité de remporter un prix fabuleux.

— Son poids en or, ça changera la vie de quelqu'un, souffle Mella.

— Imagine si c'est un plébéien !

Imagine si c'est ma famille de sang.

Mon cœur s'emballe. L'espoir vient se poser sur mon âme comme un papillon. Léger, comme s'il osait à peine exister. Mais je le prends au creux de mes mains, comme une lumière fragile qu'il faut préserver du vent.

— Un plébéien ira le dépenser en alcool, réplique Octavia.

Je fais volte-face, prête à monter au créneau. Sait-elle que le gouvernement tire les prix de certains alcools vers le bas pour pousser les plébéiens à s'enivrer ? Que l'alcool est une camisole qui nous prive d'esprit de révolte ? Que parfois la faim et la vie sont si insupportables qu'on y préfère l'ivresse ? Parce qu'une bouteille d'eau-de-vie est dix fois moins chère qu'un malheureux morceau de pain ? Mais qu'à ces gens, il leur restait assez d'humanité dans les brumes de l'alcool pour jeter une piécette à une adolescente qui dansait sur les tables.

Non. Bien sûr que non. Mais le souvenir douloureux de May, ensanglantée sur cette table de torture, est trop ancré en moi pour que je riposte. Les hurlements de ma protégée peuplent mes cauchemars malgré les médicaments.

Je dois me concentrer sur l'espoir que ma famille gagne.

Les trompettes sonnent le début de la course, qui se déroule en sept tours. Le son des instruments vibre en nous, les concurrents partent en fouettant les chevaux comme des barbares. Le fracas des sabots sur la piste roule comme un tonnerre menaçant. J'imagine que le prix pour celui qui remportera la course sera très généreux, bien plus que d'ordinaire.

Contrairement au reste du public, nous n'avons pas de carré de tissu à agiter pour encourager un attelage. La faute à notre cage de bois. Chaque Ordre a sa teinte, j'aime voir cette palette de couleurs dans les gradins. La clameur est si puissante qu'elle répond aux battements fébriles de mon cœur.

Le char des doctores et celui des magistratus se percutent de plein fouet dans un virage, une roue vole dans les gradins. Les doctores s'écartent, laissant le bois exploser contre la pierre. Le public crie plus fort, le concurrent des magistratus retire de l'attelage un cheval aux membres antérieurs en sang et reprend la course en laissant sur place le char détruit de l'autre aurige.

Le char doré caracole en tête sous les acclamations du public, le secteur de la plèbe est en délire. Je triture mes doigts et mordille ma lèvre. J'espère de tout mon cœur, de toute mon âme, que le char d'or va l'emporter et sortir ma famille de la misère. Le conducteur est habile, il esquive celui des patriciens qui tente de le pousser sur le côté.

— C'est un vicieux, l'aurige des patriciens, commente Publia. Une fois, il a carrément lancé des couteaux sur les autres concurrents.

— Je me souviens de ça, murmuré-je.

— Rien ne l'interdisait dans le règlement... ça avait beaucoup amusé Septimus, sourit Octavia.

Je lève les yeux au ciel, je ne suis même pas étonnée. Mon attention se reporte sur la piste où l'aurige de la plèbe remonte entre le char des civis et celui des magistratus. Je retiens mon souffle, la manœuvre est extrêmement risquée.

Le conducteur des magistratus, ayant récupéré un morceau de bois du char des doctores lors de leur collision, le jette dans les rayons de la roue du plébéien. Le débris bloque la roue, l'arrêt brutal expulse l'aurige qui se fait piétiner par ses propres chevaux sous les cris horrifiés de la plèbe. Je ne peux m'empêcher de me lever du siège, le cœur battant à tout rompre.

Une mare de sang s'étend à côté du conducteur, probablement mort. Ce pourpre ... cette couleur immonde qui envahit maintenant mes yeux et me ramène aux moments sombres de ma vie. Je prends une grande inspiration et refuse de sombrer.

Je dois me détacher. Le concurrent des doctores, privé de char, traverse la piste et s'accroupit à ses côtés. Il semble lui prendre le pouls et lève sa main avec le pouce vers le bas.

— Il est mort, soufflé-je.

— C'est le risque, répond sans empathie Octavia.

La course de chars est un sport risqué, même si on y meurt moins qu'à la gladiature.

Le char des patriciens talonne celui d'or. L'ensemble des Ordres, sauf celui des patriciens, le huent copieusement. Mais l'aurige d'or n'a pas dit son dernier mot. Il fouette plus encore ses chevaux blancs, écrasant un peu plus à chaque passage le conducteur de la plèbe. Un râle de dégoût m'échappe. Je détourne un bref instant le regard.

Le dernier tour arrive, il ne reste en course que les civis, les patriciens et le char d'or. Le cirque tremble de plus belle sous l'excitation de la foule. Car si tout le monde joue le jeu avec les carrés aux couleurs des auriges de chaque Ordre, tous espèrent la victoire de celui d'or. Je continue d'espérer pour ma famille. Je serre la main de Mella. Elle me sourit. Je sais qu'elle aussi aimerait qu'un plébéien gagne, maintenant qu'elle connaît l'entière vérité sur notre Ordre.

Le char des civis remonte, jusqu'à être au coude à coude avec celui des patriciens. Brutalement, un des chevaux du civis se prend les sabots dans les débris du char des doctores et s'écroule, entraînant avec lui les autres dans le sable et le sang. Le char est catapulté en avant et l'aurige finit sur les escaliers des gradins comme un pantin désarticulé.

Sous les acclamations d'un public surexcité, l'aurige d'or franchit la ligne d'arrivée en tête. La foule jette ce qui reste des fleurs qui étaient destinées à Septimus. Tout le cirque scande le nom du nouveau Haut-Consul, y compris la plèbe.

Les trompettes sonnent son triomphe. Mon rythme cardiaque est semblable au galop des chevaux. Il martèle ma poitrine furieusement alors que Septimus se lève pour applaudir. Mauvais perdant, le conducteur des patriciens quitte son char, fouet à la main, prêt à en découdre avec son adversaire. Heureusement, des gardes interviennent à temps pour secourir le vainqueur.

— Bien, que l'on m'amène l'urne !

Le silence, légèrement perturbé par des murmures d'excitation, tombe sur le cirque. Chacun a sa petite flamme d'espoir à faire briller. Je fixe la loge. Caeso sourit à la foule. Son merveilleux sourire qui me fait espérer un monde meilleur.

Un chemin pavé de milliers de bleuets.

Je pose les mains sur mon cœur. Je le sens battre pour lui et pour un avenir fleuri. Deux serviteurs amènent une grande urne transparente à Septimus dans laquelle se trouvent des milliers de papiers. Dans une atmosphère électrique, le Haut-Consul y plonge la main et en tire le nom d'une civis. Je cache comme je peux ma déception que ce ne soit pas ma famille, même si ma flamme de l'espoir vient d'être balayée brutalement, et j'applaudis autant que les autres.

Mon regard se reporte sur la piste. Le pourpre. Tout ce pourpre sur le sable blanc. Tout ce sang que versera Septimus s'il reste trop longtemps au pouvoir.

La garde ouvre la double porte du harem, je me sens soulagée de m'éloigner du cirque et de son maudit couloir. Mella a gardé ma main dans la sienne durant tout le trajet. Ses doigts s'écartent délicatement, elle me laisse m'envoler dans ma cage. Mais, au milieu du parfum délicat des fleurs, je reconnais la délicieuse odeur d'une viande en sauce. J'ai déjà senti ça chez les patriciens où je travaillais. Pendant un bref instant, Actus apparaît dans mon esprit.

Non. Il a été exécuté. Justice a été faite.

Je pose la main sur mon ventre. Je ne dois plus lui laisser le pouvoir de m'éviscérer. Je ne serai plus jamais une poupée. Non. Plus jamais. On ne me fera plus de mal.

Je ne laisserai plus personne me martyriser.

Je relève la tête et regarde la table joliment dressée. L'idée même de savourer ce plat que je n'ai pu que regarder et sentir me fait saliver comme les jours où Maman ramenait des choses de la distribution. Mon ventre gargouille bruyamment, ce qui amuse Mella.

— Du bœuf joyeux ! salive Ostia. Voilà longtemps que nous n'en avons pas eu au menu !

— Du bœuf joyeux ? questionné-je.

— On prend des morceaux de bœuf qu'on laisse mariner dans du vin rouge. Puis, on prend de l'oignon…

— Il suffit ! intervient Octavia. Ne la laisse pas faire, sinon tu mangeras froid.

Je grimace, Ostia lève les yeux au ciel. J'imagine que sa vie passée a un lien avec la gastronomie. Elle se penche sur un grand plat aux rebords hauts, maintenu au chaud par quelques petites bougies, et dans lequel trempe une louche. Elle respire bruyamment le fumet.

— C'est du vin de l'île de l'espoir qui a servi à cuisiner.

Nous échangeons toutes un regard. On a beau avoir ce genre de numéro à presque tous les repas, ça reste impressionnant. Cependant, cette méthode de service me surprend. D'ordinaire, les assiettes sont servies déjà garnies. Il n'y a que durant le deuil que le potage épais était amené dans une énorme soupière.

— Il n'y a donc personne pour nous servir ? Et qui a eu cette idée de plat à partager ? s'agace Octavia.

Les domestiques ont déserté les lieux. Ce qui est étrange, car les servantes sont comme des abeilles entre les fleurs. Mais aujourd'hui, rien ne bourdonne dans notre pièce commune.

— Septimus leur a permis de retourner chez eux après le cirque, informe Publia.

— Mais comment peux-tu toujours tout savoir ? admire Mella.

Publia lève les yeux au ciel en prenant place à table.

— Car je fais cette chose incroyable avec les domestiques : je leur parle, et pas seulement pour donner des ordres.

— Tu parles surtout avec celle qui a la langue trop pendue et qui va mal finir, menace Octavia.

— Elles ont des noms, rétorque Publia.

— Tu m'en diras tant ? Ostia, qu'est-ce que tu fiches ! s'énerve la Favorite.

Ostia, louche dans la main, regarde rapidement à droite et à gauche. Elle fait une moue, comme si la réponse était évidente.

— Je commence à servir… Livia, donne ton assiette, je vais te choisir les meilleurs morceaux.

— Non mais je rêve ! Nous devons nous servir comme des plébéiennes le jour de l'intronisation de Septimus ? Je vais aller immédiatement…

— Octavia ! intervient Lucia. Octavia, je crois que Septimus a voulu remercier à sa façon les domestiques pour leurs bons et loyaux services en ce jour exceptionnel. Une intronisation de Haut-Consul, c'est si rare. Plus encore quand il s'agit du Consul de sa propre île.

Octavia, lèvres pincées, semble tout de même sensible à cet argument mettant Septimus en valeur.

— Octavia, soufflé-je. Comme je suis d'origine plébéienne, je te propose de faire le service. Ainsi, les choses ne seront pas trop bousculées pour toi.

— Non… non, tu n'es plus une plébéienne, tu es la Favorite de Caeso. Tes mains ne doivent servir que l'héritier, tu entends ?

Je hoche la tête, je ne veux pas la contrarier. Mais elle semble s'apaiser. Parfois, je ne comprends pas bien pourquoi elle s'emporte. Elle attrape des colères sur des détails. Un gâteau savouré en secret. Un film regardé en cachette. Un livre qui met en scène une relation entre un Consul et une boulangère. Comme si chaque opportunité était bonne pour rappeler sa place. Pour rappeler qu'elle a un rôle important. Pour rappeler que… même si on ne l'appelle pas "honorable épouse", même si elle est un secret, elle dirige.

On ne l'appelle pas "honorable épouse".

— Octavia ? interrogé-je avec douceur.

— Oui, petite Favorite ? se radoucit-elle.

— Après manger, j'aimerais… j'aimerais te parler en privé.

Elle fronce légèrement les sourcils, ses aventurines me sondent. Pendant une fraction de seconde, je crois voir Septimus. Je me crispe. Mais Octavia pose sa main sur la mienne. Ses doigts sont chargés de bagues. Le métal frais contraste avec sa peau chaude.

— Bien sûr… Ostia, choisis les morceaux les plus gras pour Livia, elle doit encore grossir.

J'esquisse un minuscule sourire et tends mon assiette. Ostia remplit généreusement et me tend un petit pain blanc qui, je pense, ne suffira pas pour manger la sauce. Je louche sur mon assiette, des morceaux énormes flottent au milieu de carottes, d'oignons et de champignons.

— Ces morceaux sont monstrueux, c'est eux qui vont me manger !

Ma remarque déclenche des rires, au moins l'atmosphère est de nouveau détendue. Durant le repas, chacune y va de son avis sur la cérémonie. Je n'écoute que d'une oreille, savoure la viande qui s'effiloche sous ma fourchette et le goût légèrement sucré de la sauce. Je préfère tout de même le canard au bœuf, mais ces viandes sont extraordinaires.

— Et toi, Livia ? Qu'as-tu préféré ? me demande Octavia.

— Caeso ! m'écrié-je avec enthousiasme.

Cette fois, ma réponse les fait hurler de rire. Même Octavia laisse échapper un petit rire en couvrant sa bouche avec sa main.

Comme si sa fonction lui interdisait de rire.

— Ça venait du fond du cœur, s'esclaffe Mella. Mais on te l'accorde, Caeso était très beau et charmant.

— Il avait vraiment la prestance d'un futur Consul, appuie Octavia. Votre relation lui a été très bénéfique.

— Oui, avant il avait l'air terrorisé lors de ses apparitions publiques, confirme Publia. Mais c'est les hommes ça, dès qu'ils perdent leur pucelage…

— Publia ! m'offusqué-je en baissant les yeux.

Octavia se racle la gorge. Elle doit parfaitement connaître la situation avec Caeso. Je ne veux pas l'évoquer ici, car je refuse de prendre le risque de contrarier Septimus.

— Quoi ? On est pas dans ce harem pour tricoter !

— Ce qui se passe entre Caeso et Livia, reste entre Caeso et Livia, intervient Octavia. Et si l'une de vous s'avise de vouloir en savoir plus sur le sujet, je lui ferai couper les oreilles. Compris ?

Je ne serai pas allée jusque là, mais je lui souffle un "merci" malgré tout. Nous terminons le repas en silence. En guise de dessert, nous avons des meringues. J'aime ces petites gourmandises légères comme des nuages. On nous en sert souvent avec les boissons chaudes à quatre heures.

Fébrile, j'attends mon tête à tête avec Octavia. La Favorite a l'air d'être dans de bonnes dispositions, j'espère qu'elle répondra à mes interrogations.

CHAPITRE 35

Octavia m'invite à entrer dans sa chambre, je la précède. Sur les murs de la pièce, plus grande que notre chambre avec Mella, des motifs végétaux dans les tons rouges fleurissent. La couleur de la Favorite. Mon regard s'attarde sur une coiffeuse en bois précieux chargée de divers produits. Des dorures embellissent les différents meubles. À la lumière, l'or scintille.

— Que voulais-tu me dire ? questionne Octavia avec une bienveillance qu'elle n'a généralement que devant les reportages de propagande.

Je me tourne vers la Favorite. Elle saisit son diadème et le pose dans un écrin ouvert sur sa commode. Mal à l'aise, je ne trouve pas de manière délicate pour formuler ma question.

— Septimus… Septimus a dit que tu étais son seul et unique amour…

— Et ? Cela te dérange ? pince-t-elle.

— Oh non ! m'empressé-je de répondre. Non, non, juste… Je ne comprends pas, il était déjà marié lorsqu'il t'a choisie comme Favorite ?

Un sourire étire ses lèvres, un sourire moqueur.

— La grâce, ça ne se limite pas à la danse, petite Favorite. Tu te déplaces comme un animal pris en chasse et tu t'exprimes avec la délicatesse d'un charretier…

Je baisse la tête, elle a raison. Je n'ai pas grand chose d'une Favorite. Ma question était sûrement mal posée, mais j'ai besoin de comprendre.

— Octavia…

— Je vais satisfaire ta curiosité. Non, Septimus n'était pas marié quand il m'a choisie.

— Mais alors… si c'est toi qu'il aime… je veux dire, tu es une fille de Consul !

— Le Haut-Consul a refusé notre union, car nous sommes du même sang, tranche-t-elle, ses ridules plus marquées à cause de la contrariété. Mais Septimus m'a fait l'honneur de me choisir comme Favorite. Tu sais, Livia, la tradition veut que l'épouse soit une raison d'État et nous, le véritable amour. Voilà pourquoi nous avons le pouvoir de conseiller nos hommes.

— En tant qu'épouse, tu ne l'aurais pas conseillé ?

— Si. Bien sûr que si. Nous aurions été une exception. Mais… nous nous sommes pliés à la décision du Haut-Consul. Cependant, Septimus n'a jamais failli à sa promesse…

— Celle de te couvrir de gloire ? murmuré-je.

— Exactement. Ai-je satisfait ta curiosité ?

Je ne réponds pas. Je m'attarde sur sa bibliothèque aux livres à la reliure précieuse. Une photo de trois jeunes filles accroche mon regard. Je sens la présence d'Octavia juste dans mon dos. Mon pouls s'accélère, elles ont les mêmes yeux qu'Octavia et Septimus.

— Ce sont…

— Septima, Marcia et Gaia. Nos filles, souffle-t-elle.

Elle saisit le cadre avec la photo, ses yeux scintillent. Ses doigts effleurent le verre. Elle laisse les émotions traverser son masque de Favorite.

— Elles sont très belles, complimenté-je. Quel âge ont-elles ?

— Septima est mon aînée, elle a vingt-cinq ans, Marcia a vingt ans et Gaia vient de fêter ses dix-huit ans. J'ai eu l'autorisation d'aller à l'anniversaire de Gaia, c'est vraiment la copie de son père. Elle déborde d'intelligence et d'autorité, son futur mari n'aura qu'à bien se tenir.

Une larme roule sur sa joue. Pendant un instant, je nous revois à l'hôpital. Devant le reportage sur Caeso puis quand May lui a fait la révérence. Mon cœur se pétrifie. Je ne peux plus penser à May sans la voir sur cette table, en sang. La nausée me fait regretter notre repas. Je croise le regard d'Octavia, consciente que la douleur transforme mon visage.

— Livia ? Tout va bien ?

Octavia n'est plus la même quand il s'agit d'enfant. Elle redevient… humaine. Je dois me reprendre, je ne dois pas oublier qu'elle est aussi un ennemi. Elle est l'ombre de Septimus. Je ne peux pas avoir de pitié ou d'empathie pour une femme qui participe au malheur des autres. Octavia m'entrouvre la porte de son intimité et je veux en profiter pour en savoir plus.

— Oui… oui… je… et tes fils ? Tu n'as pas de photos ?

Elle pose délicatement le cadre sur l'étagère, et croise les bras, comme pour s'étreindre, comme j'ai pu le faire tant de fois.

— Assieds-toi, petite Favorite, souffle-t-elle.

Je prends place sur le tabouret de la coiffeuse.

— Tout ce qui se dit dans cette chambre doit y rester. Mais… nous savons toutes les deux que les secrets ça te connaît.

Je hoche la tête

— Bien. J'ai donné deux fils à Septimus. L'un d'eux… l'un d'eux n'a pas survécu à l'accouchement.

— Je… je suis désolée, chuchoté-je.

— Mais, Lucius… Lucius était en pleine santé. Il est né après Caeso. Septimus était si heureux… Il avait un héritier officiel et notre… bâtard. S'il venait à arriver quelque chose à Caeso, la succession serait assurée.

J'ai connaissance des bâtards grâce au médecin, qui m'a vue à mon entrée aux harem, et à Vibia. Je sais parfaitement que, partageant le sang du Consul, si la descendance officielle est absente, ils prennent la place et évitent une guerre de pouvoir. Mais… mais savoir qu'il existe un remplaçant pour Caeso me donne des douleurs dans la poitrine. Mes doigts fourmillent.

Je dois rebondir. Je dois savoir où sont ses enfants.

— Mais… mais ils t'ont enlevé tes enfants ? demandé-je d'une voix étranglée.

— J'ai eu le droit de les garder un an pour les allaiter. Puis… nos filles ont été placées chez mes sœurs.

— Elles ont quitté l'île ? m'étonné-je.

— Mes sœurs vivent ici.

Je fronce les sourcils. Elles sont filles de Consul, pourquoi vivent-elles toutes ici et non pas sur d'autres îles ? Je pourrais poser la question mais le sujet des bâtards me touche davantage.

— Et ton fils ?

— Normalement, les bâtards sont confiés à des Ordres supérieurs. Mais… pour Lucius, Septimus a dû prendre une décision difficile.

Ses yeux se troublent plus encore. Elle me tourne le dos.

— Septimus l'a confié à la famille d'Olis, son garde le plus fidèle. Olis a le statut de tribun mais sa famille est dans la plèbe… c'est bien les seuls plébéiens qui trouvent grâce à ses yeux…

Septimus a envoyé son fils dans la plèbe ?

Mes oreilles bourdonnent. Septimus a la plèbe en horreur et il y envoie son fils ?

— Mais… mais pourquoi ?

Octavia se retourne et m'observe avec gravité.

— Pour le protéger du clan de Vibia.

— Vibia ? Elle ne ferait pas de mal à une mouche !

— Vibia et son clan sont plus dangereux que tu ne l'imagines. Ne te laisse pas berner par sa nature tranquille.

Je remonte mes genoux contre ma poitrine. Je suis perdue.

— Caeso ne doit pas être au courant, s'il sait, avec Septimus nous…

— Je sais. Vous torturerez mes proches. Pourquoi me l'avoir dit ?

— Pour que tu ne te laisses pas berner par la mère de Caeso. Tu es sa Favorite, sa conseillère, tu dois connaître le vrai visage de ceux qui l'entourent.

J'ai envie de vomir. Octavia a créé une tempête dans mon esprit.

— Si je ne t'avais pas posé toutes ces questions…

— Nous aurions fini par te le dire. Septimus compte sur toi pour guider Caeso dans ses pas.

Il m'a brisée. Il m'a fracassée, pulvérisée, jusqu'à ce que je sois un tas de poussière. Tout ça pour faire de moi une création du gouvernement. Une marionnette qui doit faire de Caeso un ignoble dictateur.

Vibia ne vit que pour son fils. Il est sa priorité absolue, mais je doute qu'elle soit capable de faire réellement du mal. Elle est prête à mourir pour lui.

Soudain, on toque à la porte. Je sursaute avec Octavia.

— Entrez !

Un garde consulaire se présente. Octavia se regarde un instant dans le miroir pour ajuster sa coiffure.

— Mesdames, le glorieux Haut-Consul…

— J'arrive, lance Octavia.

Je me lève du tabouret et, avant de quitter la pièce, je jette un dernier regard à Octavia. Elle l'ignore, mais elle m'a confortée dans mon idée : je ne veux pas donner naissance à des bâtards. Je ne supporterai pas qu'on m'arrache mes enfants. J'ignore comment elle peut être aussi sereine en sachant qu'elle a envoyé son propre fils dans la plèbe.

Comme si Vibia était capable de faire du mal à un enfant …

Je ne me laisserai pas manipuler. La seule grande manipulation de Vibia consiste à nous protéger avec Caeso. Et jamais je ne me retournerai contre elle. Non… non, parce que je vais tout faire pour qu'elle survive. Et moi…

Et moi, je dois préparer mon départ.

J'ai accepté l'idée de mon sacrifice. C'est pour ceux qui m'aiment que j'ai peur. Et si je veux me tranquilliser, je dois m'assurer de ne laisser personne sur le bord de la route. Je serre les poings. Mon regard se porte sur Mella qui rit avec Publia, allongée sur les coussins.

Je dois lui parler.

Publia lève les yeux vers moi, aussitôt son sourire s'évanouit.

— Livia, tu en tires une tête… Octavia t'a menacé de te couper le nez ?

— Non… non, je … Mella, tu peux venir s'il te plaît ?

Ma sœur de cœur se lève et m'emmène dans notre chambre. Elle ferme soigneusement la porte et ensemble nous nous étendons sur le lit. Sur ma couverture de la plèbe que tout le monde déteste. J'ignore pourquoi, c'est toujours plus facile pour moi de lui parler quand nous sommes allongées côte à côte. Sa main attrape la mienne, ma poitrine se vide d'un air beaucoup trop lourd.

— Mella… je…

Je ne sais pas comment dire les choses. Je ne veux pas la brusquer. Mais Octavia a raison, je suis un charretier.

— Livia, tu sais que je peux tout entendre ?

Ma rétine me brûle. Les mots me fuient. Pourtant, je les avais dans mon cœur.

— S'il m'arrive quelque chose… Mella, si je meurs …

— Tu ne vas pas mourir ! s'indigne-t-elle.

— Mella, tu m'as dit que tu pouvais tout entendre, couiné-je. Alors, s'il te plaît…

— D'accord, murmure-t-elle..

Un sanglot énorme obstrue ma gorge. Pas parce que je suis triste à l'idée de mourir, mais parce que je ne supporte pas de faire du mal à Mella. Je tourne ma tête et vois des larmes silencieuses sur ses joues. Quand j'aurai fini, je les essuierai une à une.

— Mella, je voudrais que tu veilles sur May et sa famille. Caeso le fera sûrement mais… mais je ne sais pas comment les choses vont tourner et j'ai besoin que… j'ai besoin que quelqu'un me fasse cette promesse. J'ai besoin de l'entendre et je ne peux pas parler de ma mort à Caeso… tu… tu comprends ?

Mella se tourne vers moi et me prend contre elle. Ses boucles rousses échouent sur moi. Ses sanglots trempent ma peau. Je lutte pour ne pas m'effondrer.

— Je veillerai toujours sur les tiens… Sur la famille que tu t'es choisie et sur ta vraie famille.

— Mais ma vraie famille…

— Je la trouverai. Je retournerai moi-même toute la plèbe s'il le faut, mais je les trouverai et je les garderai à l'abri du besoin… Je suis certaine que Caeso m'aidera. Mais tu as ma parole…

Ces mots sont si précieux. Quand le moment sera venu, je laisserai des indications pour retrouver ma véritable famille. Je leur faciliterai les choses. En attendant, ma toute première vie reste dans mon cœur.

— Tu es ma sœur. Ma grande sœur que j'ai jamais eue, avoué-je avec la gorge nouée.

— Et toi, tu es ma petite sœur. Je ne veux pas te laisser mourir.

— Je suis désolée, murmuré-je. C'est… c'est une possibilité…

— Je déteste cette possibilité. Tu vas vivre. Et tu gouverneras avec Caeso !

C'est un rêve. Un très joli rêve. Mais voilà longtemps que j'ai appris que ce sont plus souvent les cauchemars qui se réalisent. Mais Mella en a suffisamment enduré pour aujourd'hui. Si elle veut m'imaginer au sommet de notre partie du monde avec Caeso, je la laisserai faire les rêves que je m'interdis. Il a toujours été question d'un champ de fleurs pour Zaley et May. Pas pour moi. Je ne voulais que des bleuets sur mon chemin. Et quelques fleurs timides ont fini par pousser dans le sang entre les pavés. Parmi ces bleuets, il y a mon amitié avec Mella.

— Et si tu me faisais un soin pour les cheveux ? proposé-je avec douceur.

Mella s'écarte légèrement de moi et embrasse ma joue. Cette phrase est devenue comme le “à demain” d'Epsilon, la promesse que nous serons toujours plus fortes ensemble pour affronter ce monde sinistre. C'est aussi la conviction que quoi qu'il arrive, nous nous retrouverons toujours pour prendre soin l'une de l'autre. Que ce soit en faisant un simple soin pour les cheveux ou en pansant nos blessures.

Je suis en pleine sieste quand la porte s'ouvre à la volée. Je bondis de mon lit, le cœur battant comme si un dépeceur me faisait face. Je tremble, prête à voir les soldats de Septimus m'emmener et me faire avouer que j'ai entretenu les idées de révolte de Caeso.

Septimus va faire dévorer toute la famille de May. Il va me punir, il va me faire subir un sort pire que la mort ...

— Les filles, il y a une rumeur énorme ! piaille Publia en allumant le plafond.

Publia. C'est Publia !

J'attrape furieusement mon oreiller et lui jette à la figure.

— Fais plus jamais ça, j'ai failli avoir une attaque ! fulminé-je, la poitrine se soulevant encore par saccades.

— Publia ! On dormait, là ! ronchonne Mella.

— Oui, eh bien, crois-moi, j'ai de quoi vous réveiller… Livia, y'a encore cette horreur sur ton lit.

Je la foudroie du regard. Ma couverture de la plèbe ne quitte pas mon lit. C'est un vrai réconfort d'avoir un fragment de mon Ordre avec moi. Publia claque la porte et s'installe sur celui de Mella avec les jambes en tailleur.

Je me laisse tomber sur mon matelas. Ce n'est que maintenant que je remarque qu'elle n'a pas son sourire mutin habituel. Mon cœur, à peine apaisé, se remet à pulser douloureusement.

— Septimus a envoyé les Aigles, la milice et sa garde fouiller toute la plèbe à la recherche des Noctis.

J'ai de nouveau seize ans. Je suis de nouveau jetée dans le vide. Je tombe. Je vois le haut de l'immeuble s'éloigner. Je devrais me retourner, me rattraper à la poutre. Mais je ne bouge pas. Mon cœur ne bat plus. Parce que ma poitrine est à nouveau un trou béant.

Rattrape-toi !

Cette voix… c'est Alpha. Alpha… s'ils trouvent le nid… s'ils le trouvent, il sera tué ! Je dois bouger ! Je reviens brutalement à la réalité, face à Publia et Mella qui me dévisagent.

— T'as pas l'air bien, remarque Publia.

Publia ne doit pas savoir.

— Si. Si, c'est juste que… Je croyais que la plèbe, c'était un peu notre refuge, que peu importe qu'il y ait des Noctis, on pouvait y vivre en paix sans subir une descente…

— Jusqu'à maintenant, les Haut-Consuls ont toujours interdit les descentes, informe Publia. Sûrement par crainte d'atteindre un point de rupture…

Sûrement parce qu'ils ne savaient pas exactement quoi chercher aussi. Maintenant, Septimus sait ce qu'est un Nid et à quoi ça ressemble.

Je prends ma tête entre mes mains. C'est entièrement de ma faute. J'espère que les tacticiens ont enlevé absolument tous les plans de leur salle. Que tout ce qui nous appartient a disparu. J'attrape la couverture que m'a offerte Murs. Je la triture, cherche à m'apaiser.

— Livia, tu sais, s'ils trouvent les Noctis… commence Publia.

Je l'arrête d'un geste. La main levée. J'apprécie Publia, mais je refuse qu'une patricienne me parle des Noctis. Elle ne poursuit pas. L'atmosphère est alourdie et j'ai conscience que c'est l'air que j'expire qui est chargé de plomb.

— Bien, je retourne à la lecture. Si vous voulez venir…

Je la regarde partir. Mella s'empresse de venir à mes côtés. Elle passe son bras autour de mes épaules et pose sa tête contre la mienne. La culpabilité m'étrangle, je croyais avoir du temps. Je croyais que personne ne souffrirait plus de mes erreurs. Après avoir conduit May à la torture, je vais conduire Alpha à la mort.

— Ne t'inquiète pas…

— Je les ai balancés, Mella ! m'emporté-je. J'ai trahi mon Ordre et Septimus n'a pas attendu pour se servir de mes informations ! Imagine si cet ordre a été appliqué aux autres îles ?

Mella ressert son étreinte. Je ferme les paupières. Je ne peux pas croire que j'ai condamné autant de personnes. Je voudrais respirer, mais je n'y arrive pas

— À quel point Septimus a-t-il dû te torturer pour avoir ces informations… souffle-t-elle avec horreur.

Je ne réponds pas. Parce que j'ai honte. Parce que je n'ai pas enduré le calvaire d'Eta. Je n'ai fait que la sacrifier. Parce que j'ai voulu être plus forte que Septimus. Je serre les poings, je suis incapable de dire la vérité à Mella.

— Livia… pour l'heure nous ne pouvons rien faire. Si tu demandes à voir Caeso ou Septimus, Octavia aura des soupçons. Je doute qu'elle apprécie que cette information ait circulé.

J'essaie encore de remplir mes poumons, en vain. Si Octavia apprend que la rumeur est là, elle risque de punir sévèrement Publia et le personnel. C'est une perspective inacceptable.

— Alors je dois attendre ce soir pour voir Caeso, chuchoté-je.

— Oui. Et pendant ce temps, nous pouvons essayer de faire passer le temps plus vite.

Je sais que Mella a raison. Si je m'enferme, si je m'emprisonne dans les doutes, les suppositions et la culpabilité, je vais me détruire avant même de voir Caeso.

Même si c'est dur, je dois m'arracher de ce lit et faire comme si j'étais dans l'ignorance.

J'ai eu l'impression que mon cœur se décomposait durant tout l'après-midi. Chaque battement le déchirait un peu plus. Je n'arrivais même pas à écouter la lecture de Publia. Non, je fixais le plafond, comme s'il allait s'effondrer et me permettre de m'envoler pour sauver Alpha.

Même si notre histoire est finie, je ne supporterai pas qu'il meure. Il doit vivre et participer à sauver des vies. J'inspire profondément. J'inspire et remplis mes poumons comme avant de plonger dans les abysses. Parce que derrière la porte des appartements de Caeso m'attend la vérité. Murs pose la main sur mon épaule.

— Tout va bien se passer, assure-t-il.

Je hoche la tête. Je dois garder espoir. La terreur et l'impatience se disputent mes muscles, qu'elles font tressauter.

— Vous pouvez toquer.

Il s'exécute et frappe. J'entre, Caeso relève la tête et sourit. Un sourire confiant. Les yeux écarquillés, j'avance doucement dans cette chambre qui est devenue notre univers. Là où nos sentiments interdits ont fleuri. Là où j'ai entraîné Caeso dans la vérité et la nécessité de nous sauver. Murs referme la porte dans mon dos. Je fais volte-face. Je fixe le bois sculpté.

— Livia…

— Je sais pour la descente, lâché-je en me retournant.

Il fronce légèrement les sourcils. L'héritier tend le bras pour que je le rejoigne et, immédiatement, je m'y réfugie. J'ai besoin de sa chaleur. J'ai besoin des ailes de mon ange guerrier. J'ai besoin de lui pour surmonter ça. Je ne veux plus avoir des poumons de plomb. Je ne veux plus que le sort des Noctis, et en particulier celui d'Alpha, me torde les entrailles jusqu'à ce que la douleur pose un masque sur mon visage. Mais, surtout, je veux vomir ma culpabilité pour qu'elle cesse de m'intoxiquer.

— C'est de ma faute, Caeso. J'ai… j'ai donné des informations à ton père, j'ai…

— Ne te fustige pas, me coupe-t-il en embrassant mon front. Je sais parfaitement dans quelles conditions tu as parlé. Je sais parfaitement comment mon père t'a arraché ces informations.

Il sait. Peut-être de la bouche de son père. Peut-être autrement, mais il sait. Il sait et il ne me traite pas de lâche.

Pourtant, je suis celle qui a été le plus faible. Une héroïne, une femme de pouvoir, aurait livré toute sa famille pour préserver ces informations. Moi, j'ai eu peur. Peur pour ces vies pour lesquelles je me suis toujours battue.

— Eta n'a pas parlé. Elle n'a rien dit alors que moi…

— Alors que toi, tu es soumise à une pression psychologique constante depuis que tu es ici. Livia, je sais à quel point mon père a pu te torturer sans forcément lever la main sur toi. Tu…

tes ongles sont complètement rongés. Tu as un regard et une attitude de proie et puis… tu trembles tout le temps, même ton corps ne sait plus comment gérer cette pression.

Je plonge mon visage dans son cou pour respirer son parfum de chèvrefeuille. J'inspire comme si c'était mon nouvel oxygène. Mais le plomb reste dans mes poumons. Il empêche les fragrances apaisantes de m'envahir.

— J'ai échoué, larmoyé-je. Je voulais… je voulais sauver mes proches. Je voulais faciliter les choses pour les Noctis avec les sérums.

— Tu as utilisé ta captivité pour aider les autres, je refuse que tu dises que tu as échoué, rétorque-t-il en frottant mon dos. Si May est en vie, c'est grâce à toi. Si les Noctis ont eu des sérums sans sacrifier de vie, c'est grâce à toi aussi. Tu es quelqu'un d'altruiste et formidable…

— Si les hommes de ton père savaient quoi chercher aujourd'hui, c'est de ma faute, tranché-je.

— Ils n'ont rien trouvé, révèle Caeso.

Mes paupières papillonnent. Je m'écarte lentement, juste assez pour lui faire face. Juste assez pour me nourrir du bleu paisible de ses yeux. Ma nuit dans son ciel bleu. Je m'accroche aux plis de sa toge. Je ne suis pas sûre d'avoir bien entendu.

— Qu-quoi ? Mais comment ? Comment ?

— Il faut croire que tes informations n'étaient pas suffisantes pour les dénicher, sourit-il.

— Mais j'ai dit tant de choses… je lui ai même donné l'adresse d'un ancien Nid… et ils ont ratissé la plèbe, bredouillé-je.

— Livia, ils n'ont rien trouvé, si ce n'est des bâtiments suspects mais vides, me rassure-t-il en prenant mes épaules. Tout va bien.

Alpha… Alpha n'a pas eu à se battre pour défendre le Nid ? Il n'a pas été capturé ?

— Donc Alpha… ils n'ont pas arrêté Alpha ? Ni personne d'autre ?

— Aucune arrestation. Alpha est en sûreté.

— En sûreté ? répété-je, incertaine. Tu… tu fais suivre Alpha ? Comme… comme quand ton espion est venu te raconter que je dansais sur un tonneau avec l'autre idiot ?

— Je me tiens informé, voilà tout. Tu n'as pas à t'inquiéter, assure-t-il en me volant un baiser.

Je voudrais me satisfaire pleinement de cette victoire pourtant … pourtant il reste comme une ombre. Un goût amer que je connais, celui qui nous prévenait que la viande que nous étions si heureux d'avoir dénichée était rance et risquait fort de nous rendre malades. Le Haut-Consul a tendance à avoir un coup d'avance et je ne dois pas l'oublier.

Alors, si aujourd'hui mes informations n'ont pas permis à Septimus de nous trouver, je ne doute pas que ce n'est qu'une question de temps. Caeso doit être prêt pour l'Éloquence au plus vite afin de briguer la place de Haut-Consul dès la mort de son père. Je ne trouverai la paix que lorsque ce despote ne sera plus de ce monde.

CHAPITRE 36

Mon cœur bat si fort que je n'entends plus l'écho des pas lourds de Murs. Ma salive est trop dense pour être avalée.

— Vous dites qu'ils sont dans le bureau depuis plus d'une heure ? glapis-je.

— Oui. Caeso souhaitait aborder le sujet « Auréa ».

Je frémis. Auréa était une décision de l'ancien Haut-Consul et de Septimus. Avant que Caeso ne s'affirme. Avant qu'il se mette à tuer pour moi. Avant… avant qu'il ne torture et condamne à mort pour tromper la vigilance de son père.

Les marches qui mènent au Haut-Consulat sont faites de cadavres.

Ma poitrine se comprime. Je peine à respirer alors que nous arrivons devant la porte en bois ouvragé du bureau de Septimus. Je me revois des semaines en arrière, quand je croyais que je quitterais ce palais avec de l'insuline et que je reprendrais ma vie de Noctis.

Caeso m'a ouvert les portes du pouvoir.

La main de Murs se pose sur mon épaule, rassurante. Ma paume vient épouser les reliefs du bois. À l'intérieur, j'entends Caeso et Septimus échanger, la voix de Septimus se démarque avec son ton autoritaire. Mon cœur peine à battre, comme alourdi des chaînes de l'angoisse. J'ouvre grand la bouche, mais c'est inutile.

— Livia, vous devez entrer, m'encourage Murs. Tout va bien se passer.

Je secoue la tête et invite Murs à toquer comme le demande le protocole. Il cogne trois fois et la voix de stentor de Septimus m'invite à entrer. Je baisse la tête en passant le pas de la porte. Septimus aime les attitudes soumises, et je compte le mettre dans de bonnes dispositions.

— Livia, viens donc t'asseoir, m'invite le Haut-Consul.

Sous mes cils, je regarde Caeso qui joue avec sa chevalière. Je m'installe sur le fauteuil à ses côtés. Je tends le bras et pose ma main sur la sienne.

— Livia, nous avons eu une discussion avec Caeso. Mon fils souhaite répudier Auréa. Il a avancé des arguments convaincants quant à l'absence de nécessité de lui associer ce type de personnalité maintenant qu'il a fait ses preuves comme futur Consul.

Maintenant qu'il a tué et torturé. Que ce soit pour moi ou pour son père.

S'il m'a avoué pour le couple de plébéiens, je n'ose imaginer le nombre d'horreurs qu'il a dû faire pour que son père se laisse convaincre de ne plus lui imposer Auréa. Mais je ne savoure pas cette victoire, car je n'oublie pas que Septimus est un adversaire fourbe.

— Cependant… nos opinions divergent et je souhaiterais connaître ton avis.

Je relève la tête, sous le choc qu'il me demande mon opinion. Caeso me regarde intensément et serre mes doigts un peu plus fort.

— Caeso refuse de se marier, annonce gravement Septimus.

— Vous me refusez la seule femme que je souhaite épouser, répond calmement l'héritier.

Je lâche la main de Caeso. Le mariage. Je n'ai jamais envisagé d'être l'officielle. Je n'ai jamais envisagé un mariage. Ce n'est pas mon rôle. Je suis l'oiseau sur l'épaule. Mes sentiments pour Caeso, je ne les apprivoise pas encore. Puis, ce que veut Septimus, c'est que je raisonne son fils. C'est un test. C'est *mon* test. Comme lorsqu'il a éprouvé Caeso durant son absence.

— Caeso… Caeso, toi et moi, nous savons que le mariage est une raison d'État. Le mariage doit… il doit renforcer des liens, il doit renforcer une lignée…

Je pioche comme je peux dans ce que Octavia m'a enseigné et brode autour. Septimus m'observe avec attention. Un examen silencieux qui m'écrase et me fait détourner les yeux.

— Caeso, poursuis-je, que va penser le peuple si tu ne te maries pas ? Tu es un modèle, et notre mission à tous, c'est de nous marier et donner des enfants à la patrie pour que notre société perdure…

Je vomis un discours qu'on m'a enfoncé dans le crâne quand j'étais à l'école. Des mots qui déferlent comme des gouttes de pluie acide, mordante, typique de notre île. En ce moment même, une averse trouble la grande fenêtre derrière le Consul. Je crois que je préférerais être nue sous cette pluie plutôt qu'à la place où je suis.

Je n'affronte pas le regard de Caeso. Il sait pertinemment que je ne pense pas un mot de ce que je dis sur la nécessité de faire des enfants. Ma décision de ne pas avoir de bébé vient pulvériser mon coeur, encore une fois. Mon âme est en paix, mais mon cœur ne le sera sûrement jamais.

— Livia a raison, Fils. Regarde, elle ne cherche même pas à me convaincre de vous laisser convoler.

— Une vermine n'a pas à être épouse consulaire, murmuré-je.

Le corps de Caeso se tend. Je sais qu'il déteste chacun de mes mots.

— Tu es Favorite et c'est déjà trop pour une… plébéienne doublée d'une Noctis. Mais au vu du service que tu as rendu au gouvernement en donnant des informations sur nos ennemis, l'idée que tu sois Favorite ne m'est plus si désagréable, reconnaît Septimus. Surtout si tu continues de prodiguer de si bons conseils à mon fils.

Mes doigts emprisonnent l'étoffe verte de ma robe et la corde argentée.

— Au vu de sa collaboration avec le gouvernement, elle pourrait même être épouse, raille Caeso.

À quoi joue-t-il ?

L'angoisse irradie ma poitrine, je maîtrise mes légers tremblements comme je le peux pour ne pas donner une opportunité à Septimus de me percer à jour.

— Caeso ! J'ai la chance immense d'être ta Favorite, et je ne te remercierai jamais assez pour cet honneur… mais tu dois te marier. Vous trouverez… vous trouverez quelqu'un de bien…

— Caeso aura une épouse de choix, n'aie crainte, petite Favorite, assure Septimus en saisissant un stylo posé juste devant moi. Caeso, tu devrais écouter ta Favorite. Après tout, en la choisissant, tu savais que son rôle était aussi de te guider pour être le meilleur héritier, puis Consul, possible. Et je suis heureux de constater que Livia ne te pousse pas vers tes fantaisies… Un Consul célibataire, j'aurais tout entendu.

— Si je ne choisis pas mon épouse, je choisis la mère de mes enfants.

— Sur ce sujet, tu sais que je te suis favorable.

Ma respiration est trop chaotique. Caeso sait que je ne veux pas d'enfant. Mes mains moites glissent. Ma robe colle à mon dos poisseux.

— De… de quoi vous parlez ?

Caeso quitte son fauteuil pour venir s'agenouiller à mes côtés. Il me prend les mains et immobilise mes doigts. Ses océans de bonté me happent. Je prends une inspiration et plonge, m'immerge tête la première dans ce bleu magnifique.

— Livia… Mes enfants seront de toi. Et de personne d'autre.

Mes yeux paniqués volent tour à tour de Septimus à Caeso. Je n'arrive pas à parler. Je ne sais plus si nous sommes dans la partie d'échecs ou non.

— Pourquoi moi ? bredouillé-je.

— Les oiseaux de nuit ont un organisme particulier, nous le savons, explique posément Septimus. Nous pensons que ta génétique hors norme peut compenser le handicap de Caeso.

Ma bouche est grande ouverte, pourtant je ne respire pas. Les murs se mettent à bouger. Les tableaux se déforment.

C'était ça... c'était ça l'autre intérêt que me trouvait Septimus. Voilà pourquoi Octavia a insisté à l'hôpital puis... puis Vibia qui me parlait d'être la mère de l'héritier.

— Livia, tout va bien se passer, je te le promets, chuchote Caeso avec un regard appuyé.

Je... je crois que nous jouons toujours.

Mon corps se calme un peu. Un filet d'air passe dans ma gorge.

— As-tu tes menstrues ? demande Septimus sans aucune délicatesse.

Une question aussi crue, surtout venant d'un homme, me heurte de plein fouet. Je pourrais mentir. Je pourrais lui dire que oui. Mais Octavia sait que je n'ai jamais réclamé des dessous spécifiques pour cette période, que j'ai connus grâce à Mella.

— Non… non, je dois encore grossir.

— Bon, nous surveillerons ça… Tu donneras des enfants à mon fils quand ton corps sera disposé…

Je lutte pour retrouver ma contenance. Je ne dois pas me noyer. Septimus veut des engagements. Et je dois lui faire une belle promesse, comme je l'ai fait à Vibia.

— Oui, je donnerai à Caeso autant d'enfants qu'il voudra.

— Parfait… Caeso, si Livia est inféconde, il faudra engrosser ton épouse et… n'essaie pas de me servir une promesse de fidélité à Livia car je ne serai pas aussi souple que je l'ai été avec le renvoi d'Auréa. Je vais la recevoir immédiatement.

— C'est entendu, Père. Je vous remercie d'avoir pris en considération mes doléances.

Septimus hoche la tête et nous congédie. Caeso me prend la main et m'entraîne jusqu'à ses appartements dont il claque la porte. Il me colle contre un mur, le corps irradiant de chaleur.

Mon dos se plaque à la mosaïque, il remonte mes mains au-dessus de ma tête et son torse vient épouser mon buste. Mon cœur s'emballe, mais je n'arrive pas à me laisser gagner par sa fièvre. La fin de l'entretien tourne dans mon esprit. Je me sens prise au piège. Un oiseau à qui on veut arracher ses plumes.

— Enfin libres, souffle-t-il.

Ses lèvres prennent possession des miennes mais il réalise que je ne réponds pas à ses désirs. Caeso me relâche. Ce n'est pas des papillons que j'ai dans le ventre mais du plomb. Je plonge mes yeux dans les siens, et pendant un instant je crois entendre les vagues de ses océans.

— C'est l'obligation de faire des héritiers, c'est ça ? questionne-t-il avec douceur

Je hoche la tête, les yeux brûlant de toute ma souffrance sur ce sujet. Il prend ma main et m'invite à le suivre. Nous nous asseyons sur son lit.

— S'il te plaît, ne prends pas encore mon cœur pour laisser ma poitrine vide, pas comme à l'hôpital, supplié-je d'une voix brisée.

Il m'attire contre lui, pose ma tête sur son torse. J'écoute sa mélodie cardiaque. Il caresse mes cheveux, passe ses doigts dans mes boucles.

— Je t'ai dit que je ne te forcerai jamais à avoir des enfants. Mais, notre monde ne changera pas en une génération, et tu dois en avoir bien conscience.

— Caeso je… je ne veux pas qu'on m'arrache mes enfants. Je ne veux pas… Que ce soit ce monde ou le protocole, je ne veux pas…

Je ne veux pas revivre la déchirure que j'ai vécue quand on m'a arrachée à Zaley. Ce jour où je suis morte pour ma famille. Morte. Morte…

Serai-je seulement en vie pour lui donner des enfants ?

Ma respiration cesse. La fin. Toute proche. Nous parlons d'un avenir qui pourrait ne même pas exister. Je sens une larme rouler sur ma joue, avant qu'elle n'atterisse sur la main de Caeso qui la serre plus fort.

— Je ne laisserai personne nous arracher nos enfants. Ils grandiront en sécurité, au palais, puis ils auront une place de choix dans la société. S'il te plaît Livia, considère la nécessité d'avoir au moins un héritier pour continuer mon œuvre et faire de ce monde un champ de fleurs.

Je ferme les yeux, et je peux voir les fleurs colorées de l'île de l'espoir s'agiter sous mes yeux. Un vent chaud balaie la plaine, caresse mon visage.

— Livia… quand tout ça sera fini, je t'épouserai et il n'y aura plus jamais de harem, de Favorite ou de bâtards.

Je ne peux pas dire la vérité à Caeso. Il envisage déjà un *nous*, il envisage le mariage. L'amour que me porte Caeso est démesuré, il m'aime comme si j'étais sa seule évidence. Conjugué à l'amour de mes proches, il me donne la force pour me préparer aux meurtres d'Octavia et de Septimus.

— Quand tout sera fini, j'envisagerai la question du mariage et des enfants, murmuré-je. Caeso… j'ai besoin que tu me fasses une promesse.

— Tout ce que tu veux !

— Si… si les choses se compliquent… s'il te plaît, ne reste pas amoureux d'un fantôme.

— Mais tu ne vas pas mourir ! Jamais je laisserai une chose pareille arriver ! Tu ne peux pas…

— Caeso. S'il te plaît. C'est juste au cas où…

— Je te chérirai jusqu'à ce que mon corps soit poussière. Et ça, personne ne pourra l'empêcher. Mais tu ne vas pas mourir. C'est fini ça, je t'ai sauvée. Tu vas vivre, nous vivrons heureux…

Il nage dans le déni. Je n'ai ni la force de lutter davantage, ni d'enfoncer plus profond le couteau que j'ai commencé à planter dans son âme. Je l'entraîne avec moi pour nous allonger sur le lit.

Je le surplombe, il est si beau. Ses lèvres sont un appel aux baisers. Ses yeux bleus sont voilés de gris. Je ne veux pas voir une tempête à l'horizon. Pourtant, elle est là.

— Tu seras toujours à mes côtés, n'est-ce pas ? s'inquiète-t-il.

— Toujours, je te le promets.

C'est une promesse sincère. Morte ou vive, je serai là. Je serai toujours l'oiseau sur son épaule. Je me penche et cueille ses lèvres. Je veux profiter de chaque minute avec lui. Chaque seconde. Je veux aimer. Je veux aimer jusqu'à en avoir le vertige.

— Caeso… je… je…

Je n'y arrive pas. Pourtant, mes sentiments sont réels. Ils sont là, ils palpitent dans mon cœur. Ils frémissent sur mes lèvres. Ils papillonnent dans mon ventre.

— Ton regard me suffit, susurre Caeso en caressant mon visage. Tu as des yeux si expressifs… tu es tellement belle.

Je sens mes joues se réchauffer. Je lui souris et observe avec fascination ses océans de bonté. C'est dans ses iris que je veux vivre pour l'éternité. Et c'est là que je me nicherai quand je ne serai plus que cendres.

Soudain, Caeso me retourne pour être au-dessus de moi. Je panique un instant.

— Caeso, attention à tes os !

— Je fais attention, soupire-t-il. C'est bien parce que je n'ai plus de sérum que je ne prends pas le risque d'aller plus loin…

— Et parce que tu as promis à ta mère, glissé-je malicieusement.

Il lève les yeux au ciel et décide de couvrir ma gorge de baisers. Il s'amuse à chatouiller mes côtes, je ris doucement.

— C'est quand ton anniversaire ?

Je le regarde un instant. Il veut se projeter. Il veut penser à l'après. Nous construire des promesses et des engagements plus forts que la mort. Le mariage. Les enfants. Notre première fois… Et je n'ai pas le droit de détruire ses espoirs.

— Dans trois mois, murmuré-je.

— Eh bien, dans trois mois, je te ferai l'amour en vénérant ton corps comme je vénère tout ce que tu es.

Ses lèvres viennent effleurer les miennes avant de les chérir avec une fougue rare. Je me laisse emporter par ce baiser inattendu. Mon bas-ventre se contracte d'une manière délicieuse. Mes mains plongent sous les replis de sa toge, sa peau se couvre d'un frisson tandis que mes doigts descendent sur ses pectoraux tout juste dessinés.

Il mordille ma lèvre inférieure avant que sa langue cherche la mienne. Je dois serrer les cuisses pour tenter d'apaiser ce qu'il éveille en moi, je gémis contre sa bouche avide. Le feu crépite sur mon épiderme, vient étendre son brasier dans mon ventre.

Quand il s'écarte, nous avons le souffle court. Il bascule sur le côté, ma main se glisse dans la sienne. Son sourire est si charmant. Un sourire qui donne confiance. Un sourire de futur Haut-Consul que les gens suivront aveuglément.

— Tu as joué la comédie à merveille avec mon père. J'ai presque failli croire que tu voulais réellement que je me marie, rit-il.

Je baisse le regard. Une part de moi voulait réellement qu'il trouve une gentille épouse pour lui faire des héritiers.

— J'ai compris que c'était un test. C'était même presque trop évident…

— Je pense que nous avons bien agi. J'ai dû ruer un peu dans les brancards face à toi pour justifier mon comportement lorsque j'étais seul avec lui.

Ça explique des choses...

— Donc tu penses réellement que ton père nous croit de son côté ?

— Pour qu'il accepte la répudiation d'Auréa, c'est que nous avons fait forte impression.

Son ton est sans appel. Il a son regard de Consul, celui qui entraînera les foules à sa suite. Celui qui donne envie d'espérer. Je prends ses mains et les serre en prenant garde à ne pas le blesser. Nous restons silencieux. Mais je me plais dans cet instant qui me permet de profiter de sa présence tout près de moi.

Quand quelqu'un toque à la porte, je sursaute et me lève immédiatement du lit.

— Pourquoi ai-je toujours l'impression que tu n'es pas censée être au lit avec moi ? soupire Caeso.

Je ne réponds pas. Déjà chez les Noctis, c'était gênant quand on me surprenait avec Alpha, mais ici, avec le fils du dirigeant…

Le majordome entre, légèrement essoufflé, et s'incline.

— Altesse, Livia, la petite May n'a plus d'insuline, annonce-t-il avec gravité.

Mes yeux s'arrondissent d'horreur. Caeso se précipite pour me prendre dans ses bras.

— Que ma garde ratisse l'île, ordonne Caeso. Qu'ils cherchent la moindre dose…

— Je suis désolé, Altesse, mais… May était la dernière à avoir de l'insuline. Elle a épuisé sa dernière livraison hebdomadaire. D'autres diabétiques sont déjà morts car votre père avait mis de côté une réserve pour elle.

J'enfouis mon visage contre le torse de Caeso.

— Si on ne rétablit pas les livraisons, May va…

Je tremble de rage. J'ai lutté si fort pour que May vive. Jour après jour, j'ai trouvé de l'insuline. Jour après jour, je l'ai vue grandir. Et jour après jour, j'ai donné de l'espoir à ses parents.

— Mon père ne va pas rester sans rien faire. Il ne peut pas laisser son peuple sans médicaments. Tout va s'arranger. Je lui en parlerai dès cet après-midi au Conseil.

J'espère. J'espère de tout mon cœur.

CHAPITRE 37

Mes doigts sont entrelacés avec ceux de Mella. Allongées dans le lit, nous fixons le plafond. Les images de May avec son air maladif, ses yeux à peine ouverts et proche du coma viennent appuyer sur mon cœur et l'empêcher de battre.

— Sans médicaments, mon pauvre papa va mourir, larmoie Mella. Je ne suis pas prête à vivre dans un monde sans lui. Même s'il ne me reconnaît plus, il reste mon père.

Je serre ses doigts. Mella aime son père plus que tout au monde. Je sais exactement ce qu'il se passe en elle, car nos douleurs se font écho.

— Je suis désolée, murmuré-je.

— Si seulement… si seulement je pouvais faire quelque chose. Si je pouvais prendre un navire et aller moi-même chercher les médicaments…

— Je le ferais aussi. J'irais chercher de l'insuline et des sérums…

Surtout le sérum de reconstruction osseuse.

L'attente est déjà insupportable. L'impuissance rend chaque minute infinie et suspend la course du temps. Hier, Caeso et son père n'ont convoqué personne. Le silence. Le silence peut être un terreau pour l'espoir ou pour les craintes.

— Il faut que Septimus intervienne, s'énerve Mella.

— Caeso lui parle. Il va sûrement le convaincre d'envoyer ses meilleurs hommes, tenté-je de la rassurer.

— Il faut faire vite… Surtout pour May. Les diabétiques insulino-dépendants n'ont qu'une ou deux semaines en cas d'acidocétose diabétique…

Je presse douloureusement ses doigts. Alpha m'a déjà dit ça par le passé. Il avait passé des heures à m'expliquer la maladie de May. Pendant un instant, le temps d'un battement d'ailes, je crois le voir à côté de moi. J'ai eu la même impression quand le médecin est venu et qu'elle m'a expliqué pour ma poitrine. Mais à ce moment-là je n'ai pas osé lui en parler.

— Tu as étudié en dehors de l'école pour avoir la quasi certitude de rentrer chez les doctores, constaté-je d'une voix étranglée.

— Mon ami Aristote, un vrai génie, me donnait des cours pour l'examen de répartition. Quand je serai libre, je demanderai à notre nouveau Haut-Consul d'entrer en médecine pour devenir chercheuse…

— Pour guérir ton père ?

— Et pour guérir May.

Je me tourne vers elle et la dévisage. Elle pose sa main sur ma joue.

— Vous allez réussir avec Caeso. Vous allez réussir et le monde sera beau. Et il sera encore plus beau quand j'aurai guéri mon père et May.

Ma main vient se poser sur la sienne. Je suis profondément touchée par sa volonté de soigner May. Je suis touchée par toute cette confiance qu'elle place en nous.

Soudain, nous entendons des bruits de pas, caractéristiques des hommes, puisqu'ils portent des chaussures. Nous quittons le lit et nous nous préparons fébrilement à accueillir le Haut-Consul et son fils. Quand la porte s'ouvre, nous plongeons dans nos révérences. J'ai peur que mon cœur se déverse à mes pieds.

— Glorieux Haut-Consul, me lancé-je en me relevant doucement. Je… ma sœur de cœur n'a plus d'insuline… Je ne veux pas vous dicter quoi faire mais…

— Mais son espérance de vie est réduite à un maximum de deux semaines sans insuline, intervient Mella. La vie de mon père aussi est en jeu…

— Nous allons intervenir et rétablir la circulation des médicaments et sérums, déclare Caeso.

Je regarde tour à tour Septimus et Caeso. Ma poitrine se remplit d'un air pur, un air qui chasse les brumes de la terreur.

— Vous… vous allez intervenir, glorieux Haut-Consul. Vous allez… vous allez rassembler des hommes et…

— Et Caeso mènera l'offensive.

Je me fige. Je recule d'un pas, vacille comme si le Haut-Consul venait de me frapper avec une violence inouïe. Les lèvres entrouvertes, je regarde Caeso avec horreur. Lui, me sourit, comme si c'était une victoire.

Comment Septimus peut accepter une chose pareille ? Il n'a jamais envoyé Caeso au combat et maintenant…

— Tu ne peux pas mener l'offensive, expiré-je. Tu… Caeso, c'est ridicule. Tu ne vas pas t'embarquer et…

Il emprisonne mes épaules dans ses mains délicates. Je voudrais m'en dégager mais je crains de le blesser. Je suffoque. Il ne peut pas faire une chose pareille.

— Livia, je ramènerai l'insuline pour May…

— Mais non ! Non, tu ne vas pas partir, tu ne vas pas te mettre en danger… Mais qu'est-ce que tu fous, merde !

— Livia, souffle Mella, angoissée par la potentielle réaction de Septimus.

— Quoi ? m'emporté-je. Je devrais rester là, le regarder risquer sa vie et rien dire ? Non… Non. Caeso, si tu pars, je viens avec toi.

— C'est hors de question ! Je t'ai interdit de te mettre en danger pour les autres. En tant que ton héritier et futur dirigeant, je te défends…

— Ah oui, tu me défends de te protéger ? coupé-je. Alors, regarde bien.

Je me détache de ses yeux devenus gris et me tourne vers son père qui nous observe avec intérêt

— Glorieux Haut-Consul, je sollicite une entrevue avec vous afin de vous soumettre mon désir de m'engager pour vous, pour la patrie et pour notre futur dirigeant.

— Je le sollicite également ! intervient Mella dans un cri.

Je me tourne lentement vers elle, ses lèvres maquillées sont étirées en un sourire confiant.

— Tu es ma sœur, je ne te laisserai pas seule face à ça, souffle-t-elle. Nous allons ramener les médicaments et les sérums au peuple. May et mon père vont vivre. Je te le promets.

— Vous voilà bien déterminées. Vous souhaitez également décider pour Caeso et moi du plan martial ?

Je baisse la tête. Je ne veux pas contrarier Septimus, bien au contraire. Je veux qu'il m'accorde l'autorisation de suivre Caeso, je veux qu'il m'accorde de protéger mon ange guerrier.

— Glorieux Haut-Consul, nous voulons nous assurer que tout ira bien pour Caeso, argumenté-je calmement. Nous n'avons pas la prétention d'être des stratèges militaires.

— Heureusement que vous n'avez pas cette prétention, effectivement. Et donc je dois vous faire le plaisir de vous recevoir ?

— Glorieux Haut-Consul, de grâce… supplie Mella.

— Père, vous n'allez quand même pas…

— Caeso, je te rappelle que je suis l'autorité suprême alors n'essaie pas de m'imposer tes décisions. Livia et Mella, je vais faire l'effort de vous recevoir. De ton côté, je te rappelle que tu as une mission à préparer.

Caeso me jette un regard lourd. Je sais qu'il veut seulement me protéger. Mais je veux être à ses côtés, comme lors de sa venue dans la plèbe. Je veux avoir le sentiment que je peux intervenir. Je refuse de rester impuissante entre ces quatre murs. S'il part, c'est à cause de moi. À cause de mon engagement envers May. À cause de ma promesse. Ma place est avec lui sur ce navire.

Il noue la corde sous mon sein, ses prunelles accrochent les miennes. Je ne veux pas qu'il soit en colère contre moi.

— Tu sais pourquoi je veux te protéger, murmuré-je.

— Les femmes ne sont pas admises dans l'armée. Mon père te dira "non" et, pour une fois, tu devras écouter, réplique-t-il à voix basse.

Il serre un peu plus que d'ordinaire la corde, laissant voir sa contrariété. Je pose la main sur son épaule, il redresse la tête et, malgré la tempête dans ses yeux, il m'enlace. Je ferme les yeux quand il embrasse mon front.

— Je t'aime, chuchote-t-il. S'il te plaît, sois raisonnable.

J'aimerais répondre, mais je n'y arrive pas. Il quitte la chambre tandis que Septimus et Mella me regardent. Être raisonnable pour lui, ça veut dire l'abandonner pour moi. Quel sens aura ma vie s'il lui arrive quelque chose et que je n'ai pas tout donné pour le protéger ? Quel sens aura ma vie s'ils reviennent sans médicaments et que je n'ai pas tout fait pour les récupérer ?

— Allons dans mon bureau, les oreilles de Publia sont trop proches ici pour que nous parlions sereinement, déclare Septimus. Si sa langue n'était pas si experte, je la lui aurais déjà fait couper.

Nous échangeons un regard horrifié avec Mella et suivons le Haut-Consul. Je triture mes doigts. Mella me tient par les épaules, sa présence me rassure. Même plus que ça : elle me touche en plein cœur. Je sais qu'une part d'elle est là pour son père, car comme moi elle ne peut pas rester les bras croisés ici.

Mon cœur pulse de manière désordonnée. La sueur perle à mon front et coule dans mon cou. Un frisson désagréable me donne la chair de poule.

Septimus ouvre la porte massive de son bureau et nous invite à entrer. Du coin de l'œil, je revois Septimus qui m'écrase contre le mur. Cet instant où j'ai cru que c'était ma fin. Puis, je nous vois avec Caeso, jouant la partie contre son père. Aujourd'hui, c'est à moi de mener le jeu.

Sur son invitation, nous nous asseyons. La main de Mella ne quitte pas la mienne. Septimus s'installe derrière son grand bureau, son fauteuil en travers et le dos appuyé contre son dossier. Il pose négligemment son bras sur le plateau en bois précieux.

— Livia, je t'écoute.

Les battements de mon cœur sont beaucoup trop forts. Pourtant je sais ce que je suis venue chercher dans cette pièce. Il ne s'agit pas que de l'autorisation de partir. Non. Je veux comprendre pourquoi Septimus fait une chose pareille avec Caeso.

— C'est Caeso qui vous a demandé de partir ? demandé-je d'une voix trop aiguë.

— Caeso est un héritier. Tu n'es pas sans savoir que les héritiers sont censés prendre les armes à leur vingtaine.

Je hoche la tête. Je peux clairement revoir le dirigeant de l'Est insinuer que Caeso n'allait pas au combat en signe de soutien. Si le fait qu'il ne s'engage pas sonne comme une trahison, je crois que je commence à comprendre pourquoi Caeso s'embarque.

— Mais Caeso ne peut pas prendre les armes, glapis-je. Vous savez très bien pourquoi.

— Pourquoi il ne peut pas ? demande Mella.

J'échange un regard avec Septimus. Ses sourcils se froncent. Mes paumes deviennent moites.

— Tu ne lui as pas dit ? s'étonne le Haut-Consul.

— Non… c'est le secret de Caeso, ce n'est pas à moi de le dire, réponds-je en détournant le regard. Je suis désolée, Mella…

— Ce n'est rien, tu as été fidèle à Caeso, c'est le plus important, me sourit-elle.

Je la regarde pour lui sourire à mon tour. Mella n'est pas rancunière. Elle sait parfaitement que je dois garder certains secrets pour protéger mes proches, y compris elle.

— Votre amitié me donne envie de vomir, soupire le Haut-Consul. Pour ce qui est de Caeso, il me semble que tu dois connaître son secret si tu souhaites embarquer pour le protéger avec Livia, ainsi que sa garde personnelle. C'est bien ce que tu veux, n'est-ce pas ?

— Je veux le protéger et aider au rétablissement de la livraison des médicaments, affirme-t-elle en se redressant dans son siège.

— Tu veux surtout les médicaments pour ton père, je me trompe ?

— J'ai l'âme d'une doctores, c'était mon destin. Alors oui, oui je veux les médicaments pour mon père et pour May. Mais je veux aussi que la pénurie cesse pour tout le monde.

Un rictus malsain étire un coin de la bouche de Septimus. Mon cœur s'emballe, je reconnais parfaitement cette expression, celle qu'il a quand il compte couper le souffle de la personne en face.

— Une âme de doctores, c'est vrai… Que sais-tu des os de verre ?

Je ferme les yeux. Il va lui dire le secret de Caeso. J'ai confiance en Mella. Et si elle veut protéger Caeso au mieux, elle doit savoir qu'elle-même peut le briser comme du cristal.

— L'ostéogenèse imparfaite se divise en quatre types principaux, dont un est incompatible avec la vie, le type II, énonce-t-elle sans aucune hésitation. Selon les types on observe des fractures, des déformations osseuses, une sclérotique qui peut être bleue, potentiellement une dentinogenèse…

— Impressionnant, félicite Septimus avec un air agréablement surpris. Caeso souffre d'une ostéogenèse imparfaite de type IV, traitée par une injection d'un puissant sérum ayant évité des malformations et permis à Caeso de grandir, même si sa stature reste inférieure à celle de la plupart des hommes. Malheureusement pour lui, les fractures ont perduré après l'enfance.

— Caeso… Caeso a la maladie des os de verre… chuchote-t-elle, horrifiée. C'est pour ça que tu as toujours l'air si prudente quand tu interagis avec lui ! C'est pour ça que Caeso a toujours été décrit comme détestant le contact physique. C'est pour ça que… ses dents ! Il a des dents factices ! Comme… comme Vibia !

J'ai toujours trouvé les dents de Caeso incroyablement blanches et parfaites. Le fait qu'elles puissent être fausses m'a traversé l'esprit. Cependant, même en sachant Caeso malade, je n'avais pas fait le lien. Ses dents factices pouvaient être une question esthétique.

— Votre épouse a aussi les os de verre.

J'ignore si le type de Vibia est aussi grave que celui de Caeso. Ils sont deux êtres fragiles que nous devons protéger à tout prix. Deux êtres que j'admire pour tenir face à Septimus, qui aurait pu déjà les briser mille fois.

— Tu as tout compris, conclut le Haut-Consul en saisissant un stylo pour jouer avec. Et c'est parce que mon fils est anormalement fragile que j'ai rechigné à l'envoyer aux combats à l'Est. Le risque de mort existe pour chaque homme au front, qu'il soit plébéien ou héritier. Mais servir la patrie est indispensable pour notre image. C'est indispensable pour montrer que nous savons mener des troupes, diriger, prendre des décisions parfois difficiles.

La colère bouillonne dans mes veines et rend mon corps brûlant, jusqu'à l'air dans mes poumons. Caeso est brillant, il sait diriger, il n'a pas besoin de risquer sa vie pour prouver quoi que ce soit.

— Caeso a déjà fait ses preuves, contré-je. Il n'avait pas besoin de…

— Livia ! m'interrompt brutalement Septimus. Nous avons longuement parlé avec Caeso. Cette opération est moins risquée que de partir au front. C'est une opportunité pour lui de faire le service militaire attendu par le peuple et par les dirigeants. D'autant plus maintenant qu'il est fils de Haut-Consul. S'il parvient à rétablir la livraison des médicaments, il aura un avantage auprès des Consuls qui se souviendront de cette action quand il faudra élire un Haut-Consul après ma mort. Même si ce doit être dans trente ans, rien de notre parcours n'est oublié. Et connaissant mon fils, le moment venu, il saura également briller à l'Éloquence.

— Vous… vous voulez que Caeso devienne Haut-Consul ? balbutié-je, les yeux écarquillés.

— Ce serait une belle victoire. Nous rentrerions dans l'Histoire et Caeso sera le mieux placé pour prendre ma suite et poursuivre mon œuvre. Vois-tu, j'ai toujours eu la conviction que ma conception de notre monde et de l'autorité était la bonne, celle qui fera grandir notre société. À peine ai-je été nommé Consul que je briguais déjà le rôle de dirigeant suprême de l'Ouest... J'ai attendu vingt-trois longues années. Je me suis longuement préparé, j'ai toujours agi dans cet intérêt. Tes révélations ont fait d'une candidature très solide, et pratiquement imparable, une assurance de l'emporter. Plus rien n'est en travers de mon chemin désormais. Un jour, le monde sera comme je le conçois. Je veux inscrire mon œuvre dans l'éternité, et n'étant pas immortel, cela passe par mon héritier, et ma descendance, que je dois préparer au plus tôt pour avoir l'assurance que leurs pas seront exactement dans les miens. Voilà pourquoi j'envisageais déjà le futur de Caeso avant ma nomination. Et pourquoi celle-ci me pousse à saisir pour lui cette opportunité de briller et de le rappeler en temps voulu.

C'était ça, le plan de Septimus ? Donner l'opportunité à Caeso de briller pour une future élection et se servir de moi, après m'avoir brisée et lavé le cerveau, pour que je le guide exactement dans les pas de son père pour perpétuer son œuvre au-delà de sa mort ? J'ai brutalement la nausée.

Non. Le monde ne peut pas devenir l'idéal sanglant de Septimus.

Caeso doit revenir vivant. Il doit revenir vivant pour arrêter son père. Nous mettrons un terme à tout ça. Mon regard tombe sur la gorge de Septimus. Je peux voir le sang en gicler. Le pourpre sera bien sa couleur.

— Mais... s'il arrive quelque chose ? S'il se fait capturer par l'Est ou tué ? paniqué-je.

— C'est bien pour éviter ça que tu veux y aller ? C'est pour ramener Caeso en vie et continuer de le guider sur le chemin de la grandeur ? réplique Septimus en plongeant des yeux vert clair dans mon regard.

Je ravale ma salive. Quand nous reviendrons avec Caeso, je devrai tuer son père. Caeso sera seul sur ce chemin, car je serai une meurtrière condamnée à mort. Mais j'aurais pavé son chemin d'or et de bleuets.

— Oui… Je… je ne peux pas envisager un monde sans Caeso. Et… et je ne laisserai rien ni personne s'en prendre à lui, affirmé-je avec détermination.

— Moi non plus, intervient Mella. Je ne laisserai pas ma sœur perdre l'amour de sa vie.

Je serre plus fort sa main. À quel point faut-il aimer une amie pour partir en guerre avec elle ? Il faut être sa sœur dans l'âme.

— Toutes les deux, vous connaissez le secret de Caeso. Je soupçonne certains soldats de sa garde personnelle d'être plus ou moins au courant, mais il me paraît judicieux de placer à ses côtés deux personnes qui en connaissent le détail.

Nous hochons la tête. Cependant, une question vient me percuter :

— Vous avez des sérums de reconstruction osseuse pour la mission ? m'inquiété-je.

— Non. C'est ce qui rend les choses plus compliquées. Un doctores sera mobilisé à bord, un homme déjà choisi par Caeso et dont il m'a vanté les mérites.

— Et je serai là aussi. J'ai pu avoir des expériences à l'hôpital pour préparer mon examen de répartition, affirme Mella. Je pourrais assister le doctores sans mal.

Pas de sérum. Aucun droit à l'erreur.

L'absence du précieux liquide vient me juguler, m'étouffer. Même si j'ai une confiance absolue en Mella, j'espère que le doctores sera le meilleur de l'île.

— Parfait. Votre demande d'embarquer aux côtés de Caeso me paraît recevable. Bien que normalement les femmes soient exclues, j'accepte de faire une dérogation. Je ne doute pas qu'il est dans votre intérêt que Caeso vive et qu'en conséquence vous ferez l'impossible pour le ramener vivant.

— Si Caeso meurt, si notre mission échoue, ma vie sera un tas de cendres à disperser aux quatres vents, l'interrompé-je. Je vous ramènerai votre fils en vie.

Le Haut-Consul acquiesce et pose enfin son stylo. Il a son masque de Haut-Consul mais je veux croire que le père est heureux de ma promesse. Je dois dire que je m'attendais à une lutte plus acharnée, même si manifestement notre volonté de protéger Caeso et ramener les médicaments et sérums va de pair avec ses ambitions et la réalisation de son « œuvre ».

— Nous allons réussir. Livia, nous allons ramener ces médicaments ! appuie Mella. Pour Caeso, pour May, pour mon père et pour le peuple de l'Ouest.

— Vibia sera certainement heureuse de savoir son fils accompagné par deux personnes si concernées par son bien-être et sa survie. Cependant, Mella, je tiens à te rappeler une chose…

Mon amie déglutit, je vois sa gorge faire un petit mouvement. Elle se penche en avant, sa poitrine offerte au regard obscène du Haut-Consul qui traîne dessus.

— Oui, glorieux Haut-Consul ?

— Où que tu sois dans ce monde, tu m'appartiens, rappelle-t-il sombrement.

Mella acquiesce, ses doigts resserrent les miens. Sa cage devient une volière. Mais elle reste en captivité.

Bientôt, je libérerai tous les oiseaux.

— Oh, et si un homme tente de vous toucher, je donnerai à Caeso la consigne de le faire castrer.

Nous hochons la tête. Je ne me sens pas concernée par le risque. Je peux tout à fait passer pour un garçon si Caeso décide de me travestir une nouvelle fois. Mais pour Mella, ce sera plus difficile.

Sans un mot, nous quittons le bureau. Je peine à croire que nous partons en mission, loin de l'île. Même si la traversée s'annonce périlleuse, mon horizon ne s'arrête plus au ciel et à l'eau polluée. Un sourire se dessine sur mes lèvres.

— La mocheté ? C'est bien toi ?

Je sursaute et regarde en direction de l'escalier. Quand je découvre Isaak sur les marches, je me fige. Ses cheveux blonds ont été coupés et tombent en courtes ondulations devant ses yeux verts rieurs.

Cette rencontre est inattendue mais je doute que Caeso apprécie qu'il traîne dans les parages alors qu'il m'avait interdit de danser avec lui. Recommandation que je n'avais pas suivie puisqu'Isaak m'avait obligée à valser sur le tournage d'Auréa.

— Mocheté ? Non mais tu t'es vu ? Pour qui tu te prends ? s'énerve Mella.

— C'est un truc entre nous, nargue-t-il en terminant de monter l'escalier. Toi, par contre, tu es bien mon genre…

— Tu rêves, ricané-je. Tu crois qu'une femme aussi belle va regarder un imbécile comme toi ?

— J'ai mon petit succès, se vante-t-il en passant la main dans ses cheveux. Alors, qu'est-ce que tu fiches ici ?

J'ai été capturée après que tu m'as fait danser sur une table, idiot.

— Elle est la Favorite de Caeso, rétorque Mella. Et toi ?

— Favorite ? Il a vraiment des goûts de merde… Moi, j'ai été reclassé au service.

Alors que je m'apprête à lui demander pourquoi il a été reclassé au service Mella me tire par le bras pour poursuivre notre chemin.

— Je n'en supporterai pas plus ! Tout ce que tu as dit sera répété au Haut-Consul.

— Laisse tomber, Mella. Ce n'est qu'un abruti, soupiré-je en le dépassant.

Mella continue de s'insurger jusqu'au harem tandis que je songe maintenant à notre mission. Si je ne suis pas étonnée d'être envoyée là-bas, ça me surprend plus pour Mella. Septimus doit y trouver un avantage qui, pour l'heure, m'échappe – tout comme m'échappe la présence d'Isaak au palais.

CHAPITRE 38

Caeso nous tourne le dos quand nous entrons dans la chambre avec Mella. Il ne m'a pas convoquée hier soir. L'air est lourd, comme avant l'orage. Comme le soir de ma rencontre avec lui. Soudain, un éclair nous aveugle.

Je cherche mon souffle dans une atmosphère moite. Ma robe me colle à la peau. Je tends le bras vers lui, prête à le toucher, quand j'entends les grelots d'Auréa. Je me fige, pétrifiée par ce bruit que nous détestons tous.

Le tonnerre roule et Caeso se retourne vers nous, le bracelet pendu à son index. Je reconnais bien les grelots dorés. Ma bouche s'assèche, Mella vient juste à côté de moi.

— Caeso, qu'est-ce que… commence Mella.

— Voilà tout ce qu'il reste d'Auréa.

Son timbre est sombre. Son regard est d'un gris qui n'augure rien de bon. Je fixe le bijou, comme je fixerais un couteau ensanglanté. De nouveau, un éclair teinte de blanc et noir la pièce.

Tout ce qu'il reste d'Auréa.

Il en parle comme si elle avait disparu. Comme si elle s'était volatilisée, réduite en poussière et éparpillée aux quatre vents à la manière des Noctis.

Comme j'ai éparpillé Epsilon.

Je n'ai jamais souhaité qu'Auréa ne soit plus qu'un tas de cendres. Je voulais seulement qu'elle n'épouse pas Caeso, que sa méchanceté ne vienne pas contrecarrer nos plans. Ma poitrine se soulève et s'abaisse dans un mouvement violent. Je serre les dents. Le tonnerre retentit et vibre dans tout mon corps.

— Que s'est-il passé ? questionne Mella en entourant mes épaules avec son bras.

— Elle n'a pas supporté d'être répudiée et a menacé de révéler un secret d'État, un secret qui m'a été dévoilé aujourd'hui.

— Comment pouvait-elle savoir ? s'étonne mon amie.

Caeso soupire et pose le bracelet sur le rebord de la fenêtre. Je le regarde scintiller à la lumière d'un nouvel éclair. Je peux y voir Auréa, ses longs cheveux blonds, sa beauté toxique mais incroyable. Je la haïssais, mais je ne souhaitais pas sa mort.

— Elle avait des relations haut placées.

Ses poings se serrent et ses articulations blanchissent un peu plus. Caeso non plus ne souhaitait pas sa mort. Je ressens sa colère.

— Caeso, tu veux…

— Elle s'est crue plus forte que mon père, coupe-t-il. Comment peut-il tuer avec une telle facilité ?

Le sang. Le liquide poisseux dans mes cheveux. Caeso et Alpha penchés sur moi. La mort. Caeso a sacrifié trois gardes pour servir son plan. Il a tué celui qui m'a arrêtée quand j'ai tenté de fuir. Puis, il y a eu Actus. Mais tout ça, je ne peux pas le lui rappeler. Il n'est pas en état d'écouter. L'orage nous assourdit encore.

— Caeso, intervient Mella. Ce n'est pas de ta faute. Tu n'avais pas le contrôle sur les réactions d'Auréa.

— Comme je n'ai pas le contrôle sur les vôtres, rétorque-t-il avec hargne.

Je me tends. Il ne peut pas me reprocher de vouloir le protéger. Je tiens la promesse faite à sa mère. Je tiens la promesse que je me suis faite. Pour notre avenir à tous. Et ça, il doit l'entendre.

— Nous devons te protéger ! hurlé-je avec le tonnerre. Tu es notre espoir et si…

— Et s'il t'arrive quelque chose Livia, hein ? rage-t-il en s'approchant de moi. Si je te perds, qu'est-ce que je deviens ?

Nos regards s'épousent. Ils s'embrassent, s'unissent. Caeso prend mes mains, me détache en douceur de Mella malgré sa colère. Mon pouls pulse si fort que je le ressens dans mon cou et mes articulations. La pièce s'illumine encore, mais je ne vois que le ciel des yeux de Caeso.

— Livia, ce monde n'est beau qu'avec toi.

Je déglutis péniblement. Je ne veux pas que son monde s'écroule quand j'aurai accompli ma mission et que… et que le nouveau Consul de l'île devra signer ma condamnation à mort.

Ma vision se trouble. Je n'avais pas réalisé avant que oui, ma condamnation à mort pour l'assassinat du Haut-Consul sera signée par l'héritier de son île. Par Caeso. Parce qu'il n'aura pas le choix pour être bien vu des Consuls et sortir vainqueur du Conclave.

Je vais réduire son cœur en poussière. Cette perspective me glace le sang. Pourtant, nous n'avons pas le choix. Il faut que j'élimine Septimus et Octavia. Et il faut que je préserve Vibia, car Caeso ne peut pas nous perdre toutes les deux. J'inspire cet air chargé d'humidité, étouffant. Le tonnerre s'éloigne pourtant c'est toujours aussi irrespirable.

— Livia, à quoi penses-tu ? souffle Caeso en effleurant ma joue.

Les yeux de Caeso sont toujours baignés de gris. Je m'écarte légèrement de lui, avec la sensation que je vais m'écrouler. Je savais qu'en partant je lui ferais du mal. Mais je n'imaginais pas enfoncer le couteau si loin dans son cœur.

— Livia, parle, m'encourage Mella.

Je me laisse tomber sur le lit de Caeso. Je lève les yeux sur mon amie, puis sur l'héritier. J'humecte mes lèvres. Je dois réfléchir, vite. Soudain, l'éclat du bracelet d'Auréa attire mon œil.

— C'est quoi… c'est quoi le secret d'État ?

— Livia, je veux savoir à…

— Caeso, l'interrompis-je. Quel est le secret d'État ?

Il soupire, il sait qu'il n'obtiendra rien de plus. Et je sais qu'il déteste ça, quand je suis l'oiseau qui vole hors de sa portée. Il se tourne vers Mella, résigné.

— Assieds-toi, ça te concerne personnellement.

Docilement, elle s'installe sur son lit. Mella reste collée à moi, comme si, à tout instant, elle pouvait être mortellement blessée. Ma main se pose dans son dos, je la soutiens comme je peux, victime de mes propres craintes qui crampent mes organes.

— Comme vous le savez, quand les soldats reviennent de l'Est, nous leur injectons un sérum.

— Oui, c'est pour aider leur corps à se remettre et éviter le développement de maladies, répond Mella. Mon père en a reçu plusieurs doses au fil de ses missions.

Caeso se rapproche de nous. Je reconnais son regard, celui qu'il avait quand il m'a annoncé avoir torturé deux plébéiens. Un regard qui me terrifie. Il s'accroupit devant Mella et saisit sa main avec délicatesse. Je suis touchée en plein cœur par son geste. Lui qui évite le contact autant que possible. La respiration de mon amie devient instable et s'accorde avec la mienne, tout autant chaotique.

— Mella, ce sérum servait en fait à faire oublier aux soldats ce qu'ils ont vu à l'Est, annonce-t-il avec gravité.

— Mais… mais pourquoi ? C'est si horrible que ça ? s'affole-t-elle.

— Je crois plutôt au contraire. Mais ce n'est pas tout. Mella… Les injections répétées de ce sérum provoquent des lésions physiques et mentales terribles…

Mella hoche la tête, ses yeux s'écarquillant un peu plus d'horreur à chaque seconde qui passe. Je vois ses doigts presser la main de Caeso, il la retire avant qu'elle ne lui brise les os. Mais il reste accroupi face à mon amie.

— Mon père… mon petit papa… a été empoisonné par le gouvernement ? expire-t-elle avec difficulté.

J'ai le vertige. Je tombe de haut. Le mal de l'Est est en fait la conséquence de l'utilisation d'un sérum. C'est la conséquence du choix de faire oublier aux soldats ce qu'ils ont vu aux dépens de leur santé. Le gouvernement tue à petit feu ces hommes.

— Je suis désolé, Mella. Je voulais que tu le saches.

Des larmes inondent les joues de mon amie. Je l'invite à venir contre ma poitrine, tente de l'apaiser comme je le peux. Son père, qui a servi la patrie, est devenu rien d'autre que souffrances à cause d'un foutu sérum. À cause de l'égoïsme du gouvernement. La colère m'étouffe. Elle provoque des bouffées violentes d'une chaleur insupportable.

— Tu deviendras chercheuse, Mella, affirmé-je. Quand tout ça sera fini, tu deviendras chercheuse et tu sauveras toutes les victimes de ce sérum.

Quand tout sera fini, chacun devra se reconstruire pour bâtir un monde meilleur.

Des coups sont frappés à la porte. Caeso se redresse et soupire. Je prends un pan de ma robe pour essuyer les larmes de ma sœur de cœur.

— Entrez !

Un garde consulaire se présente et se met au garde-à-vous. Ils ont toujours leurs tuniques vertes. Je pensais qu'ils seraient en pourpre maintenant.

— Dux Bellorum, le glorieux Haut-Consul et l'honorable épouse sollicitent votre présence.

— Dux Bellorum ? répété-je, incertaine.

— C'est mon nouveau titre, je suis chef de guerre désormais, répond Caeso avec une pointe d'agacement. J'avais clairement notifié que je ne voulais pas être dérangé avant le déjeuner.

Le soldat se raidit. Caeso s'approche de moi et se penche pour embrasser mon front. Je ferme un instant les yeux puis je tente de lui sourire malgré le poids de ce que j'entrevois pour notre avenir.

— Je suis désolé, j'aurais voulu vous consacrer plus de temps…

— Va, ne contrarie pas ton père. Je m'occupe de Mella, le rassuré-je.

Il acquiesce et nous laisse seules. Le tissu bleu clair de ma robe devient foncé là où s'échouent les larmes de Mella. Je sais qu'en temps normal, elle m'aurait dit de ne pas utiliser ma robe. Mais je n'ai que ça. Je refuse qu'elle pleure jusqu'à noyer son visage.

— Dux Bellorum, murmuré-je.

— Nous, on doit toujours l'appeler Altesse, renifle Mella. C'est que pour les soldats, ce titre.

— Demain, nous serons des soldats. Nous serons des membres de sa garde rapprochée… Tu te sens prête ?

Mella relâche ma robe et vient entrelacer ses doigts avec les miens. Ses magnifiques émeraudes brillent. Pendant un instant, son visage est celui d'Epsilon. Mon cœur rate un battement. Mais l'illusion ne dure pas.

— Je suis prête, sourit Mella. Nous allons réussir. Je crois en nous. Ensemble, nous sommes tellement fortes… Tu as eu mille occasions de tomber, de t'effondrer sans ne jamais parvenir à te relever. Pourtant tu es là, et c'est toi qui sèche mes larmes.

— Tu as suffisamment séché les miennes, murmuré-je. Toi aussi tu aurais pu rester à terre. Mais tu es là, tu t'es engagée avec moi.

Je serre fort sa main. Ensemble, nous serons toujours plus fortes que ceux qui tentent de nous briser. Plus fortes que ceux qui privent nos proches de soins. Plus fortes que ceux qui voudront s'en prendre à Caeso.

Je suis Murs dans les couloirs du palais. Le départ de Caeso met tout le monde en effervescence. Le harem n'est pas épargné. Notre départ avec Mella n'a pas été annoncé. Demain, nos compagnes trouveront nos lits vides.

Je préfère que les choses se passent ainsi, en discrétion. Toute l'attention est sur Caeso, et c'est parfait. Je reste confiante sur notre mission. J'ai davantage peur d'être impuissante au harem que de partir en zone d'affrontement avec l'Est. Je suis prête à le protéger. Dans l'histoire combien d'hommes et de femmes ont été envoyés aux combats avec juste leur rage de vivre ? Mon besoin de le ramener en vie guidera mon arme, j'en ai la conviction.

J'accélère le pas, Murs marche décidément trop vite quand c'est lui qui est devant.

— Allez, vous pouvez me dire la surprise, tenté-je une énième fois.

— Si je vous le dis, ce n'est plus une surprise, nargue-t-il.

Je roule des yeux. Quand Murs est venu me chercher, j'étais étonnée, dans la mesure où Caeso était submergé. Puis il m'a annoncé que l'héritier avait une surprise pour moi. Ce qui m'a encore plus étonnée.

Nous nous arrêtons finalement devant la porte des appartements de Vibia, je hausse un sourcil.

— Une entrevue avec Vibia ? m'étonné-je avec une pointe de déception.

Les lèvres de Murs tremblotent, j'appuie mon regard et il éclate franchement de rire.

— Votre tête hurle vraiment tous vos sentiments. Vous ne voulez pas prendre un chocolat avec l'honorable épouse ?

Je fais la moue.

— Bien sûr que passer du temps avec Vibia n'est pas désagréable. Mais de là à appeler ça une surprise… Elle vit ici, elle peut me voir à tout instant.

Soudain, j'entends des pleurs de bébé et…

— May ! hurlé-je en ouvrant la porte.

Je me fiche du protocole. Je me précipite à l'intérieur. May est là, au milieu des colonnes chargées de végétaux avec une nouvelle robe à fleurs. Le même modèle que celui qu'elle portait ce terrible jour où j'ai craché sur la Favorite. Elle me sourit, je m'apprête à l'enlacer, quand des fleurs de sang éclosent sur sa robe. J'entends ses os craquer. Ses hurlements. Je tombe à genoux et plaque mes mains sur les oreilles.

Mais, alors que je sombre, alors que mes poumons sont prêts à exploser, deux petites mains se posent sur mes joues. J'ouvre les yeux, May colle son petit nez au mien. Plus de cris. Plus de sang. Plus d'os qui craquent. Juste ma protégée et notre amour.

— Livia…

— Oui, ma grande ? soufflé-je en posant mes mains sur les siennes.

— Je t'aime, me rappelle-t-elle de sa voix fatiguée.

Mes yeux débordent d'une tendresse devenue des larmes libératrices. May est mon bonheur. Elle sera toujours ma merveille. C'est pour elle et pour Caeso que je suis prête à partir au combat. C'est pour que son père puisse enfin profiter de la vie avec ses filles. C'est pour que May réalise chacun de ses rêves.

— Moi aussi, je t'aime. Je t'aimerai toujours.

— Même quand je serai grande ?

— Même quand tu seras grande.

May se blottit contre moi. Je la serre contre ma poitrine, le nez enfoui dans ses cheveux crépus. Mon cœur de grande sœur palpite, des papillons volent dans ma cage thoracique. Je pourrais passer ma vie avec May dans mes bras.

Je la soulève et me tourne vers la petite famille. L'époux de Mer est enfin rentré. Il retire son bonnet pour dévoiler un crâne rasé. Je ravale ma salive, j'ai peur que sa mémoire soit à jamais entachée par le sang de May, comme je le redoute pour Mer.

— Je m'appelle Ténor. Enfin, sourit-il. Enfin, je rencontre celle qui a risqué sa vie pour nous. Tu es une héroïne.

Il ne semble pas m'en vouloir pour ce qui est arrivé à sa fille. Ou bien se maîtrise-t-il, car Vibia peut surgir à tout moment ? La beauté mystérieuse n'est pas là. Peut-être passe-t-elle un moment avec son fils ?

Ténor me donne une tape amicale dans le dos et m'étreint comme il peut en embrassant le front de sa fille.

— Merci… merci d'avoir veillé sur mes femmes, larmoie-t-il.

Ma gorge se noue. Je ne sais pas quoi répondre. Pour moi, je ne mérite plus leur confiance. Mer s'approche de moi. Elle me sourit. Pourtant je sais combien elle a souffert. Elle prend le bras de son mari et pose sa tête contre son épaule. Je fuis leurs regards.

— Je ne suis pas une héroïne, je…

— Livia, cesse de t'en vouloir, me coupe Mer. Ce qu'il s'est passé est de la faute de… tu-sais-qui.

Elle ne peut pas parler en mal de Septimus devant May. Si elle venait à raconter à l'école que notre Haut-Consul est un méchant, l'espérance de vie de May et sa famille ne dépasserait pas la journée. Une vérité qui me paralyse d'horreur. Une vérité qui ne devrait pas exister.

— Maman, j'ai soif, glapit May.

Son haleine sent légèrement la pomme. C'est un symptôme, je le sais. Comme la soif excessive. Je la remonte un peu sur ma hanche et me tourne vers une domestique qui s'occupe d'un énorme buisson fleuri.

— Excusez-moi, pourrions-nous avoir de l'eau fruitée, s'il vous plaît ?

— Bien sûr, désirez-vous des boissons chaudes aussi ?

Je me mordille la lèvre, l'idée de faire découvrir le chocolat à ma famille de cœur me traverse l'esprit, mais il me semble que c'est trop sucré pour May.

— Non, je vous remercie. Mais prenez du chocolat pour vous, si vous voulez !

La domestique me fait un large sourire et me remercie en quittant la pièce. Je m'installe sur le canapé avec ma protégée sur les genoux. Mer va récupérer Bleu dans son grand landau. Elle porte un petit bonnet avec des oreilles de chat. Je souris, elle est si mignonne. Ses yeux sont encore bleus pour l'instant, son métissage pourrait lui permettre de garder cette couleur.

— May, et si tu me racontais ce que tu fais à l'école ?

Elle hoche la tête et me sourit faiblement.

— Je sais écrire mon prénom. C'est un M, un A et un Y. Et dans la classe, il y a un chat. Il est gros, très gros. Et quand on le caresse, il fait ronron. Mais on le mange pas !

Dans la plèbe, les chats sont très rares et ne font pas long feu. Les rats sont bien plus présents et simples à attraper. J'essaie de ne pas me souvenir de ce temps où un rat était un repas. Je veux profiter de chaque minute avec ma famille de cœur et ne pas sombrer dans ma mémoire douloureuse.

La domestique pose un plateau devant nous sur la table basse. Elle a une moustache en chocolat, ça me fait sourire. Gentiment, je lui indique de s'essuyer avant que quelqu'un ne le remarque.

— Tu vas adorer ça, May. C'est de l'eau dans laquelle trempe des fruits. On ne boit que ça au palais.

— Livia, j'ai mal au ventre…

J'échange un coup d'œil inquiet avec ses parents et lui sers rapidement un verre. Je l'aide à boire par petites gorgées. Mais, rapidement, elle se plie en deux. Impuissante, je regarde la douleur la faire grimacer. Je m'apprête à demander un médicament aux domestiques, quand la réalité s'impose de nouveau à moi ; il n'y a plus d'insuline, tout comme les autres médicaments.

— Je vais ramener les sérums, les médicaments et l'insuline, juré-je en la serrant fort contre moi. Je vais débloquer l'approvisionnement. On va te soigner May, tout va bien se passer.

— Nous croyons en toi, affirme Mer. Tu as toujours réussi à nous fournir de l'insuline, tu y arriveras encore.

— Elle a raison, appuie Ténor. Tu vas réussir.

Je plonge encore le nez dans les cheveux de May. Il ne nous reste que quelques jours. L'échec n'est pas une option.

CHAPITRE 39

J'aime le bruit du clapotis de l'eau contre la coque. Pour l'heure, le port et le navire sont déserts. Murs nous a discrètement escortées avec Mella jusqu'au bâtiment qui a été déplacé au port privé des hauts dignitaires. L'un des plus gros navires de l'île, qui, comme toutes les embarcations, fonctionne à vapeur grâce au charbon de l'île noire. Les navires ont également des voiles qui ressemblent sûrement à celles des navires de l'Ancien Monde une fois déployées. Cependant, les mâts de celui où nous nous trouvons sont clairement les plus impressionnants. J'ai de vieux souvenirs de nos leçons sur les navires de pêche qui me reviennent.

Accoudée au bastingage avec Mella, je regarde l'horizon. Les mots deviennent des actes. Nous partons affronter l'Est, et cette perspective assèche ma bouche sous l'effet de l'appréhension. Nous portons les uniformes de la garde personnelle de Caeso. À ma ceinture, en plus du poignard, un accessoire d'ordinaire propre aux Aigles : un pistolet. Celui de Caeso. Celui avec lequel il m'a braquée le premier soir.

Il pèse lourd à ma taille. De ce que j'ai compris, nous serons trois à bord à porter un pistolet. Ces armes sont rares. Les quelques-unes que possèdent les Noctis sont issues de vols périlleux et destinées à la protection du Nid, à de très rares missions et aux exécutions. Mon arme m'accompagnera jusqu'à l'instant où Septimus et Octavia cesseront de respirer. J'inspire l'air iodé. Le pourpre envahit ma vue. Je noierai le Haut-Consul dans sa couleur. Lui et l'amour de sa vie. Octavia est un serpent. Elle s'est occupée de moi à l'hôpital uniquement pour que je serve son amant. Elle me manipule autant que notre dirigeant.

— J'ai jamais tiré avec un flingue, imagine si je me plante ? soupiré-je en effleurant l'arme.

— Comme la plupart des gens… hormis les Aigles, pratiquement personne y a accès sur l'île.

Je songe à cet Aigle qui a voulu me tirer dessus au nouvel hôpital. Je peux sentir la brûlure de la balle qui a éraflé mon bras. Instinctivement, je touche l'endroit, la tunique bleue à manches courtes laisse voir ma cicatrice légèrement boursouflée.

— C'est une blessure par balle ? questionne Mella en l'examinant. Dis donc la personne qui t'a recousue a fait ça comme un sagouin !

— Une balle m'a éraflée, et oui, notre chef n'était pas terrible pour les sutures.

— Tu es une vraie guerrière ! J'ai hâte que tu m'apprennes à me battre ! s'enthousiasme mon amie avec un large sourire.

Mes yeux s'écarquillent, mon cœur s'emballe. Comment vais-je pouvoir lui dire que je ne sais pas me battre ? Je crois juste en ma capacité à protéger Caeso, portée par la rage de le ramener en vie.

— Delta ? Enseigner le combat ? J'aimerais bien voir ça ! se moque une voix connue.

Non. Non, c'est impossible.

Je me retourne. Le vent marin ramène mes boucles devant mon visage. Entre les vagues noires, je plonge dans des iris sombres. Dans ses prunelles, une année de ma vie défile. Notre rencontre. Notre premier baiser. Notre première fois. Ces deux fois où j'ai cru le perdre. Quand il a tué pour moi. Quand… quand nous n'avons pas pu nous dire adieu.

Les souvenirs explosent dans mon esprit, des fragments se dispersent jusqu'à mon cœur. Il bat si fort que j'ai l'impression de courir sur les toits. Ma gorge se noue, ma respiration devient laborieuse. Les fragments de souvenirs qui s'imprègnent dans mes rétines deviennent des larmes brûlantes.

J'avais tourné la page... Pourquoi est-il ici ?

— Alpha, murmuré-je. Alpha, qu'est-ce que…

— Comme tu le vois, je suis maintenant un garde personnel de notre cher héritier, raille-t-il en désignant son uniforme.

Lui aussi a un pistolet...

Mes doigts se contractent sur le bastingage. Je suis paralysée par le sentiment que deux de mes univers entrent en collision et génèrent une explosion au moins aussi violente que celle de l'ancien hôpital. La douleur est la même que lorsque j'ai percuté le mur. Mon souffle se bloque. Delta et Livia : deux identités, deux existences, deux hommes.

Mais une seule mission : sauver les autres.

Alpha s'approche. Une boule de chaleur naît dans mon ventre, les vestiges d'une passion que j'ai enterrée. Un sourire charmeur au coin des lèvres, il se penche à mon oreille.

— Et je suis là aussi parce que je suis et je resterai *ton* protecteur, souffle-t-il.

Un frisson me parcourt mais je l'ignore. Mon stupide corps réagit à celui qui l'a tant chéri, mais je n'oublie pas quel est mon destin. Je n'oublie pas que je suis plus éphémère encore que lorsque j'étais une Noctis.

— Alpha ? interroge Mella en prenant ma main.

Mon protecteur se redresse, une expression indéfinissable se peint sur son visage. Les yeux de Mella brillent comme je ne les ai jamais vus briller avant. Elle serre mes doigts, je me rapproche d'elle. Quelque chose me trouble dans cet échange muet.

— Tu… Je suis désolée mais tu ressembles tellement à…

— Mella, c'est moi. Aristote.

Mella écrase mes doigts, une larme roule sur sa joue. Je dévisage Alpha. Et là, je percute. Il est celui qui donnait les cours à Mella. Le génie de la médecine. Mella, ma sœur de cœur, fait partie de son ancienne vie, de son autre univers. Lui aussi vit une collision aussi violente que la mienne.

— Je te croyais mort ! larmoie-t-elle. Tu as… tu as laissé une lettre de suicide. Tu as… tu as disparu… Ton père a été tellement traumatisé qu'il a demandé un arrêt d'activité !

Je me remémore la discussion avec Vibia et Octavia à l'hôpital. Mon poing libre se serre. J'avais vu juste : le chirurgien qui m'a sauvé la vie est le père d'Alpha. Un lien qui me trouble autant que celui qu'il a avec Mella. Sur une île, une toile d'araignée finit toujours par se tisser.

Je lève les yeux sur Alpha. Il est crispé, il a cette expression si rude que j'ai déjà vue plusieurs fois chez lui. Mella tremble, j'aimerais la réconforter, mais je crois que pour l'heure, elle a besoin que les choses sortent.

— Tu as disparu… Tu étais mon modèle. Tu étais le seul garçon qui ne me regardait pas comme un bout de viande à dévorer !

Sa voix se brise. Je la prends contre moi, car je sais à quoi l'a conduite cette vision que les hommes avaient d'elle. Ses larmes trempent mon cou. Je sais que chacune d'elle hurle une vérité qu'elle voudrait dire à Alpha. Mais Mella est plutôt du genre à taire ses blessures.

— Mella, je… j'ai fait un choix. Un choix que je trouvais juste. Un choix qui m'a permis de préserver la vie de Delta.

Je baisse la tête. Oui, Alpha m'a permis de tenir pratiquement un an comme oiseau de nuit. Je revois ses plaies énormes au torse, quand ce dépeceur a voulu nous attaquer. Puis quand il m'a poussée du premier étage à l'ancien hôpital pour que je fuis. Mais Delta n'existe plus. Comme la moi d'avant les Noctis.

— Livia, corrigé-je avec difficulté.

— Quoi ?

— Livia, c'est mon nouveau nom. Delta n'existe plus, murmuré-je en coiffant les ondulations de Mella avec mes doigts.

Les traits d'Alpha se durcissent un peu plus.

— C'est une idée de Caeso ? vocifère-t-il. Il ne te trouvait pas assez attirante avec ton nom de plébéienne ?

— Aucun de vous ne connaît mon nom de plébéienne, riposté-je sèchement.

Ma troisième vie. Celle qui retourne mon estomac à la force des regrets. Mella s'écarte légèrement de moi. Le bout de son nez est rouge, tout comme ses yeux. Elle me fixe avec incrédulité.

— Caeso sait que tu t'appelais Bleuet, renifle-t-elle.

— C'était un surnom, soupire Alpha. Personne ne connaît son véritable nom.

— Pourquoi ? demande Mella, la voix cassée.

— Parce que celle que j'étais est morte le jour où je suis entrée chez les Noctis, m'agacé-je. Donc maintenant c'est Livia, et tu peux au moins présenter des excuses à Mella pour l'avoir abandonnée.

Étrangement, Alpha esquisse un sourire en me regardant. Avec Mella, nous l'observons sans comprendre. Son ancienne amie est en larmes car elle le croyait mort et sa protégée fulmine. Il n'a aucune raison de sourire.

— J'ai l'impression que le harem n'a pas changé ton caractère… Je t'appellerai Livia mais tu seras toujours ma Delta, déclare-t-il en essayant de remettre en ordre une mèche.

Je détourne les yeux. Il sait pour le harem et j'ignore comment. Je peux rester sa Delta dans son cœur. S'il veut me garder pour l'éternité dans sa poitrine, en tant que petite chose qui vole de toit en toit et qu'il doit protéger, c'est son droit. Dans le mien, il reste cet homme qui a toujours été prêt à mettre sa vie en jeu pour la mienne. Et le premier qui m'a fait connaître l'amour. Mon cœur palpite, mon âme se réchauffe. La présence d'Alpha me rassure, même si, maintenant les grandes émotions passées, je me demande comment il est arrivé ici.

Alpha prend les mains de ma sœur de cœur. Mella a cessé de pleurer. Elle renifle une dernière fois, son regard sur Alpha s'est adouci mais de la tristesse y persiste.

— Mella, ma petite abeille, je suis désolé de t'avoir abandonnée. Je ne pouvais pas te dire la vérité, et faire croire à ma mort m'a paru être le moyen le plus judicieux de disparaître pour rejoindre les Noctis. Je savais que tu rentrerais chez les doctores haut la main… Enfin, puisque tu es là, j'imagine qu'il y a eu un imprévu.

Le regard d'Alpha se voile encore. Mais Mella prend le parti de sourire. Un sourire doux, et un regard où se nichent les prémices du pardon.

— Tu as gardé Livia en vie, grâce à toi j'ai rencontré ma sœur de cœur, alors… alors même si la douleur de t'avoir cru mort a été immense, je crois que… je crois que je préfère me réjouir que nous nous retrouvions. Et oui… les choses… se sont compliquées. Mais ce n'est pas important.

Mon cœur se fendille. Mella ne va pas lui raconter l'enfer que lui a fait vivre Septimus. Je lui embrasse la joue. Elle a choisi de ne pas en vouloir à Alpha pour son mensonge. Elle veut profiter du bonheur de l'instant, et je la reconnais bien là. Dans le harem aussi, elle profitait de chaque moment où nous pouvions nous évader et rire.

— Alors vous êtes sœurs de cœur ? sourit Alpha. C'est mignon… Et comment vous vous êtes…

Alpha perd immédiatement son sourire et nous regarde tour à tour, ses yeux plus noirs que jamais.

— Tu es dans le harem ? s'enflamme-t-il. Tu es la maîtresse de Caeso toi aussi ? Le sale…

— Non ! crions-nous en chœur.

Mella baisse la tête. J'entoure ses épaules pour la soutenir.

— Caeso ne veut personne d'autre que Livia… je suis… je suis la maîtresse de Septimus.

Alpha recule d'un pas, sous le choc. Il nous regarde tour à tour, la fureur dans les rétines.

— Cette enflure t'a…

— Alpha, interviens-je. S'il te plaît.

Je lui fais un regard appuyé. Mella n'a pas besoin qu'on lui rappelle qu'elle a enduré deux ans d'horreur. La joue d'Alpha tique légèrement mais il n'insiste pas.

Une goutte acide atterrit sur mon visage. Puis une autre. Voilà longtemps que je n'avais pas eu la sensation mordante de la peau qui réagit à la pluie polluée.

— Rentrons, lâche Alpha en prenant nos mains.

Ses doigts rugueux sont comme un doux souvenir. Son geste me fait légèrement sourire. Aristote ou Alpha, il sera toujours protecteur. Ensemble, nous traversons le pont en courant et retrouvons l'intérieur du quartier des officiers, dans la coque percée d'aucune fenêtre.

La moquette rouge couvre le sol et étouffe nos pas. Les boiseries vernies sur les murs feraient presque oublier que nous sommes sur un navire de guerre. Alpha me lâche pour ouvrir une porte qui donne sur une salle avec une grande table fixée au sol et une douzaine de chaises. Nous nous installons, Mella tente de rapprocher ma chaise de la sienne, mais elles sont également fixées au sol. Maintenant que le tumulte des retrouvailles cesse de hurler dans mon esprit, je plante mon regard dans celui d'Alpha qui nous fait face. Je n'ai qu'une question qui revient.

— Que fais-tu ici ?

— Toujours aussi délicate… Notre héritier est venu me chercher… Enfin, plutôt son garde personnel. Il m'a envoyé un message via Mer. Il leur a fait livrer du canard, Mer a trouvé ça bizarre jusqu'à ce qu'elle voit le message. D'ordinaire, c'était avec les médocs. Il avait besoin d'un gars sûr pour sa protection.

Nous échangeons un regard avec Mella. Les questions déferlent comme des torrents. Le bruit de la pluie sur les parois métalliques fait déborder mon esprit déjà inondé et m'agace.

— Aristote, je ne comprends pas… Caeso t'envoie des messages régulièrement ? C'est… dangereux. Non ?

Dangereux ? Si Caeso communique avec un Noctis, c'est de la haute trahison !

J'étouffe. Des images ignobles de Caeso torturé par son propre père s'encrent dans mes yeux. Puis Alpha, dévoré au cirque, suspendu à ce crochet comme une pièce de viande. Les deux hommes de ma vie, brisés, broyés, réduits en bouillie sanguinolente. La nausée révulse mon estomac, l'acidité baigne ma gorge. Je m'accroche à la table, comme si mon monde allait basculer.

— On a pris nos précau…

— VOUS ÊTES MALADES ? explosé-je en me levant.

Ma poitrine s'écrase sous l'effet de la terreur. Les dents serrées, le souffle erratique, la colère me brûle jusque dans mes iris.

— Comment vous avez pu prendre un risque pareil ? Depuis quand ça dure ? Vous êtes censés vous haïr ! Tu devais être une page tournée !

La dernière phrase m'a échappé. Visiblement, elle interpelle Alpha, qui se penche en avant et joint ses mains.

— Nous nous détestons toujours, je te rassure. C'est plus simple pour toi si nous nous haïssons ? questionne-t-il avec une pointe d'amertume. J'ai accepté l'idée que notre amour était incompatible avec ta nouvelle vie. Mais je ne savais pas que tu avais *tourné la page*.

Je rive mon regard vers le sol.

— Ne baisse pas les yeux, Del… Livia. Je te connais, tu aimes intensément, se radoucit-il. Tu aimes au-delà des règles, des lois et de tout ce que la vie peut mettre sur ton chemin. Alors si tu as tourné la page, il y a une raison.

— Je voulais… Je savais que je ne te reviendrais jamais. Et c'est le cas. Ma place est aux côtés de Caeso pour un avenir meilleur. Et ce serait égoïste de vouloir que tu m'aimes et m'attendes alors que… alors que tu mérites que j'ouvre ta cage. Aimer, c'est aussi… c'est aussi savoir…

Je me perds dans mes mots, un sanglot énorme me prend à la gorge. Je déteste parler de sentiments. Je n'ai pas été élevée comme ça. Il n'y a qu'à mes sœurs que je peux dire à quel point je les aime.

— Tu voulais que je reconstruise ma vie ? Tu voulais que je sois libre d'aimer aussi intensément que je t'ai aimée ?

Je hoche la tête, les lèvres pincées pour ne pas pleurer. Mella caresse mon dos. Mes doigts se replient sur le bois précieux. Alpha tend le bras et saisit ma main. Sentir sa paume calleuse me rappelle chaque instant où il a caressé ma peau, chaque instant où nous avons bravé l'interdit en nous aimant.

— Je n'ai jamais été en cage avec toi, Livia. Tu as été ma liberté dans la captivité. Et à chaque fois que tu auras besoin de moi, je serai là. C'est pour toi que je suis ici.

— Pour moi ? bredouillé-je.

— Caeso avait besoin d'un garde rapproché plus fiable que ceux déjà en exercice pour le protéger. J'imagine que le fait que j'ai tué à moi seul trois de ses gardes l'a conforté dans son idée de me missionner. Il voulait être certain de rentrer en vie et… il était hors de question de laisser ton espoir d'un monde meilleur mourir au combat. C'est pour te le ramener vivant que j'ai accepté.

Je suis touchée en plein cœur. Le fait qu'il ait été prêt à partir en zone de combat pour moi, pour protéger son ennemi car il est mon espoir. Je me sens comme dans les ailes de mon ange guerrier.

Mon ange guerrier… Je dois la vérité à Alpha.

— Alpha… maintenant il est… il est plus que mon espoir… il est… Nous sommes…

— Je m'en doutais, coupe-t-il abruptement.

Ses yeux comme la nuit ne laissent passer aucune émotion.

— Il ne faut pas lui en vouloir, intervient Mella.

— Je ne t'en veux pas. Tu as le droit d'aimer et tu as *besoin* d'être aimée. Si je t'ai coupée, c'est parce que je sais que tu as déjà suffisamment exposé tes sentiments pour aujourd'hui, me rassure-t-il avec une tristesse difficilement cachée.

Au fond, je sais que l'information est difficile à digérer pour lui. Peut-être que la correspondance avec Caeso lui a fait miroiter que notre histoire pourrait renaître. Que nous aurions enfin un monde où avoir une grande famille comme dans ses rêves. Mais je ne veux pas le faire espérer. Mes jours sont comptés, je vais déjà briser le cœur de Caeso, je préfère qu'Alpha se détache de moi et qu'il tire un trait définitif sur ce "nous".

— Et maintenant que nous avons mis les choses au clair… Qu'est-ce qui vous a pris de demander à Septimus de partir au combat ? VOUS ÊTES FOLLES ?

Nous reculons sur nos chaises avec Mella. Maintenant, Alpha a l'air furieux. Il se lève et se penche sur nous.

— Quand Murs m'a annoncé que je devrais former au combat deux femmes volontaires pour partir en mission, je me suis dit que Delta avait encore fait des siennes…

— C'est Livia, corrigé-je timidement.

— On s'en fout ! hurle-t-il en tapant sur la table. Tu t'es embarquée pour protéger Caeso alors que tu ne sais même pas te battre ! Et avec Mella en plus ?

— Tu ne sais pas te battre ? panique Mella en me regardant avec des yeux ronds.

Je grimace et regarde partout sauf dans la direction de Mella.

— Eh bien… Je ne sais pas pourquoi tout le monde croit que tous les Noctis sont super forts en combat… c'est sûrement pour ça que Septimus a dit oui pour notre mission. Puis toi, tu es une *presque-doctores* de choc.

— Presque ? Tu n'as pas passé l'examen de répartition ? demande Alpha en fronçant les sourcils.

— Évitons le sujet, soupire Mella en plongeant son visage dans ses mains.

— Oui, évitons, appuyé-je. Même si je trouve que Septimus a accepté un peu facilement à mon goût, c'est certain qu'il me prend pour une guerrière incroyable qui sauvera son fils de toutes les menaces. Et toi… et toi tu vas assister le doctores choisi par Caeso. Et…

Et tu connais parfaitement sa pathologie.

Je suis certaine que si Septimus a laissé partir Mella, c'est parce qu'il a confiance en elle pour assister son fils en cas de difficulté avec sa maladie.

— Et en plus ils t'ont filé un flingue ! s'insurge Alpha.

— Hey ! m'offusqué-je. Je dois protéger Caeso, c'est normal que j'aie un pistolet.

— Non. Vous deux, vous allez rester dans une cabine et si quelqu'un d'autre que Caeso, Murs ou moi entre, tu tires. Je vais vous enseigner les bases du combat pour pouvoir vous défendre au cas où ça tourne mal…

— Je suis là pour Caeso !

— Non, *je* suis là pour lui. Et je te promets de le ramener en vie. Toi, tu te protèges avec Mella. Septimus doit avoir une bonne raison pour vous avoir expédiées ici et, en attendant que

Caeso comprenne les rouages tordus du cerveau de son père, ce flingue sert à vous garder en vie.

Je persiste à croire que le père de Caeso pense, comme la plupart des gens, que je suis une combattante d'exception et que je suis apte à protéger son fils. Mais pour Mella, ça paraît effectivement plus trouble.

CHAPITRE 40

Alpha et Mella se battent avec la télécommande de l'immense écran de la salle de visioconférence.

— Je te dis qu'il faut aller dans le menu, maugrée Alpha.

— C'est sur l'autre programme qu'on doit capter la télévision…

Je plonge la main dans un bol de raisins ramené par Alpha, avec des morceaux de viande séchée et des noix décortiquées. Je prends un grain de raisin et le croque. Ils sont sans pépins, ce sont les raisins cultivés pour le palais. Je crois qu'Alpha a pioché dans la réserve prévue pour l'héritier.

— Heureusement qu'il n'y a que deux chaînes, me moqué-je.

— Il n'arrive déjà pas à aller sur le programme où sont diffusées les chaînes ! raille Mella.

— C'est parce que tu ne me laisses pas aller dans le menu !

— Bon sang Aristote, ce que tu peux être borné… là ! Appuie là !

Un petit rire m'échappe. Je regarde deux de mes vies se rencontrer. Je regarde deux amis se retrouver. Je regarde les joues de Mella rosies de bonheur d'avoir retrouvé *Aristote*. Je regarde Alpha nous organiser un visionnage du *triomphe* de Caeso comme si je n'avais pas renoncé à lui pour l'héritier.

Je ne sais pas ce qui nous attend face à l'Est. Septimus a dit que ce serait moins risqué qu'au front. Peut-être que notre navire sera en retrait. Mais l'appréhension s'est nichée dans mon ventre.

Je la combats, car elle n'a pas sa place. Peu importe ce que nous allons affronter, nous devons rentrer victorieux et en vie. Caeso sera le héros qui a ramené les médicaments et les sérums.

À notre retour, Mella et Alpha seront de nouveau séparés.

Je chasse cette idée d'un geste de la main. Je ne veux pas penser à la fin. Je veux juste me concentrer sur le fait que deux personnes qui m'aiment sont là, avec moi, et qu'ils sont heureux. Enfin, ils seront pleinement heureux quand nous aurons trouvé la diffusion du triomphe de Caeso.

Soudain, des trompettes nous assomment et nous plaquons les mains sur nos oreilles.

— Baisse le son ! houspille Mella.

Alpha s'exécute et ils viennent s'installer à mes côtés. Les habitants de l'île se sont rassemblés le long du trajet entre le palais et le port à l'est, où nous nous trouvons.

— *Quelle journée exceptionnelle !* s'extasie la voix du présentateur de documentaire qu'affectionne Octavia. *Caeso, notre héritier bien aimé, part au combat pour rétablir la livraison des sérums et médicaments.*

La caméra se focalise sur les portes du palais. Celles-ci s'ouvrent, mon cœur palpite. Caeso sort de l'ombre. La lumière se reflète sur son plastron doré gravé de motifs guerriers et de lauriers.

— *L'héritier a choisi le bleu clair pour sa tunique ! Le choix de la couleur est permis aux Dux Bellorum, un privilège de ce grade. Saluons le travail des mains d'or.*

Ma paume se pose sur ma poitrine, qui se gonfle de fierté. Caeso a choisi la couleur du ciel. Il a choisi la couleur qui me fait rêver, celle qui me donne de l'espoir. Il part au combat pour moi. Pour mes rêves. Je froisse l'étoffe de ma tunique entre mon pouce et mon index, mon âme déborde de reconnaissance.

Sur ses manches, son col et le bas, une bande dorée scintille, entourée de deux bandes blanches. La tunique lui arrive au-dessus du genou, et à sa taille une ceinture de lamelles en cuir sombre et empiècements métalliques dorés reflète aussi la lumière. Sa main se pose sur son glaive. Plus que jamais, dans cet uniforme antique, il me rappelle l'ange guerrier du tableau.

Il est celui qui nous sauvera.

— Je suis quand même bien content que nos uniformes ne soient pas exactement comme dans la Rome Antique, commente Alpha. Le pantalon blanc est un bon ajout.

— Pourquoi ? demandé-je en mâchonnant de la viande séchée.

— Ça limite les blessures dues à l'environnement et ça rassure ces messieurs quant à la sécurité de leurs attributs, glousse Mella.

Je ris avec mon amie. Alpha roule des yeux tandis qu'à l'écran, Vibia et Septimus sortent du palais. Mon hilarité s'évanouit quand je vois le sourire du Haut-Consul, un sourire toujours teinté de cruauté. Un sourire qui me rappelle les supplices de Eta et May. Un sourire qui me rappelle qu'il a fait disparaître Auréa. Mon sang devient des rivières de glace. Il ressemble à un prédateur toujours à l'affût. Il enlace son fils, comme lors de son intronisation.

— Père, je pars affronter l'Est, déclare l'héritier d'une voix forte. Je ramènerai les médicaments et les sérums !

Caeso lève le poing, mon rythme cardiaque semble se caler sur celui de la foule qui scande son nom.

— Mon fils, fais honneur à notre sang. Fais honneur à nos valeurs et nos idéaux. Fais honneur à ton Haut-Consul.

— Cette mise en scène est à gerber, grommelle Alpha en prenant une poignée de noix.

— C'est surtout Septimus qui est à gerber, soupiré-je.

— La pauvre Vibia semble si affectée de laisser partir son fils…

La caméra s'est braquée sur l'épouse consulaire. Mella a raison : malgré le maquillage, on devine qu'elle n'a que peu dormi depuis l'annonce, et ses yeux sont encore rougis par des sanglots. Vibia m'a fait une nouvelle fois jurer de protéger son fils. Une rencontre brève où elle sanglotait dans le noir. Une rencontre qui n'a duré que le temps de refaire ma promesse. Une rencontre où elle n'a eu la force de verbaliser que sa supplication.

La tristesse vient m'aiguillonner et se planter dans mon cœur pour en faire couler quelques gouttes de mon sang toujours glacé.

— Caeso n'est quand même pas taillé pour le combat, constate Alpha. Au corps à corps, il se fera bouffer.

Le reportage sur Caeso que j'ai vu à l'hôpital laissait entendre la présence d'un maître d'armes durant son adolescence. Mais, rapidement, Octavia m'a précisé que les entraînements étaient limités et qu'au bout de plusieurs blessures, Septimus y avait mis un terme. J'ignore si ces blessures étaient dues à la maladie ou à un manque de talent de Caeso. Quoi qu'il en soit, sans sérums de reconstruction osseuse, on ne prendra pas le risque de le laisser se battre, même au glaive.

— C'est pour qu'il n'ait pas à se battre au corps à corps que tu es là, rappelé-je en croquant dans un grain de raisin.

— Aristote a commencé le combat à six ans, c'est sûrement l'un des meilleurs combattants de l'île, m'apprend Mella avec une admiration profonde dans la voix.

Mes yeux s'arrondissent et je me penche vers Alpha pour le dévisager. Sa bouche est une barre stricte et ses yeux sont rivés sur l'écran.

— Tu n'as pas appris à te battre chez les Noctis ?

— Bien sûr que non, Omega m'a recruté parce que je sais me battre et que je ne gerbe pas devant une plaie ouverte qui laisse voir les organes.

Les plaies faites par des dépeceurs.

Immédiatement, je vois les trois rangées de crocs comme des sabres, la bave dégoulinante de sang, mais je musèle mon esprit quand la silhouette d'Alpha, au sol dans cette rue, se dessine. Nous échangeons un coup d'œil avec Mella puis je l'invite à poursuivre d'un regard appuyé.

— J'étais un gosse insupportable, mon père m'a collé dans le cours de combat des fils de tribuns pour que je me défoule. Il avait de bonnes relations et de quoi dédommager. J'ai appris le corps à corps et le maniement des armes.

— Impressionnant, soufflé-je.

Nous en savons si peu sur le passé de l'un et de l'autre. Je suis heureuse que Mella m'ouvre les portes de l'histoire d'Alpha. Je suis heureuse de connaître sa première vie, avant de devenir le bruissement de la brise dans le saule pleureur.

Alpha reporte son attention sur l'écran. Caeso défile en tête de sa garde personnelle et d'une troupe de soldats en tuniques vert foncé. Je note aussi la présence des matelots avec un capitaine âgé à leur tête. Les marins ont des tuniques beiges à liseré marine. Le capitaine se reconnaît aux quelques éléments dorés de sa tenue. Murs reste proche de Caeso, prêt à dégainer. Le voir ainsi adulé me réconforte. Caeso sera aimé, il agira avec douceur et humanité.

Quand ils commencent à approcher du port, on peut entendre la clameur dehors, légèrement étouffée par l'épaisseur de la coque. Alpha tape sur la table, nous sursautons avec Mella.

— Il est temps d'aller dans votre cabine. Les hommes vont arriver, ronchonne-t-il en éteignant l'écran.

— Alpha, tu trouves pas ça exagéré ? soupiré-je. On ne va pas rester dans la cabine durant tout le voyage… Je croyais que tu voulais qu'on se protège des soldats de l'Est.

— Je veux vous protéger de tous les hommes. Dans le tas qui embarque, y'en a forcément avec de mauvaises intentions.

— Alpha…

— Je le comprends, coupe tristement Mella. J'ai dû arrêter les après-midis pyjamas avec mes copines, car les remarques obscènes ont fini par arriver aux oreilles de ma mère. On ne faisait rien, et pourtant les hommes se sont fait des films. Y'en a même un qui a tenté de venir… Puis, je n'ai pas besoin de te rappeler comment j'ai fini dans le harem.

Je baisse la tête : sa mère a monnayé le fantasme qu'elle représentait pour Septimus. Je m'attends à ce qu'Alpha lui demande le détail, mais au lieu de ça, il la prend dans ses bras. Ma sœur de cœur le serre si fort que son corps tremble légèrement. Je sais tout ce que cette étreinte peut représenter pour elle. Elle le croyait mort. Elle croyait ne plus jamais pouvoir le serrer dans ses bras. Elle croyait qu'on lui avait arraché celui pour qui elle avait tant d'admiration.

Elle l'étreint comme j'étreindrais Zaley si la vie me la rendait. Un sanglot comprime ma gorge. Pour elle, je ne suis même pas morte. Je n'ai juste jamais existé. C'est une douleur si violente que j'ai le sentiment de revivre mon éviscération. La souffrance se diffuse dans mes entrailles. Ma seule consolation, c'est que Zaley, elle, ne souffre pas de m'avoir perdue.

Alpha relâche Mella. Je prends la main de mon amie, l'écho de la douleur encore dans mon ventre, jusque dans ma poitrine. Sans me lâcher, elle plonge ses yeux dans ceux d'Alpha.

— Je te croyais mort et tu es en vie, c'est merveilleux…

Il lui sourit, ce sourire tendre qu'il a avec moi, avec May et sa famille et… avec Mella. Durant une fraction de seconde, je nous revois tous les deux enroulés dans les tissus qui faisaient office de paillasse. Notre relation interdite chez les Noctis… chez les Noctis…

— Alpha, glapis-je. Tu as déserté les Noctis ?

— J'ai un arrangement avec Omega.

— Quel arrangement ? m'inquiété-je en pressant la main de Mella.

Il se détourne de Mella pour venir saisir mon menton entre ses doigts abîmés. Je peux sentir sa chaleur. Une chaleur qui m'a tant réconfortée. Mais, je sais ce qui arrive aux traîtres. Et cette perspective m'étrangle de terreur.

— Livia. Ne t'inquiète pas…

— Si, je m'inquiète ! Omega peut te mettre une balle dans la tête si…

— Non. Nous avons un accord. Je retrouverai ma place à mon retour. Pour l'instant, ce qui compte, ce sont les médicaments. Nous devons être assez rapides pour sauver May.

Je sens les doigts de Mella se relâcher. Du coin de l'œil, je vois son dos s'arrondir. Après les émotions des retrouvailles, la réalité se rappelle douloureusement à nous. Les retrouvailles de Mella et Alpha sont éphémères. Et moi, j'ai une dernière chance de passer du temps avec mon premier amour.

Nous sommes dans une course contre la montre. Une course contre la mort.

CHAPITRE 41

Alpha m'a appris à enlever et remettre la sécurité sur le pistolet. Sentir le poids de l'arme dans mes mains m'a rappelé cette nuit où j'ai pris le pistolet de Caeso pour *discuter*. Il avait fait preuve d'un sang-froid remarquable.

Allongées sur le lit, nous fixons le plafond de la cabine luxueuse. Nous avons entendu les hommes prendre possession du navire. J'ai reconnu la voix de Caeso et celle de Murs qui donnaient des ordres. J'ai espéré les voir venir nous chercher, en vain.

— Enfermées dans le harem, enfermées dans une cabine, peste Mella.

Je dois reconnaître que j'envisageais ce voyage un peu plus comme l'histoire de pirates que nous avait lue notre chère Publia. Je me voyais au bastingage, sentant les embruns dans mes cheveux et découvrant de nouveaux horizons. Puis laissant mon instinct prendre le dessus pour arriver à protéger Caeso.

— Et on n'a même pas Publia pour nous distraire, regretté-je en étirant mes bras.

— Ils auraient pu mettre des livres dans notre paquetage. Celui avec la boulangère et le Consul par exemple.

Nous échangeons un regard complice et éclatons de rire. Ce livre était immonde, mais voir Octavia s'en offusquer était plutôt drôle.

— Octavia était folle de rage, gloussé-je

— Je vais le brûler ! imite Mella, hilare.

— Et quand on a mangé le gâteau en cachette…

Nous rions de plus belle, parce que c'est une arme. Parce que dans cette cabine, sur ce navire, les diktats d'Octavia ne sont plus une pression psychologique constante et nocive. Ça devient des caprices ridicules. Le rire brise nos chaînes.

Soudain, des coups sont frappés à la porte. Nous nous redressons. Selon les consignes d'Alpha, je dois avoir le pistolet dans la main avant d'inviter à entrer.

— Entrez que si vous êtes Caeso, Murs ou Aristote ! crie Mella.

— Sinon je tire !

Mella hausse un sourcil, je ne suis visiblement pas convaincante. La porte s'ouvre sur Murs qui a un air interrogateur.

— Qui est Aristote ? L'accès à votre cabine est autorisé au Dux Bellorum, à Alpha et moi.

— Aristote est Alpha, expliqué-je.

Murs hoche la tête d'un air entendu.

— Nous allons nous relayer avec Alpha cette nuit pour surveiller votre cabine, puisqu'ils ont eu la brillante idée de ne pas mettre de verrou.

— J'ai comme l'impression que nous sommes une contrainte pénible, soupire Mella.

J'ai cette même impression qui donne un goût plus amer à ma salive. Je suis venue avec l'espoir et l'envie d'aider activement au rétablissement des livraisons. Je voulais aussi protéger Caeso. Je m'en sentais pleinement capable, comme lorsque je l'ai accompagné dans la plèbe. Ce n'est pas une question de savoir se battre. C'est plus fort que ça. C'est avoir la sensation qu'en face d'une menace, on ne reste pas sans faire tout ce qui est possible.

— Votre volonté de protéger Caeso est noble. Mais… Mella, vous êtes une vraie demoiselle de qualité…

Je me redresse d'un coup, sentant la chaleur prendre possession de mes pommettes.

— Et moi non ? m'offusqué-je. Je ne suis pas de qualité ?

— Livia, c'est une manière de dire que j'ai été éduquée afin d'être une épouse soumise et parfaite pour un homme haut placé. En plus de servir la nation avec l'affectation que j'aurais reçue, explique-t-elle avec douceur. Et qu'en conséquence, ma place n'est pas sur un navire de guerre.

— Et Livia, vous êtes le petit oiseau du Dux Bellorum. Vous êtes ce à quoi tient le plus notre futur dirigeant.

— Et ça, c'est vraiment plus classe qu'être une demoiselle de qualité, appuie Mella.

Je lui souris, mais Murs vient de nous confirmer que nous sommes bien une charge plus qu'un atout. Pourtant, je compte suivre avec application les enseignements d'Alpha en matière de combat, pour ne plus être un oiseau à protéger et faire taire mon appréhension face au flou de ce qui nous attend.

— Mesdames, l'héritier vous convie à son souper, nous informe Murs.

Encore une fois, nous échangeons un regard avec Mella et bondissons du lit double. Mella est sans doute ravie de quitter cette cabine, et moi je suis heureuse de voir Caeso.

Nous retournons dans la salle avec la grande table. Une nappe blanche, bordée de lauriers dorés, couvre le bois précieux. Caeso et Alpha y sont déjà installés et se lèvent en nous voyant entrer. Mon cœur s'emballe quand je vois les deux amours de ma vie côte à côte. Deux hommes à qui j'ai confié mon cœur détruit. Chacun a participé à sa reconstruction. Tout comme la famille que je me suis choisie. Ensemble, ils m'ont offert un cœur apte à survivre aux pires coups de poignard.

Parfois, les épreuves sont si dures qu'elles éteignent les lumières que sont nos proches. Mais ils seront toujours là. Ils seront toujours cette lueur à la surface de l'océan des larmes. Et ce soir, je ne pense plus aux épreuves passées. Je ne pense plus à celles qui m'attendent. Non, ce soir je dîne avec mes lumières.

— Livia, Mella, je vous en prie, nous invite Caeso en désignant les places face à lui.

J'essaie de tirer sur ma chaise avant de me souvenir qu'elle est fixée au sol. Murs se retourne, prêt à partir, mais je ne veux pas. Lui aussi est une lumière. Il est ce père que je ne reverrai jamais plus.

— Murs, attendez !

Caeso m'observe tout en se faisant servir un verre de vin rouge. Alpha aussi a du vin dans son verre. Je louche un instant dessus, surprise qu'ils boivent de l'alcool. Étonnament, mon protecteur s'est placé à côté de l'héritier.

— Oui, Livia ? Puis-je faire quelque chose ?

Je reporte mon attention sur Murs, le cœur palpitant de bonheur à l'idée de l'avoir à nos côtés.

— Dînez avec nous… s'il vous plaît, demandé-je d'une voix aiguë.

Le garde m'observe, et il me fait un sourire qui m'égratigne le cœur. Un sourire de regret. Mais je ne veux pas qu'on me serve une histoire de protocole ou de différence sociale. Murs a été là pour moi. J'ai la conviction que j'ai été beaucoup plus qu'une mission pour lui.

Et j'espère que Caeso le nommera tribun.

— Livia, c'est la table du Dux Bellorum, ce ne serait pas…

— Elle a raison, interrompt Caeso. Murs, dînez avec nous. Vous avez votre place à cette table. Vous êtes le fidèle parmi les fidèles.

L'héritier plonge son regard dans le mien tout en ordonnant à un domestique d'ajouter un couvert. Puis, il me sourit avec tendresse. Je sens mes joues se réchauffer. Je suis consciente que nous n'aurons certainement pas de moments à nous durant la traversée. Je veux profiter de sa présence, de son parfum de chèvrefeuille qui m'apaise.

Une fois tout le monde servi en boissons, il lève son verre.

— Au sens de la justice de Livia.

Tout mon visage s'embrase. Son regard tente de me garder captive, mais je fuis. Mes prunelles vont du sourire de Mella à la moue d'Alpha, puis vers Murs et son air paternel.

— Au sens de la justice de Livia, répètent Mella et Murs.

— Et pas à sa fichue manie de se mettre en danger, ronchonne Alpha.

Je lève les yeux au ciel. Mieux vaut changer de sujet avant qu'il n'approfondisse.

— Vous buvez du vin ? C'est nouveau ? Enfin Murs… vous… vous, ça ne me choque pas mais…

— Je bois un verre de vin à chaque dîner, répond Caeso en faisant tourner le breuvage dans son verre à pied. Je ne vois pas ce qui a de choquant ?

— Eh bien… juste ton haleine… le soir…

Alpha fronce les sourcils. Le sujet est encore glissant. Mais j'ai l'ignoble habitude de l'haleine typique de l'alcool de son père.

Non. Je ne dois pas songer à lui, ce serait risquer d'éteindre mes lumières.

— Je bois un seul verre Livia, je ne vide pas la carafe. Et j'ai des soins buccodentaires spécifiques qui m'évitent de garder l'alcool dans l'haleine.

— Ah, pour tes fausses dents, lâche Alpha, narquois.

La main de Caeso se contracte sur sa serviette pliée à côté de son assiette. Je regarde tour à tour l'héritier et Alpha. Mon protecteur est-il au courant pour la maladie de Caeso ? Je voudrais savoir, mais je ne sais pas comment poser la question sans mettre Caeso dans l'embarras. Car s'il ne veut pas qu'Alpha sache…

— Pourrais-tu cesser de me tutoyer ? s'agace Caeso. Et oui, pour mes implants. Ce fut une chirurgie longue et compliquée, tu souhaites le détail peut-être ?

Je plonge mon visage dans ma paume. Alpha est peut-être le plus apte sur l'île pour protéger Caeso, mais j'ai peur que les deux finissent par s'écharper. Cependant, si Caeso est prêt à raconter sa chirurgie, c'est peut-être qu'Alpha sait…

— Tu peux toujours rêver ! Non, non… En tant qu'ancien doctores, la chirurgie me passionne… sauf quand ça te concerne. Et, pour en revenir à la question de Livia, moi je n'avais pas bu de vin depuis…

— Depuis que ma mère essayait de te faire boire pendant nos cours particuliers afin que tu craques pour moi, Aristote ? lance malicieusement Mella.

Nous nous tournons tous vers Mella. Elle ne paraît pas contrariée. Au contraire, ses yeux pétillent. Comme lorsque Publia nous fait rire. J'aime la voir comme ça. Et je ne suis pas étonnée que sa mère ait voulu la caser avec un aussi bon parti. Alpha la dévisage, outré.

— Aristote ? répète Caeso, interloqué.

— C'est vraiment la seule information qui te choque ? raille Alpha.

Un serviteur apporte des assiettes à la composition simple qui m'évoque les premières assiettes gargantuesques que j'avais au harem. Des légumes farcies à la viande, un plat que j'affectionne. Mon estomac gargouille, l'odeur me chatouille le nez. C'est en écoutant la suite de la joute verbale entre Caeso et Alpha que j'attaque mon repas.

— Non, je suis aussi outré que la mère de Mella ait envisagé que tu aies une relation avec sa fille qui est un joyau, *Aristote*.

Alpha se tend, alors que Caeso boit tranquillement son vin. Murs soupire et me glisse à l'oreille que ce sont de vrais gamins. Il a raison. Caeso et Alpha se cherchent comme deux étudiants inconscients des enjeux du monde et… j'aime cet instant. J'aime cette parenthèse où il me semble que je respire mieux.

— Je t'interdis de m'appeler Aristote ! Aristote, c'est seulement pour Mella !

Caeso hoche la tête, mais je sens qu'il va garder précieusement ce moyen d'embêter Alpha. La discussion s'oriente sur les soldats recrutés pour l'opération.

— Ce sont des réservistes, affirme Caeso. Ils ont reçu l'entraînement de base.

— Je les ai vus marcher… Murs, tu n'as rien remarqué ? demande Alpha.

Murs repose ses couverts et nie d'un signe de tête.

— J'étais concentré sur le Dux Bellorum.

— Dux Bellorum, ricane mon protecteur.

Nous le fusillons du regard avec Mella et Murs. Mais Caeso continue de manger comme si Alpha ne méritait même pas qu'il s'interrompe pour lui.

— Puis-je savoir ce qui te fait rire ? questionne-t-il tranquillement.

— On nomme toujours les héritiers Dux Bellorum alors qu'ils partent tout juste au combat. Il faut deux décennies ou trois pour qu'un soldat puisse espérer le titre.

— Tu me vois profondément navré que cette tradition ne te convienne pas, *Aristote*.

— Si tu m'appelles Aristote, j'appelle Livia par son vrai nom !

Caeso avale de travers. Il est pris d'une quinte de toux qui me fait craindre pour ses côtes. Je me crispe, Mella pâlit et Murs grimace. Il ne peut pas se blesser. Pas aussi bêtement. Pas quand on n'a pas de sérums. L'idée que sa cage thoracique de cristal se brise obscurcit mon univers et cette douce parenthèse.

Nous le regardons, impuissants. Je triture ma serviette entre mes mains. Il finit par se calmer mais Alpha nous dévisage.

— Vous en faites des têtes, constate-t-il. Il a juste avalé de travers, il n'est pas mort.

— Tu connais son vrai nom ? demande Caeso, la voix devenue rauque.

Alpha croise les bras sur son torse, ses muscles ressortent. Mais j'ai appris à aimer les ailes plus délicates de mon ange guerrier.

— Delta ? Ah… toi tu parles de son nom de naissance… non ça… pour moi, son vrai nom, c'est Delta.

— Tu m'as fait avaler de travers pour ça ? C'est brillant… grommelle Caeso.

— Oui, bon… Pourquoi ils font une tête d'enterrement quand tu tousses ? Regarde, Mella est toute pâle, Livia massacre sa serviette et Murs… Murs a l'air de vouloir me mettre une droite.

Le silence tombe. Alpha n'est pas au courant. Je baisse la tête. Mella fait sauter le vernis doré sur son ongle. Murs soupire, il doit regretter ce dîner avec nous.

— Après le dîner je vais faire une réunion avec le doctores, Mella et toi. Tu sauras tout, déclare calmement Caeso. Je ne pouvais pas t'en parler dans les messages, et je voulais de toute façon le faire ce soir. Mais vu que tu es un ancien doctores, tu ne devrais pas avoir de difficulté à cerner la situation.

Le regard sombre d'Alpha se darde sur l'héritier. L'heure n'est plus aux joutes verbales. Il m'a fait la promesse de le ramener en vie, et je sais que la maladie de Caeso complexifie les choses.

— Je crois que je commence à avoir une idée, et elle ne me plaît pas vraiment.

Je voudrais qu'il ne soit pas si vulnérable. Mais il est à l'image de nos rêves, un cristal scintillant et fragile.

CHAPITRE 42

Les gardes me traînent dans le couloir des lamentations. Je me débats, tente de mordre l'un des soldats. L'odeur du sang et de l'urine me brûle jusque dans les poumons. Le garde ouvre une cellule. Je suis jetée à l'intérieur et m'explose le bassin contre la table en bois massif. Un gémissement de douleur m'échappe. Mes doigts coulent dans les nervures du bois. Un liquide poisseux le recouvre. Un liquide pourpre qui coule dans un baquet au pied de la table. Lentement, je lève la tête, mon regard remonte le long de cette rivière. Soudain, je rencontre des petits pieds. Avec horreur, je découvre le petit corps de May dans sa jolie robe que nous avions vue en vitrine. Son petit corps aux plaies multiples d'où s'écoule du sang.

— May !

Je dois refermer ses plaies. Je dois la soigner. Je cherche mon air, mais mes poumons ne savent plus qu'expirer. Je tente vainement de poser mes mains, de faire pression, mais plus je cherche à comprimer, plus le sang sort à gros bouillons et gicle sur ma robe blanche.

— Arrêtez le sang !

Je peux sentir sa chaleur sur moi. Il trempe ma robe, la teinte d'un pourpre profond. Je dois arrêter ses saignements. Je hurle. Je hurle sans pouvoir reprendre mon souffle.

— Livia ! appelle Alpha.

Je cherche désespérément mon protecteur dans la pièce, mais il n'y a que May et moi. Que May qui se vide de son sang. Je hurle toujours, jusqu'à éclater mes cordes vocales. J'ai besoin d'aide.

— Livia, réveille-toi !

Me réveiller ? J'ai déjà les yeux trop bien ouverts ! Je prends ma protégée contre moi. Nous dégoulinons de sang, au point que ma robe est devenue pourpre. Je hurle encore. Pourquoi personne ne vient ? Alpha pourrait la sauver, mais il ne vient pas.

— Livia, c'est dans ta tête, réveille-toi !

Non. Septimus a fait du mal à May. Il l'a torturée. Il a voulu me briser. Et par ma faute, elle doit endurer ça. Un rire cruel résonne soudain dans la cellule. Je plaque plus fort le corps de May contre le mien. Les pas lourds de Septimus approchent. Mon cœur ne bat pas... Je baisse la tête et vois de nouveau ce trou béant dans ma poitrine. Il se penche sur la bassine et en sort sa tunique, teintée du sang de May. Un sourire immonde étire ses lèvres.

— Pourpre. Ma couleur !

— NON !

J'ouvre brutalement les yeux et me redresse, à bout de souffle. Des bras puissants m'enlacent avec force. Mon cœur bat si fort que je peux ressentir les pulsations dans tout mon corps. Je respire avec peine, ma vision est encore trouble.

— Ce n'était pas la réalité, tu es en sécurité, souffle Alpha.

Alpha. Je suis dans les bras d'Alpha.

Je n'arrive pas à lui rendre son étreinte, je suis comme une poupée de chiffons. Est-ce que je suis de retour au Nid ? Sous mes doigts, ce n'est pas du vieux carrelage ou des morceaux de tissus. Ils s'enfoncent légèrement, je suis dans un lit.

Livia. Il m'a appelée Livia.

— Sans son médicament, c'est terrible, désespère une voix familière.

Mon esprit réagit. J'entends un rire. Je vois des taches de rousseurs discrètes sur des pommettes, des yeux d'émeraude comme Epsilon, et des ondulations rousses flamboyantes.

"Et toi tu es ma petite sœur."

Mella est là, elle sera toujours là. Elle s'est embarquée avec moi pour aller chercher les médicaments. Elle n'a pas hésité un seul instant à sauter dans le vide avec moi. Puis je la revois face à Alpha. Je revois mes deux vies se percuter de plein fouet.

Mes deux vies... non. Deux de mes vies. La première, je ne la verrai jamais rencontrer les deux autres. Je ne verrai jamais Alpha et Caeso parler avec mes parents, ni Mella découvrir ma petite sœur.

— Mella ? appelé -je d'une voix cassée.

Je cherche sa main avec la mienne. Sa paume tiède rencontre la mienne, toujours froide. La cabine redevient peu à peu nette. Je saisis des détails : des arabesques gravées dans le bois, les franges dorées de la lampe de chevet. Des yeux d'un bleu irréel.

Mon ciel bleu. Mon rêve. Mon espoir.

— Caeso !

Je veux qu'il sente battre mon cœur. Ma poitrine se soulève contre le torse d'Alpha. Mais même si la présence de mon protecteur est rassurante, apaisante, ce n'est rien à côté de mon ange guerrier.

Je me détache d'Alpha, doucement. Ses yeux sont si noirs. Cette profondeur nocturne me trouble. De ma main libre, je lui effleure sa joue où persiste une barbe courte.

— Merci... Merci de m'avoir sortie de ce cauchemar.

— J'imagine que... ma mission est terminée pour ce soir...

Sa voix s'éteint quand il saisit mon poignet. Ses doigts se crispent douloureusement. L'encre du tatouage me brûle. Elle devient comme un acide que ma peau ne parvient pas à expulser.

— C'est quoi... c'est quoi cette merde ?! rage-t-il en se tournant vers l'héritier.

— Alpha... ce n'est rien, bredouillé-je.

— Caeso ! C'est quoi ça ?!

Je lève les yeux sur mon ange guerrier qui ne semble pas troublé par la colère de mon protecteur.

— C'est une obligation pour entrer au harem. Je ne suis pas favorable à cette tradition, mais...

— Pour entrer au harem ? s'étouffe Alpha. Pour entrer… Mella, ton poignet !

Je perçois le souffle court de ma sœur de cœur. Je devine qu'elle détourne le regard. Je sais que son tatouage est une douleur continue, comme si Septimus venait le lui scarifier chaque jour.

— Ce n'est pas utile, Aristote.

— Je. Veux. Voir.

Mella lui tend son bras. Il se met à souffler comme un dépeceur. Un souffle brûlant, rempli de férocité.

— Avec ton connard de père, vous les avez marquées comme une possession !

Caeso ne cille même pas. Cette discussion, nous l'avons déjà eue, lui et moi. J'aurais voulu qu'Alpha ne les voie jamais. Nos poignets de force de l'uniforme, les dissimulaient. Je connais Alpha, et cette atteinte à notre corps doit profondément le faire souffrir.

— En temps voulu, elles pourront les faire effacer, tente de négocier posément Caeso.

Les tatouages sont si rares que je ne savais même pas qu'on pouvait les retirer.

— Mais tu comprends pas que c'est le geste qui est dégueulasse ? Vos intentions de merde ? Ce ne sont pas des putains d'esclaves !

— Je suis entièrement d'accord. Mais il fallait faire entrer Livia au harem pour la sauver, et mon père ne m'a pas laissé le choix.

Je me souviens des lèvres de Caeso sur mon poignet, sa manière de réparer ce geste qui m'a d'abord révulsée. Alpha est un homme protecteur. Pour lui, chaque vie compte. La déshumanisation chez les Noctis avait des raisons. Des raisons pour protéger et faire perdurer une cause juste. Ici, ce tatouage déshumanisant illustre seulement une volonté de possession. Je sais que je vois autrement le mien car il n'était pas un choix de Caeso, mais pour Mella… Mella a le prénom de son violeur gravé dans sa chair et ça, c'est immonde.

— Tu as de la chance d'avoir les os de verre, sinon…

— Alpha ! coupé-je. Tu es ici pour le protéger et le ramener en vie. Tu es ici parce que tu ne voulais pas que mon espoir meurt au large…

— Ok, je vais aller sur le pont me calmer. Mais avec ton père, vous êtes des sombres merdes. Peu importe ce que tu as prévu pour l'avenir, je te pardonnerai pas ça. En le laissant faire, tu vaux pas mieux que lui.

Alpha se redresse et quitte la pièce d'un pas lourd. Nous le suivons du regard tous les trois. Je déteste voir Alpha aussi mal, car je sais que sa colère masque sa douleur.

— Je vais aller le calmer, décide Mella en se levant du lit.

— Fais attention à toi, recommande Caeso avec une pointe d'inquiétude.

Elle lui sourit, confiante. La douceur habite son regard. Elle sait parfaitement comment fonctionne Alpha, elle doit même le savoir mieux que moi.

— Ce n'est pas la première colère d'Aristote. Je sais y faire.

Je la regarde partir, tandis que Caeso s'assoit sur le lit. Je prends ses mains, il porte toujours sa chevalière. Notre symbole du nouveau monde. Mon cœur pulse un peu plus fort. Maintenant que nous sommes seuls, je m'interroge sur les mots d'Alpha. Il a parlé de l'avenir, mais j'ignore à quel point il est impliqué dans ce projet.

— J'aimerais savoir… que sait Alpha de notre plan ?

— Il sait que je veux un avenir où la plèbe n'est plus en souffrance, où les Noctis n'auront plus de raisons d'être. Il sait que je suis de votre côté. Mais les messages étaient succincts et codés, on les cachait dans les boîtes d'insuline ou dans…

— Le canard, complété-je. C'est dangereux, Caeso… tu ne peux pas prendre ce genre de risque.

Si Caeso est découvert, ce sera une condamnation à mort immédiate, et tout ceci n'aurait servi à rien. Cette perspective creuse un puits d'angoisse dans ma poitrine. Nous sommes maintenant si proches du but. Je veux croire au succès de cette mission, je veux croire que nous n'aurons pas d'abordage.

— Je voulais rassurer Alpha par rapport à toi et lui montrer que tu avais raison d'espérer. Même si j'ai dû mentir à certains moments pour lui épargner des angoisses…

Il parle de mon éviscération.

Je lâche instinctivement sa main pour la poser sur mon ventre. Le sang… il y avait tellement de sang.

— Tu voulais rassurer Alpha ? insisté-je.

— Je le déteste, mais… il a été là pour toi, il t'a gardée en vie pendant un an... Et indirectement, il m'a servi.

Les trois gardes. Encore du sang. Qu'est-ce que je peux haïr le pourpre !

Je suis touchée que Caeso dépasse son animosité envers mon protecteur en reconnaissant en lui ses qualités pour préserver une vie. Tout comme je suis touchée qu'il n'ait pas cherché à éprouver sa jalousie.

— Et tu as eu la délicatesse de ne pas lui dire pour… nous.

— Il était inutile d'alimenter ses griefs à mon égard.

— Je vois, souris-je reconnaissante. Tu voudrais t'allonger avec moi ?

Je sens mes joues s'embraser, mais je veux profiter de ce moment seule avec Caeso. Je veux pouvoir sentir ses bras autour de moi. Mon corps tout entier frémit à l'idée de s'enivrer de lui.

— Toujours, susurre-t-il.

L'héritier se glisse dans le lit à mes côtés. Sa chaleur vient apaiser ce froid éternel qui m'habite. Je pose délicatement ma tête sur son torse et écoute ce cœur qui bat pour moi et pour un monde nouveau.

Je triture mon poignet de force. Cette pièce en cuir est désagréable sur la peau. Alpha parvient une fois de plus à maîtriser Mella.

— C'est pas vrai ! C'est impossible de te désarmer ! peste mon amie.

Son souffle court se répercute contre les parois métalliques. La pièce n'est pas très grande, mais c'était la seule qui offrait assez de place pour s'entraîner, en dehors de la salle d'entraînement mobilisée pour les nouveaux soldats qui, d'après Murs, manquent sacrément de pratique.

— Les filles, je vous ai dit quoi ? Face à un mec…

— On tente de désarmer et on vise en priorité les… bredouillé-je, trop gênée pour répéter les termes anatomiques d'Alpha.

— Les couilles ! Je vous ai dit les couilles ! s'agace-t-il. On n'est pas dans de l'art du combat, là. Je veux juste que vous puissiez neutraliser rapidement et facilement un ennemi qui vient vous agresser.

— Oui, ça va, y'en a qui n'ont pas envie d'être vulgaire, rétorque Mella. On vise, on fait que ça depuis deux jours !

Elle se sert un verre d'eau sur une caisse aménagée en petite table. C'est la sixième carafe que nous vidons. Heureusement qu'un système à bord permet de transformer l'eau de mer en eau potable, une eau au goût étrange.

— Après… j'ai un flingue, rappelé-je.

— Oui, et si tu n'as plus de balles ? Ou si le gars te maîtrise et te désarme ? Si tu le neutralises pas rapidement, c'est foutu.

— Septimus avait dit que la mission serait moins dangereuse qu'au front, proteste Mella.

— Moins dangereuse ne veut pas dire qu'elle ne l'est pas. On ne sait pas comment va réagir l'Est. Même si Caeso choisit de rester en retrait, ils peuvent venir faire un abordage.

Nous nous regardons avec Mella. Maintenant que nous nous rapprochons de la zone de combat, tout semble plus réel. Et les hordes potentielles de soldats de l'Est sont une menace grandissante. Je sais que nos cœurs se serrent de la même manière. Je sais que l'appréhension a aussi fait un nid dans son ventre.

— Caeso est en train d'étudier les informations venues des navires sur place, non ? Il va pouvoir anticiper, pas vrai ? tenté-je de nous rassurer.

— Il essaie. Parce que maintenant, en plus de débloquer les livraisons et rentrer en vie, il doit éviter un abordage qui vous mettrait en danger toutes les deux. Alors, vous allez apprendre à désarmer et neutraliser, parce que si les types de l'Est débarquent, je devrai faire un choix…

— Non, l'arrêté-je. Il n'y a pas de choix à faire. Tu vas protéger Caeso et nous, on se barricadera et, au besoin, on saura désarmer et neutraliser.

Je brandis le poing, déterminée à ne pas être une charge. Déterminée à rentrer en vie pour aller au bout de ma mission. Mella appuie mes paroles d'un regard résolu. Nous devons arriver à désarmer Alpha, nous n'avons pas le choix.

— L'Est a aussi peu de flingues que nous, donc fais en sorte de préserver le tien… Allez, viens, je reprends du début pour que vous compreniez bien.

Alpha me montre encore les techniques et mouvements. Je sens l'urgence de la situation dans ses gestes impatients, mais il essaie d'être pédagogue. Sa main se pose sur mon ventre, je frissonne. Il ignore que son père m'a opérée… non, plus que ça, qu'il m'a sauvé la vie. Je lève les yeux sur mon protecteur. Jusqu'au bout, je lui serai reconnaissante d'avoir lutté pour me sauver.

Soudain, la porte s'ouvre dans un grincement métallique. Caeso entre, sublime dans son uniforme de Dux Bellorum. Le voir ainsi provoque un bouleversement en moi. Je le trouve magnifique, plus proche que jamais de l'ange guerrier du tableau. Mais cette tenue est aussi annonciatrice du combat. Un combat où je pourrais le perdre. Ma gorge se noue, et les papillons dans mon ventre meurent.

— Tu pourrais toquer, ronchonne Alpha.

— Et me briser une phalange ?

— Ah oui… c'est vrai…

Je frappe le bras d'Alpha et lui jette un regard noir.

— Ne prends pas ça à la légère ! persiflé-je.

Il me fait face et prend mon visage entre ses mains calleuses.

Je suis un peu gênée qu'il ait ce type d'attitude devant Caeso, mais mon protecteur agit avec bienveillance.

— Je ne prends rien à la légère quand ça te touche. Et je sais combien tu es inquiète, mais je le protégerai, d'accord ?

— Merci, murmuré-je.

— Je souhaiterais t'emprunter Livia un instant. J'ai quelque chose à lui montrer sur le pont, sourit-il.

Je soupire d'aise. Nous sommes enfermées dans cette coque sans fenêtre depuis deux jours, je vais pouvoir prendre l'air. Je retire les bandes qui protègent mes phalanges et prends la main que me tend Caeso. Mon sang afflue à mon visage, mon cœur palpite. Je veux profiter de cet instant avec lui. Quand nous arrivons devant une porte menant sur le pont, il se retourne vers moi.

— Ferme les yeux.

— Quoi ?

— Je te demande de fermer les yeux, insiste-t-il avec douceur.

Incertaine, je m'exécute. Je l'entends ouvrir la porte. Lentement, il m'entraîne à l'extérieur. Immédiatement, les embruns me fouettent le visage. Le bruit de la mer m'apaise. L'air est plus doux ici.

— Tu peux ouvrir, souffle-t-il dans ma nuque.

Mes paupières papillonnent. Puis, je le vois.

— Caeso, le ciel…

Je relâche sa main pour avancer sur le pont, la tête relevée. Mon cœur pulse si fort que ça en est presque douloureux. Je respire à grandes goulées, comme si je pouvais enfin pleinement m'abreuver d'oxygène.

Il est bleu. Un bleu paisible.

Oui. Le ciel est bleu. La voûte céleste est aquarellée d'un bleu prodigieux, semblable aux yeux de Caeso quand il est heureux. Je tourne sur moi-même, les iris épousant cette couleur si belle. Il est bleu. Il est enfin bleu. Les larmes roulent sur mes joues, mes mains se croisent sur ma poitrine. Du bleu plein les prunelles. Je voudrais le voir pour l'éternité. Je voudrais graver cette couleur sous mes paupières. Je voudrais emmener May,

Bleu, Mer, Zaley… Oui, j'aimerais leur montrer le ciel bleu.

— C'est… c'est encore plus beau que dans mes rêves.

Des oiseaux traversent ce ciel digne des plus belles peintures. Peut-être que je vais mourir mais aujourd'hui, je suis plus libre encore que ces oiseaux. Quand je m'endormirai pour toujours, mon âme dansera dans cette étendue paisible. Pour l'éternité, j'admirerai ce ciel.

Caeso vient m'enlacer par derrière. Doucement, il me berce, les bras croisés sur mon ventre.

— Je t'offre le ciel bleu et… un jour… je t'offrirai le monde.

Je souris. Il m'a offert le plus magnifique des cadeaux. Qu'importe que j'aie le monde, tant que je peux admirer le ciel bleu, bleu comme les yeux de Caeso. Je me souviendrai de cet instant à chaque fois que nos prunelles se croiseront.

— Je n'ai pas besoin du monde, je n'ai besoin que du ciel bleu et des gens que j'aime.

— Tu as besoin que le monde soit un champ de fleurs.

— Oui… mais pas pour moi. Pour Zaley. Pour May. Pour Bleu.

— Le ciel ne mérite d'être bleu que parce que c'est ton rêve… Ce champ de fleurs sera un autre rêve que je réaliserai.

Oui, Caeso a réalisé mon rêve. Je sais que même une fois éteinte, il se battra pour réaliser mon autre rêve. Je lui briserai le cœur, mais je laisserai derrière moi des gens pour le lui reconstruire.

Je ne cesse d'admirer le ciel, je crois bien que nous restons des heures ainsi, jusqu'à ce qu'il devienne jaune, orangé, puis sombre. Puis, je les vois…

— Les étoiles, chuchoté-je. Les étoiles et… la Lune…

Fascinée, j'observe le disque blanc dans le ciel à la lumière ténue, éclairant à peine le pont. Les étoiles forment des ensembles merveilleux, une beauté scintillante. Chaque petite lueur semble être porteuse d'un espoir nouveau, comme cette lumière dans l'obscurité à laquelle on s'accroche.

Comment Caeso a-t-il pu me comparer à une telle merveille lors de son anniversaire ?

— Votre Altesse, votre père est en visio-conférence, annonce Murs. Il souhaite que Livia soit là.

La magie se brise. Caeso semble serein, j'imagine que ce genre d'appel doit être fréquent. L'héritier prend ma main pour que je l'accompagne dans la salle. Ma crainte de Septimus, profondément ancrée dans chaque fibre de mon être, transforme mon estomac en une pierre qui pèse lourd dans mon ventre. Si Septimus veut ma présence, j'ai peur que ce ne soit pour une mauvaise nouvelle.

Pitié, pas May.

Il a fallu du temps pour préparer notre expédition. Mais ma protégée doit encore tenir un peu. Quelques petits jours. Elle a lutté si fort pour vivre. Je refuse que sa vie se joue maintenant. J'imagine qu'elle doit être proche du coma.

J'aurais voulu qu'elle n'ait jamais à se battre.

Je réalise que je tremble. Je m'assieds sur l'un des fauteuils face à l'écran. Septimus est à son bureau avec sa tenue pourpre de Haut-Consul. Le voir provoque un haut-le-cœur de haine. Qu'il profite, car je l'étoufferai avec son propre sang, avec ce pourpre qu'il a trop versé.

— Bonsoir Fils. Livia.

— Bonsoir Père, désirez-vous un rapport sur la mission ? Nous venons de passer à proximité de l'île…

— C'est inutile, interrompt Septimus.

Un rictus apparaît sur ses lèvres. Je m'accroche aux accoudoirs en bois. Je ne connais que trop bien cette expression. Elle est devenue physiquement douloureuse. Il avait la même pour torturer Eta et May. Jamais je ne pourrais oublier.

— Livia, ma chère, quelqu'un souhaite te voir, annonce-t-il d'un ton doucereux.

Qui ? Qui est au palais ? Qui va-t-il tourmenter ?

Les spasmes sont de plus en plus violents, se diffusent jusque dans mes entrailles. Je ne pourrais pas supporter qu'il torture encore un de mes proches. Caeso pose sa main sur la mienne, mais la panique a déjà gagné mon cœur et le malmène.

— Liviaaa ! pépie… May.

Quoi ? Non... non, comment...

Septimus la soulève pour la mettre sur ses genoux. Je n'arrive pas à détacher mon regard de l'écran. Je n'arrive pas à m'arracher du sadisme dans les yeux de Septimus. May devrait être au lit, malade mais… mais elle va bien. Comme si… comme si elle avait de nouveau de l'insuline.

— Qu'est-ce que cela signifie ? questionne Caeso avec un calme relatif. Je croyais qu'il n'y avait plus d'insuline sur notre île.

— Il se pourrait que j'ai gardé quelques doses… Je tenais à ce que May profite pleinement de ce moment.

— Ce… ce moment, tremblé-je.

J'ai froid, comme jamais je n'ai eu froid. Parce qu'il a toujours son foutu sourire. Ce sourire que je vais lui arracher. Ce sourire qui a dû être la dernière chose qu'ont vu des victimes du gouvernement avant de s'éteindre.

— Livia, te souviens-tu de ce que je t'ai dit à propos des idées frondeuses dans l'esprit de mon fils ?

Je ferme les yeux. Des larmes brûlent sous mes paupières. Un sanglot violent s'échappe de ma gorge. Je sais exactement ce qu'il va se passer. Parce que désormais je connais son degré de sadisme. Et je me souviens parfaitement de notre première conversation après mon entrée au harem.

Il l'a soignée pour mieux la tuer.

— Attendez, de quoi parlez-vous ? intervient Caeso. Quelles idées frondeuses ? Livia m'a toujours…

— Il suffit, Caeso, coupe sèchement le Haut-Consul. Regarde ta… ta *Favorite*. Elle est pitoyable, elle n'a jamais su cacher ses émotions.

J'ai envie de vomir. Je ne peux pas croire que j'ai emmené ceux que j'aime jusqu'ici. Je ne peux pas croire que je… que je vais les tuer. J'étais si émerveillée par l'idée d'un monde nouveau, si confiante en Caeso et sa capacité à manipuler son père.

— Livia, tu as perverti l'esprit de mon fils, tu connaissais la sentence. Ta protégée et sa famille seront dévorés vivants… May, ma douce ?

— May, cours ! hurlé-je, en proie au désespoir. Cours, je t'en supplie.

Le sourire de Septimus devient putride. May me regarde sans trop comprendre. Ses grands yeux noirs papillonnent.

— Pourquoi tu pleures, Livia ? s'inquiète-t-elle.

May ne comprend pas de quoi parle Septimus. Elle ne sait pas que je l'ai trahie. Les larmes creusent des sillons de haine sur mes joues. Je m'entends supplier dans des expirations chaotiques.

— Dis "au revoir" à Livia.

Caeso ne bouge pas, à travers mes pleurs je perçois sa réflexion. Je le supplie de sauver ma famille de cœur d'une voix si éteinte qu'il semble à peine m'entendre.

— Mais pourquoi elle pleure ?

— Je t'expliquerai. Dis-lui au revoir.

Je tends le bras, comme si je pouvais l'atteindre à travers l'écran. Un dernier geste désespéré, une dernière tentative idiote.

Je ne peux plus les sauver.

Je tremble si fort que mes os en sont douloureux. Je frappe ma tête contre le haut dossier du fauteuil, comme si je pouvais exploser mon crâne.

— Au revoir, Livia ! lance-t-elle en quittant les genoux du monstre.

Je croyais que la douleur éprouvée durant la torture de May était la pire de toute ma vie, je me trompais lourdement. Ma poitrine a encore ce trou immense. Septimus m'a arraché mon cœur pour le jeter aux dépeceurs.

— Père, pourquoi faites-vous ça ? Ne pouvons-nous pas dialoguer ? Clarifier les choses ? propose-t-il calmement.

La main de Caeso se resserre sur la mienne. Contrairement à moi, il reste maître de lui. Je fixe sa chevalière. Notre symbole. Est-ce que Septimus avait compris ? Maintenant, je doute de chacun de mes choix. Et je les regrette profondément aussi.

— Que souhaites-tu clarifier ? raille son père. Tes échanges secrets avec un Noctis ? Ton intention de changer les choses pour que la plèbe devienne un ordre plus vivable ?

Je suffoque, malgré l'air qui va et vient dans le trou de ma poitrine. Son père savait tout. Quelqu'un nous a trahis. Trop de gens étaient impliqués, sans doute. Une autre erreur de notre part.

— Tu as ruiné mon opération pour débusquer les Noctis ! enrage-t-il. Tu as ruiné ce qui devait être un triomphe suite à ma nomination. Mais, le pire… oui, le pire dans tout ça, c'est ton intention de me tuer.

Le tuer.

L'opération dans la plèbe. Caeso les a prévenus via Alpha et aucun d'eux ne m'en a parlé. Il a pris un risque inconsidéré et ça me rend furieuse, même si c'était nécessaire. La colère me dévore. Elle est une bête sombre, tapie dans mes entrailles et qui maintenant me déchire de ses griffes. Je n'oublie pas que quelque part, il y a ma famille de cœur qui s'apprête à être dévorée. Les griffes percent ma chair, une souffrance mentale méritée.

— Père…

— Tais-toi ! Tu as trahi ton Haut-Consul, mais pire encore, tu as trahi ton propre sang. Tu étais mon fils, tu étais ma chair. Tu as failli coûter la vie à ta mère ! Mais je t'ai aimé, malgré un accouchement désastreux qui aurait pu nous faire passer pour des faibles, malgré cette… cette tare !

Je serre les dents. Caeso n'est pas responsable de sa maladie. Il est fragile, mais il n'est pas faible. Il compense avec son intelligence. Chaque mot de Septimus est un couteau qui se plante dans ma chair. Et qui se plante sûrement dans celle de Caeso.

— Tu n'étais pas seul à comploter contre moi…

— J'étais seul ! coupe Caeso. Tuez-moi, mais laissez vivre Livia !

La panique. Elle remplit ma gorge, me paralyse jusqu'aux cordes vocales, m'empêche de raisonner Caeso. C'est lui qui doit vivre ! Pas moi ! C'est lui l'espoir, c'est lui la priorité.

— La seule que j'épargnerai, c'est ta mère… Quant à vous, vous vivez vos derniers instants.

Caeso ouvre la bouche pour répondre, mais son père le fait taire en se levant. Je sais ce qu'il va dire. Je le sais et pourtant je me réfugie dans le déni. Ça ne peut pas être la fin. Notre histoire ne peut pas se finir comme ça. Caeso tourne son visage vers moi. Rien qu'à son regard, je vois qu'il a compris le plan de son père. Mais au lieu de me l'expliquer, il articule un “je suis désolé” muet, les yeux scintillant de larmes.

— Moi, Septimus, Haut-Consul de l'Ouest, condamne à mort pour haute trahison : Caeso, héritier de l'île au ciel embrasé.

Je secoue la tête, je ne peux pas l'accepter. Je ne peux pas échouer, pas maintenant. Je ne peux pas voir Caeso mourir… ni nos espoirs. Septimus a mandaté un soldat pour nous exécuter ? Sûrement… Je pourrais le désarmer… Alpha pourrait intervenir. Il a juré de protéger Caeso, il doit le garder en vie. Il a juré ! IL A JURÉ !

— Livia, Favorite de l'héritier de l'île au ciel embrasé, poursuit-il.

Je plante mon regard dans le sien. Il va tuer ma famille, il m'a arraché mon cœur. Mais je vais vivre. Je vais trouver un moyen. Je ne resterai pas prisonnière du gel de la branche. Je vais m'envoler et je le tuerai. Je me ferai un plaisir de lui faire autant de mal qu'il a pu faire dans sa vie.

— Mella, maîtresse du Haut-Consul de l'Ouest. Et l'ensemble de la garde personnelle de l'héritier.

Mes yeux s'écarquillent. Mella et Murs. Non. Non ! Il m'a pris May, il m'a pris cette famille que j'ai juré de protéger. Il ne me prendra pas Mella et Murs. Je refuse de le laisser gagner ! Je refuse ! Du fond de ma poitrine vide, je jure que Mella et Murs retrouveront leurs proches et ne seront pas les victimes d'un sadique.

L'image change de plan. Avec horreur, je vois ma famille de cœur au milieu de dépeceurs avec des colliers aux voyants rouges. Quand le collier passe au vert, je hurle. Un hurlement venu de mes tripes. Un hurlement couvert par une explosion.

À suivre...

REMERCIEMENTS

Vous avez besoin de respirer après ce tome ? Moi aussi. Donc j'ai bien respiré en écrivant ces remerciements.

Il y a une personne vraiment spéciale que je veux remercier en premier ici. Marion, tu as été la première lectrice de ce tome 2. Tu m'as accompagnée sur des chemins escarpés, et tu ne m'as pas lâchée la main quand j'ai voulu traverser des torrents. Pour ça, merci infiniment. Toi et moi, nous le savons, nous finirons un jour sur une île infestée de dinosaures.

Je voulais aussi remercier les lecteurs de 2022, ceux qui sont restés trois ans sur un cliffhanger et qui ont eu le temps de me maudire sur dix générations. Promis, je ne recommencerai pas.

Je remercie bien sûr Eugénie pour son travail éditorial, et Charlotte qui a fait preuve d'une sainte patience avec moi et mon besoin de faire une grosse réécriture. Je remercie aussi Lucile, notre petite fée des réseaux. Promis, au prochain salon, il y aura de la pâte de fruits (et des Dragibus pour Lucile).

Je remercie les lecteurs et lectrices du tome 1 qui ont poursuivi l'aventure. On se donne rendez-vous pour le tome 3 qui, je l'annonce en exclusivité, ne terminera pas sur un cliffhanger... Sûrement parce que c'est le dernier.

Marraine, je profite de ces remerciements pour répondre à ton SMS : oui, j'ai fini l'édito de ce tome. On peut aller manger une glace.

Je tiens à remercier les voisins de ne pas m'avoir gratifié d'un « Moins fort ta télé, connasse ! » quand j'écoutais Grey's Anatomy jusqu'à trois heures du matin pour réécrire.

Je remercie Marialeina pour sa superbe couverture, hâte d'écrire le tome 3 pour voir comment tu vas l'illustrer. Bon, y'a pas de vanne à faire sur ce remerciement, on dirait que c'est Caeso qui l'a écrit.

Je remercie Caroline qui m'a envoyé des dingueries à manger pour me soutenir dans l'effort. Je profite de ce remerciement pour te dire que je n'ai toujours pas goûté la bergamote.

Je remercie Natacha qui a toujours su être là depuis… bon, on ne va pas dire les années, après tout nous avons vingt ans avec juste quelques années d'expériences.

Je remercie Amandine qui n'a pas hésité à faire un long périple pour me rencontrer au Festival du Livre de Paris après des années d'amitié en ligne. Je remercie aussi Laëtitia qui est venue avec ses petits pieds sous le nombril. Je remercie Morgane et Sarah qui, du coup, ont rencontré Laëtitia, et je remercie Charlotte (pas l'éditrice) (enfin, si je remercie aussi Charlotte l'éditrice, mais c'est plus haut) qui n'a pas hésité à venir me voir après toutes ces années. Et plus globalement, je remercie chaque personne qui a pris la peine de venir me voir en dédicace, en me connaissant d'avant ou pas. Vous êtes vraiment des personnes incroyables.

Je remercie Laëtitia, oui celle du paragraphe précédent, pour ses réponses bienveillantes à mes questions et pour m'avoir éclairée sur certains sujets avec sa sensibilité de concernée.

Je remercie mes proches. Déjà, parce qu'ils me supportent. Puis, parce que la plupart lisent Noctis. Et parce que certains ont longtemps espéré ce tome. Je sais que je ne suis pas toujours facile, surtout quand je suis frustrée d'avoir le sentiment de ne pas être à la hauteur. Mais je fais de mon mieux pour m'améliorer.

Je remercie toutes les personnes qui parlent de Noctis et lui permettent de vivre. Je remercie chaque personne qui s'élance avec Delta pour s'envoler. Même si, dans ce tome, mon héroïne s'envole d'une toute autre manière.

On ne rigole plus vraiment ici... Je m'améliorerai dans le genre comique, c'est promis !

En attendant, vivons d'espoir et de luttes, car le champ de fleurs du futur, celui pour May, Zaley et tous les enfants, c'est à nous de le planter.

BIOGRAPHIE

Vivant au coeur de la Provence, Anna-Victoria Val est une autrice qui cultive la diversité au fil de ses récits. Passionnée de romance, son genre de prédilection, c'est tout naturellement qu'elle a commencé à en écrire. Elle aime tisser des relations où rien n'est joué d'avance, construisant des trames surprenantes et addictives.

Ce livre est imprimé sur un papier composé de fibres naturelles, renouvelables, recyclables et fabriquées à partir de bois provenant de forêts gérées durablement.